中公文庫

# 静かなる太陽

霧島兵庫

中央公論新社

# 静かなる太陽　目次

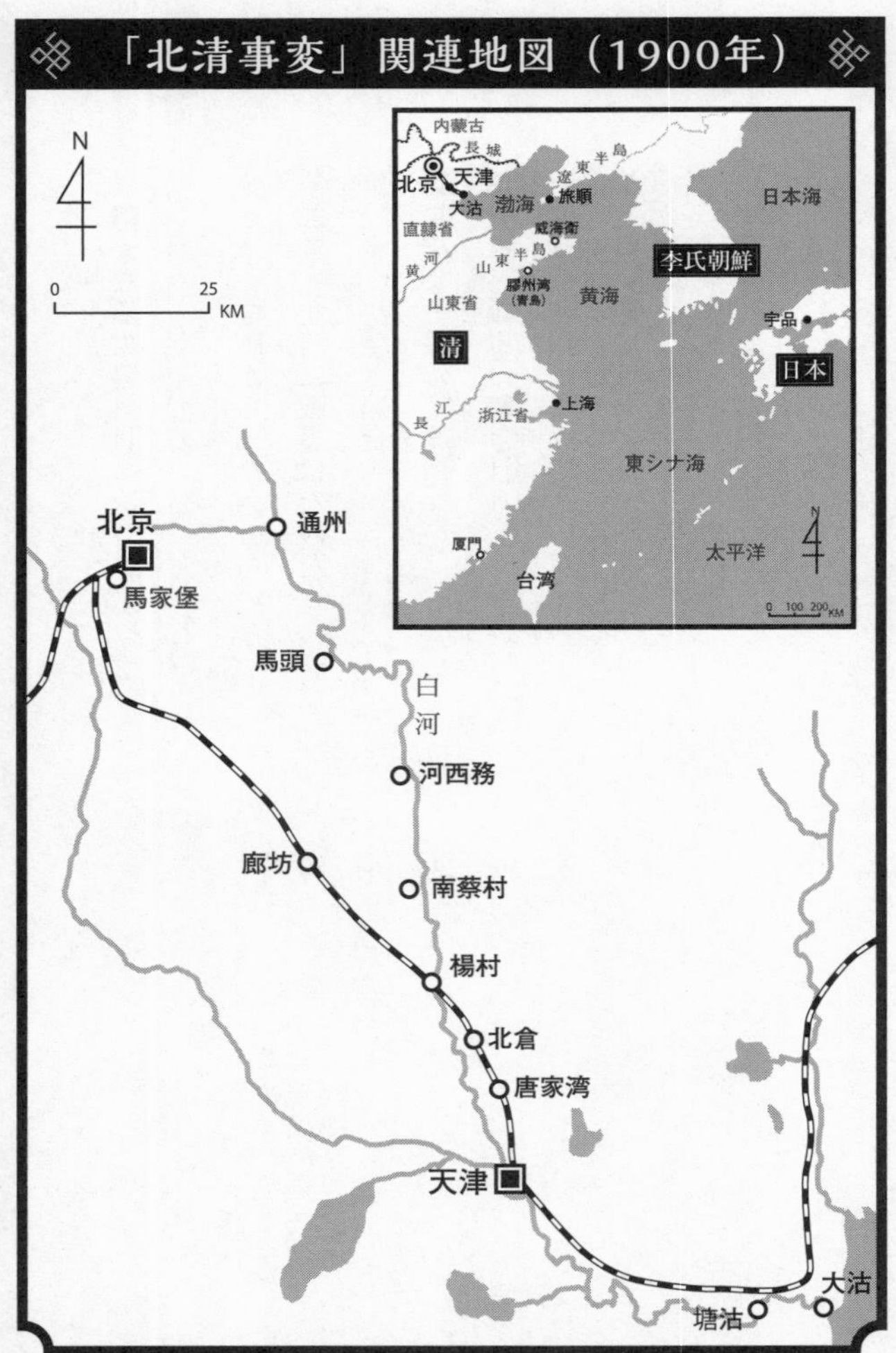
「北清事変」関連地図（1900年）
N
0
25
KM
内蒙古
長城
遼東半島
北京
天津
大沽
渤海
旅順
日本海
直隷省
威海衛
黄河
山東半島
膠州湾
(青島)
黄海
李氏朝鮮
山東省
宇品
清
日本
長江
浙江省
上海
東シナ海
厦門
台湾
太平洋
0 100 200 KM
北京
通州
馬家堡
馬頭
白河
河西務
廊坊
南蔡村
楊村
北倉
唐家湾
天津
大沽
塘沽

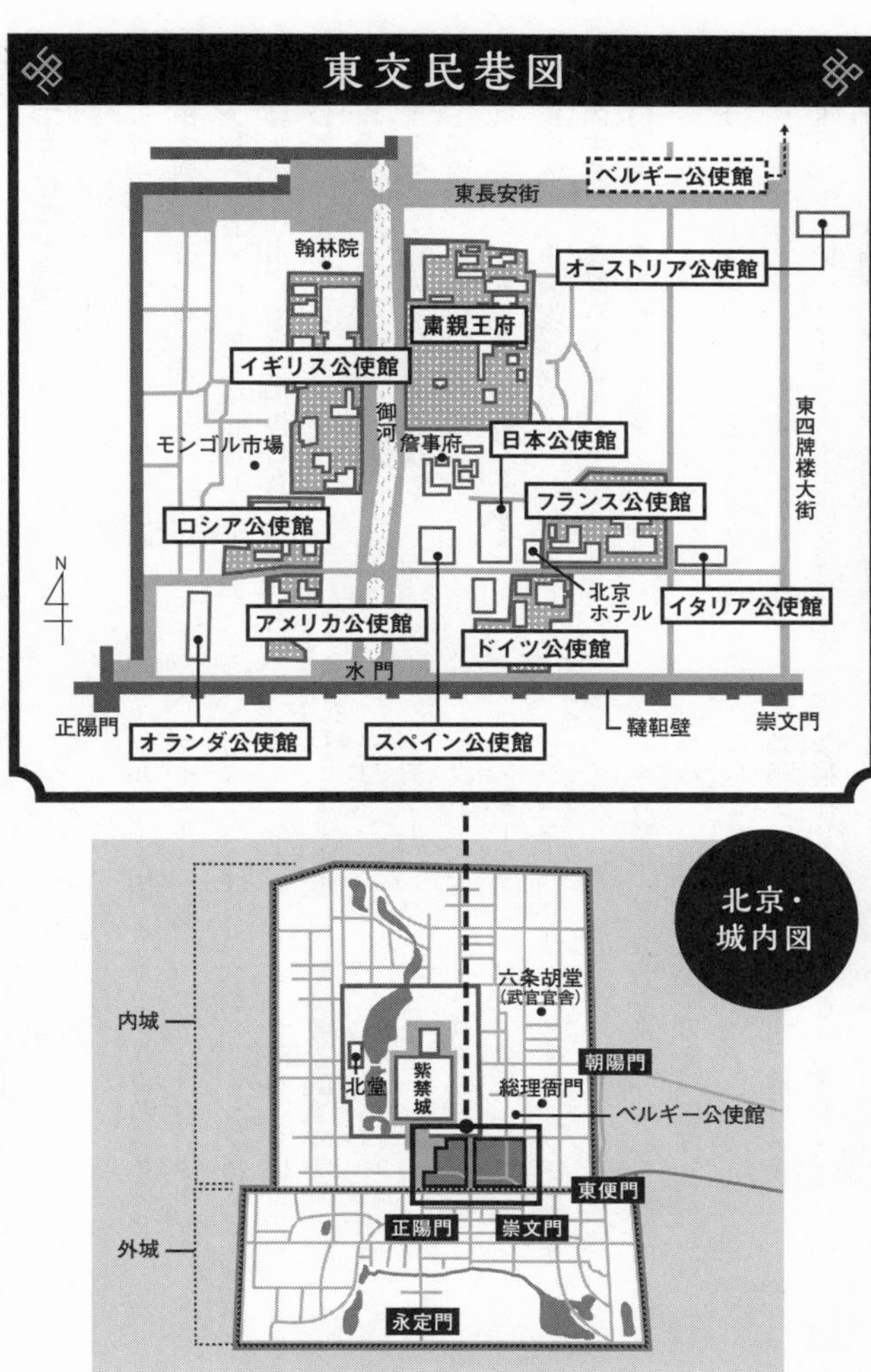
東交民巷図
ベルギー公使館
東長安街
翰林院
オーストリア公使館
粛親王府
イギリス公使館
御河
モンゴル市場
詹事府
日本公使館
東四牌楼大街
フランス公使館
ロシア公使館
N
北京ホテル
イタリア公使館
アメリカ公使館
ドイツ公使館
水門
正陽門
韃靼壁
崇文門
オランダ公使館
スペイン公使館
北京・城内図
六条胡堂
(武官宣舎)
内城
朝陽門
北堂
紫禁城
総理衙門
ベルギー公使館
東便門
正陽門
崇文門
外城
永定門

## 【主な登場人物】

柴五郎中佐　在清国日本公使館付陸軍駐在武官
守田大尉　柴の補佐官
原大尉　日本海軍陸戦隊指揮官
安藤大尉　清国研究目的の自費留学生
西公使　在清国日本公使
楢原(ならはら)書記官　日本公使館の二等書記官
服部先生　帝大哲学科助教授
川上和尚　本願寺の留学僧
福島少将　陸軍参謀本部第二部部長
由比(ゆい)少佐　福島少将の部下
寺内中将　参謀本部次長
山口中将　第五師団師団長
フォン・トーマン中佐　オーストリア海軍陸戦隊指揮官
ストラウト大尉　イギリス王室海兵隊指揮官
パオリニー大尉　イタリア海軍陸戦隊指揮官

ダルシー大尉　フランス海兵隊指揮官
マイエルズ大尉　アメリカ海兵隊指揮官
ウルブレフスキー大尉　ロシア海兵隊指揮官
ワーデン大尉　ドイツ海兵隊指揮官
シーモア中将　英国東洋艦隊司令
モリソン　ロンドン・タイムズの特派員
ケテラー　ドイツ公使
マクドナルド　イギリス公使
ド・ギールス　ロシア公使
ピション　フランス公使
西太后慈禧(じき)　皇帝の養母。清国の実質的支配者
栄禄(えいろく)　慈禧の腹心。武衛軍総帥
慶親王(けいしんのう)　総理衙門(がもん)筆頭大臣
端郡王(たんぐんおう)　慶親王の後任。排外主義者
董福祥(とうふくしょう)　軍閥「甘軍」の首領

# 静かなる太陽

# 第一章　亡国から来たさむらい

## 一

敵軍、城下に迫る。

報せを受けた五郎は下男とともに家路を急いだ。夜半からの雨は激しく番傘を叩き、ぬかるんだ道に何度も足を取られつつ、はやる気持ちを必死で押し殺す。

動乱の時代であった。

若松城下に攻め込んできたのは薩摩藩を中心とする倒幕連合軍であり、二百六十年あまり続いた旧体制の打破と新政権樹立をもくろむ彼らにとって、徳川幕府最大の雄藩は滅ぼさねばならぬ相手であるがゆえに、五郎の郷里は、会津は、朝敵とされた。

天子に弓引く、朝敵。

五郎には分からなかった。毎年三月三日になればひな壇に天子様を祭るような尊皇の念厚き者たちを、どうしてその天子様が討伐しようとするのか。どうして、薩摩のイモ侍どもが錦の御旗を掲げ、会津が賊軍となって侮蔑を受けるのか。分かろうとして分かることでもなく、尋ねたところで父も母も教えてはくれなかった。お前はまだ、十歳なのだからと。

いざいくさがはじまってみると、京都で、江戸で、幕府軍はあらゆる戦場で敗れ続けた。やがて敗残の将兵が城下に満ち、藩校は閉鎖されて病院となり、会津盆地を囲む山野に砲声がこだまするなかで町人百姓や婦女子に対する倒幕軍の暴挙が噂となって伝わると、町はすでに戦場と変わらぬ騒然とした様相を呈す。

そんな戦雲が色濃く立ち込めるある日のこと、年頃の男たちがみな出征してしまった五郎の家に下僕のひとりがあわてふためいて馳せ来たり、薩軍の尖兵が近くに現れたのでご用心されたしと報じることがあった。すると七歳の妹が突然懐剣の鞘を払ったので、母が鋭く制して言ったのだ。

そのおりには半鐘が鳴るはず、早まるなかれと。

だが五郎は屋敷内でどんな申し合わせがなされているかを知らず、そのやり取りが意味するところを悟らなかった。

しばらくして、町から三里ばかり南に下った面川沢の別荘に住む大叔母が訪ねてきた。沢は松茸や栗の実が盛りゆえ、泊まりがけで遊びに来いというのである。これといってすることもない息子(むすこ)の無聊(ぶりょう)を見かねたか、母は上等なラシャの軍服と小刀を準備して、楽しんでらっしゃいとひとこと添えて送り出してくれた。

山の幸を拾い集めているところに下男が駆けつけ、城下の危急を告げたのは翌日のことである。敵軍が城のすぐそばまで迫っており、明日の日の出を待って帰宅せよ、と母が言っているという。

「明日まで待てぬ。すぐ帰る」

「旦那(だんな)、それはなんねえ」

「そこをどけ」

「いんや、奥様の言いつけだ。ここはどけねえ」

大叔母や下男にそろって引き留められ、五郎はすぐにでも飛んでいきたい気持ちをこらえて眠れぬひと晩を過ごすよりほかなかった。

雨が降りはじめていた。

夜が明けると、五郎は下男を連れて飛ぶような勢いで山荘を出発する。

深更からの雨は強さを増し、番傘が鳴らす豆のはぜるような音を聞きながらぬかるむ坂を下り、村を抜け、河を渡り、街道に出ると、ずぶ濡(ぬ)れになって悄然(しょうぜん)と歩いている人々に出くわした。

手を引かれる幼子、たすきがけで槍(やり)を持つ婦人、子供に背負われる老人などが、草履(ぞうり)もはかず、笠もなく、着の身着のままで一本道を無言ですれ違っていく。水煙のなかから途切れることなく現れる人の流れは南を目指して進み、北に向かうのは五郎と下男のみ。

「いずこに行かるるか」

泥まみれの男がふたりに声をかけた。

「城下は見られるとおり、火炎に包まれ郭内など入るべくもなし。どこの小旦那かは存ぜぬも、ここは引き返されよ」

促されるまま峠に立って若松方向を望むと、そこにあるはずの鶴ヶ城は黒雲に包まれて見えず、城下町の各所からは黒煙が立ちのぼり、銃と砲の音が耳を聾するばかりだった。寄ってきた大人たちが口々に引き返せと諫めるものの、五郎はその声を振り切り、避難民の群れをかき分けかき分け、城の天守閣が見える分かれ道まで進んだ。

眼下は、わが家があるはずの一帯は、一面火の海と化していた。

お屋敷が、と下男が声を震わせ、五郎は炎を見つめたまま立ちすくむ。城には父と兄が立て籠もっており、家には祖母とふたりの姉、七歳になる妹、そして母がいるはずだった。

そうだ、母上は、母上はご無事なのか。

楽しんでらっしゃい、と門前で見送ってくれた母の姿が唐突に蘇り、乱打される半鐘の響きが鞘を払った妹のことを思い起こさせると、ようやくその意味に思い至って愕然とする。一家の女たちは、胸に納める懐剣の使い方を知る武家の子女であった。

傘を取り落とし、籠から栗や椎茸が地面に転がると、ああ、と声にならない声を発して五郎は雨のなかにくずおれてしまう。

弾けるような銃声も、遠雷のごとく轟く砲声も、火のついたように泣き叫ぶ赤子の声さえも、見るもの聞くものすべてがあまりにも現実離れしすぎていた。

だがあの言葉だけは、あの侮蔑だけは、雨に濡れそぼちながらもしかと聞き取った。

やつらは会津ぞ、天子様に弓引く朝敵ぞ、ことごとく討ち滅ぼして日本国の礎となせ、という聞くに堪えない雄叫びを。

それは、薩長の下郎どもが発する亡国の呪いであった。

警笛の音で目が覚めた。

額にじっとりと汗をかき、胸には懐剣を突き刺したような痛みさえある。重たいまぶたを持ちあげて窓の外を見ると、見渡す限りの茫漠たる黄色い大地と、人の背丈を超える深緑色の高粱畑が、どこまでもどこまでも流れていた。

客車が線路の継ぎ目を乗り越えるたびに振動が伝わり、煙突から吐き出された黒煙がときおり窓辺に流れて石炭臭が鼻をつく。天津発北京行きの汽車に乗り込んで、もうすぐ三時間だった。

ひどい夢を見た、と五郎は思った。

軽い午睡から目覚めたばかりの五郎は口ひげをごしごしとこすり、たったいま見ていた悪夢の余韻を引きずりながら手元の本に目を落とす。

革表紙で装丁された一冊の書物は、『佳人之奇遇』と題された小説だった。

アメリカはフィラデルフィアの独立記念館で、運命的な出会いを果たす四人の亡国の士の物語である。ひとりはスペイン人で、祖国の内乱によって国を追われた名族。ひとりはイギリスの虐政に苦しむアイルランド人。ひとりは滅亡した明朝の名将の後裔で、清朝覆滅と漢民族復興を夢見る老士。そして最後のひとり、物語の主人公東海散士は、弾雨砲煙のなかで国を失い、辛酸をなめ尽くした会津の遺臣にして、じつの兄の筆名でもある。

旅の慰めに買い求めた兄の小説は、会津の生き残りをあの日に引き戻すほど生々しく祖国の遺恨を描いていた。すなわち兄は、いまもあのときのことを引きずっているのだろう。

薩長の軍勢が郷里に攻め入ったとき、自分は家族を守ることも、その自害に立ち会うことさえできずにおめおめと生き延びた。だからこそ、そのときの無力、そのときの痛み、そのときの恨みが、三十二年経っても癒えることのない傷として残るのだ。きっと、兄も同じなのである。

どうにも寝覚めの悪い思いで背伸びをしつつ、あたりを見渡した。客車内は支那人よりも外国人が多く、飛び交う言葉は英語やフランス語、ロシア語もときおり混じる。清国の首都北京と沿岸の地方都市天津を結ぶ総延長百二十kmの京津鉄道は、イギリス人の技術指導によって三年前に完成したばかりという。乗客は商人、役人、観光客といった手合いがほとんどだが、顔つきや挙動が明らかに他と異なる者たちが紛れている。軍人だ。そしてそうと悟ってしまう五郎自身もまた、白麻の背広を着て紳士然と振る舞っているものの、軍籍に身を置くひとりである。

五郎にとって、北京を訪れるのはこれで三度目だった。最初は密命を帯びて北京周辺の地理を調査するために。二度目は参謀次長川上操六中将の清韓視察のいち随員として。数年ぶりとなった今回は、日本公使館付駐在武官としての赴任である。

警笛が二度続けて鳴った。

線路の曲がりにさしかかったか、体が右に傾いた。窓の外を見ると、車体の横に清帝国の紋章たる金竜を描いた機関車が車輪をひたすら回している。そのまま線路沿いに視線を伸ばしていくと、三階建ての洋風建築が地平の先に突き出ていた。鉄道の終着点、馬家堡駅である。

空は黒く濁り、雲は低く遠くにまで垂れ込め、窓に張りついた水滴が斜めに流れている。

四月の頭だった。

春だというのにすでに日本の夏を思わせる暑さだが、あとひと月もすれば、太陽が皮膚を焼き、黄色い砂が朝から晩まで空を覆う本物の夏がやって来る。北清における、ひとつの季節が終わろうとしていた。

列車が甲高い音を響かせて停車すると、荷物鞄を手にして乗降場に降り立った。日本公使館から迎えが来るとのことだったが、駅構内にそれらしき人影はなく、予定より早く着いたからだろうと思い、改札を抜けて表通りに出る。

北京は高さ十一mの防壁で四辺を囲う城塞都市であり、初めて駅に降り立った者は城壁の威容に胸打たれるものだ。ところが城の正門である永定門まで一kmあり、各国公使館が集まっている東交民巷はそこからさらに四kmも先だと知ると、たいていの者は先ほどの感銘を忘れてうんざりする。側溝のなかで悪臭を放つ市民の排泄物に出迎えられるころには、もう回れ右して帰りたくなっている。来京の感動は駅を降りるまでというのが、誰彼問わず一致した意見だった。

さて、どうしたものだろうか。

重い荷物を背負って歩くのは難儀だが、といって乗り心地の悪い支那風の輿に担がれるのも具合が悪い。天津でよく見かけるようになった人力車が走っていないかと探してみても、外来文化に直接触れる海辺の開放都市とは違い、古色蒼然たる北京では、そうした舶来の乗り物を見つけることはできそうもない。

仕方がないので、道脇にぽつぽつとある露天屋台のひとつに腰を下ろして迎えを待つことと決めた。

それにしても楽な小旅行だったと思う。前回の赴任では、揺れるたびに頭を天井にしたたかに打ちつけるようなぼろ馬車で、泥と南京虫に悩まされながら三泊四日もかけて旅したものだった。それがいまや、北京と天津は三時間で達することが可能な隣町になったのである。西洋技術と外国資本の参入があったとはいえ、十九世紀最後の年ともなれば、この古びた大陸も時代の流れと無縁ではいられないということなのだろう。

となれば、ひたひたと国外から押し寄せる勢力を受け入れるか、それとも排するか。

幕末期の日本がかつて直面したように、この国も一九〇〇年という節目の年にあって、列強諸国と今後どうつき合っていくのか判断を迫られていると言えるかもしれない。

「へい、おまちどうさんです」

物思いに耽っていると、禿げ頭に鉢巻き姿の店主が焼き餅を差し出してきた。

相変わらずの塩辛さが、むしろ懐かしい。お茶で流し込むように食べながら、数年ぶりの北京名物を堪能した。

「おい、洋人」

背後からドスの利いた声が聞こえて振り返ると、胸の筋肉が盛りあがった大男が腕組みしてすぐ後ろに立っていた。腰に赤い布を巻き、背には抜き身の青竜刀を光らせ、同じような格好をした男たちを三人も引き連れて、さっきまで愛想のよかった店主を怯えさせている。

一見して無頼の徒と分かる男たちは明らかに喧嘩腰である。筋肉男は目が合うと、ずいっと一歩踏み出しこっちの眼前に拳(こぶし)を突き出した。五郎は心臓の高鳴りを感じながらも目をそらすことなく、努めて平静をよそおって敵意の瞳を見つめ返す。

無言の、そして長い一瞬が過ぎ去ると、男は「ふん」と鼻を鳴らして、おもしろくなさそうに立ち去った。

「なんだ、あれは」

からくも難を逃れてひと息つき、支那語で店主に話しかけた。

「旦那は勇気がおありだ。ありゃあ、最近見かけるようになった義和団(ぎわだん)のやつらですよ」

「義和団？　知らないな」

あるじは袖で額をぬぐうと、湯飲みに茶を注いでくれた。

「あっしもよくは知りませんが、なんでも義和拳とかいう拳法を学ぶ集まりのようです。入団すれば、教えを受けずとももろもろのことを知得するとか、幸福を受けるなどと申しまして、知り合いにも何人かおりますが、まこと不思議にして神変の術を使う者たちで」

「術？　たとえばどんな？」

「へえ、修行によって神が宿ると、鉄砲も槍も体が受けつけなくなるとか」

「そんな馬鹿な話があるものか」

「いえいえ、あっしは町中で鍛錬の風景を見たんですが、こうやってズドンと近くから鉄砲を撃たせて、ほら、どこにも傷がないだろ、ってな具合に見せつけていた男がおりましてね」

「北京ではそんな見せ物が流行っているのか」

「見せ物なんかじゃありませんぜ、旦那」

あるじが拳を振って力説しはじめたとき、駅の入口に一頭立ての馬車が止まった。なかから降りてきたのは日本陸軍の軍人だった。肋骨状の飾りひもがついた濃紺のプロイセン風上衣に、白の夏用ズボンと磨き抜かれた長靴をはき、右腰に拳銃を、左には黄金で装飾されたサーベルを吊っている。兵科と階級を示す軍帽の黄色線は一本なので、この人物は歩騎砲のいずれかに属する将校だ。

「おやじ、ごちそうさん」

最後のひと切れを口に入れ、卓上に一円銀貨を置いて腰をあげた。太陽はすでに中天にあり、春の陽射しとは思えないような強烈な陽光をギラギラと放っている。

帽子を脱いで顔を扇ぎながらその将校に近づいていくと、三重線で描かれた袖章の紋様から階級が大尉と知れる。精悍な顔は真っ黒に焼け、ぎょろぎょろ動く三白眼に油断はない。こういう、とても堅気には見えない面相の兵隊はたいてい歩兵科である。歳のころは三十半ばといったところだが、日本公使館の武官とみて間違いなさそうだった。

「失礼、日本公使館の迎えの方だろうか。わたしは本日着任の柴中佐だが」

その大尉殿はこちらを一瞥するなり、姿勢を正してかんっとかかとを鳴らした。

「は、自分は日本公使館ん守田大尉でぇあります。お待たせして申しわけなかとです」

「いや、ひといくさ終えるにはちょうどよい頃合いだったよ」

五郎は帽子をかぶり直すと、博多なまりの大尉殿に向かって片手を差し出した。

## 二

半時間ほど馬車に揺られて公使館に着いた五郎は、その足で全権公使である西の元へ向かった。福岡藩出身という守田大尉から道すがら聞いたところでは、昨年暮れに赴任した元外務大臣の西公使は、この三月まで病に伏せっていたという。加えてその夫人も持病をこじらせていまも病床にあり、公私ともに仕事に専念できる状態ではないらしい。そのため十人足らずの小さな公使館業務を実質的に切り盛りしているのは、数人の優秀な書記官たちとのことだった。

「失礼いたす」

守田大尉がノックして執務室の扉を開け、「中佐殿ばお連れしたとです」となかに告げて五郎の入室を促した。

小綺麗に整頓された部屋の一番奥に、大きな革張りの椅子に体を沈めて書類を眺める顔色の悪い男がいる。

小さい、というより痩せすぎだ。病みあがりというのは本当らしい。

「参謀本部第二部より参りました、陸軍中佐、柴五郎です。本日よりお世話になります」

申告すると、西公使は右目にかけていた片眼鏡をちょっとずらして上目遣いで見た。

「待っちょったど」

薩摩なまりだった。

「旅は快適やったかね」

「はい、鉄道のおかげですこぶる快適でした」

「そいは、なにより」

西公使はふたたび机上の書類に目をやる。

「きみは英語とフランス語と北京官話に長けちょっちあっどん、そんとおりかね」

西公使が目を通しているのは五郎の赴任を報せる電報のようである。

「職務に差し障りない程度の語学力は身につけているつもりです」

「頼もしかね」

西公使は大きくうなずいた。

「外交におっけ武器は言葉じゃ。オイは露語んほうはやっどん、そんほかはさっぱりでな。きみには期待しちょっど」

ところで、と言って書面が指さされる。

「こけはきみが語学堪能な陸軍将校であっことは書かれちょっが、そんほかんこっはなんにもなか。柴くん、きみはどこん生まれかね」

五郎は努めて平静に、

「会津です」

と応じた。

「会津」

西公使は、まずいことを訊いたという面持ちで見つめ返す。

初めての出会いでは、いつもこうなる。同情と哀れみと、ときにはさげすみさえ受けることがあるが、とりわけ薩摩人は判で押したように同じ顔をすることが多い。

「会津生まれにしてはきたなかなまりがなかね。てっきり東京もんじゃて思うちょったが」

「方言は幼年学校時代に矯正しました。会津弁を捨てねばフランス語をうまく発音することができなかったものですから」

「なっほど。英語と北京官話はどこで」

「英語はイギリス駐在武官として勤務したおりに、北京官話は福州での諜報任務に従事した際に、それぞれ必要に迫られて覚えたものです」

「きみは情報将校っちゅうわけか。兵科は歩兵、それとも騎兵」

「わたしの兵科は砲兵です」

「たしかに大砲屋っちゅう物腰じゃ。そいで、実戦経験は」

「わたしは公使のおっしゃるとおり、情報畑で長年勤務してきましたから、まともな部隊経験を持ち合わせておりません。先の日清戦争においては広島の大本営と台湾派遣軍で参謀勤務をしましたが、戦場らしい戦場に出る機会はついぞありませんでした」

「なっほどのう。で、家族はおっとな」

「妻と八歳の娘をひとり、東京に残してきました」

「家族に心配ごとは」

「ありません」

「よう分かった。きみからないかあっか」

「ひとつだけ」

「言ってみい」

「公使は義和団なるものをご存じですか」

「知っちょっが、そいがどげんした」

義和団は昨年暮れから外国人の排斥とキリスト教敵視を掲げて事件を起こすようになり、山東省では人死にが出るような大きな暴動も起こしている。ここ最近では北京界隈にも姿を見せるようになったと、守田大尉から教えてもらったばかりである。

「義和団がらみの事件が頻発していると守田大尉から聞きました。わたし自身も駅で物騒な連中を見かけたものですから、いささか気になっておうかがいしたしだいです」

「じゃったら問題なか。すでに列国ん総意として、二ヵ月ちゅう期限つきん取り締まりを清国政府に申し入れたばっかいじゃ。ま、ことは清国ん治安問題であり、度んすぎた口出しはあまり好ましいことじゃなかんじゃけれど、列国と足並みを合わせんならんわが国ん事情もあってのう。じゃっどん、そもそも義和団など、なんら政治的信条をも持たず、ひたすら外教憎しん一念から迷信者が集まる一団徒、すなわち烏合(うごう)ん衆(しゅう)じゃ。ひと騒動は起こし得っじゃろうが、大局に危害を加ゆっほどんこっにはならんち、とオイは踏んじょる」

「なるほど、場合によっては在留邦人への注意喚起が必要だと感じておりましたが、公使のお考えをうかがって安堵(あんど)いたしました」

「ならば話は終わりじゃ」

退出して武官執務室に戻ると、ちょうど守田大尉が書記官らしい人物と机を運び込んでいるところだった。

髪を後ろに撫(な)でつけた学者風の人物は、楢原(ならはら)二等書記官ですと名乗りながら会釈した。

二等書記官と言えば、この公使館を取り仕切っている書記官たちの筆頭格である。そんな人物が机運びに駆り出されるあたりが、小さな日本公使館らしい光景ではあった。

「手狭で申しわけない。本当なら机はふたつで済むはずだったのですが」と楢原書記官が言った。

公使の部屋の半分くらいの間取りに三つの机をコの字型に配置すると、たしかに狭い。いましがた運び入れた机が自分ので、乱雑に散らかったのが守田大尉の机なら、綺麗に片づいているのは誰のだろう。

「それは海軍の森中佐の机ですよ」

海軍武官の森中佐は六月まで一時帰国中なのだという。中佐をふたりも配置するとは手厚い態勢だが、それだけ清国情勢が日本にとって重要ということでもある。

「本当なら、自分は柴中佐と入れ違いに帰国する予定やったとです」と守田大尉がつけ加えた。

彼は昨年九月から今年の二月まで、日本とロシアの権益がぶつかりはじめた満州とモンゴルにおいて秘密偵察活動に従事していた。この五月から参謀本部で勤務するはずだった守田大尉の人事異動に土壇場で待ったをかけたのは、話題の義和団騒ぎだった。

《情勢不穏につき貴官の帰国命令を取り消す。引き続き在京公使館の警護、関係情報の収集に当たれ》

という参謀本部からのそっけない電文一本で、本土復帰が立ち消えになったらしい。

「そんな指示が参謀本部から出ていたとは知らなかった。先ほど公使は大したことにはならないと言っていたが、情勢認識に隔たりがあるようだ」

「公使には申しわけなかばってん、自分は楽観しきらんって思っとります」

根拠を尋ねてみると、細い目をさらに細めてこう返してきた。

「そもそも、こん暴動騒ぎん根底にあっけんな、夷敵打ち払うっち思想、すなわち攘夷ってやつとです。アヘン戦争、アロー戦争、日清戦争における立て続けん敗北と、列強ん進出ば食い止められん政府ん弱腰に向けた民ん憤りば火種にしとっとですけん、そいつば取り除かん限り簡単に鎮火するわけのないやがです。加えて、中央政府にやつらん行動ば義挙、やつらは清朝ば助ける義民だっち、密かに賛同する向きがあんのも気になっとです。われらの団匪げな匪賊やらなんやらっち呼ぶ一方で、政府官報には〝拳民〟っち書かれとるんが政府ん弱腰と同調ば示しとるわけで、下手すっち、全土に飛び火する大火事になるかもしれんっち、自分は考えとるとです」

「攘夷とは穏やかじゃないぞ。楢原さんのご意見は？」

「攘夷とは言いえて妙ですね」と、楢原書記官は微笑んだ。

「これまでも地方で反政府暴動が起きるなんてことはよくありましたが、政府に味方する暴動は初めてかもしれません。しかし騒ぎの発生地である山東省にはすでに軍隊が乗り込んで鎮圧中のようですから、それほど大事にはならないとわたしは思います」

楢原書記官は公使と同意見のようだ。

「山東省から追っ払ったけんって、そん結果こん直隷省に流れてくるんやったら意味なかよ」

「守田さんはやっぱり軍人ですねえ。小さな火種も目に留まれば踏み消したくて仕方がないらしい」

「火種っちゅうより、こいつは夏ん蠅やけん。払おーが叩こーがも、すぐに集まってきよる」

そいつは傑作だ、と楢原書記官は声をあげて笑った。

挨拶回りを済ますと今日は急ぎでやる仕事もないそうなので、明日からに備えてひと足先に武官官舎に引き払うことにした。

今夜は官舎ん住人でささやかな歓迎会ばやりますけん、という守田大尉の博多弁を背で受けて公使館の正門を出た。東交民巷は天津にあるような治外法権の租界地とは違うが、通りの右にも左にも向かいにも洋風公使館が建ち並び、背広姿の白人男性や日傘をさした貴婦人が道を闊歩している光景に、ここがどこなのか一瞬忘れてしまいそうになる。

日本公使館の隣に、以前はなかった石造りの立派な建物があった。正面玄関の上に湾曲した屋根が突き出ていて、そこに『西賓飯店』という漢字と、『Hotel de Pekin』というフランス語が上下に並んで書かれている。

オーテル・ド・ペキン、つまり北京ホテルである。

こんなところにいつ国際ホテルなどできたのだろうか。好奇心で近寄ると、知った香りがふわっと鼻先をただよう。久しぶりに嗅ぐこれは、日本ではまだ珍しい珈琲のそれである。

この舶来の飲み物を知ったのは、十四歳で陸軍幼年学校に入学したときだった。

建設されたばかりの明治陸軍が模範としたのは、当時の陸軍最強国フランスである。そのため学校で教鞭を執る教官陣は雇われフランス人であり、軍服、用語、武器、生活様式に至るまで、日本陸軍、なかんずく幼年学校は徹底したフランス流で統一されていた。会津なまりはフランス語と相性が悪いらしく、語学の習得にはずいぶん苦労させられたが、生まれて初めて口にする珈琲は好相性で、以来、横浜や長崎に立ち寄るたび、外地の勤務ではもちろんのこと、機会を見つけては一杯の至福を乞うようになったのである。

五郎は匂いに釣られるがままアーチをくぐり、通り沿いに陽当たりのよい席を見つけ、深く考えることなく腰を下ろした。と、洋梨のごとき体型のご婦人が足音も荒々しく寄ってくる。

「あんたの席は奥だよ」

感じの悪いフランス語だった。

「わたしはここで構いませんが」

「こっちが困るんだ」

店内にいる白人たちの冷たい視線に勘づき、ああ、やらかしたと思った。

ここは白人専用席なのだ。イギリスにいたときはそれなりに気をつけていたはずなのに、支那だからといって、つい気を抜いた。

こんな扱いを受けたときはいつも、死んだ父の言葉を思い出す。

戦いに敗れて故郷を追われた会津の人々は、作物も育たぬ東北の僻地、下北半島にある斗南藩で生きてゆかねばならなかった。

五郎を含む柴家の生き残りもまた、その斗南において、障子に張るべき紙すらないようなあばら屋で、風雪を、空腹を、ひもじさを耐え忍んだ。

ある冬、野犬の死骸を得て、二十日間犬肉だけで食い繋ぐことがあった。栄養失調で頭髪が抜け落ちるような飢餓地獄では、手に入るものならなんでも食わねばならないが、さすがに犬肉を毎日食し続けるとしまいには吐き気を催すまでになってしまった。幼い五郎のそんなさまを見て、父は叱ったのである。

ここはいくさ場なるぞと。

「いくさ場にありて兵糧なければ、犬猫なりともこれを食らいて戦うものぞ。ことに今回は賊軍に追われて辺地に来たれるなり。会津の武士ども、餓死して果てたるよと、薩長の下郎どもに笑わるるは、のちの世までの恥辱なり。ここはいくさ場なるぞ。会津の国辱（こくじょく）そそぐまで、ここはいくさ場なるぞ」

語気を荒らげた父の様子が常とは異なっていたからだろう。胸に深く刻まれたそれを、こうしたおりによく思い出すようになった。

ここはいくさ場なるぞ、という血を吐くがごとき言葉を。

生きるためとはいえ、故郷を滅ぼした仇敵（きゅうてき）によって建設された新国家の走狗（そうく）とならねばならなかった会津人は、郷里の滅亡を目に焼きつけたあの日以来、同胞意識を押しつけてくる日本人たちから、そして日本という国家からも距離を置いて淡々と身を処してきた。陸軍という、もっとも日本的であることを求められる組織のなかで、日本人という新興の民族意識に同化することなしにおのれをかろうじて保ってきた。ところが国外に出れば否応なく思い知らされてしまう。お前は肌の黄色い、日本人なのだと。

故郷が滅ばねば、時代が変わらねば、この味と出会うこともなかっただろう。

五郎は無言で立ちあがると、そのまま店を出た。珈琲を飲むまでもなく、苦々しい気持ちで胸が一杯だった。

## 三

武官官舎は公使館から二kmほど北へ行った六条胡同(こどう)という地区にある。元は親王のひとりが暮らす邸宅だったらしく、現在の東交民巷に引っ越す前は日本公使館として使用されていたという。貴族の屋敷というだけのことはあり、数百人に部屋を貸し与えてなお部屋があまるほど、邸内は広々としていた。

官舎に着いた五郎を案内してくれたのは、服部(はっとり)という文部省留学生だった。日本式に改造された風呂で汚れを落とし、ゆかたに着替えてくつろいでいると、宴席の支度ができたと呼びに来た。風雅な庭園を望む縁側にござを敷いた趣のある一席だったが、庭にはわらを張りかけた小屋、積まれた庭石、土木工具などがあり、なにやら造成途上といった感である。

そうやって見ていると、「和尚が工事中なんです」と教えられた。

本願寺(ほんがんじ)の川上(かわかみ)という留学僧が、来月実施される皇太子殿下のご成婚を祝う園遊会のため、ひとりで会場造りにいそしんでいるのだとか。

「ささ、そんなことより先にはじめちゃいましょう」

服部は酒瓶の栓を抜いた。ほかの者は遅れるようだ。

一杯酌み交わすと、話題はすぐ義和団に及んだ。駅での一件をつまみに提供したところ、「近頃そういう無頼のやからが闊歩しているんです」と服部は大きな鼻に乗せた小さな丸眼鏡を持ちあげた。

「ぼくも馬車に石を投げられたり、洋人は皆殺しだ、などと歌っている小僧を見かけたこともあります。最近の北京は危なくて、おちおち酒を飲みにも行けないんです」

「列国公使が政府に期限つき取り締まりを申し入れたと聞きますが」

「知っています。二ヵ月以内ってやつですね。しかし、むしろ逆効果だと思いますよ」

「なぜですか」

「それはですね」

生来の酒飲みなのか、服部は杯を片手に滔々(とうとう)と語り出した。

そもそも義和団などという秘密結社めいたものが人民のなかに生まれたわけは、無理難題を力ずくで押しつけてきた列強への反発感情がその根っこにある。最初のきっかけとなったのは、清国がアヘンの密貿易を取り締まったことに端を発する一八四〇年の対英戦争、すなわちアヘン戦争であり、次いで、海賊行為の容疑でイギリス船籍の船を臨検したために起きた、英仏連合を相手取った一八五六年のアロー戦争である。

両戦争に敗れた清国は涙を吞(の)んで領土割譲(かつじょう)やアヘン売買の合法化などに応じたが、人々の収まらない不満と怒りのはけ口となったのが、国内に二千人以上いるキリスト教布教団とキリスト教に改宗した清国人、いわゆる教民であった。

これまで、市井でもめごとがあれば役人たちが与えられた権威を使って裁きを下すのがこの国の司法制度だったが、アロー戦争後に砲艦の力を背景に布教活動を開始した宣教師たちが新たな権威になると、その権威を頼って改宗する者が増えるようになる。もめごとに巻き込まれた教民は司祭に訴え、役人と対立した司祭は〝不当な迫害〟を領事に訴え、領事は内容の正当性を問わずに問題の是正を行政府に求めるとなれば、役人たちが保身に走り、教民寄りの判断を下すようになるのは無理からぬこと。加えて、おのれの神しか認めない宣教師たちは、地域行事である雨乞いの儀式に教民が参加することを許さないものだから、迷信深い人々が日照りや貧困を洋鬼、つまり青い目の外国人のせいだと思い込むような流れをみずから作ってしまう。

こうしてキリスト教は人々の恨みと憎しみを一身に集め、一八七〇年に起きるべくして事件は起きる。

天津にあるカトリック修道女会に属する孤児院が子供たちを誘拐して殺しているという根も葉もない噂が引き金となって、のちに『教案』と呼ばれるキリスト教がらみの大規模暴動が発生したのである。だが清廷は教案を許さず、騒ぎの鎮定に乗り出したため、それからの二十年はこうした暴動は激減していた。清国がふたたび、対外戦争に敗れるまでは。

その対外戦争とは、遼東半島の割譲と二億両という法外な賠償金の支払いによって決着した、五年前の日清戦争のことである。

眠れる獅子と恐れられた大清帝国が、新興の小国に敗北した。

その事実は飢えたハイエナのごとき列強諸国の食指を動かすに十分だった。まずドイツが自国の宣教師が殺害されたことを理由に山東省の膠州湾獲得に動き、次にロシアが旅順を、イギリスが威海衛を、フランスが広州湾の割譲を、「よこさねばズドンだぞ」という開戦の脅しとともに敗戦間もない清国に突きつけた。

現皇帝の光緒帝は沿岸部の戦略拠点をことごとく列強の手に渡すことで戦争を回避することに努めたが、民衆の怒りは爆発し、外国人排斥運動は再燃した。止めとなったのは、昨年の春に山東省で教案が起きたとき、膠州湾に駐屯するドイツ軍が近隣の村々に鎮圧部隊を送り込んで数百の家を焼き、多数の住民を射殺するという暴挙に出たことだった。これを契機に何十万という村民が、少し前から名を馳せるようになっていた正義と協和を掲げる拳の結社、義和団へ追い立てられるように入団したのである。

支那の片田舎からはじまった宗教騒動は首都北京を含む直隷省にまで瞬く間に広がり、ついにイギリス人宣教師が殺されると、政府は軍を動かしての本格的討伐を決意した。山東、直隷の二省に義和団の禁制を布いた効果もあり、今年に入ってから義和団の火の手は急速に衰えていった。

それを「手ぬるい」と非難したのは列国の公使たちだ。もっと実効性のある成果を二ヵ月以内に示せと政府に強訴したのである。

「慈禧太后はきっと怒っていると思います」

服部の杯は進む。

「慈禧、ああ、西太后のことですね。なぜ彼女が怒るんです」

「なぜって、公使たちは西太后に向かって、すでに取り組んでいる討伐をもっとまじめにやれって、お節介な近所のばあちゃんよろしく言ったんですよ。そんなこと言われたら、ぼくだってよけいなお世話だって怒りたくもなりますよ」

「うまいことを言う」

五郎は膝を叩いた。

「しかし、わたしは今回の騒ぎを天津のときと同じような宗教がらみと考えていたのですが、服部さんの話をうかがって、そんな単純なことではないと考えを改めました」

「押さえたバネってやつはいつか弾けるものです。ましてや相手はあの女帝ときている。どんな弾け方をするか見物ってもんですよ」

服部はそう言って杯を傾け、左目だけを動かした。

清朝の最高権力者は、制度上では皇帝たる光緒帝ということになっている。が、実際のところは先帝の妃にして現皇帝の養母たる西太后がすべての権力を掌握していた。

光緒帝の成人とともに執政職をいったん退いた西太后は、若き皇帝が急激な欧米化に国を導こうとしているのを知るや、皇帝を幽閉してふたたび権力の座に就き、国の舵取りの一切を仕切っている。戊戌の政変と呼ばれるこの政変劇の裏には、諸改革に難色を示す西太后を暗殺しようとする改革派の企てがあったとか、それに皇帝が一枚噛んでいたための対抗措置であったとか、あれこれ噂があるが真相は闇のなかである。二年前のことだった。

光緒帝から慈禧政権に戻り、対外政策はこれまでのような弱腰ではなくなっていたから、側近たちが老仏爺と呼び、欧米人たちが西の宮に住まう皇后、すなわち西太后と呼ぶ女帝が公使たちの差し出がましい申し出をどう受け止め、どう応ずるのかはたしかに気になるところである。

「それにしても服部さんは、なかなかおもしろいものの見方をする方ですね。失礼ですが、ご本職は」

「東京帝国大学で哲学科の助教授をしております」

ほう、と声が出た。

「帝大の服部先生というわけですか。まだお若いのに大したものだ。ちなみにお生まれは？」

「福島の二本松藩です」

服部先生はあっけらかんと答えるが、二本松藩は会津藩と同盟を結んで倒幕軍と戦い、ともに討ち滅ぼされた隣藩であった。それではさだめし苦労されたことでしょうと遠慮がちに訊くと、服部先生は覚えていないと言う。

「あのときぼくはまだ三歳でした。両親を失ったことも、この目をなくしたことも、気づいたらそうなっていたというだけで」

服部先生は右目を触り、ああ、こちらは義眼ですと言って笑った。子供のころに病を患って視力をなくしたのだとか。

「では二本松の記憶はほとんど」

「ありません。子供のころに東京に移りましたから。かといって東京もんという自覚も根づかなかったので、どこの人かと問われたときはとりあえず、生まれも育ちも日本です、と答えて煙に巻くようにしています」

服部先生はずり落ちた丸眼鏡に人指し指を当て、冗談ではなく、むしろそういう自覚しか持ちえなかったとつけ加えた。

「なるほど、帝大の助教授になるのもうなずける。清濁あわせ呑むとでも言うか、あなたは右目を失った代わりに、健常者より優れた視力を手に入れたようだ」

「持ちあげたところで、なにも出ませんよ」

服部先生は膝を叩いて笑った。

世代なのか、人柄なのか。こちらが足踏みしているうちに時代の壁をひょいと飛び越えてしまった有為の青年が、どうにもまぶしかった。

そこへ守田大尉が「参った参った、頭に紅巾ば巻いた連中に囲まれて」と言いながら現れた。後ろにいるつるんとした坊主頭は、庭園造りに忙しいという本願寺の川上和尚だろう。

東交民巷を出てまもなく、義和団を名乗る男たちに馬車を止められたのだという。官兵が駆けつけて追っ払ったが、冷や汗をかいたと川上和尚が続けた。

「酒の肴が増えましたね」

服部先生の不用意なひとことに「この飲んべえめ」と和尚が怒る。今日は朝から晩まで義和団の話でもちきりだった。

## 四

「なにとぞ、太后陛下のご裁可を賜りたく」

慶親王はひれ伏した。

慈禧はあまりの怒りに沈黙した。

清国外務省たる総理衙門の筆頭大臣慶親王は、慈禧に向かってこう言ったのである。

列国の公使たちが二ヵ月以内に義和団を撲滅せよ、と衙門の門前で怒鳴り散らしたと。

しかも各国の砲艦を大沽港(タークーこう)の沖合に遊弋(ゆうよく)させ、この要求が受け入れられないなら武力行使も辞さない、という脅しつきで。

公使たちは十日前にも強訴に及んでいた。

山東省から直隷省にかけて暴動の火の手が広がりはじめたとき、慈禧はこの二省に限って結社を禁止する勅令を発布したが、公使たちは禁令を二省だけでなく、あらゆる結社を撲滅させる全国規模の禁令にせよ、と迫ったのである。

討伐の成果は出はじめていた。なにより列強の言いなりになって人民を押さえつけにかかっている、と見なされては、かえって暴動の土壌を豊かにしてしまうであろうし、人民の怒りが政権の正統性に向けられてはそれこそ一大事である。

正統な皇帝を退(しりぞ)け、その養母が国政を取り仕切ってよい慣例も法もありはしない。慈禧の足場は、人民の支持、という砂上の楼閣(ろうかく)によってかろうじて保たれるものだった。その人民を敵に回すことは、おのれの尻尾(しっぽ)を食う蛇にも等しい。

列強か、人民か。

一国を預かる指導者として、どちらの風を受けて旗を掲げるべきかは自明だった。そう判断して公使どもの申し出をはねつけた結果、「二ヵ月以内に義和団を討伐せよ」という、さらなる無理難題に繋がったわけだ。

日本との戦争に負けて以来、ごり押しすればなにごともまかり通ると知った公使どもは、今回のようになにかといえば罵声を浴びせるようになった。しかし悔しいかな、彼らの侮りを見返してやるだけの力を、現在の清国は欠いていた。

「汝は」

慈禧は重々しく口を開き、真珠であしらった長い飾り爪を向ける。

「汝は、公使どもの差し出がましい申し出を受けよ、と具申するのだな。厚顔無恥で、礼儀をわきまえぬ群狼どもに、この頭を垂れよと」

床にぬかずいたままの慶親王は、なにとぞ、なにとぞ、と泣きそうな声で訴えた。

なんという横暴、なんという弱腰、そして、なんとわが国は無力なのだろう。

慈禧はたまらなかった。

体の内側を虫に食われるような痛みで、自分の代で清朝を滅亡させてしまうかもしれない恐怖で、こちらこそ泣きたいくらいだった。だがそれ以上に、一番深いところに憤怒があった。

慈禧は長考したのち、ぬかずく慶親王の辮髪を見下ろしながら言った。

「詔勅を京報に載せるがよい。わが国は人民が教民を迫害すること、犯罪に加担することを認めない。おのおの家業に精を出し、平和な暮らしを営め、という主旨でな」

慶親王はおずおずと顔をあげ、それは公使どもの要求を呑むということでしょうか、と子犬のようにつぶらな瞳をしばたたく。

慈禧は爪をぱちんと打ち鳴らした。慶親王ははっとしてふたたび額を床にすりつける。

「イタリアが浙江省の海軍基地をよこせと言ってきたとき、われはその申し出を蹴った。去年のことだ。覚えているな」

「もちろんです」

「相手は戦争も辞さぬと言っていたが、戦争は起きたか」

「いいえ、起きませんでした」

「いかにも戦争は起きなかった。恫喝すれば簡単に望みがかなうと踏んでいたイタリアに、その気概はなかったからである」

日本との戦争に敗北したとき、ドイツ、ロシア、イギリス、フランスの要求に屈したとき、国の舵取りは光緒帝に任されていた。イタリアの野心がもろくも潰えたとき、玉座にいたのは政変によって権力を取り戻した慈禧だった。

西太后は光緒帝とは違う、と世界はそのとき知ったはずだ。

「こたびもはったりと、太后陛下はおおせでしょうか」

「全面対決は余とて望むところではない。されど簡単に退けば、やつらはどこまでもずかずかと入り込んでこよう」

慶親王は顔をあげず、辮髪を二度三度と揺らした。

「恐れながら、まことに恐れながら、公使どもはもっと具体的な形を望んでおり、そのような曖昧な勅令では納得せぬかと」

「われはすでに譲歩した」

慈禧が低い声で遮ると、慶親王の後ろに控える別の大臣が「太后陛下の御意のままに」とあわてて応じる。軍機大臣にして慈禧腹心の栄禄だった。

慶親王はまだなにか言いたげだったが、風向きが変わったことを悟ったのだろう。不承不承といった様子で、「老仏爺の御意に従います」と告げ、栄禄に袖を引かれて下がっていく。

慈禧はふたりの退出を見届けると、力尽きたように背もたれに体を預けた。女官が扇で扇ぎ、水煙草の吸い口を音もなく差し出す。吐き出された煙がたゆたうのをぼんやり眺めて、ひと息つく。

白煙の揺らめきに獣が映じていた。

羊たちが草をはむのどかな牧場を、壊れかけた柵の向こうで無数の狼が舌なめずりして取り囲んでいる。そんな危うい情景が目に浮かぶ。

ゆるやかな欧米化を受け入れ、技術を学び、力を蓄え、臥薪嘗胆の気構えで独立国たる尊厳をいつか勝ち取る、などと悠長なことはもはや言っておれない。列強がこの国を、それこそ腸まで食い尽くそうとしているのは明らかなのだから。

では存亡を懸けて戦争に訴えるか。

現在の軍事・財政状況を鑑みれば、勝ち目は万にひとつもないかもしれない。イギリスとの戦争でも、フランスとの戦争でも、小国日本との戦争でも勝てなかったというのに馬鹿げたことだとわれながら思う。しかし踏みつけられたまま黙っているつもりはなかった。いまは、なにも知らない、なにもできない無気力な光緒帝の御代ではないのである。

慈禧は思う。

勝機があるとすれば、敵を四億の民草の海に溺れさせること、それしかないと。

よって次の戦いは人民戦争であらねばならない。全土の民衆が立てば勝てぬまでも負けぬいくさはできるのではないか、義和団とやらはその尖兵になりうるのではないか、それに過去の敗戦はわが指導の結果ではない、とあれこれ考えをめぐらせる。

慈禧はまだ、負けたことがなかった。

## 五

北京着任から一ヵ月あまりが経ち、五月も末が近くなっていた。懸念された清国内の治安情勢は日に日に悪化していき、公使たちが厳しい取り締まりを再三にわたって申し入れたものの、清廷がそれを受けて討伐に本腰を入れているようには見えず、地方で宣教師や教民が襲われる事件はいっこうになくならなかった。こうした事態の推移に一番初めに音をあげたのはフランスだった。

清国で布教活動を行う宣教師の多くは、フランスからやって来たカトリック教会所属の者たちで、その総本山は教区を担任する西什庫天主堂、通称北堂である。その大司教猊下に事態の収拾と教会保護をせっつかれたフランス公使は、自国の軍隊を呼び寄せて自衛の手立てを講じるべき、と列国公使たちに諮ったのだ。

が、政府に取り締まり強化を申し入れているところでもあり、首都に外国軍を招致するというフランス公使の意見は過激かつ悲観的にすぎるとして、ほかの公使たちの容れるところとはならなかった。それよりも夏のバカンス計画のほうが話題としては盛りあがっているくらいだった。

そんな状況が一変したのは、義和団によって北京南西の駅や電信施設が破壊されるという事件が二十八日に起きたときだった。

北京―天津間の鉄道は途絶し、負傷者にはフランス人技師が含まれ、しかも首都のお膝元で事件は起きたのである。義和団は遠い対岸の火事にあらず、もはや他人ごとでもなくなった。

東交民巷の出入口や九つある城門を清軍兵士たちがあわてて固める騒然とした状況のなかで、北京に公使館を構える十一ヵ国の代表者たちは善後策を協議するため、イギリス公使館に集まった。西公使も通訳官と五郎を連れ、列国公使会議に臨む。

公使たちが一堂に会する場面を見るのは五郎にとって初めてのことだったから、最初は誰がどこの国の公使なのかを見分けるのは難題だった。だが後ろで一時間もやり取りを聞いていると、おのずとそれぞれの性格や各国の利害についても浮き彫りになってくる。

「清廷の頭の固さにはほとほと愛想が尽きた」と、押しても引いても言うことをきかない西太后にうんざり気味なのが、イギリス公使マクドナルドだ。

世界に冠たる大英帝国の全権公使らしく、こんなことになってしまったのは忠告を受けつけなかったあの老婦人の頑迷さゆえだと、あきれた様子で自説を展開している。

わが輩の言ったとおりだったでしょう、とフランス公使ピションがそれを金切り声で後押しした。一週間前には誰からも支持されなかった自国軍の呼び寄せをこの機に認めさせようと、彼は懸命になっていた。

「そうは言ってもな」と、その流れに逆らうのはロシア公使ド・ギールスである。

「西太后は部隊派遣に難色を示しているというではないか。それに他国の首都に勝手に軍を入れるという行為は、下手をすれば宣戦布告とも受け取られかねん。ここはいま少し自重すべきと思うが」

マクドナルドが目つきを険しくし、ド・ギールスは素知らぬ顔で葉巻をくわえた。

ロシア公使の慎重論は、十中八九打算に基づく。

清とロシアが秘密同盟を結んだことはロンドン・タイムズのすっぱ抜きによって周知の

事実となっている。ロシアはここで清国に恩を売っておこうという魂胆なのである。

「なにも戦争をしようと言っているわけではない。政府がまじめにやらんから自分の身は自分で守ると言っているにすぎんのだ。それに自国の護衛兵を公使館に置くのは先の政変劇の際に認められた権利でもある」

自衛は権利であると訴えたのはドイツ公使のケテラーだった。そのとおり、権利だ、とイギリスとフランス公使が手を叩き、ロシア公使はおもしろくなさそうに葉巻を嚙んでいる。

議論の方向性は清国問題に切実な利害関係を有するこの四者のあいだで形作られていき、いざ派兵となれば天津近くの大沽港から水兵を呼ぶことになる、アメリカ、イタリア、オーストリアの三ヵ国公使が時々、「ウィ」とか、「セ・シ・ボン」とか言葉少なに口を開くだけで、ましてや極東に大した権益や兵力さえも持ち合わせないスペイン、オランダ、ベルギーの公使たちは、大国間の鍔迫り合いを横で傍観するだけであった。

そうしたなかで、西公使はずっと沈黙を守っていた。

背後にぴたりと張りつく通訳官がフランス語で行われる議論を逐一訳していたから、内容は理解しているはずである。それでも口出しを控えるのは、日本が列国のなかで目立つことを警戒しているためであろうか。

五年前、日清戦争の勝利によって遼東半島の割譲を勝ち取った日本に対して、ロシア・

ドイツ・フランスはその返還を求めて共同で圧力をかけた。いわゆる三国干渉である。軍事力の行使すら臭わせた圧力に抗しきれず、日本は涙を呑んで返還に応じたが、三国はその舌の根も乾かぬうちに清国に対して口利き料を要求した。

ドイツとフランスはそれぞれ沿岸部の港湾を租借という名目で軍事占領し、ロシアはこともあろうに日本が返還したばかりの遼東半島を横からかっさらった。日本の朝野はとりわけロシアのやり口に激昂したが、政軍関係者は臥薪嘗胆を誓って富国強兵にいそしんだ。力なき者は黙っていろというのが、白人の作った文明社会なのだから。

「議論も出尽くしたようなので、そろそろ決を採りたい」

マクドナルドが言った。みな、議論に疲れた顔だった。

「大沽に停泊する各国の軍艦から海軍兵を呼び寄せ、公使館地区の警備増強を図る。このことに対して賛同の方は挙手願う」

フランス、ドイツ公使の手が挙がった。次いでアメリカをはじめとする公使たちがおずおずと賛意を示し、西がこれに続く。

「ロシア一国が反対したところで、きみらはどうせ軍を呼ぶ気なのだろう。だがな」

ロシア公使が最後の抵抗を見せる。

「わがロシアが派兵反対の立場を取ったことを銘記しておいてもらいたい。これから事態がどう推移しようと、ロシアにその責はないということだぞ」

ド・ギールスは言い終えると腕を組み、鼻から下を覆う黒ひげのなかに仏頂面で引き籠もった。

「それでは、賛成多数ということでよろしいかな」

マクドナルドは気取った様子でうなずき、会議を締めた。

戦争に勝って政治で負けた悪夢を引きずる日本は、国際協調という美名の下に隠忍自重を強いる列国の意向に、表向きは逆らわないことを国是とした。出る杭は必ず打たれると知った日本は、まわりに足並みを合わせることを当面の基本政策と定めたのである。

しかし一見無難に見える戦略も、組む相手を誤れば他人の戦争に巻き込まれる危険をはらんでいる。おのれの運命をおのれで決められないことほど、情けないことはない。

五郎は鞄に資料をしまうと、西公使に続いて会議室を出た。

夏の訪れを感じさせる、蒸し暑い日の午後だった。

## 六

馬車が三、四台、ゆうにすれ違うことができるほど広い公使館通りが野次馬で埋まっていた。

清国の官兵が物々しい槍を持って等間隔に並び立ち、各国公使や館員たちがそれぞれの公使館前で国旗を掲げ、興味と敵意を向ける北京市民が赤い顔や黒い目を列から覗(のぞ)かせ、まんじゅうや冷たい飲み物を売り歩く小僧さえいる。まるで祭りだった。

今日は陸戦隊の到着日である。

日本公使館の館員たちは西公使を中心に一群を作り、守田大尉は駅まで迎えに出ているのでここにはおらず、五郎は楢原書記官の横に立って遠くを望む。

太陽が西に傾くころ、通りの端のほうから歓声があがった。

いろいろな言語で聞こえる言葉は、「来たぞ」である。

北京名物の黄色い土埃(つちぼこり)が舞うなかで、真っ赤(まっか)な夕日を背にしていくつもの隊列が近づいてくる。

黄土色のつば広帽子をかぶっているのはアメリカ海兵隊だろう。機関砲を引っ張っている部隊もある。ヘルメット姿はドイツ兵だろうか。色とりどりの軍旗と大柄な白人兵に混じって、ひときわ人数の少ない一隊が後ろのほうを行進していた。

日章旗を掲げ、村田歩兵銃を肩に担ぎ、行進ラッパを吹き鳴らして外国兵に負けじと歩いているのは、日本海軍の陸戦隊だった。

彼らの母艦は、北京の百七十km南、地方都市天津の外港たる大沽港の沖合に浮かぶ日本海軍の軍艦愛宕(あたご)である。百人足らずの船から四分の一もの水兵を抜いて派兵要請に応えたという。白いセーラー服を黄色く汚した二十五人の水兵たちは西公使の前で足を止め、将校と思しき人物が敬礼した。

つばが持ちあがって額が見える軍帽の斜めかぶりは〝あみだ〟といって、陸軍では矯正指導の対象となる。なんだか飄々としてちょっと頼りなげなこの将校が、陸戦隊指揮官にして唯一の士官、原大尉だった。

「見たところ、三十人以内という条約を律儀に守ったのはわが国だけのようです」

五郎は他国部隊の状況をひととおり見てきた結果を西公使に告げた。一番多いのはイギリス隊の八十二人だった。

一昨年清国内で起きた戊戌の政変、すなわち西太后を長とする保守派が、改革派の若き皇帝を幽閉して政権を握ったクーデターがあったとき、各国は公使館警備のため陸戦隊を呼び寄せた。そのとき定められた条約によって、それぞれの公使館に三十人までなら警備目的で兵を置くことが認められていた。

西公使はふん、と鼻を鳴らす。

西公使が派兵に否定的、というのは公使会議のあとになって知った。部隊招聘などしてはかえって無駄な騒ぎを起こす、と考えていたという。だが列強と足並みを合わせることに躍起になっている本国政府の意向に逆らえなかったらしい。

いずれの国も清国分割に目の色を変えているご時世であり、この機に乗じてなにがしかの利益を得ようと隙をうかがっているのは当然想定すべきことでもある。従って日本政府としては、出しゃばりすぎて叩かれないよう列強の顔色をうかがいながらも、とりわけ満州に手を伸ばしつつあるロシアにだけは出し抜かれないよう、ここで小さく鞘を当てておく、という方針なのだ。

かくて、オランダ、ベルギー、スペインといった極東に戦力を配置していない三ヵ国を除く、日本、アメリカ、イギリス、フランス、ドイツ、ロシア、オーストリア、イタリアの計八ヵ国、四百人あまりの兵士が東交民巷の警備に当たることとなった。

「ご苦労さん。色男になったな」

案内を終えた守田大尉が戻ってきた。ともに駅から歩いたからか、汗と埃で野良仕事から帰った百姓のようになっている。

「あいつら馬鹿ちんたい」

なぜか怒っていた。

どっちが先に北京に入るか、というどうでもよいことでロシアとアメリカがもめにもめ、ついには操車場からここまで六㎞の道のりを、それこそ各隊競争するように速足行進したのだとか。

「ところで外の様子はどうだった。なにか変わったことは」

興奮冷めやらぬ守田大尉に訊くと、そういえばと思い返すように言った。

「駅から城内に入るまででん道すがら、徒党ば組んで気勢ばあげよる者たちのおったけんが、まるで夏ん蠅んごた、ここ一週間で急に数ば増やしようです」

「服部先生と川上和尚もそんなことを言っていたな。郊外にいた各国の人々も避難をはじめたようだし、こいつはいっそうの警戒が必要かもしれないぞ」

武官官舎の同居人である大学助教授の服部や本願寺の川上は、よく城外へ探検に出かけては様々な土産(みやげ)を持ち帰るのである。

「まあ、海軍さんらにしっかり働いてもろうたらよかこつです」

一昨年の政変時、公使館警備のため北京にやって来た海軍陸戦隊は、警備、といっても別段することもなく、うまいものを食い、酒を飲み、若い娘をからかってけっこうな思いをしただけで帰っていった、と守田大尉がぶつくさ言っていたことを思い出す。

ちょうどそこに陸戦隊指揮官の原大尉が挨拶に参上した。水場に集まった水兵たちは洗濯に取りかかっている。

「陸軍武官の柴中佐ですね。海軍の原です。警備任務に当たっては中佐の指導をよく受けるよう艦長からも命じられておりますので、以後、なんなりとお申しつけください」

「こちらこそよろしく頼むよ」

守田大尉が値踏みするように見ている横で、原大尉の手を握った。

荒っぽい感じの守田大尉から角を削(そ)ぎ落とし、数歳若くしたら、背格好のよく似たふたりは兄弟のように見えなくもない。

長州閥が幅を利かせる陸軍と、薩摩一色に染まる海軍はお世辞にも仲むつまじいとは言えないが、このふたりが仲のよい義兄弟になってくれることを、心から祈るばかりだった。

## 七

情報収集、本国への報告、各国公使館との調整や居留民への避難指示など、数少ない日本の公使館員たちが業務に忙殺されているところに、ひとりの日本人青年が前触れもなく現れた。五郎に負けず劣らずの小さな体軀を背広できっちり固めた書生風の若者は、日本陸軍の青年将校だった。

月が変わり、六月に入った日のことである。

「安藤大尉だったか。そこにかけなさい」

五郎は椅子を勧めた。

「恐れ入ります」

武官執務室の古ぼけた椅子に腰かけた安藤大尉は、赤インクで陸軍省と書かれた封筒を差し出した。彼は陸軍省の許可を得て本国からはるばるやって来た、清国研究を目的とする自費留学生とのことである。自費、というところが興味を引く。

「ふむ」

五郎は書面から目をあげた。

積み重なった書類の隙間から守田大尉が刺さるような視線を投げかけ、まだ二十そこそこの安藤大尉は判決を待つ被告人のように固まっている。

「安藤くん、中身は確認した。しかしよくここまで来られたな。いまがどういう時期か知らんわけではあるまい。道中、危険な目に遭いはしなかったか」

「はい、特には」

「きみは運がいい。しかしこれからもそううまくいくとは限らんぞ。勉学もけっこうなことだが、わたしは時期を改めるべきだと思う。どうだ、いったん帰国して出直してみては」

「それはできません」

即答だ。

「自分はもう、自宅を処分してしまいましたし、それに陸軍省を拝み倒してようやく許可をもらったんです。この機会を逃しては、次いつ出国できるか分かったものでありません」

見かけによらず行動力のあるやつらしい。

「しかし、自費による留学ということは、渡航費や宿泊費も全部自前ということだな。そうまでして清国研究を志す特別な理由でもあるのか」

「中佐殿は、ご自身が清国のことを真に理解していると思われますか」

「こら、きさん、上官ん質問に質問で返すな」

守田大尉が横からきつい口調で叱責した。五郎はまあまあ、となだめた。

「真に理解しているか、と正面から問われると自信がないが、この国が一筋縄ではいかない相手であることは理解しているつもりだ。なんといっても支那は広すぎるし、民族は複雑だし、文化はごった煮のごとしと来てる。ここではいかなる問題も簡単には決着せんが、鉄砲だけで片がつくことはまずあるまい」

安藤大尉はびっくりしたようにまゆを持ちあげた。

「失礼ながら、中佐殿のようなお考えを持つ者は本国に皆無です」

「だろうな。わたしもいろいろ痛い目に遭って学んだことだから」

「自分も、そうしたことを学びたいと思ってここに来ました」

力強く目が輝いた。

「諸列強は日に日に大陸に勢力を広げているというのに、日本は彼らの後塵を拝してばかりです。その原因の一端は、わが国の清国研究の遅れにあると思っています」

「それが自費で渡清する理由に繋がるのか」

「はい。自分はまず、早急に研究機関を設置すべしと陸軍省へ訴えました」

「それがだめならせめて、自分を研究員として派遣してくれとも嘆願しました」

「なるほど」

「ところがえらい方々はそこを分かってくれず、そんなに行きたいなら」

「自費で行け、というわけか。やれやれ、やり方はめちゃくちゃだが、きみの熱意はよく分かったよ。で、とりあえずなにが入り用なんだ」

五郎は鉛筆を手に取った。

「まずは支那語を習いたいと思います。文化風俗の理解はまず言葉からと」

「まずは言葉ね」

天井を見て一考し、「守田くん」と鉛筆の先を向けた。

「きみは歩兵出身だったね。安藤くんも兵科は歩兵だそうだ。というわけでよろしく頼むよ」

守田大尉の元々細い目が、すっと伸びて一本線になる。

「きみには支那語を習う先生がいただろう。同じ兵科出身のよしみだ。明日から適当な人間を世話してやってくれ」

彼は週に一度、清国人から支那語の手ほどきを受ける隠れた努力家なのである。

「それと安藤くんは住むところにも困っているだろうから、ついでにそのへんも面倒を見てやってほしい。武官官舎なら部屋がいくらでもあるだろう」

「ありがとうございますっ」

安藤大尉は勢いよく立ちあがって頭を下げ、守田大尉は盛大にため息をつきながら読みかけの書籍を置いて腰をあげた。

夢が小さな体に収まりきらない。

そんな様子の青年を見ていたら、ふと思い出した。士官学校卒業したての新品少尉だったころ、幕府海軍を率いて箱館五稜郭（はこだてごりょうかく）に立て籠もった旧幕臣、討幕軍と最後まで戦った榎本武揚（えのもとたけあき）の自邸を訪ねたときの話だ。

軍の要職は薩摩・長州人が占めており、賊軍出身者が人と同じことをやっても立身などできはしない。得意の語学を武器に、支那でひと旗あげようと考えた若き日の五郎は、幕末の英雄に幼い野望を吐露したのである。ひとかどの人物は人とは違う答えをくれるだろうと期待して、つても紹介もないのに突然門を叩いて意見を求めた無礼な若者に、英雄は至極常識的な返答をした。

いまは勉学に励めと。

「安藤くん」

「はい」

五郎は鞄を手にさげた安藤大尉を呼び止めた。

「明日からしっかり励むんだぞ」
「はいっ」
弾んで返事をした有為の青年に、あのころの自分が重なるようだった。

## 八

北清の夏は陽の光が肌に刺さるほど暑い。だが三十度を超える酷暑でも、日本と違ってじとじとした湿り気が少ないから、日陰で風に当たればむしろ心地よい。その代わり、乾燥した風が黄色い砂を巻きあげ、耳や鼻や口に容赦なく入ってくる。

五郎は額の汗をふいた。

小さな地図を片手に公使館通りを行ったり来たり、ときおり路地裏を覗いたりしながら半日である。明日は各国の武官同士で東交民巷防衛計画について話し合う予定であり、その資料作りに忙しかった。

陸戦隊が五月三十一日に入城して七日が経つ。

この七日のあいだ市内は比較的平穏だったが、城外では教民がどこそこで惨殺されたとか、天津と北京を繋ぐ白河（はくが）に外国人の死体が浮かんだとか、いずこかの聖堂が焼かれたなどという、相変わらず物騒な噂ばかりが飛び交っていた。

暴徒化した群衆が北京南にある黄村（こうそん）の停車場を焼き、付近の橋梁（きょうりょう）をことごとく破壊したのは四日前のことである。以来、天津と北京間の列車運行は完全に不通となった。治安は悪化の一途をたどり、城外は『扶清滅洋（ふしんめつよう）』という排外主義の標語を勇ましく掲げた義和団が支配する地域と化し、赤い旗で満ちる壁外に外国人が出るのは自殺行為となる。公使たちは総理衙門へそろって繰り出し、約束した取り締まりはどうした、やる気があるのか、と罵声をさんざん浴びせたものの、役人たちはのらりくらりと言い逃れをするばかりで話にならなかった。堪忍袋の緒が切れた公使たちは、とうとう警備部隊の追加派遣を本国政府に打診することで一致してしまう。

日本政府は愛宕に続き急遽（きゅうきょ）回航した軍艦笠置（かさぎ）から五十名ばかりを送ることを決め、「破壊された線路は修理を終えた。明朝到着する」との電報をもらった守田大尉は駅まで迎えに行く。が、待ち人は待てど暮らせど現れなかった。

「停車場ん楼上に登って数時間ばかり待ってみたとですが、そうこうしとるうちに、ひと目で無頼漢と知れる連中ば含む、数百人からなる群衆に駅の囲まれよったとです。警備んため配置されとった官兵どもはいっちょんあてにならず、そいつらと談笑するやら、一緒になってわれらば嘲笑（ちょうしょう）する者ありやで、しまいにはこっちに向かって石ば投げる者まで現れよったとです」

そうやって守田大尉がさんざんな目に遭ったのが、今朝のことである。

駅夫や事務員は姿を消していたらしく、採寸を頼んでいた洋服屋さえあわてた様子で田舎に帰ってしまった。まるで沈みゆく船から真っ先に逃げ出す鼠（ねずみ）のごとく、住人は危険を察知して避難している。

「あ、柴中佐」

通りの一角で原大尉と偶然かち合った。一緒に入京したイギリス海軍の士官と仲よくなった原大尉は、イギリス公使館で昼飯をごちそうになってきたという。メニューはライスカレーだった。

「わが海軍でも普及しはじめたばかりですが、まだまだ本場の味には及ばないと知りました」

のんきな、いや、海軍流の国際親善と思うべきか。

「腹ごなしに運動でもするかい」

「いいですね」

五郎は地図を折りたたみ、鞄のなかに収めた。

ふたりは日本公使館の正面に建つドイツ公使館と香港上海（ホンコンシャンハイ）銀行のあいだを抜け、城壁の上へと続く斜面を登っていった。遠くから見れば灰色一色の城壁も、近くに寄ればひとつひとつ微妙に煉瓦（れんが）の色が違う。高さ十一m、厚さ二十m近くもある韃靼壁（だったんへき）と名づけられたこの壁は、蒙古（もうこ）の奥地からたびたび襲来した韃靼人の侵入を防ぐ目的で、大昔に建設された老壁である。

「着いたぞ」

五郎はひと足先に城壁の上に立った。そこは舗装された散歩道だが、かつては美しかったはずの道も、手入れが行き届かず一面草藪になっていた。

追いついた原大尉は後ろを振り返り、「こいつはすごい」と感嘆した様子である。

瑠璃色の屋根瓦、巨大な城門、蜂の巣のごとき無数の窓を備えた楼閣。この場に初めて立つ原大尉の目を奪うのは、夕日を受けて真っ赤に燃え立つ皇帝の居城、紫禁城である。

ここからの眺めは何度見ても息を飲む。初めて見る者ならなおさらだ。この高さまで登ると街の臭いが気にならないのもいい。

「北京はね、外城と内城という、ふたつの区画に分かれている」

五郎は風に飛ばされないよう軍帽を押さえながら言った。

「そして我々はいまちょうど、その境目に立っているんだ」

石畳をとんとん、と靴の裏で踏んだ。

支那風の丸い屋根や貴族の邸宅が並ぶ光景のなかに、二階建ての洋館や教会の尖塔がそびえ立つ。黄塵に霞む幻想的な眺望は、洋の東西をあわせ呑む調和と混沌を感じさせた。

「支那の主要都市がいずれもそうであるように、ここ北京も全体を堅固な城壁に囲まれる、いわば城塞都市だ。清国皇帝の住まう紫禁城、各種の官庁、皇族の屋敷といった枢要な施設はすべて内城にあり、内城の南側に壁を継ぎ足し、商業区としているのが外城となる。長方形の箱ふたつを横にしてくっつけた感じだな。そして外城と内城の境目にあるわれらが東交民巷は、かろうじて内城に含まれる」

原大尉は、なるほど、とうなずいた。

足元に見えるのは内城の城壁を背にして建つドイツ公使館である。通りを挟んで向かい合うのが日本公使館で、同じ並びにフランス、スペイン、イタリア公使館がある。

左手、西のほうに目を向けると、御河(ぎょが)という干上がった小さな河を越えたところにアメリカ、ロシア、そして広大な敷地を有するイギリス公使館があり、外城と内城をつなぐ九門のひとつ、紫禁城の正面玄関である正陽門(せいようもん)の横にはオランダ公使館があった。

右手、東に目を転ずれば、ベルギー、オーストリア公使館があるのだが、ここからではひしめき合うように建っている民家や官庁街の陰になって確認することはできない。

「東交民巷はね、西の正陽門と東の崇文門(すうぶんもん)のあいだにある約一km四方の区画に、十一の公使館と西洋人御用達(ごようたし)の銀行や記者クラブ、ホテルなどを内包した一大租界地のごとき地域と言えるだろう。さて、そこで原くんに訊きたい」

「なんでしょう」

「きみだったらこの東交民巷をどう守るだろうか。使える戦力はわが陸戦隊も含めた水兵四百とする」

原大尉は質問の意味を察したか、そうですね、といって長考に入った。

五郎は、いまはまだ城外に留まっている兵乱が、城の内部に及んだ場合の防衛案を練っていたのである。この高所に立って地区全体を見渡せば、その地形的特性は一望のもとであった。

原大尉が静かに腕組みを解く。

「説明します」

「拝聴しよう」

お手並み拝見である。

「これだけの地域を四百人で固めるのは、どだい無理と言うものです。ですから、地区外縁部に位置し、なおかつ自前の兵力を持たないベルギー、オランダの両公使館は守備範囲からあらかじめ除きます。また突角を形成し、防備上の弱点になりうるオーストリア、イタリア公使館からも兵を退き、戦線の縮小を図ります」

「ほう」

五郎は続きを促した。

「基礎配置をこのように定めたあとは、各公使館内に応分の民間人を保護し、それぞれの責任に従って外方に対し守りを固める、というのがわたしの案です」

「なぜ、あらかじめ兵と責任を分ける必要がある」

「我々はただでさえ意思疎通の困難な寄せ集めの連合軍ですから、戦闘中に他の軍と頻繁にやり取りせねばならなくなるような複雑な作戦よりも、こうした単純明快な方式のほうがうまくいくと思います」

「きみは、もしかして陸戦の経験があるのか」

「いえ、軍務に服して十一年になりますが、陸の上で鉄砲を撃ったことは一度もありません」

「だったらなおさら驚きだ。きみの案にはいくつか加えるべき点もあるが、純軍事的には及第点と言っていい」

「純軍事的ですか」

「そう、純軍事的、にはね」

原大尉の肩をポンポンと叩き、きびすを返す。

城壁の上から望む異国の夕焼けは、あの日と同じ攘夷の色に燃えていた。

## 九

翌日、各隊の代表者はイギリス公使館に集合した。五郎は原大尉を伴って初の武官会議に参加したのだが、会議室の大机を囲むのは階級も名前も分からない海軍士官ばかりで、

陸軍の制服を着ているのは自分だけだった。

赤や白や青といった色も形も違う制服に袖を通す各国の将校たちは、一見して海のものとも山のものとも知れず――いや、海か――二、三人を除けば総じてみな、若い。

「本日の司会役を承ります、英国王室海兵隊（ロイヤル・マリーンズ）所属のストラウト大尉です」

使い慣れぬであろうたどたどしいフランス語で会議の開催を告げたのは、見事な金髪をしたイギリスの若き海軍将校だった。ロイヤル・マリーンズとは、つまり精鋭近衛のことである。五郎は名を忘れぬようすかさずメモを取る。

「すでにお伝えしたとおり、本日は東交民巷の防衛について議論するためにお集まりいただいたわけですが、その前にひとつ、申し述べておきます。すでにお聞き及びとは思いますが、イギリス東洋艦隊司令のシーモア中将を指揮官とする陸戦隊の第二陣が、三日後には北京に入城する予定となっております。このこと、討議の前提事項としてご認識ください」

軍艦笠置から派遣された日本隊第二陣は、修復されたはずの鉄道がふたたびあちこちで破壊されていたため、北京行きをやむなく断念した。途切れがちな電信がそう伝えてきたのは昨晩のことである。

だが同時に、もっと大きな部隊が救援に来るとの朗報もあった。それが、大沽に集結しつつある各国の海軍部隊によって編成された、二千の即席連合軍というわけだった。

「では討議に移ります。本日はみなさん初顔合わせですので、発言の前に名前と階級を」

「あー、きみ」

ストラウト大尉を遮ったのは、四十代くらいの鼻の大きなオーストリア軍人だった。

「冒頭できみが言ったように、二千もの増援がもうすぐやって来るなら、我々がすべきことなどなにもないのではないか。それに火器を持たない暴徒など、機関砲の一連射で四散するのは目に見えている。あまり深刻に考えすぎるのも、かえって居留民にいらぬ動揺を広めると思うがね」

「えーっと」

ストラウト大尉はこの人物の名を知らぬらしい。

「わが輩はトーマンだ。フォン・トーマン。オーストリア海軍中佐（カピテンヌ・ド・フリガット）である」

カピテンヌ・ド・フリガット、という階級呼称がことさらに響いた。

「トーマン中佐、おっしゃることはわかりますが」

ストラウト大尉が言いかけると、

「フォン・トーマン中佐だ」

トーマン中佐は訂正を求めた。

海軍で中佐といえば一艦の艦長であってもおかしくない階級である。しかも『フォン』という貴族称号つきとは、ただの陸戦隊指揮官ではないようだ。原大尉が「あれはゼンダというオーストリア軍艦の艦長です。一緒に大沽から来ました」とこっそり教えてくれた。やはりひと癖ありそうだった。

「まあまあ、せっかく集まったんですから、ちょっとは話し合っておきましょうや」

トーマンの名を印象とともに手帳に書き留めていると、ストラウト大尉に援軍が現れた。黒い巻き毛と太いまゆが特徴的なイタリア海軍のラテン系士官だ。パオリニー大尉と名乗った。

「発言していいか」

丸太のような手が挙がった。巨漢のフランス軍人である。

「増援が来るとはいえ、兵は多いに越したことはない。民間人から義勇兵を募って総予備としてはどうだろうか。ああ、すまん。ダルシーだ。フランス海兵隊大尉」

国民皆兵制度に一家言あるお国ならではの意見だろう。議論不要と述べたトーマン中佐の意見は無視された形となり、当人は険しい表情で黙っている。

「こういうときは受け身になっては負けなのだ。われはかくする、ゆえに敵をしてかくせしめる、という攻めの姿勢を忘れてはいかん」

誰かがいきなりしゃべった。

「お名前を」

ストラウト大尉が尋ねた。

「アメリカ海兵隊マイエルズ大尉」

流れに構わず自分の言いたいことを放言するマイエルズ大尉は、やや年かさの、顔の刀傷が印象的な叩き上げの軍人といった感じだった。五郎は増えていく人名をそのつど記入する。

「それって、どこかに攻め込むって意味かい」

ラテン男が訊く。

「わしは気持ちの話をしておるだけだ」

「なんだ、精神論かよ」

「失礼ながら」

ふたりの横から、赤毛の貴公子がストラウト大尉に問いかけた。彫刻のように白い美男子である。

「オランダとベルギー公使館の方がおられないようですが」

「ええ、両公使館には武官がおられませんので、この場にはどなたもお呼びしていません。なにか問題でも、ウルブレフスキー大尉」

ストラウト大尉は彼のことを知っているようだ。ロシア人らしい。

「ひとつ、彼らに検討していただきたいと思っていたことがあったものですから」

「それはなんでしょうか」

「お気づきの方もいるかと思いますが、ベルギーとオランダの公使館は地区の境界線付近にあって守りにくく、また彼らは自前の兵力も持っていない。従って、彼らには当初よりイギリス公使館あたりに避難していただくのがよいと思っていたのですが、ここにその関係者がいないのでは勝手に決めるわけにもまいりませんね」

「それはよい」

しばらく黙っていたトーマン中佐がすかさず賛同した。

「それはだめです」

が、ストラウト大尉は即座に否定する。

「両国公使とうちのマクドナルド公使とのあいだで、ことのはじめから公使館を放棄はしない、と合意しているのです。国の威信にかかわるとかで」

「なんだそれは。わが輩は聞いておらんぞ」

トーマン中佐が言い、「わたしも初耳です」とウルブレフスキー大尉が続く。

前もって公使館を引き払うことはできないという気持ちは理解できなくもない。だがそうなると、自衛能力のない威信とやらを、誰かが代わりに守ってやらねばならない。

「ベルギー公使館は最寄りのオーストリアから、オランダ公使館はロシアが、それぞれ守備兵を差し出すことをご検討いただきたい。これはイギリス公使からの正式要請です」

なぜイギリスがあれこれ勝手に決めるのだ、とベルギー公使館の隣人トーマン中佐は機嫌を損ね、オランダの隣人であるロシア人貴公子は、困りましたねと言いながら髪をかきあげた。それでもふたりが強く抗議しないのは、ここで踏ん張ってみたところで公使同士の話し合いに持ち込まれては、イギリス公使の要請を自分たちの上司であるロシア公使もオーストリア公使も無視できないと知るからだろう。七つの海を支配する帝国の力は、陸の上でも絶大というわけである。

会議は続く。

といっても、やはりストラウト大尉ひとりでは荷が重い。主催者として腹案を準備していたのだろうが、それを述べようとする矢先にいちいち横槍が入って、議論は頓挫（とんざ）するか、明後日（あさって）の方角へ進む。

五郎は時々、それはけっこうですねとか、なるほどなるほど、と相槌（あいづち）を打って、議論がこれ以上拡散しないようさりげなく手を貸した。

二時間も経つころには、概（おおむ）ね論点は出尽くしたか、少しずつ議題が片づいていく。まず一番無難な、各国公使館の防備はそれぞれの責任に基づいて行う、ということが決着した。オーストリアとロシア隊がオランダとベルギー公使館に応分の守備兵を差し出す、ということも念押しされた。

城壁の守備はアメリカとドイツでやってもらいたいのですが、とストラウト大尉が話を振ったとき、見事なカイゼルひげのドイツ将校が初めて口を開いて、「了解」と応じた。

ワーデンかラーデンか、極端に無口なドイツ海兵隊将校の名がよく聞き取れなかったので、くわがたのはさみのごとき大きなひげを記憶に刻む。

半日過ぎて、いったん休憩に入った。

カップが空になれば支那人の給仕がすぐ注いでくれるため、飲んだ珈琲はすでに三杯を数える。ずいぶん香りが強く、どこの豆だろうと思っていると、「インドですよ」と原大尉が教えてくれた。このあいだライスカレーをごちそうになったとき訊いたという。

「討議についてきているか」と五郎は言った。

「なんとか。それよりも柴中佐」

「席にお座りください」

原大尉がなにか言いかけたとき、休憩時間の終わりを告げられた。原大尉は目で、またあとでと言っていた。

再開後すぐ決まったのは、イギリス公使館の北側を走る東長安街と王府(おうふ)大街の交差点に哨所(しょうしょ)を置くこと、そして、いざというときにはイギリス公使館に婦女子を避難させることである。

イギリス公使館は東交民巷で一番大きく、かつ施設そのものが堅固であった。誰も口にしなかったが、いよいよとなれば、そこが最後の腹切り場ともなるだろう。

「日本の武官の方」

トーマン中佐が不意にこちらに声をかけてきたので、鉛筆を止めた。

「日本公使館は地区の中央寄りに位置し、東交民巷で一番安全な場所にあると思われるが、きみの意見は」

「はい」

日本公使館は西をスペイン公使館、東をフランス公使館、南をドイツ公使館に守られ、北には粛親王府（しゅくしんのうふ）という貴族の大邸宅と民家群がある。トーマン中佐の言うとおり、大規模攻撃を受けにくい幸運な立地に恵まれていた。

「その認識のとおりかと」

トーマン中佐はふむとうなずき、

「では、きみらは比較的余裕があるということだな。だったら、みずからの公使館を守るだけでなく、ほかにも任務を引き受けるべきではないかね」

と持ちかける。

するとこちらが答える前にストラウト大尉が、「日本隊は将校ひとりを含む二十五人と聞いておりますが、間違いありませんか」と確認した。

「公使館所属の武官を除いた数、ということでしたらそれで間違いありません」

五郎が返答するとストラウト大尉は、「お聞きのとおり、日本隊の人数は最小です。ほかを支援するほどの余裕はないと思われます」と、かばうようなそぶりを見せたので、トーマン中佐は「そうかね」とおもしろくなさそうに意見を取り下げた。

「大尉殿、お気遣いはありがたく」

五郎はストラウト大尉に頭を下げ、それから腹案を述べた。

「しかしながらフォン・トーマン中佐のご指摘はもっともなことだと思います。そこで一案ですが、日本公使館の北側に広がる住宅街を、わが隊が常時巡察するというのはどうでしょう。日本隊単独でいずれかの正面を守備するのは、たしかに不安が残ります。一方で警戒監視に人手を割くくらいなら、やりくりしだいで対応は可能と思われます」

人の名前ばかり気にして自分が名乗りを挙げていなかったことを思い出し、最後に「柴です」とつけ加え、階級をつけることをつい忘れた。

トーマン中佐は名前のことなど気にもかけていないようだったが、ストラウト大尉は「助かります、中佐（リュウトナン・コロネール）」と言って、会釈する。

リュウトナン・コロネールという単語が、ひときわ大きく聞こえた。

会議参加者たちがぎょっとして振り向き、呼ばれた五郎自身が一番驚いた。

海軍流にカピテンヌ・ド・フリガットと呼ばず、陸軍式の階級呼称をきちんと使い分けたこともアングロ・サクソンらしからぬ細やかさだが、そもそもなぜ日本陸軍の階級章を読み取れたのだろうか。

「陸軍中佐？　中尉ぐらいかと思っていたぞ。きみはいくつなのかね」

トーマン中佐が鼻の穴を膨らませている。

「今年で四十二になります」

イタリアのパオリニー大尉が口笛を吹いた。面々も一様に驚きを隠せない様子だが、見た目が若いとは日本でもよく言われたものである。

「中佐進級は何年かね」

トーマン中佐はまだ訊いてくる。

「この春です」

「わが輩は一昨年だ。ということは当方が先任だな」

階級が同じなら、その昇任時期によって序列が決まる。それが世界の軍隊に共通のしきたりである。トーマン中佐はそこを念押しした。

義勇兵の件については各国持ち帰って検討、とストラウト大尉が疲れた声で締めくくったとき、会議開始から八時間が経っていた。

＊

ふたりの足音だけがこつこつと、ガス灯がおぼろげに照らす石畳に響いていく。

原大尉と並んで帰路につく五郎は、八ヵ国の将校たちの顔ぶれを思い返しながら、会議の成果を振り返っていた。

敵情について、結局議論はなされなかった。

陣地防衛は基本的に受け身である。つまり敵の出方を読んで、将棋で言うところの後の先を取る方式でいかねばならない。ところが八時間議論して、敵とはなにか、という基本認識がおろそかなままだった。

敵は暴徒である。

すなわち軍隊のように統一された編成と意思を持ってどこかに集中攻撃を加えてくる、といったことは考えづらい。その反面、小さな隙間から水が漏れ出すように、こちらの防衛態勢の間隙をぬって少人数が無秩序に浸透してくる事態を警戒すべきである。敵は城壁のような難所を避け、西の正陽門か東の崇文門を抜けて、もしくは民家のひしめき合う北から、定型のない水のごとく通りの流れに沿ってやって来る、というのが五郎の見立てだった。

だがそういう突っ込んだことを持ち出しては、会議は明日まで終わりを見なかっただろう。いまだに顔と名前は一致せず、名札でもぶら下げておいてくれれば助かるのに、とつまらないことばかり気になるが、第一回会議としては合格点と思わねばなるまい。

「なぜ、黙っておられたのでしょうか」

そんなことを考えていると、原大尉が思い詰めたように訊いてきた。きのう、地区内をくまなく歩き回って計画を立てていたのに、それを披瀝しなかったのはなぜか、とやや詰問口調だった。

　これからのこともある。五郎は説明の必要を感じさせられた。

「外交の舞台に、目立ちたがりと出しゃばりは不要だ」

「自分の意見を述べるのが出しゃばりとは思いません。むしろ、意見があるのに言わないほうが罪は重いと思います」

「相手が日本人ならそれでよい。しかし我々は東洋人だ。清国においては東夷とさげすまれ、西洋においては黄色い猿と馬鹿にされる、小さな島国の住人である」

　陽が落ちて薄暗くなった通りに、声が響く。

「原くんの案は純軍事的には正しい。だからこそ、その意見は通らない。白人たちの優越意識をなめてはいかん。だからわたしは出しゃばるなと言った」

「それで黙っておられたと？　とうてい納得できません」

　原大尉は目をむいた。当然だろう。しかし五郎は声を出さず笑う。

「わたしは黙ってなどいないぞ。最高とは言いかねるが、会議の結果は概ね想定範囲に収まった」

　原大尉は意味が分からないようだった。

「会議というやつは、自己を宣伝する場でも、他人の意見を叩きつぶして悦に入る場でもない。結果が同じなら発案が誰であろうと構わない、とわたしは思うがね」

そこまで聞いて、原大尉はピンと来るものがあったようだ。

「もしや、表立って口を出せばかえって反対されると踏んで、さりげなく会議の進行を誘導したとおっしゃっているのですか」

なかなか回転が速い。

「実績が足らぬ、兵が足らぬ、背丈も足らぬとなれば、西洋人と同じ土俵で戦っても東洋人は勝てはしない。ゆえにわれらは知恵を使わねばならぬ、というわけさ」

「駆け引きなのかもしれませんが」

まだ納得していない様子である。

「原くんは、祭りのときは踊るほうかい」

不意に話題を変えた。

「え、祭りですか？　まあ、祭りは踊らねば損と思いますすけど」

「踊っているときは楽しいかね」

「はあ、楽しんで踊るほうかと思いますが」

五郎は得心したようにうなずいた。

「きみは日本人なんだな」

「中佐だって日本人じゃありませんか」

つい苦笑してしまった。

祭りに狂う人の輪から一歩身を引き、その凶熱を冷ややかに眺めることができなければ駆け引きなどできはしない。きっと原大尉は、人並みの幸せを享受できる側にいたのだろう。

今日は、これから協力していく人々の人となりを知ることができた、有意義な一日だったのかもしれない。

街灯にぶつかってばちっばちっと音を立てる羽虫の羽ばたきが、なんとも耳障りだった。

# 第二章　北清に戦雲はたゆたう

## 一

「ふむ」

福島安正(ふくしまやすまさ)は、由比(ゆい)少佐がひと晩で作った報告書から顔をあげた。

「きな臭いな」

「はい、部長。自分も、きな臭くなってきたと思います」

由比少佐は書類片手にうなずいた。

六月に入り、清国の暴動は武力対立の可能性をはらむ危険なものになってきた。それは東京の陸軍参謀本部でも非常な関心を持って注視され、清国問題の担当部署である第二部は、情報収集と分析に追われる日々を送っていた。

第二部長の福島に部員の由比少佐が、一日前の経過を翌朝まとめて報告するのはここ一週間の定例行事のようになっている。泊まり込みが続く部下参謀の顔にはすでに疲れが見えるが、事態がこのまま平和裡に収束するはずもない。福島の焦慮は日に日に深くなっていくばかりだった。

「北京駐在の武官は柴だったな」

「はい。海軍は森中佐、陸軍は柴中佐です。ご存じですか」

「柴のほうは同じ情報畑の人間だ。一緒に仕事をしたことはないが、ずいぶん前に酒を飲んだ。十年くらい前だったと思う。貴様は顔見知りか」

「柴中佐は部長が参謀本部に来られるのと入れ替わりに転任されましたが、それまで机を並べて仕事をしていた間柄です。わたしの二期上の先輩でもあります。たしか会津の方だったと」

「そうそう、会津人らしいきまじめで寡黙なやつだった。ところで、海軍はなんと言ってきている」

「海軍軍令部からは特になにも」

「やつらめ、陸軍の手を借りる気はないというわけか。まあ、放っておいてもそろそろ音をあげる頃合いだろうよ」

北京駐在公使たちから緊急の要請を受け、列国が海軍将兵を送り込んだのは一週間前のことである。しかし砲艦愛宕から派遣された二十五名では不足ということで、横須賀（よこすか）から急ぎ回航された二等巡洋艦笠置から、七十五名の水兵が第二陣として向かうはずだった。ところが列車が運行しておらず断念したという。それが一昨日のことである。

列国の艦艇は続々と大沽沖合に集まっている。笠置の艦長からはさらなる増援を、という要望が届いてもいる。こうした状況の推移を踏まえ、海軍軍令部は今後数隻の増派を検討中とのことで、長崎の佐世保に陸戦隊三百名の準備指示を出したらしい。加えて常備艦隊全体にまもなく臨戦態勢が布かれるというから、海軍は事態の急変に全力で備えようとしている、と見なしてよい。

といっても、騒動は陸の上で起きているのである。

二十五人を北京に送った愛宕はたった百人乗りの小さな艦だというし、急場しのぎならともかく、元々船の乗員である水兵を母艦から引っこ抜いて使うのもすぐに限界が来る。そもそもこんな運用を続けては、本来の任務である艦隊行動に支障をきたしてしまう。ということはすなわち、陸軍の出番が近いのだ。

福島は書類をひっくり返し、鉛筆を手に白紙を眺めた。

事態は今後どう転ぶかわからないが、いざ陸兵派遣となれば、想定される任務には、下は単なる邦人保護から、上は清国正規軍との本格戦闘まで、大きな振れ幅がある。

五年前の日清戦争では、陸軍保有の七個師団全部を捨て身の覚悟で投入して北京を突かんとしたのだから、最悪の場合、派遣軍の規模がそこまで拡大する可能性を念頭に置く必要があるだろう。

だが、ロシア・ドイツ・フランスの三国干渉によって、獲得した遼東半島を返還せざるをえなくなった苦い経験もある。出しゃばりすぎれば同じ轍を踏まないとも限らないし、日本がどさくさに紛れてなにごとかを企んでいる、などと列国に警戒心を持たれぬためにも、派遣規模の決定には慎重にも慎重を期すべきだ。派兵するかしないかは政治の決定としても、要領としてはまわりの様子を見ながらの小出し派遣となろうか。

そんなことを考えながら鉛筆を走らせ、ものの三分ばかりで頭のなかを整理した。

「おい、由比。貴様は明日の朝までに陸兵派遣にかかわる研究案を作れ。骨子は、ここにあるとおりだ」

由比少佐は隠し切れない疲れを顔に浮かべ、紙の上でミミズがのたくったかのような福島案にしばらく目を走らせる。

「切れの悪いションベンのごとく、ちょっとずつ出す、ということですね」

「そのとおり、じじいのションベンだ」

「ということは、ちょろちょろで終わりか、それともたっぷり出すか、最終的なションベンの量をどこかで決心せねばなりません。つまりそれを探ることになる、先遣隊の役割が極めて重要ということになるでしょうか」

「そういうことになるだろう」

「わかりました。そういうことであればなおさら、列国部隊と複雑な調整を遂行し、かつ現場で政治的な判断を要求されるかもしれない先遣隊の長には、国際的な感覚と高い語学力を備え、さらに軍政に通じた人物を選ぶことが肝要と思われます。加えて外国人になめられぬよう、それなりの階級を持った方が、できれば大佐以上、可能なら将官が隊長になるべきと思いますが、いかがでしょうか」

「素晴らしい。さすが士官学校首席卒業の秀才。しかしまあ、よくもそうやってポンポンと出てくるものだな。ところで付言しておくが、これはあくまで、将来の事態に備えた第二部の独自研究だ。外に漏れぬよう、特にブン屋に嗅ぎつけられぬよう、十分気をつけろ」

「心得ました。では、明日の朝までに一案を作って参ります」

退出しようと由比少佐が回れ右したとき、ちょうど副官が入ってきた。そろそろ宴会のお時間ですと、都合の悪い情報を都合の悪いときに聞かれたくないやつの耳に入れた。本日は神楽坂(かぐらざか)です、と副官はよけいなことまでしゃべる。

「今日も宴会ですか、部長」

由比少佐が恨めしそうに流し目を送る。

「まあな、これも仕事だ」

五時を回っていた。

「部長ともなれば外とのつき合いが多いのだ。お前もえらくなればわかる」

いいわけじみたことを言いながら、副官と一緒にそそくさと部屋を出た。

国際感覚や語学力があって、軍政に通じた将官級の人物。

階段を降りているとき、由比少佐の挙げた条件に当てはまるやつなどいるだろうか、とふと思った。

副官に見送られ、人力車に揺られ、坂の途中から小路に入り、ひっそりとたたずむ風雅な料亭が行く手に見えたころ、ようやく思い当たった。

英・仏・露・独・北京官話を身につけ、ベルリンと北京で駐在武官として勤務したことがあり、シベリアの単騎横断を成し遂げた武勇伝の持ちぬしで、日清戦争では第一軍参謀として実戦経験を積み、参謀本部第二部長に上番すると同時に少将に昇進。語学に巧みで、国際関係に詳しく、政治を理解する将官といえば――。

「料亭喜楽（きらく）へようこそ」

なじみの美人女将（おかみ）がとろけるような笑顔で迎えたとき、気楽な宴会は今日が最後だと確信した。

先遣隊長の条件に哀しいほど当てはまるのは、自分だけであった。

## 二

日本公使館前の広場に、義和団さながらの格好で男たちが集まっていた。

背広にネクタイを締めた文官、はっぴ姿の植木屋、白鉢巻きの留学生、写真技師、電気工、新聞記者、理髪師などなど。楢原書記官や武官官舎の同居人である本願寺の川上和尚、東京帝大の服部先生もいる。

ほとんどの者は徒手空拳（としゅくうけん）だが、それぞれに持ち寄った拳銃、猟銃、日本刀、仕込み杖（しこみづえ）などでちぐはぐに武装した人々は、西公使の呼びかけに応じて武器を取った日本人義勇隊の面々である。

フランスのダルシー大尉が会議で発案したように、兵士はひとりでも多いほうがよい、という意見は公使たちに了解され、各国人混成による連合義勇隊が編成された。しかし外国語に不得手な日本人は別にしたほうがよかろうということで、その編成委細は五郎に任されたのだった。

部隊編成の手始めは、なんといってもまず指揮官である。

五郎も守田大尉も、武官としての本来業務が忙しい。といって、すでに陸戦隊を率いる原大尉に新編（しんぺん）部隊まで押しつけるのは、あまりに申しわけない。在留邦人のなかには予備役の者もいるが、もっとうってつけの人材がいると、すぐに気がついた。

研究の志を立てて自腹で海を渡ったはずが、争乱に巻き込まれてあえなく勉学の道を閉ざされ、帰国する道さえ絶たれてただの居候に成り下がってしまった不運な青年、自費留学生の安藤大尉である。

「そこで自分に白羽の矢が立ったというわけですね」

「まあ有り体に言えば、暇をもてあましているきみしかいないのだがね」

というやり取りを経て、安藤大尉は義勇隊指揮官を請け負った。次は兵隊だ。

北京在留邦人は、現在八十三人を数える。

そのうち二十五人は陸戦隊で、西公使と五郎と守田大尉と指揮官に収まった安藤大尉、天津から商用でやって来た三井物産の社員や十九人の婦女子を除くと、残りは三十四人となる。すなわち募兵源である。

そういう勘定を頭に入れて希望者を募ったところ、なんと三十四人全員が集まった。

館員全部を義勇隊に差し出してしまったら、誰が公使館業務を処理するのか。心配して楢原書記官に話してみると「業務といっても、いざというときに重要書類を焼きすてるくらいしか仕事はありません。西公使ひとりいれば十分です」と、こともなげに答えた。

北京に暮らす外国人は水兵を除き四百人もいるが、連合義勇隊に加わったのは五十人あまりである。あっちは少ない、こっちは多いなどと単純に数を比べても詮なきことであり、三十四人のなかには無理強いされた者や空気に抗（あらが）えなかった者だっているかもしれない。それでも、日本人の志願率の高さには驚きの念を禁じえなかった。

「集合してください」

拳銃とサーベルを腰に吊った凜々（りり）しい姿の青年将校が、ちんどん屋のごとき男たちに向かって声をあげていた。これから編成完結式である。

公僕も民間人もごちゃ混ぜの義勇隊が適当に並び、五郎と守田大尉と原大尉が列の横に立つ。若者らしい気負いと値踏みするような視線がぶつかるなかで、安藤大尉はおもむろに口を開き、「義和団の諸君」と呼びかけた。

「本隊の指揮を預かった安藤である。えー、わが隊の任務は、同胞たちを暴徒どもの手から守ることにあり……」

訓示を終えるまで、安藤大尉は彼らを二度、〝義和団〟と呼んだ。

守田大尉は険しい顔で空を仰ぎ、原大尉はのんきに煙草を吹かし、解散した義勇兵たちは「隊長さんにまでそう言ってもらえると、かえって自信がつく」と、自分たちのふぞろいな格好を自嘲気味に笑っていた。

安藤大尉は歩兵科だが、訓練を受けただけで部隊指揮の実地経験はないというし、隊員たちに射撃の練習をさせたくても与える鉄砲はない。軍隊経験のない素人にできることといえば、飯炊きや負傷者救護といった後方支援くらいである。

とはいえ、明日は日本海軍の第二陣を含む二千の増援部隊が到着する日だから、義勇隊の編成は保険のそのまた保険みたいなものであろう。

　夜になってふたたび電信が途絶するまで、五郎はそう思っていた。

三

　日付が変わって十一日になった。

　シーモア中将の連合部隊は午前三時到着予定ということだったので、各国出迎え要員は夜も明け切らぬ暗がりのなかを馬家堡駅に向かい、日本公使館からは杉山（すぎやま）という書記生が、安藤大尉と水兵七名の護衛つきで差し向けられた。

　しかし午前七時を過ぎたころ、それらの人々は意気消沈して帰ってきた。三時間待っても待ち人は現れず、確かめようにも電信は使えず、となれば手ぶらで戻るしかなかったということだった。

　だが西公使はあきらめなかった。

「線路ん破壊された箇所を徒歩で移動しちょっとすりゃ、午後に到着する可能性もなくはなか。各国が行かんなら、日本のみにても、もう一度人を遣（や）るべし」

　そう言って、杉山書記生にもう一度行けと命じたのだった。

「駅までの道筋に賊らしき姿はありませんでした。ちょうど戻ってくるとき官軍の一隊が城門を出ていきましたから、もしかしたら本格的な取り締まりがはじまったのかもしれません」

安藤大尉は、特段の危険はなさそうだ、と見立てを述べる。

午後になってふたたび、杉山書記生は馬車に乗った。護衛はつけず、支那人の御者とふたりだけである。それにしても杉山書記生はまじめな男なのだろう。この炎天下に燕尾(えんび)服を着て山高帽をかぶるとは、まじめを通り越して滑稽(こっけい)ですらある。

出発のおり、ひとりの白人が門前を通りかかって、「パリにでも行く気か」と、杉山の姿を見てあきれたように笑った。遠慮を知らない無礼な男は、モリソンという北京では名の知れたロンドン・タイムズの記者だった。

まもなくして、出ていったばかりの御者がただならぬ様子で駆け戻り、たちまち人垣が取り囲む。

馬車はどうした、杉山書記生はどこだ、なにがあったのだと、矢継ぎ早に問いかけられた御者は、旦那様が旦那様が、と怯え震えるばかりで埒(らち)が明かない。

水を飲み、涙をぬぐい、ようやく落ち着きを取り戻した御者は、とつとつと語りはじめる。旦那様が殺されちまったと。

突然の凶報に人々は息を呑んだ。

「あっしは、旦那様の前に腰かけて馬車を走らせておったんです。正陽門を過ぎ、永定門に差しかかると、そこにおった門番がこう言いやした。門外には官兵が多く徘徊(はいかい)しておるゆえ、外に出るのは危険と。ですが旦那様は、義和団にあらず、官兵なればなにを恐れることのあるものか、と急がせるものですから、あっしは馬を止めず、そのまま門外に走り出ていきやした。すると城門の脇に董福祥(とうふくしょう)の騎馬隊が休憩していて、そのうちの二、三騎が追いかけてきたんです。そしてそいつらは無遠慮に馬車のなかを覗き込み、杉の旦那様を外国人と認めるや、あっしを御者台から引きずり下ろし、続いて旦那様も引き出して石橋の陰のほうへ連れていきやした。ああ、きっと旦那様はいまごろ……」

　御者はそこまで言うとふたたび大きな声で泣き出した。

「待て待て。ではお前は、ことの顛末(てんまつ)を最後まで見届けたわけではないのだな」

　五郎は泣き崩れる御者の肩を揺すり、御者は「すいませんすいません」と何度も謝るばかりだった。だが杉山書記生の生死を判断するのはまだ早い、ということだけは分かった。

「陸戦隊を集めろ」

　原大尉が水兵のひとりに陸戦隊全部の集合を命じた。すぐさま銃を担いだ兵士らが集まり、騒ぎを聞きつけた西公使や楢原書記官も外に出てきた。安藤大尉は心配そうにうろうろし、日本語を解さない外国人たちが遠巻きに見ているなかで、五郎は人群れに辮髪(べんぱつ)姿の男を見出(みいだ)し、「そこのあなた」と呼んだ。

てっぺんを除いて頭髪をすべて剃りあげる辮髪姿に身をやつしているものの、男は数日前に商用で北京にやってきた三井物産天津支店の社員である。彼もまた、北京に来たきり帰路を失った不幸な日本人のひとりであった。

「こんなことを民間人に頼むのもどうかと思うが、あなたの見た目は完全に支那人だし、支那語も流暢のご様子だ。申しわけないが、ひとっ走り行って現場を見てきてもらいたい」

　男は当然ながらえっとなって、すぐには返答しかねる様子だ。民間人にやらせることではない、と原大尉も異議を唱えた。

「考えてみてくれ」と五郎は言った。

「いまの話が本当なら、現場は相当殺気立っているに違いないのだ。それに董福祥の兵といえば、剽悍をもって鳴る董個人の私兵集団である。そんな彼らの面前に武器を持った者が乗り込んだりしたら、下手をすれば銃撃戦にだってなりかねない。そうなればかえって杉山書記生の生命を危うくしてしまう。違うか?」

　原大尉は言葉に詰まり、男はまだ迷う。

　清国軍は、地域ごとに軍事組織を構成する八旗兵と、地方の領袖を籠絡して軍閥を丸ごと正規軍にしたものとによる並立構造だった。そして甘粛省に起きた軍閥、回教徒によって構成される甘軍を率いていたのが、「臣に能なし。ただ外人をよく殺すのみ」の名言で知られる外人嫌いの董福祥であった。

「柴ん判断が正しかろう。オイからも頼ん」

西公使が頭を下げるに及び、男は渋々引き受けた。


「Hey, you」

男の帰りを待っていると、ロンドン・タイムズのモリソンが頭ふたつ高いところからえらそうに話しかけてきた。

「きみは英語をしゃべると聞いた。杉山書記生がBoxersに殺されたというのは本当か」

外国人は義和団を、拳法集団(ボクサーズ)と呼ぶ。

「調査中です」

ぶっきらぼうに返すと、モリソンは角張った暑苦しい顔をぐっと近づける。

「首を切り落とされたとか、心臓をえぐり出されたとか、いろいろ聞いたが真偽を知りたい。調査中でもよいから分かっていることを教えてくれ」

「知ってどうするつもりですか」

「知ってから考える」

本当に無礼なやつだった。お通夜のように静まり返った人々のかたわらを、各国の記者連中が野良犬のようにうろついていた。

原大尉は水兵たちになにごとかを指示しており、安藤大尉はそもそも日本語以外話せない。補佐官の守田大尉は来ることのない部隊受け入れのため、武官官舎で待機中だ。つまりこの無礼者の相手をしてやれそうな者は、自分以外にいなかった。

「遅くなりました」

無礼者の取材は幸運にも、三井物産の辮髪男が帰ってきたことで中断された。

「残念ながら、杉山さんを見つけることはできませんでした」

彼は暗い顔で続ける。

永定門に到着したとき、杉山も、杉山を連れ去ったという董福祥の兵も、どこにも見当たらなかったらしい。あたりの者に聞き込みをしたところ、杉山らしき人物が石橋の陰で衣服を脱がされ、腹を大刀で刺し貫かれた瞬間を見た者が何人もいたという。遺骸は発見できなかったが、殺害現場と思しき場所に大量の血痕が残されていたことからも、杉山書記生の身に悲劇が起こったのは疑う余地がなかった。

話が終わると西公使は青筋を浮かべ、「楢原」とうめく。

「こちらに」

ひょろっとした楢原書記官が西公使に近寄った。

「総理衙門に抗議する」

「正式に、それとも非公式に」

「正式に決まっちょる」

「口頭で、それとも文書で」

「待っちょれ、すぐに抗議文をしたためる」

「ではわたくしは、それまで車の手配などしておきます」

息の合ったやり取りである。

その横で、安藤大尉はすっかり落ち込んでいた。原大尉は、我々はどうしましょうかと訊いてくる。

杉山書記生を殺害したのは、義和団などという不法乱民のやからではない。名ばかりとはいえ、れっきとした清国正規軍である。援軍の到着もどうやら不測の事態により定かではなく、電信も途絶えて鉄道も使えないとなれば、北京はまったく孤立したということになる。

もはや、清国政府は信ずるに足りず。

今後は自衛の手段を取らざるをえないだろう。第一陣として来京した陸戦隊と、新たに編成した義勇隊によって、敵地に取り残された邦人八十三名を守らねばならなくなったことは、とりあえず確定だ。事態は階段をひとつ登ったのである。

モリソンがカリカリと音を立ててメモを取っていた。記事にしたところで電信は途絶しているのだから、あとで本でも書く気なのだろうか。聞くところによると、こいつのあだ名は『戦争屋』というらしい。人の不幸に目を輝かせるような男には、お似合いの通り名であった。

四

メモを取り終わったモリソンは、日本の武官の後ろ姿を目で追いながら思った。胸くそ悪いやつだと。

あいつは杉山書記生の事件について隠匿したばかりか、世界に冠たるロンドン・タイムズの特派員様を、犬ころのごとくあしらってくれたのである。どうにも腹の虫が治まらず、散っていく人々のなかに服部先生を見つけてこれ幸いと、嚙みついた。

「なんなんだ、あの野郎は」

「おやモリソンさん、なにをそんなに怒ってるんです？」

「あの態度の悪い駐在武官に対してだ。英語ができるというから取材してやったのに、取りつく島もないじゃないか」

英語を話せる日本人は少なく、親交を結ぶ日本人はさらに少ないが、服部先生はそのうちのひとりである。ところがその服部に不満をぶちまけてみると「柴中佐が？　へえ、そうですか」と意外そうに返すのだ。普段は温厚で物静かな男らしい。

「やつは、最近来京したばかりの新任武官だったな」

「ええ、ふた月くらい前に来られたばかりです」

「どういうやつなんだ」

「どういうって言われても、いい人ですよ。詳しくは知りませんが、元はお侍様だったとか」

「なに、サムライ」

「それも会津のお侍様です」

ロシアの南進を止めるには日本と結ぶ必要がある、とそちこちで吹聴するモリソンは、それなりに日本通である。この春には短いながらも東京に滞在し、日本の政軍関係者に取材を重ね、北京では楢原書記官や服部先生、日本の駐在記者たちともよしみを通じている。だから侍という単語からくみ取れる情報の深さと広さは、ほかの白人たちの比ではない。そもそも日本人というやつは、いつも東洋人的微笑をたたえて喜怒を表に見せないが、その実、腹の底ではなにを考えているか分からない不気味な連中なのである。とりわけ侍という生き物は、明治維新とかいう武力革命を引き起こしたほどの思想堅確な、かつ自己満足の塊みたいな扱いにくい支配階級出身者のことである。しかも彼らの外人嫌いは筋金入りで、かつての日本ではよく外国人が惨殺されたという。つまりあの新任武官は、そういう侍の血を引く排他的な男なのだと、モリソンは理解した。

　だが、アイヅとはいったいなんのことだろうか。

「服部くん、きみは彼のことをアイヅのサムライと言ったが、アイヅとは彼が生まれた地方の名か」

「ええ、そうです」

「それはなにか特別なことなのか。彼は普通のサムライではないという意味なのか」

「違うかもしれません。会津は尊皇の念がことに厚いお国柄でしたから」

　革命勃発の際、反革命の旗幟（きし）を鮮明にして最後まで抵抗した政府側最大の雄藩、それが会津だと服部は言う。それだけに戦後の処置は苛烈（かれつ）で、噂によると会津の遺臣たちは相当の辛酸をなめたのだとか。

「柴中佐は万軍を叱咤（しった）するような職業軍人にはちょっと見えませんが、ときおり発する眼光には恐ろしいほどの強さを感じます。外に威を張らず、それでいてうちに秘めたる威を感じさせてしまうのが、もしかしたら会津のお侍様の特徴なのかもしれません。そういう意味では、柴中佐は会津精神の化身と言える御仁なのでしょう」

「なるほど」

　サムライ、滅びた支配階級。

　アイヅ、滅ぼされた領邦国家。

　モリソンは思いついたことをメモに取った。

十九世紀最後の瞬間に極東で起きた大暴動、北京に取り残された西洋人、迫り来る危機。大スクープの予感とともに直感がささやくのだ。

「ミスター・ハットリ、もう少し聞かせてくれ。特に、アイヅのサムライたちがなめたであろう辛酸について」

あの男は、おもしろい記事ネタになりそうだった。

## 五

慈禧は目を覚ました。置き時計を見ると朝五時だった。

絹の部屋着に袖を通し、年若い女官が掲げる銀の洗面器で顔を洗うころには、寝室の外に人の気配がするようになる。指示を待つ上位の宦官（かんがん）たちだった。

慈禧は籐（とう）椅子に腰かけて髪をゆわれながら、シーモア部隊と義和団のあいだで起きた戦闘に関する報告に目を通す。

条約に基づいた各国三十名までの警備兵招致、認めたのはそこまでだった。

ところが五月の終わりにやって来た兵士は四百名を超え、さらにイギリス海軍のシーモア中将率いる列国連合部隊二千名を天津から呼び寄せたという。

総理衙門首席の慶親王には突っぱねるよう達したが、われらが暴動を取り締まらぬから彼らは自衛の処置を講じたのです、と慶親王は列国寄りの判断を示した。

慈禧はそこで新たに、先帝の弟にして帝位継承者の父である端郡王を衙門筆頭に据えた。端郡王は排外派の重鎮として知られている。すなわちこの人事をもって、清廷が列強と対抗する方向へ舵を切ったことを内外に示すつもりだった。

端郡王は衙門筆頭に就任するや、連合部隊の北進はならぬ、要求を取り下げよ、と公使たちに迫ったが、頑迷で思い上がった公使たちは撤兵を拒絶し、シーモア部隊は予定どおり天津を出発した。そして、戦闘が起きた。

髪に宝石をあしらったかんざしを留めて整髪が終わると、そこからは自分で髪飾りをつけ、生花を編み込んでいく。そのあいだ女官が噂話をする。地方の風物、北京の流行り、宮廷内の出来事など大して重要でもない、だからこそ聞いていて気晴らしになるおしゃべりである。

紫禁城では起居のすべてに作法があった。食事、入浴、服装、化粧、排便や寝相にすら決まりがあり、おしゃべりも当然、許可が必要だ。そのおしゃべりに、ときたま密告じみた注進が混入することがある。それは城内にある大きな人工池の中州に閉じ込めた光緒帝と、同じく離れに幽閉中の皇帝側室、珍妃のことだった。

心得た女官は言う。

「昨晩、皇帝陛下は哀切を極めた鼓を打っておいででした。妃殿下はそれを聴いて泣いておられたようです」

まだ鼓を打つ力があるのか、まだ流す涙が残っているのか。

慈禧はいつも思っていた。ふたりより先には死ねないと。

珍妃は側室にすぎないが、皇帝の寵愛(ちょうあい)を得ていた。光緒帝は慈禧の選んだ正室、隆裕(りゅうゆう)皇后を愛さず、美貌の側室珍妃を当てつけのように愛していた。それを笠にきた珍妃は、やがて皇帝への口利き料を取って私腹を肥やす、いわゆる売官行為に手を染める。死罪一等を免じて降格処分に留めたのは、皇帝への配慮だった。

光緒帝が側近にたぶらかされて急激な西欧化政策に突き進もうとしたとき、慈禧は保守派を味方につけて政変を起こした。康有為(こうゆうい)という名の佞臣(ねいしん)は、世間を知らない皇帝に取り入って権力を握ろうとしただけであり、簒奪(さんだつ)の邪魔になった慈禧を亡き者にしようとさえしたからである。

ことの発覚を知って康有為は日本に逃げ、育て親の殺害に同意した甥(おい)っ子を殺すことはさすがにできず、その代わり玉座から引きずり下ろして、先帝の弟、端郡王の息子を新皇帝に仕立てようとした。ところが開化政策を掲げた光緒帝に同情的な列強が、皇帝お披露目(ひろめ)の式典にロシア以外欠席するという無言の圧力をかけてくる。慈禧は面目を失い、息子の名誉を汚された端郡王は以来、西洋嫌いとなった。

総理衙門首席大臣になったその端郡王が、昨日言ったのだ。義和団がシーモア軍と戦ったと。

命じたことではない。誰も命じてなどいない。だが義和団は、シーモア部隊の北進を阻止しようと戦いを挑み、善戦したのである。

近代兵器で武装した列国軍を相手に、剣や槍しか持たない義和団は勇敢に、それこそ死に物狂いで戦ったのだという。破壊された線路を修復しつつ前進せざるをえなくなったシーモア軍の行き足は、いまや亀の歩みのごとし、と端郡王は誇らしげに語っていた。義和団は愛国の徒であり、優秀な兵士である。これを機会に彼らを軍隊化して列国に抗すべしと排外派の大臣たちはますます声を荒らげた。

髪の飾りつけが終わった。

慈禧は次いで翡翠の箸を取り、薔薇をすり潰して作った紅を唇の真んなかにちょんと置く。満州族の伝統では、寡婦が化粧をすることは許されていない。亡き夫、先の皇帝咸豊帝は、イギリス・フランス連合との戦争に負け、北京から落ち延びた先でそのまままみまかった。

やるなら、勝たねばならぬ。勝てぬなら、やってはならぬ。戦争とはそういうものだと、骨身にしみていた。

正装の旗袍をまとって身支度を終え、太和殿に向かう。廊下に等間隔に立つ宦官たちが、人指し指と中指を手のひらに打ちつけ、あるじの動きを無言で他に伝える。城の外は常に騒がしいが、紫禁城は常に静謐が保たれていた。

幕がさっと開くと、「老仏爺」という呼び名とともに栄禄をはじめとする軍機処の大臣たちが一斉に跪く。

「董福祥から返事は来たか」

慈禧の第一声に、栄禄は頭を垂れたまま答える。

「太后陛下のご指示には、遺憾ながら従えぬと申しております」

怒鳴りつけそうになったが、かろうじて自制した。

「なにゆえじゃ。甘軍を含め武衛各軍はおぬしの指揮下にあるはず。部下の統率もできぬとあらば武衛軍総帥たるの資質を問われようぞ」

清国最精鋭部隊たる近代装備の武衛軍は、左・右・前・後・中の五軍編成である。近代軍創設に功のあった栄禄は、みずからも武衛中軍を率いる一軍の頭領でありながら、兵権全般に対して大きな発言力を持っている。

「犯人を見つけて処刑するようなことにでもなれば、不満の高まりから兵士たちが暴動を起こしかねません。ゆえに、恐れ多きことながら指図の撤回を望むと申しておるのです」

「それは董福祥の意見か、それともおぬしの意見か」

「両方でございます」

顔をわずかに右に向けると、宮女が水煙草の煙管を口元にすっと寄せた。慈禧は吸い口をくわえて考える。

内でも外でも問題は山積みで、慈禧の元には毎日のように緊急報告が列をなす。そのなかに、日本の官吏を董福祥の兵士が殺害した、という報せがあった。

慈禧はすぐさま犯人を見つけ出すよう董福祥に命じたが、義和団とシーモア軍との戦闘報告が持ち込まれたことで、日本人殺害事件などたちまち吹き飛んだ。

「栄禄よ」

「は」

「今年の干ばつはひどかったな」

「はい」

雨は降らない、大地は干上がる、作物は育たない。稼ぎがなくなって不安に駆られた人々が間違いを起こすのは、こういうときである。だからといって人民に味方すれば列強の敵意を買う。列強寄りの判断を下せば人民が敵に回る。

吸い口から口を離して長考を終えたとき、慈禧の心は決まった。

「分かった。日本人殺害の責は問わぬ。起こってしまったことは仕方がないとあきらめよう」

栄禄は安堵の表情を浮かべてうなずく。

洋人の軍隊と戦闘を起こし、洋人の官僚を殺した。階段を一足飛びに駆けあがってしまったのは間違いない。決断の瞬間が間近なのかもしれなかった。

## 六

五郎は北京に来て初めて、公使館で日の出を迎えた。

かねてより、世情が物騒になってきたから武官官舎を引き払い、公使館に移ってこいと西公使に勧められていたこともあるし、たしかに、いざというとき六条胡同の官舎は遠くて不便である。いつ来るかわからない第二陣部隊の宿泊場所を確保しておく必要性は当面なさそうでもあり、五郎は昨日の杉山書記生殺害事件をきっかけに、守田大尉とともに公使館の武官執務室に泊まり込むようにした。泊まり、といっても自分の机の近くに毛布を敷いて床に寝るだけのことだが、すでに東交民巷に避難していた川上和尚や服部先生、そして安藤大尉は、ごろ寝仲間が増えたことを喜んだ。

六月十二日の朝、公使館の国旗はどこも半旗だった。

官兵に殺された杉山書記生への弔意を示したものである。また各国部隊が昨夕から防御工事を開始したものだから、ひっくり返した馬車やら引っぺがした敷石やらで、東交民巷の中央通りは急速に封鎖されつつあった。

「準備ん進捗についてとですが」

守田大尉がメモを見ながら言った。

「義勇隊は公使館ん正門と裏門ば、陸戦隊は裏手ん小路ば受け持ちっちしたとです。また中川軍医ん指導で館内に包帯所ば設けたとです」

中川軍医とは公使館唯一の勤務医のことである。日本公使館でも昨日から戦いの準備がはじまり、五郎は守田大尉とともにその防備状況を点検していた。

「義勇隊の武器は手配できそうか」

「近くん鍛冶屋に槍ん穂先ば発注しとっとけん、まもなく長槍二十本ばかり義勇隊に支給できそうです」

「槍って、まるで戦国時代に逆戻りだな」

「そう馬鹿にせんでください。これでんちかっぱ苦労したとです。まあ、なかよりましっちゅうやつですけんね」

「銃器はやはり無理か」

「現状では数少なか猟銃ば交代で使い回すほかないとです」

手に棒を持って警備する義勇隊員に、ご苦労様です、と言いつつ裏手に回った。彼らに渡す武器が槍のみとは、心細い限りである。

裏の細い街路に入っていくと、司令部と呼ぶにはあまりにみすぼらしい、天幕を張っただけの陸戦隊本部が家壁を背に開設されていた。

「おはよう原くん。準備の状況はどうだ」

「粛々と進めております」

木箱に腰かけていた原大尉がぱっと立ち、どうぞご案内しますと言う。三人は建物のひしめき合う小道を北に向かって歩いて行く。

日本公使館の裏を北に細長く延びる道は、粛親王という皇族の大邸宅の外壁沿いに東長安街まで抜けている。途中で蜘蛛(くも)の巣のように枝分かれしていく道を東に折れれば、オーストリア公使館や様々な官署にも突き当たる。

「しかし、こいつは大きいな」

高さ三mはあろうかという白壁は、粛親王府、または王府などと呼ばれる邸宅の正門から、果てしなく北へ向かって続いている。

「大きすぎて困るくらいです」と原大尉は言った。

「この粛親王府の北側に一ヵ所、路地内の分岐点に三ヵ所、それぞれ哨所を設けているのですが、あまりに離れているので警戒員の交代もひと苦労です」

「一番遠いところにある哨所と本部の距離は」

「六百mというところでしょうか」

「そいつはたしかに大変だ」

水兵と義勇兵がせっせと木材や石を積みあげている件(くだん)の哨所を点検しながら進み、東長安衛を見渡す最北端の哨所にたどり着くころには、顔から汗が滴って止まらなくなっていた。

西のほうを眺めると、二百ｍくらい離れたところでイギリスの兵隊たちが列になって土嚢を運んでいた。干からびた御河に架かる石橋の上に防備施設を造るのは彼らの役割であり、あのあたりがちょうど日本隊との境界である。

「原くん、哨所は全部で四つということだが、何名が張りつくことになるのか」

「四個組、六名の予定です」

「すると陸戦隊二十四名を四交代で配置し、それをきみが二十四時間態勢で本部から指揮する、という計画なのだろうか」

「いえ、常に張りつきになるのは三交代制の十八名となります。残りは巡察として運用するつもりですので」

「了解した。大変けっこうだ」

打てば響くような気持ちよい即答だった。愛宕の艦長は選り抜きを送り込んでくれたのだろう。のほほんとした第一印象とは裏腹に、原大尉は存外切れ者である。それだけに彼が倒れでもしたら大変だ。

自分を含めてたった四人しかいない日本隊将校は、兵と違って交代で休みを取ることができないので、長丁場になればなるほど苦しくなる。しかし抜けた穴を埋めるべき将校予備などいないのだから、彼らが突然ぶっ倒れたりすることがないよう疲労管理は極めて重要である。といっても三十代の守田大尉や原大尉は自分の肉体的限界を知りはじめる年齢でもあり、自分で自分の手綱を引くことがある程度は期待できる。ということは、総指揮官として一番気にしておくべき相手は、おのれの体力を過信して無理をしがちになる年頃の者、つまり二十代の安藤大尉であろうか。

そんなことを考えながら水筒で喉の渇きを癒やしていて、ふと気づく。

「そういえば公使館で使っている水はどこからくんでいたものだったかな。たしかこのへんから運んでいるものと記憶していたが」

急に多くの日本人が生活するようになった公使館では、水の確保は喫緊の課題であった。

「たしか、この近くのはず」

守田大尉はその場所を知っていた。

一緒についていくと、井戸は王府とイギリス公使館のあいだを走る御河近くにあった。

「これでは水くみ当番の女や子供が難儀だろう。もっと近くにないだろうか」

「そういえば、詹事府（せんじふ）ん裏庭に古井戸のひとつあったような」

詹事府とは、日本公使館の隣、スペイン公使館の裏手にある清国の官署だった。

「よし、すぐ調べてみてくれ。それから水質検査をして問題なければ、以後は見張りを立てて毒物などが投げ入れられないように手配を頼む。昔から水の手を絶たれるのは落城の元だと言うからな」

「落城って、まるで戦国時代ですね」

そう言って原大尉がほころぶのを、守田大尉が冷たく睨(にら)みつけた。

受け持ち地域内の点検を終えて公使館に戻ってみると、安藤大尉がなにやら気むずかしい顔で待っていた。

「おふたりのいないあいだ、ちょっとした騒ぎがありましたよ」

「もうなにを聞いても驚かないよ」

汗をふきながら腰かけ、それで？　と促した。

「はい、さっきのことなんですが、散歩していたドイツ公使が、馬車で公使館通りを抜けようとした義和団の一味を見つけ、ステッキでさんざんに打ち据えたそうなんです」

「そいつはお手柄と言っていいのかな。名をなんと言っただろうか、そのお手柄公使は」

「ケテラー公使です」

「そうそう、ムッシュー・ケテラーね」

公使会議で見かけたはずのケテラー公使の顔つきが、うまく像を結ばない。記憶に残っているのは、触角みたいな細い口ひげを横にピンと突き出していたイギリス公使のマクドナルドと、そのマクドナルドとやり合っていたロシア公使ド・ギールスの熊みたいな容貌くらいか。

「そのケテラー公使なんですが、なんでも大変な剣幕だったそうで、いまも捕まえた男たちを打擲（ちょうちゃく）しているのだとか」

「白人至上主義者んあんおっさんなら、やりかねん」と守田大尉が言う。

「ただあんおっさんな、どちらかっちちゅうと、支那人より日本人んほうが好かんかもな。なにせ日本人は秘密主義で高慢ちきで、よくよそん国人ば殺すごつ公言してはばからんおやじやけん。まあ、維新んころは侍が外国人に斬りつけよったけん、あながち言いがかりでもなかばってん」

「もう何十年も前のことじゃないですか」

安藤大尉は口を尖（とが）らせた。

「そげん、腹かくなちゃ」

「まあまあ、ムッシュー・ケテラーのことよりも」

うちわで扇ぎながら、五郎は言った。

「義和団の連中が白昼堂々とこの界隈に姿を見せた、ということのほうがよほど気にかかる。これがなにかの前触れ、もっと言えばことを起こす前の偵察活動でなければよいのだが」

ふたりは顔を見合わせた。

その日の夕刻のことである。

はじめは誰かが外で騒いでいるのかと思った。淹れたての茶を片手に執務室の窓を開けて通りを覗いたとき、ちょうどなにかが破裂したような乾いた音が遠くで鳴った。パチパチと豆が弾けるような音が、遠い記憶を呼び覚ます。

「銃声だ」

五郎はサーベルと拳銃をひっつかんで飛び出した。

各国の兵士たちが東の崇文門めがけて通りを走っていた。そのあいだにも銃声は続き、わあっという喊声（かんせい）さえ聞こえてくる。五郎の前を駆け抜けざま、「Boxers‼」とアメリカの兵士が叫んだ。崇文門から義和団が侵入したのだろうか。

崇文門を抜けて北に延びる東四牌楼大街（とうしはいろうだいがい）は、まずイタリア公使館、次にオーストリア公使館、そしてベルギー公使館をかすめる。鳴りやまぬ発砲音はイタリア公使館のほうからだった。武装した守田大尉たちが横に来た。

「わたしが見てくる。守田くんと安藤くんは残って公使館の守りを、原くんは兵の半分を連れてこい。行くぞ」

五郎はがちゃがちゃと音を立てるサーベルを片手で押さえながらイタリア公使館横に築

かれたバリケード線に向かい、後ろに原大尉と十数人の水兵が二列になって続いた。

椅子や机や土嚢や馬車をひっくり返して積みあげたバリケードに着いてみると、イタリア人は言うに及ばず、フランス人もアメリカ人もドイツ人も、兵士も宣教師も野次馬もたくさんいた。彼らが銃口と好奇の視線を向けていたのは、崇文門から内城に雪崩(なだ)れ込んでくる群衆だ。彼らは腰に紅巾や黄色の布を巻きつけ、手に青竜刀や槍を持ち、毛人(もうじん)を殺せ、二毛人(にもうじん)を殺せ、と口々に叫びながら、あとからあとから続いていく。

白人は毛深いから毛人、その毛人に媚(こ)びを売る教民は二毛人。

排外主義を旗印に掲げる彼らは、やはり義和団だった。

バリケードに近づこうとする暴徒は各国の水兵たちから集中射撃を浴び、火器を持たない彼らはこの猛射に恐れをなしたか、東交民巷に入ることなく、そのまま東四牌楼大街を北に突き進んでいった。遠くに見えるベルギー公使館からも銃火が瞬いていたが、守備につくオーストリア兵だろう。

やがて火の手があがった。公使館地域をはるかに過ぎた北のほうで、ぽつぽつと、夕暮れの迫る北京の空を黒煙が覆っていく。信じがたいことに、彼らは自分たちの町に放火しているのだ。

一時間経ち、二時間経ち、結局朝まで、兵士たちはバリケードに張りついたまま眠れぬひと晩を過ごした。

朝日が昇って互いの無事を喜び合っているところに、六条胡同にある武官官舎の管理人が命からがら逃げてきた。義和団が官舎を焼き払ったのだという。

「われらの神を敬えば命ばかりは助けてやる、と脅されたのです」

支那人の管理人は、警備の官兵が逃げてしまったため、額を地面にすりつけ、キリスト教徒にあらずと身の潔白を証明してかろうじて命を永らえたとのことである。しかも昨晩内城に入り込んだ義和団は、いまも洋人や教民の家々に石油をぶちまけ、片っ端から火をかけて回っているらしい。よほど恐ろしかったのか、管理人はいつまでも泣きやまなかった。

五郎は男を慰めながら、背筋に走る冷たいものを感じていた。官舎を引き払ったのは一昨日のことであった。

七

雨の降らない日々が続いていた。雨季はもう少し先である。さぞや百姓たちは難儀しているだろうと思う一方で、乾燥した木々が勢いよく燃えあがり、昨晩からはじまった無差別放火がどんどん広がっていくのは困りものだった。

そんな光景をなす術(すべ)なく遠望している五郎たちのところに、支那人の群衆が近づいてき

た。すわ、敵の新手か、と一瞬警戒したものの、よくよく見ればフランス兵やアメリカ兵がまわりを警護している。

群衆は日本公使館横のフランス公使館前で立ち止まり、そこから動かなくなった。様子を見に行ってみると、見事な逆三角形の体格をしたフランス海兵隊のダルシー大尉が、けだるそうに外柵(がいさく)にもたれかかっていた。

「うちの公使閣下に宣教師が助けを求めましてね」とダルシー大尉は頭をかきながら事情を話す。

北京には東西南北それぞれにカトリックの聖堂が建っているが、そのひとつである南堂が燃やされて教民たちが虐殺されている、とフランス人宣教師から訴えがあったらしい。フランス公使はアメリカ公使と計らい、合同部隊を送って二千人ばかりの教民を救い出したという。

「人道主義もけっこうと言いたいところですが、彼らを収容してやる場所などないわけです。自分たちの身も危ういというのに、これからどうしたものかと頭を抱えていましてね」

五郎は改めて、座り込んだまま動かなくなった教民たちに目をやった。

全身にやけどを負ってうめく者がいる。血だらけの妊婦がいる。老婆は叫び、子供はわめき、膝を抱えて砂埃をかぶる二千もの人々は、着の身着のままで逃げてきたのだろう。

追われる人々の打ちひしがれた姿は、国の違いこそあれ哀れだった。

「柴中佐、西公使がお呼びです」

水兵のひとりが呼びに来た。公使に呼ばれたことをダルシー大尉に伝えると、「うちの公使がそちらの公使に相談に行きましたから、その件かもしれません」と返された。

「ダルシー大尉」

「なんでしょう」

「救った以上、いまさら放り出すわけにはいきませんよ」

「そりゃまあ、そうなんですがね」

五郎はきびすを返し、公使館に戻った。

公使執務室に入ると、西公使と楢原書記官、それからフランスのピション公使が座っていた。

「お呼びと聞きました」

教民たちを収容したいが、場所がなくて困っている。どこか適当な場所を知らぬか、ということだった。すでに考えはあった。粛親王府だ。

「王府の正門から御河に向かう壁沿いに、街路樹のある風雅な通りがあります。邸内を使わせてくれといっても承知はしないでしょうが、その空間を使うくらいなら話はつけられると思います」

はじめに日本語で言い、次いでフランス語で言った。

「なんだ、露天じゃないか」

ピション公使が不満を漏らしたので、「屋根のあるところをご希望なら、フランス公使館内に収容されてはいかがですか」と返す。ピション公使は「二千人も入らん」と口籠もった。

楢原書記官に耳打ちされて西公使は内容を了解したか、「ほかにあてもないわけですし、粛親王の了解を取いちくことをお勧めする。なんならこちらで話をつけてもよか」とピション公使に向かって答えた。

「そいかあですな、ピション公使。教民たちのなけに教会付属の女学校に通う生徒たちも多いと聞きもす。風紀上の問題もあいもすし、彼女らだけはどっかに入れてやらねばならん。オイは、イギリス公使館がよかと思もすが」

「ムッシュー・西、それはよいお考えですな。ではイギリス公使にはわたしから話しておきましょう。粛親王にはそちらからお願いしたい」

ピション公使が出ていくと西公使は、「フランスに恩を売っよか機会だ。頼んぞ」と楢原書記官の肩を叩く。

「粛親王府には自分が行きます」

楢原書記官が返答する前に意見した。

「王府が日本公使館の裏とはいえ、どこに賊が潜んでいるかわかりません。杉山書記生の一件もあります。もはや、武器を持たない者が警戒線の外に出るのは危険と考えるべきです」

西公使はなるほど、とうなずき、情報将校の語学力に期待する、と言って送り出した。

後学のため一緒に行きたいと手を挙げた安藤大尉と、水兵数名を連れて公使館の裏門から出たところで、イギリスのストラウト大尉が追いついた。同行したいと言う。

「賊が空き屋などに潜んでいる可能性もありますから、ついでに邸内をあらためようと思い立ちまして」

王府は干上がった御河を挟んでイギリス公使館の向かいにある。金髪の若き海軍大尉の言うことはもっともなことだったので、快く了承し、イギリス兵を合わせた十数名の兵士たちとともに王府の門を叩いた。

それにしても、なんとも大きな屋敷であった。

外壁は見あげるほど高くてぶ厚く、敷地内は区画を仕切る内壁が幾重にもめぐらされ、大小の建物のほかに、人口の丘や池、杉林や竹林まである。南北に細長い敷地の広さは、縦五百、横三百mといったところで、東交民巷最大のイギリス公使館に匹敵する広大さだった。

こんな屋敷に住む男、清朝八大世襲家の筆頭、第十代粛親王の愛新覚羅善耆とやらは、きっと上から目線の嫌なやつに違いない。そう覚悟して客間に入ると、歯抜けの笑顔を振りまく腰の低い小男が手を握ってきた。

教民たちを救い出してくれてありがとう。彼らもわが国の大事な臣民なのです。なんですと、正門前を使いたい？　邸内をあらためたい？　どうぞどうぞ、お好きなように。ほかにご入り用のものは？

粛親王は、いいやつだった。

茶飲み友達のように談笑して館を出ると、ストラウト大尉が「あなたの交渉力は大したものだ」と感心した様子で口を開き、どうやって説得したのか教えてくれと頼んでくる。彼は北京官話での会話についていけなかったという。

「わたしは交渉などしていませんよ」

五郎は答えた。

「粛親王はこの機会に列国と関係を深めておこうと胸算用しただけのことでしょう。わたしがしたのは、ただの茶飲み話です」

「ご謙遜を。異国の言葉で茶飲み話ができる、その語学力がすごいのです。現にいまだって、わたしと英語で普通にしゃべっているじゃないですか。武官会議ではフランス語も使っておられましたし、日本軍は語学教育に力を入れているのでしょうか」

「わたしはフランス語については学校で学びましたが、英語はロンドンで、北京官話のほうは福州に赴任したおり、それぞれ必要に迫られて身につけました。根がずぼらなものですから、わたしの語学は話さねば生きていけない環境に放り込まれてあわてて学んだ、いわば付け焼き刃なのです」

「でしたら、片言のフランス語とスコットランドなまりのある英語しか話せないわたしの立場はどうなりますか」

ストラウト大尉は苦笑混じりに続けた。

「それにしてもあなたは陸軍の方だというのに、船乗り並みに飛び回っておられるようですね。失礼ですが、ご結婚は？」

「ええ、まあ」

「お子さんは？」

「娘がひとり」

「北京にはご一緒に？」

「いいえ、日本に残してきました」

「それでは家族のみなさんが寂しがっておられることでしょう」

「そうおっしゃる大尉は、ご結婚を？」

「ええ、去年。妻はいまごろ出産準備に追われているはずです」

「ほう、それはご心配でしょう。早く帰国できるとよいですね」

「お互いに」

そうやって話をしながら、ひとり娘のことをちらと想う。

死別した前妻とのあいだに設けた娘は、海外赴任やら戦争やらで多忙を極める五郎の事情もあって、母方の実家で永く暮らしてきた。昨冬の再婚を機に同居をはじめてみたものの、父子の関係を温める時間もないまま、今回の赴任となった。いまだ懐かない娘は今年八歳になる。新妻は継子を押しつけられて苦労していないか、娘は居心地の悪い思いをしているのではなかろうか。そんなどうしようもないことを時々思うのだ。

邸内の探索終了、異状なし。

安藤大尉が報告に来た。王府の正門前で別れ際、ストラウト大尉は長靴のかかとをきちんとそろえて言った。

「Sir、わたしはここで失礼します。今日はありがとうございました」

ストラウト大尉がロイヤル・マリーンの名に恥じない美しい敬礼をしたとき、その中指にはめられたリングが銀色にまぶしく光った。

すっかり打ち解けた日英の兵士たちが、「Bye」「ほんじゃ」とその横で言い交わしていた。

# 八

毎日開催されるようになった公使会議とは別に、軍人同士による協議も日課となっていた。そこでは各自が収集した種々雑多な情報を交換し、防備上の懸念を話し合い、そして互いの怠惰と失策をなじり合った。

「兄弟たちよ」

いつものように議論が行ったり来たりしていると、アメリカのマイエルズ大尉が突然立ちあがって、刀傷をぴくぴくさせながら演説をぶった。

「先日よりボクサーどもが暴れまわっておるが、ここはひとつ、やつらのいそうな箇所をしらみつぶしに掃討してみてはどうか」

城外は数万の義和団で満ちあふれており、少々の賊を撃ち殺したところで焼け石に水と言うべきで、むしろ貴重な弾薬や数少ない兵らを危険にさらす暴挙であろうと思っていると、

「乗った」

「うちもだ」

「不同意」

「無謀である」

「精神論じゃなかったのかよ」

たちまち意見が割れた。

ロシアとフランスとドイツは反対の立場を取り、イギリスとオーストリアは賛意を示し、イタリアは余力なし、と中立を守った。

はっきりと色分けされてしまった会議室は、まるで国際政治の縮図である。

支那全域で激しく権益を競うイギリスとロシアは抜き差しならぬ緊張状態にあり、同じ英語圏のイギリスとアメリカが組みたがるのは自然な流れ。日清戦争後の三国干渉で手を結んだロシア、フランス、ドイツはいまだ協調態勢にあるし、普墺(ふおう)戦争に大敗したオーストリアはドイツを嫌う。イタリアが旗幟(きし)を鮮明にしないのはいつものことだ。

しかしこうなってしまうと、日本だけがわれ関せずという態度を取るわけにもいかない。列強と足並みをそろえることを至上命題とする本国の意向を踏まえると、歩調を合わせるべき相手はおのずと見えてくる。

「日本も掃討作戦に参加します」

渋々そう発言すると、ストラウト大尉が「よしっ」と言いながら拳を振った。

アメリカ、イギリス、オーストリア、そして日本の四ヵ国連合部隊は全部で六十名を超えた。日本隊は元々人数が少ないというのもあるし、手柄は挙げんでいいから旗だけ振っておけ、と西公使に言われたこともあり、五郎は守田大尉と水兵五名だけを連れて作戦に参加することとした。参加したという実績作りが大事であって、安全第一、成果は二の次なのである。

五郎は秘めたる目的に沿うよう、大きな旗を一本、水兵に掲げさせた。何人か並んでいた外国人義勇兵のなかに、ロンドン・タイムズの戦争屋モリソンがいた。

「Forward march」

「前へ、進めっ」

一列になった連合部隊は大勢に見送られて東交民巷を出発し、崇文門を右に見ながら左に折れ、東四牌楼大街を北上した。途中、ベルギーとオーストリア公使館を守る一隊が合流し、イギリス、アメリカ、日本、オーストリアの順番でさらに北へと進む。焼け落ちた廃墟（はいきょ）があり、いまだくすぶる建物も多い。人気（ひとけ）の絶えた街路は、とても一国の首都とは思えないほど寒々しい。

城内で狼藉（ろうぜき）の限りを尽くす乱民を撃滅する、と言えば威勢はよいが、先日乱入した義和団が荒らしまくったであろう東四牌楼大街から王府大街を適当に進み、物騒な連中を見つけしだい掃討するという、つまりは行き当たりばったりな作戦である。しかも指揮が統一されていないため、作戦指導はそのつどの協議に基づく。

連合部隊にはストラウト大尉、マイエルズ大尉がおり、オーストリアからも見知らぬ大尉が参加していたが、階級、という点では中佐である五郎が最先任者なのは疑うべくもない。が、指揮権をよこせ、と言ったところで他国人に命を預けるなど心理的に許容しがたいだろうし、彼らの上司たる公使たちだって難癖つけて許可しないだろう。相手が黄色人種となればなおさらだ。

そういう判断から五郎はなにも言わず、おそらく誰もが統一指揮官を立てたほうがよいと内心で思いながらも、その手のことが話題にのぼることはなく、結果、なにかがあるといちいち相談することになる。

「Enemy insight」

先頭を行くイギリス隊から、敵発見の報が伝わった。北京市内ならどこにでもある小神殿、三国志の英傑関羽（かんう）を祀（まつ）った関帝廟（かんていびょう）に、その敵はいた。

三方を壁に囲まれた神殿の中庭に、刀や槍を手にする男たちが五十人ほどおり、ある者は武術の練習に汗し、ある者はなにかを食らい、ある者は哀れな教民の首を刎（は）ねている。

庭の真んなかに一本、『替天行道扶清滅洋』と大書された紅（くれない）の旗がひるがえっていた。

『天に替わって道を行い、清を扶（たす）けて洋を滅する』という、義和団の標語である。

連合部隊の兵士たちは通りに面した出入口を固め、銃剣をつけ、弾（たま）を込め、将校たちは協議のため集まった。

どう攻める、うちが一番に行こう、いや一斉に、いやいや外におびき出したほうがよい、なにを悠長な、もう一回言ってくれ。

敵前での協議は、言葉の壁もあって時間を要した。

「毛人っ」

突然、壁の向こうで叫びが聞こえ、気づかれた、と思う間もなく、イギリス兵が入口からなかに向かって発砲し、釣られて全兵士の一斉射撃が起こる。たちまち十数人が撃ち倒された。

「Follow me!」

アメリカのマイエルズ大尉が拳銃を抜いて中庭に飛び込み、部下の海兵隊員たちが「Uraa!!」と雄叫びをあげて続く。こうなってはもはや共同連携もへったくれもあったものではない。イギリス隊とオーストリア隊が雪崩(なだれ)を打つように躍り込み、あっけにとられて日本隊は出遅れる。

驚くべきことに、義和団の男どもは槍や刀をつかんで立ち向かってきた。神を信じて身を清めれば、刀も銃弾も身体を貫くことはないという教義の力だろうか。彼らは銃弾の一、二発を食らったくらいでは止まらず、三発、四発、ついには連発銃の猛射を浴びてようやく倒れ伏す。

庭を片づけ、次に建物へ迫った。

漆喰（しっくい）の壁を蜂の巣のように穴だらけにしてから内部に突入すると、そこは血の海だった。先に入った兵士らに撃ち殺された義和団員も床に転がっていたが、それ以上に多かったのは捕らえられた教民たちだ。

死んでいる者もいるが、多くは生きている。だが拷問されたのだろう。顔を焼かれたり、体を切り刻まれたり、無傷の者はひとりもない。恐ろしいうめき声が反響した狭い堂内は化け物屋敷のようだった。

柱に縛りつけられたまま事切れていた教民に無数の銃創が見られたが、突入前に浴びせたわがほうの集中射の犠牲になったと思い、手を合わせ、その冥福を祈る。

初めての実戦指揮だった。胴体と切り離された生首を見たのも初めてなら、戦闘に伴う人間の憎悪と悪意にじかに触れたのも、初めてだった。

「全員、異状なかです」

「ありがとう」

守田大尉から報告され、水兵五人の無事を確認した。日本海軍から、というより原大尉から借りた大事な水兵たちである。撃つ機会さえ得られずに終わってしまった者もいたようだが、正直ほっとした。

と、返り血を浴びた大柄な白人が肩を怒らせて歩み寄ってきた。

「おい、日本人」

喧嘩口調で言い放ったのはモリソンだった。

「お前らはとんだマヌケだな。こんな目立つ旗を掲げて作戦に参加したくせに、最後尾を金魚の糞みたいにくっついてきやがって。戦う気がないならさっさと日本に帰っちまえ」

日の丸を指さしながら、日本隊の手抜きをなじられた。なにも言い返さずにいると、「なんとか言ったらどうだ、腰抜けのサムライ野郎」と胸ぐらをつかまれた。

それを見た守田大尉が「なんばしよっとか、きさんっ」と吠えた。

「なにやってるんですか、モリソンさんっ」すぐに、ストラウト大尉も止めに入った。無理やり引き剝がされたモリソンは、ちっと舌打ちして「がっかりだぜ」と言いながら背を向けた。「おい待たんか、許さんぞっ」今度は守田大尉がつかみかかろうとするので、力ずくで止めた。

教民たちの手当てもせねばならないし、満足いく戦果も挙げた。今日はひとまず戻ろうと話がついて、引き揚げることとなった。だがモリソンの侮蔑は、いつまでも尾を引いた。彼は、腰抜けの侍、と言ったのだ。こちらにも事情があるとはいえ、なにより傷つくひとことだった。

往路と同じ道をたどり、オーストリア隊と途中で別れて東交民巷に帰ってくると、ひと足先に戦勝報告が届いていたものか、出発時より盛大な出迎えが待っていた。イギリス人はラッパを、アメリカ人は口笛を吹き、日本人は万歳を連呼していた。

「手柄を立てたな」

解散するとき、安全第一と言ったはずの西公使がそう言って褒め称えたが、胸中は複雑だった。

それからの数時間は静かに過ぎ、日暮れを迎えた。ひと筋の黒煙を赤い空に認めたのは、太陽が地平の向こうに隠れつつある午後五時のことである。

はじめは義和団がまたやらかしているのかと思った。明日もまた駆り出しに行こうと言う外国人さえあった。しかし、一本の黒煙が二本、三本に増え、やがて全方位に広がっていくに及び、ただならぬ事態だと明らかになる。

夜のとばりがおりきっても火勢はいっこうに衰えず、街を包む紅蓮はとうとう城壁の高さを超える大火炎となって東交民巷にも迫ってきた。

義和団とやらはこの街全部を焼き尽くすつもりなのか、ここは彼らの皇帝が住まう帝都ではなかったのか、そう思わざるをえないような大火だった。

こうなってはもはや、兵士も民間人も女も子供も白人だろうが支那人だろうが、関係ない。

男たちは公使館に飛び火せぬよう、斧や銃剣を振り下ろして隣家の打ちこわしをはじめ、女や子供は桶や壺や水差しを手に、井戸から一列になって壁や屋根に水をまいていく。そのうち、タンタンタン、という機関砲の連射音まで聞こえてきた。オーストリア公使館が暴徒に襲われているという。

配置につけ、消火に当たれ、水を絶やすな、お前はこっちだ、ぼやっとするな、がんばれっ。

五郎は東交民巷の通りを右に行ったり左に行ったりしながら、命じ、励まし、ときには怒鳴りつけて、戦闘指揮と消火活動に奔走（ほんそう）した。

ふと立ち止まって、内城と外城を隔てる城壁を見あげた。寄せては引き、引いては寄せる、さざ波のような地鳴りが壁向こうから伝わってくる。いや、人声か。

壁にはアメリカ兵が登って警戒についているから、義和団の攻撃なら一報があるはずだ。五郎はしばらく耳を澄まし、やがてその正体に気づいて総毛立った。これは数千を超える群衆が泣き叫びながら城壁に沿って右へ左へ流れていく、その声であり足音であった。

「Chinese Christians!」

城壁上のアメリカ兵が必死にわめいていた。無数の教民が城壁の下で襲われている、と聞き取れた。助けてくれ、殺さないでくれ、という悲鳴のような懇願と、「シャーシャーシャー」というこの世のものとも思えない雄叫びが入り混じり、城門を開いて助けに行こうとする勇者はさすがにいなかった。

相手の頬（ほお）をひっぱたくような昼間の掃討戦が、かえって義和団を挑発して激しい報復を招いたのではなかろうか。それも、武器を持たない教民たちに対して。

炎に照らされて明るくなった通りで、西公使に不意に出くわした。この非常時にハンカチで口を押さえ、こん煙はたまらんな、とむせながら言い、「きみは荒事に慣れちょっごたる。落ち着いちょっじゃらせんか」と続けた。

「そうおっしゃる公使こそ、まるで実戦経験があるかのような落ち着きぶり」

そこまで話してわれながら間抜けなことを言ったと思った。旧幕府軍と新政府軍が戦ったのは三十年以上も前のことだが、そのころ十代後半だったであろう男なら、全土を転戦したであろう薩摩人なら、そういうこともありえることだった。

「オイは戊辰（ぼしん）の役で戦ったことがある」

やはり。

「いずれの地で戦われたのでしょうか」

「会津じゃ」

口から鼻を覆ったハンカチに隠れて西公使の表情は読み取れない。

「別に隠しとったわけじゃなかが」

「昔のことです。陸軍にも薩摩出身の方は大勢おられますから」

「そうか。仇敵同士じゃった者が、いまは同じ日本人としてくつわを並べて戦う。これもまた時代じゃな」

「はい」

教民たちの悲鳴はいつしか絶叫となり、義和団の殺意を込めた怒号はますます高じ、霧雨のように降り注ぐ火の粉が日本公使館の日の丸を揺らしている。

あの赤い旗はまるで、人を焼く炎のようだった。

## 九

六月十五日の早朝、首相官邸において臨時閣議が召集された。

山縣（やまがた）首相、各大臣、それに大山（おおやま）参謀総長や寺内（てらうち）参謀次長までもが参加して協議にかけられたのは、参謀本部作成の『臨時派遣隊編成要領書』についてである。すなわち、由比少佐が起案し、福島が手直しし、最終的に参謀本部案として大山総長に裁可された、清国への陸兵派遣計画のことだった。

「おい、由比」

福島は小さな腰かけに並んで座りながら、「今朝の新聞は読んだか」とささやくように訊く。計画の起案者由比少佐と起案部長の福島は、ときおり激しいやり取りが漏れ聞こえる会議室の外で、やきもきしながら呼び出しに備えて待機中である。

「読みました。政府の動きが遅いと非難する記事ばかりでしたね」

「ああ、閣議が長引くのはそのせいだろう。まったく迷惑な話だ」

昨晩もあまり眠っていないであろう由比少佐は、赤い目を猫のようにこすっていた。起こしてやるから少し眠っておれ、と言うものの、きまじめな腹心の部下は大丈夫ですと答えて両頬をぱんと叩く。

各紙の朝刊は、清国における暴動ですでに実害を被り、かつ地理的にもっとも近いわが国が、他国の顔色を気にするあまり対応が後手後手に回っているのはどういうことかと強い調子で政府を批判するものばかりだった。なかには、さっさと一個旅団くらいを派遣せよ、事態拡大に備えて一個師団程度を動員しておくべき、などと具体的対応にまで踏み込む世話焼き女房のような記事さえあった。

実務者の苦労も知らず言いたい放題言いおって、と思わぬでもないが、それほどまでに事件の進行は早く、暴動は収まるどころか拡大の一途をたどっている。

五日前の六月十日、北京の列国公使から追加の派遣要請を受け、二千の連合部隊がイギリスの東洋艦隊司令シーモア中将に率いられて天津を発った。しかし数日後、「暴徒トノ戦闘生起セリ」の一報を最後に消息不明となり、それどころか天津まで義和団の包囲下に置かれてしまったという。

株が下落して銀行の貸し渋りがはじまった日本の経済界は、早く事態を収拾しろと各所に圧力をかけている。海軍は一隻でも多く回せの大号令をかけ、海外で建造・試験運転中の艦にまで緊急帰国を命じ、東郷常備艦隊司令長官をも現地に差遣するつもりである。しかも旅順駐屯のロシア軍が四千人規模の陸兵派遣を検討中とあらば、仮想敵国ロシアへの対抗上、日本も陸軍戦力の投入は避けられぬ情勢となった。

ついに号令がかかった参謀本部は、第二部の独自研究案を核として、二個歩兵大隊に砲兵、騎兵、工兵、輜重（しちょう）をつけた三千名あまりの臨時編成部隊を送り込む案をただちに作りあげた。武器は最新の村田連発銃に換装させ、弾薬・糧食・被服はすべて、戦時定数の携行である。すなわち、平時の自衛行動という認識ながら、実態としては本格戦闘の生起に備えた準戦時態勢で臨む、という物々しさであった。そして昨日、杉山書記生殺害の報が届く。

「入れ」

会議が終わり、お歴々が興奮冷めやらぬ様子で出ていくと、福島と由比少佐はようやく入室を許された。大きな窓を背に座っている巨漢は大山参謀総長、その横に立って目を吊りあげている坊主頭が寺内次長、大テーブルに両ひじをつくのが桂（かつら）陸相、部屋の一番奥でえらそうに腕を組むのが山縣首相だ。大山総長以外全員長州出身であり、いわゆる長州閥の重鎮たちが勢ぞろいといった景観である。

「参謀本部案は裁可された」

寺内次長が言った。

情勢の悪化、ロシアの派兵、そして杉山書記生の殺害という流れを受け、現地からの要請に応える形で決まったという。

「では二段階に分けた派遣要領についても、了解を得たということでしょうか」

参謀本部案ではまず派遣隊の半分を送り、本当に必要なら残りの半分も送るという、慎重のうえにも慎重を期した派兵計画を立てていたから、そこはどうなったのかと福島は訊いたのである。

「青木(あおき)どんが嫌な顔をしちょったがなあ」と大山総長がのんびり答える。

二度に分けるのは、列国、とりわけロシアとの緊張状態を招かないための配慮であり、軍拡が緒に就いたばかりで予算的に苦しい懐事情を考慮したものでもあった。ところがこれを消極的として好まなかったのが青木外相だったらしい。勢力均衡の観点から大兵を一挙に出征させ、国際社会における日本の矜持(きょうじ)を示しつつ、事件における主導権を握るべし、というのが外交を背負う者の意見なのだとか。

現実の可能性を見据えて出し渋る軍と、理想論を掲げて積極的になる外相との対立は、「出兵すべきや否やは閣議の決定に従うのは当然なれど、兵力編成に関しては本職の責任において決定すべきこと」と大山総長がぴしゃりとはねつけ、出兵要領を閣議の場で議論させずに参謀本部案を押し通した、とのことである。

「福島」

いが栗のように尖っている寺内次長の禿げ頭が動いた。

「わが国の基本方針は、列強との対立を起こさず、されど日本の存在感を示しつつ、事態収束に努力することである。もっとも歩調を合わせるべきはイギリスであり、もっとも警戒すべきはロシアである。それは外交政策上も、現場での作戦調整においても同様である。よって臨時派遣隊は、参謀本部を頂点とする通常の作戦指揮系統に組み込まれることなく、桂陸相直轄となる。それだけ政戦の一致が求められる高度に政治的な作戦なのだ。貴様もわかっているだろうが、任は極めて重いと知れ」

寺内次長は目をますます吊りあげ、派遣隊がいわゆる『内閣の軍隊』となったことをくどいまでに言いふくめた。

「福島くん」

桂陸相がやんわりとつけ加える。

「現地で邦人が殺害されたことは知っているな」

「はい、杉山という書記生だとか」

「うむ、極めて残念なことだ。一方で、その上司たる西公使からは、『この事件を機に、支那における権益増大を模索すべし』という電文も届いている。それ以後電信はぷつりと途絶えてしまったがな。要するに今回の騒動は、東洋における日本の覇権確立の端緒とすべきいくさなのだと、西公使は意見しておるのだ。そしてこれは、政府の見解と完全に一致する。つまり日本としては、列国の伴侶(はんりょ)としてそつなく振る舞うことを基本方針としながらも、その結果によって得られるであろう国際的な発言力をもって、支那にくさびを打ち込むことを最終目標とする、ということである。従って、もしも臨時派遣隊以上の大兵が必要となるなら、列国に警戒心を抱かれぬよう、彼らをして援助を乞わしむるよう持っていくことができれば外交上最良である。付言するが、たとえきみが戦死するようなことになったとしても、それはわが国が支払うべき保険料ということだ。本作戦は単純な救出作戦にあらず。そのへん、心してくれたまえ」

野心を隠して優等生を演じろ、ということである。桂陸相は優しい顔で難題を突きつける。

肝に銘じておきますと答えながら、外交とは非情だなと思わざるをえない。部下を殺されて無念だろうに、その死を利用せよと冷徹に意見する西公使は、さすが外務大臣まで務めただけのことはあり、綺麗ごとでは済まない外交世界の非情さを知り尽くしているようだった。

「これは本邦はじまって以来、初の連合作戦となろう」とは、山縣首相である。

「目的は邦人保護、列国との協調に留意というわけだ。東亜に大日本帝国あり、ということを世界に認めさせせつつな。期待しておるぞ、福島少将」

福島は背筋を伸ばして敬礼し、くるりと回って退出した。

「いよいよですね、部長」

扉を閉めるなり由比少佐が言った。

「おう、すぐに参謀本部に戻るぞ。時間がない」

広島駐屯の第五師団が母体となって編成される臨時派遣隊は、三日後の六月十八日、作戦拠点となる広島の宇品港から日本郵船と大阪商船から徴用した四隻の民船に分乗、出航する予定だった。ということはつまり、派遣隊長とその参謀は、ただちに東京を汽車で発たねば乗り遅れるということである。すでに二週間帰宅していない部下参謀の気の毒な記録は更新され、福島自身も今日からは戦闘態勢に移行ということだ。

「それにしても」

と口に出る。

誰かが異議を唱えるかと思ったが、臨時派遣隊長にみずからの名を記載した福島案は、誰の反対を受けることもなくすんなり通ってしまい、退路はばっさりあっさり断たれたのである。

一途に救助を待つであろう籠城側とは裏腹に、一筋縄ではいかない救出作戦。

いまさらながら、おのれの死亡通知に署名したような心持ちであった。

# 十

外界との連絡が遮断され、天津に送り出した密使はだれひとり戻ってこず、シーモア中将率いる増援部隊もいっこうに現れない。シーモアには「No see more（もう会えない）」という笑えない冗談が東交民巷における各国人の挨拶代わりとなって数日経ったころ、シーモア部隊に同行している日本海軍の将校から密書が届き、壁外の状況がしばらくぶりに判明した。

六月十日に天津を出発した日本隊を含む各国連合部隊は、破壊された鉄道を修理しつつ、ちょうど北京と天津の中間地点に当たる廊坊（ろうぼう）に到達したという。それより先の線路破壊が激しいものだったため、復旧に時間を要しているが、二、三日のうちには到着できるだろう、という見込みである。

この報せを支那人の密使を通じてもたらしたお手柄将校とは、一時帰国中だった日本公使館付海軍武官、森中佐だった。本来なら机を並べるはずだった同僚将校は、なんとか北京に戻ろうと部隊に同行を申し出たようだ。

自分たちが見捨てられたわけではないと知って一同は胸をなでおろし、明るい気持ちで数日を過ごす。ところが約束の二、三日が経ち、同じ場所からふたたび手紙が届いて、かえって落胆する。

廊坊で義和団相手の戦闘が起き、死傷者が出たらしい。作戦期間が予想外に延びて食料が心許(こころもと)なくなり、また線路の修復工事にも時日を要していることから、到着はさらに遅れる予想とのことである。

本当にシーモアは来るのか、このまま会えないのではないか、「No see more」という冗談が冗談でなくなるぞ、その海軍将校とやらはそもそも信用できるのか。

ついには密書を届けて状況を報知した森中佐の責任を問う者まで現れた。お門違いもはなはだしいが、わらをもつかみたい人間の心境とはこういうものかもしれないと、五郎はなじられながら学んだ。

ふたたび暗中に置かれた東交民巷で、六月十八日を迎えた。

その日は珍しく雲が出て、空が暗かった。雨でも降ってくれれば火災も少しは下火になるだろうにと期待して曇天(どんてん)を見あげていると、守田大尉の緊急報告を携えた水兵が執務室に飛び込んできた。董福祥の兵が宮城の南門に姿を見せたのだという。

紫禁城の南門は、王府の北側に設けた哨所と向かい合う位置にある。杉山書記生を殺し、排外思想の急先鋒たる董福祥の兵が出てきたとなれば、なにが起きるか分かったものではない。五郎は部屋を飛び出した。

粛親王府の横を走る小道を全速で走り、やがて息があがって小走りになり、最後は歩き、粛親王府の広さが伊達(だて)ではないと知った。

着いてみると、木材と石を重ねた簡単な胸壁の後ろで、銃を構えた水兵と守田大尉が待っていた。彼はすでにわが補佐官ではない。陸戦隊の任務が急増したため、隊をふたつに分割し、一隊は原大尉が、もう一隊を守田大尉に指揮させることにしたからである。

「ご苦労さん」

そう言いながら身をかがめ、守田大尉の横からそっと南門をうかがった。

三十mばかり離れたところで固まっている十数人の兵士たちは、回教徒のように頭にターバンを巻き、弾帯をじゃらじゃらとたすきがけにしている。無頼漢さながらの格好はたしかに八旗兵ではない。彼らは董福祥率いる甘粛省の兵、朝廷に戦いを挑んだこともある元地方軍閥の甘軍だ。

「なして、あいつらば門ん警備につけたとでしょうか。朝廷ん考えはいっちょん読めません」

守田大尉が言った。さて、と答えしばらく様子を見た。

兵士たちは手に銃を、腰に刀をさしているものの、それを使って特段なにかをするでもなく、通りをまばらに行き交う人の動きに目をやったり、立ち話をしたり、ぶらぶらして暇をもてあましているように感じられた。いますぐ攻撃を加えてくるようなそぶりは微塵もない。

「ふむ、敵意はないようだ。ちょっと話を訊いてみよう」

「え、あ、待ってくれんですか」

哨所を出て彼らに向かっていく五郎を、守田大尉があわてて追う。

「ニイメンハオ」

穏やかに挨拶すると、無言で睨み返された。

「きみたちは董福祥閣下の甘軍兵士だね。精鋭を謳われるきみらが宮城の警備とは、暑いのにご苦労なことだ」

どいつもこいつも無愛想で、過去に何人も人を殺したような獰猛な顔つきが並ぶが、刀に手をかけるつもりはなさそうである。

五郎は適当に話しながら、煙草、煙草と、手で守田大尉に要求し、守田大尉は怪訝な顔でポケットから巻き煙草を一本差し出した。

「そうじゃない、全部」

箱ごと奪い、そのまま兵士にくれてやる。手土産の効果があったものか、やがて兵士たちは返礼とばかりに茶を勧めてきた。

「ところで」

頃合いを見計らって本題に入る。

「きみたちはなぜここにいるのだろう。義和団から城を守るためだろうか」

渡した煙草をうまそうに吸っていた兵のひとりが、「われらの任は往来の混雑を防止すること」と、平気な顔でうそぶく。

「義和団は関係ないと」

「さよう」

「だったら、われらが義和団から攻撃を受けたとき、きみたちはどうするつもりか」

「いずれへも加勢しない」

「あくまで中立を保つというわけだな」

「いかにも」

五郎は残りのお茶を飲み干し、礼を告げてその場を離れた。そして哨所に戻って粛親王府の高壁を見あげながら、壁をもっと高くしておけ、と指図する。石や瓦礫を積んだだけの防壁では防ぎきれない嵐が来る、そんな予感がした。

遠くに雷が鳴り、強い風が吹いていた。北京では異例の烈風急雨が近づいているようだった。

## 十一

列強の艦隊が大沽沖合に集結していた。すでに陸兵数千が上陸したともいう。このまま放置すれば、遅かれ早かれ、彼らは北京に向けて進軍を開始するだろう。和か戦か。紫禁城ではこの未曽有の国難を前に、文武百官による御前会議が幾日も続けられていた。

開明派は言う。

わが国が洋人を守らないのだから、列強諸軍が派遣されるのは当然のなりゆきである。なによりもまず暴徒の鎮圧を急ぐべきだ。呪術頼りの義和団など頼りになるものか。戦えばかつての二の舞になるぞ。

排外派は訴える。

力で押さえつければ臣民の支持を必ずや失う。義和神団は愛国の念をもった忠勇の戦士たちである。勝敗は時の運なのだから、やってみなければわからぬではないか。

まっぷたつに分かれた意見を、慈禧はいつも静かに聞いていた。開明派の言うことも、排外派の主張も、それぞれに一理あり、それぞれに馬鹿げていた。

開明派の主張に従って義和団討伐を成し遂げ、列強と和解の道を模索するべきか。ふっかけられるであろう法外な賠償金や領土要求を呑めば、その道もなくはない。けれども、その先になにが残る。民族自決の灯火をわが足で踏み消すだけではないのか。

だったら排外派の意見を容れ、義和団の件はあくまで国内問題であると突っぱねて列強の干渉を排除するべきか。しかし今後の武力衝突にどう備えたらよい。シーモア軍を退けた義和団は本当にあてになるだろうか。もし読み違えれば敗北は必至であり、祖宗に顔向けできぬ事態に陥るだろう。

清朝存続にとって最良の道は和か戦か。

慈禧の迷いは議論百出を招き、義和団がわが物顔で町を闊歩しているうちに時は流れ、六月十九日となる。

暴徒の手によって電信施設が破壊されていたため、その報せは二日遅れでもたらされた。大沽港に設けられた砲台が、列国軍の攻撃を受けて陥落したというのだ。

大沽港を防衛するために造られた沿岸砲台群は、川幅が百八十mもある大河、白河の河口に位置している。黄海（こうかい）に注ぐ河の流れを五十kmほど北にさかのぼれば天津に、さらに百二十km進めば北京に至ることから、ここは海防の要衝である。

列国軍は、各国領事館や外国租界がある大都市天津と艦隊集結地の大沽港を見下ろす砲台を脅威と感じたか、砲台守備部隊に対して二十四時間以内の砲台明け渡しを要求した。現地部隊は開戦通知に等しいこの要求を呑むことなく、自衛措置として砲火を開いたすえに占拠されたのだという。

遅疑逡巡（ちぎしゅんじゅん）しているうちに、採るべき道は否応なく一本に絞られた。

「聞け」

口から泡を飛ばして激論に明け暮れていた百官は、雷に打たれたようにひれ伏した。慈禧が口を開くのはしばらくぶりだった。

「各地に開戦の詔（みことのり）を発布せよ。われはいくさに決した」

決意に満ちた声に、おおっと排外派の重鎮たちから喜びが漏れる。開明派の者どもは一様に顔を暗くする。

「戦えば負けるやもしれぬ。負ければ帝国は滅びるやもしれぬ。しかし祖国の栄辱を地におとしめてまで生き延びて、そこになにが残ろうか。他国に兵を入れて好き放題に振る舞う洋人どもに一矢報いずして、地下の先祖にどう顔向けできようか。この国を銀の皿に載せて差し出すくらいなら、毒をあおって死ぬほうがはるかにましじゃ。たとえ勝てぬとしても、われは最後まで戦い抜く」

「いいえ、われらは勝てます。人民は必ずや旨意(しい)を奉じて夷敵を打ち払うでしょう」

衙門筆頭の端郡王だ。そのひと声は排外派の気持ちをさらに押したのだろう。洋人嫌いの大臣たちは、老仏爺とご一緒させていただきます、と一斉に叫び声をあげた。

「老仏爺」

栄禄が叩頭(こうとう)して「東交民巷の外国使臣は退去させるがよろしいかと」と陳奏した。

「なぜじゃ」

「合戦に及べども使者は斬らず。これは古(いにしえ)よりの慣例でございます。もし列国の公使たちを害せば、講和の道が絶たれます」

「漢奸(かんかん)」

敵に通ずる売国奴、と端王が罵(ののし)った。

「漢奸め、お前はいくさの前から講和のことを考えておるのか。そんなことでよく軍の頭領が務まる」

「古今、講和を結ばなかったいくさはひとつもありません。勝っても負けても、講和はいずれ必要です。その日のためにも、公使どもは傷つけず放免してやるべきかと」

身じろぎもしない反駁に端王はますますかっかと来たようだが、慈禧は制して言った。

「そちの申すとおりじゃ。公使どもは期限を設けて速やかに退去させよ」

栄禄は深々と頭を下げ、ほかに意見がないかと慈禧は見渡し、最後に横に座る光緒帝を見た。

「皇上からなにか意見はあるか」

光緒帝は置物のように動かず、かろうじて聞こえる声で「ありません」と答えた。

悟りの境地に達した仏僧のごとき無表情の皇帝を立ち会わせるのは、ただの形式である。が、廃位ができなかった以上、幽閉されているとはいえ、皇帝はいまも天から授かった現人神なのである。

かくて、戦争は決断された。

先の日本との戦いで海軍は壊滅し、陸軍の再建もおぼつかないなかで、大清帝国は世界を敵に回して干戈を交える道を選んだのである、そしてその武器は、四億の民衆の心という、無形の刃だけであった。

# 十二

福島は磯の香りがする宇品駅に降り立ち、出迎え将校と合流した。桟橋に横づけした大きな船に兵士が長蛇の列を作っている。あれが威海丸です、とその将校は言う。

福島派遣隊の編成は昨日完結していたが、横浜から回航してきた徴用船舶のうち、物資・馬匹の搭載を終えていたのは二日前に到着した威海丸だけで、他の船は今日明日にも入港するという状況だった。

福島は派遣隊の準備状況を聞きながら、ばきばきと骨を鳴らして背伸びした。東京の新橋駅から東海道線、山陽線と汽車を乗り継ぎ、広島の宇品港に二日がかりでたどり着いたのは予定より一日遅れた十九日の朝だった。鉄道が東京から広島まで開通してまだまもない。日清戦争で兵站拠点になった宇品港に駅ができたのも最近のことで、便利な世の中になったと感じる一方、二十四時間以上も汽車に揺られてたいそう腰が痛かった。やはり、乗るなら良馬と美人に限ると思った。

「隊長」

呼ばれたとしばらく気づかなかった。こちらが届いています、と何通もの電報を渡され、隊長、隊長、隊長、と自分が派遣隊長になったことを改めて噛み締めた。若いころから情報ひと筋だったから、初めての指揮官職である。部長などよりはるかに響きがよい。

「部長、荷物は全部下ろしておきました」

どさりと、由比少佐が両手一杯の荷物を足元に置いたところだった。東京からふたり分の荷物を抱えて長旅をしてきた由比少佐は、お疲れのご様子だ。

「おい、由比」

「はい」

「今日からは隊長と呼べ」

福島は電報の一通を開いた。すべて桂陸相からのものだった。文面を二度読んで、思わず額を叩く。

なんの間違いがあったものか、大沽砲台を列国の陸戦隊が攻め落としたという内容だった。清国側は、北京、天津、大沽間の連絡を遮断しようと白河河口に水雷を沈め、各国兵の上陸を阻止する構えを見せており、戦闘艦を数隻出航させたという未確認情報さえある。ロシア軍は当初の情報にあった四千人どころか八千人を旅順から出動させたようだ。

事態の急変を受けた内閣は、福島が東京を発った直後に臨時派遣隊の全力派遣を決定した。正規軍同士の交戦が生起した以上、まず半分出して様子を見る、などと悠長なことを言っておれなくなったからであり、山縣首相は臨時閣議において追加二個師団の派遣検討を指示したともある。

政府は今般の事件対処に当たり、災害基金の流用や一般歳入の予備費を回して『清国事件費』の特別予算を組み、かつ酒税の増税や煙草の関税率引きあげによって増大が予想される出費に備えている。車中で読んだ新聞にはそんなことが書いてあった。

世論に叩かれた政府の慎重方針は、ここに来て修正を余儀なくされたということであろう。たった数日留守にしただけだというのに、あっという間に浦島太郎である。福島は何通もある電報を全部読み終え、懐にしまった。

「おい、由比」

「はい、部長」

「隊長と呼べと言ったろ。それからその荷物、そのまま威海丸の船室に運び込め。すぐに出航するぞ」

「えっ」

「計画変更だ。ことは急を要す。全船の準備完了を待たず、まずは威海丸に乗船した一個大隊一千名で一刻も早く現地に駆けつける。その旨、東京にも打電しておけ」

それからの数時間で兵員の乗船を完了した威海丸は、日暮れ前に宇品港を出航した。予定を繰りあげての出発だったから、盛大な見送りは当然ない。

福島は港の明かりが離れつつあるなかで、一通の電報にあった『外国兵との衝突を避けるは、今回の任務における第一の眼目なり』という文面を反芻していた。

日本海軍の常備艦隊二十六隻中十五隻が出動し、すでに正規軍同士の戦闘もはじまったこの大騒動は、双方が宣戦布告をしていないことから、実態としては第二次日清戦争の様相を帯びつつも、国際法上の区分では『戦争』ではなく『事件』と呼ぶべき性質のものである。だがもし現地で列国軍と、特に清国寄りのロシアと不慮の衝突でも起こせば、それは清国事件どころか日本中が吹っ飛ぶ大騒動になるだろう。

「全員そろいました」

由比少佐が呼びに来た。派遣隊に編入された第五師団の将校たちが甲板上に集まっていた。

「さて、諸君とは会ったばかりだが、出発に当たってひとつ述べておく」

軍隊お決まりの儀式、訓示である。

「きみたちも知っているように、帝国陸軍が列国と行動をともにするのは、じつに開闢（かいびゃく）以来、今日をもってはじめとするところである。よってわが軍は、戦闘では他軍に後（おく）れを取らず、国際法をよく守り、開明国軍隊たる価値を示して外国軍の畏敬を受けるよう努めねばならない。われらの一挙手一投足がそのまま祖国の栄辱にかかわるということをきみら将校が肝に銘じ、よろしく兵を導き、任務完遂に邁進（まいしん）してくれたまえ」

福島は続けて、すでに現地で本格戦闘が起き、天津も清国軍の包囲下に置かれたという最新の情勢を伝える。将校たちの顔つきはみるみる険しくなっていく。

「本艦は門司を経由して大沽沖合を目指す。到着は四日後の予定である。それまでは艦内で疫病などが発生せぬよう衛生管理に留意しつつ、よく休んでおけ。以上だ」

「隊長に、敬礼っ」

まぶしい西日のなかで敬礼を受けながら、福島は思った。大兵率いて敵地に乗り込むのはまさに男子の本懐だが、今回の任務は判断ひとつの誤りで日露戦争さえ招来しかねない、胃の痛い綱渡りになりそうだと。

将校たちが解散し、生温かい風に吹かれて海のほうを眺めやると、港はもう見えず、カモメが一羽、船と並んで飛んでいるだけだった。

## 十三

「清国が列国と開戦した」

西公使が五郎や楢原書記官たちを自分の執務室に呼び集め、唐突に言い放った。手には赤い封筒があって、総理衙門からつい先ほど届いたものだという。西公使は「きみらにまず話しちょく。聞いてくれ」と言って沈鬱(ちんうつ)な様子で文面を読みあげた。

《列国艦隊は大沽砲台に砲撃を加え、当地を占拠した。すでに戦端は開かれたのであり、貴国居留民の安全を保障することはもはや困難である。よって清国は貴国に対し、本日午

後四時より二十四時間以内に、北京を総退去されることを要求する》

読み終わっても、小さな公使館の重役たちはしばらく粛として声もなかった。赤封筒は、すべての公使館へ配達されたばかりという総理衙門からの通告文だった。

「天津までん経路は官兵をもって護衛すっともあっどん、われらん知らんうちに戦争がはじまったちゆことらしい。正直、わけがわからん」

「戦争」

書記官のひとりが言葉の重みを確かめるようにつぶやいた。突飛な事態の展開に、軍人の五郎ですら理解が追いつかない。

大沽港を睨む清国最大の砲台を列強が攻撃したということは、清国政府頼むに足りずと業を煮やした列強諸国が居留民保護を目的として兵を動かし、清国は彼らの通行を認めず受けて立った、ということだろうか。

だとしたら、この戦争は双方にとって行き当たりばったりな展開となる。列強側には力で押せばなんとかなるという過信があり、清国側には押し込み強盗のような彼らに対する激しい憤りがある。両者に戦争の終わりを見据えた指導計画があるわけもなく、感情的で勢い任せの戦いがどこで決着するかは神のみぞ知るところ、とあっては今後のなりゆきは泥沼必至と言えた。

「我々はこの通告どおり、北京を退去することになるのでしょうか」

楢原書記官は落ち着いていた。

「列国ん公使たちと相談したうえでなかれば、わっぜ決められん。これからイギリス公使館に行ってく。楢原と柴は、オイにちてけ。ほかん者は機密書類ん整理などしちょけ。いざとなれば燃やさんなならん。が、結論が出っまで口外は無用ぞ。行動は努めて慎重に」

西公使は腰をあげ、ふたりが続く。

一行がイギリス公使館に着いてみると、時を置かずにほかの公使たちも手に赤い封筒を握って集まってきた。

退去は自殺行為に等しい、とドイツ公使は声高に言った。

フランス公使とアメリカ公使は、一刻も早い脱出を訴えて浮き足立っていた。

我々白人が北京を退去すれば教民たちはどうなるのか。そういう意見もあったが、同国人以外の生死はわれらの関知するところにあらず、とスペイン公使に一蹴された。

日没後、西公使はすべての在留邦人を公使館広間に呼び、半日に及ぶ激論の結果を告げた。結論は総退去だった。

「なお退去時間ん延長、荷車ん用意、十分な沿道ん保護を要求中じゃ。明日午前九時に各国公使が総理衙門へ赴き、詳細を協議そごたっと先方にも通知した。じゃっどん相手は清国政府んこつ、いかな返答があっか予測もできん」

平静さを失う人々を制しながら、西公使は続けた。

「とにかっ、各自は明日夕刻ん出発に備えて、可能な限りん準備を進めてもらおごうた。また城外に一歩踏み出せば、四面みな敵て思わんならず、諸君はよろしゅう大和魂を振り起こし、生死をともにすん覚悟を持っていただこごた。なお、男児こげん危機に臨み、けして国ん名を汚す挙動だけは慎んでくれため」

西公使に促されて五郎は前に出る。

「天津まで、まずは一週間を目途とすべきでしょう。荷物はできるだけ軽く、食料は煎り米を袋に入れ、それをみなで担ぐのがよいと思われます」

それぞれの役割と仕事を示された人々は、青い顔で準備に取りかかる。

陸戦隊と義勇隊は武器弾薬の手入れを、館員たちは車馬と飲料の手配を、公使館付軍医は担架の急造や携行医薬品の分別を進めていった。

十九人いる女たちは、努めて明るく振る舞いながら米を煎り、男どものズボンを裂いてなかに詰めていく。彼女らは公使館員なにがしの細君であり、義勇隊員だれそれの愛娘であり、忠実な召使いたちである。

五郎は彼らの様子を見て回り、時に手を貸し、時に励まし、これからの道のりに思いを馳せた。目的地は百二十㎞も先だが、ここには老人も女性も乳飲み子さえいるし、公使夫人は先月から床に伏す病人だ。いつ牙をむくかわからない清国官兵などあてにはならず、五百人近くの民間人を護衛しながらの逃避行となれば、その道のりは険しいものとなるだろう。

準備した地域を捨てて丸裸同然の野外に出ることは、死地に赴くことを意味するかもしれない。しかしここに留まったとしても、籠城が長期にわたればいつか食尽き矢玉果て、結果はやはり変わらないのかもしれない。残される教民たちの運命も、立ち去る自分たちの運命も、ともに過酷なものになってしまうのだろうか。

短い廊下を長く感じながら自分の手荷物をまとめるため執務室へ向かった。こういうときは忙しく手を動かし続けるに限る。時間があると、とかく悲観的なことばかり考えてしまうおのれの性分に気が滅入る。

部屋に戻ると、腰から黒光りする六連発式拳銃を引き抜き、部品をばらばらに外して手入れをはじめた。明日に備えて個人的に準備すべきことはさして多くない。水と食料と雨具を行李に入れ、拳銃と弾薬、あとは腰の軍刀があればたいていのことはできる。

部品に油をさしていると、住み慣れた家の焼け跡で、泣きながら家族の骨を拾った日の無力感がふつふつと蘇ってくる。まぶたに焼きついた炎が消えることも、耳から銃声が離れることもけっしてない。あの日は、家族を襲う暴力に対してあまりに無力だった。その暴力が、ふたたび目前に迫っている。攘夷という大義名分を掲げて、錦の御旗という正義を掲げて。

義和団にも彼らなりの正義があるのだとは思う。列強の蚕食を受ける清国の窮状を見れば、彼らを義民であると陰ながら支持する中央政府の立場も頭では理解できる。しかし半裸となって青竜刀を振り下ろし、全身血みどろになって人間の首を刎ねる男たちの姿を見てしまっては、そこに正義の断片を見つける気にはなれなかった。

大和魂を振り起こせ。

五郎は西公使の言葉を思い出しながら部品を元通りに組み立て、弾六発を込めると弾倉を一回転させた。

滅ぼした側も、滅ぼされた側も、ともに大和の民である。

そんな勝者の論理を簡単に消化できるほど、滅ぼされた側の恨みは浅くない。滅ぼされたのちに受けた数々の屈辱と、臥薪嘗胆を誓って生き延びた忍従の日々を思えば、その痛みをどうして忘れられようか。

会津降伏の折、柴家の女たちはことごとく自刃し、生き残ったのは父、三人の兄、そして五郎だけだった。江戸に虜囚として送られ、捕虜収容所での生活が四ヵ月を過ぎるころ、会津藩主に対して、没収した藩領に替え、南部藩の一部を割いて下北半島の火山灰地に移封のうえ、三万石を賜うとの恩命があった。石高換算で実収六十七万石あまりと言われた大藩が、三万石への減封である。しかも罪があるのは薩長の策士のほうだというのに、会津の罪を免ず、との本末転倒な詔勅つきで。

明治三年、家名再興の余地が残されたと喜ぶ人々とともに、一家は新領地に旅立つ。

兄ふたりはこのまま東京に残って勉学を志すというので、五郎は父と長兄とともに、斗南藩と名づけられた未知の土地へ向かった。ところが着いてみればなんということもない。新領地は、年の半分を雪に覆われた実収七千石あまりの痩せた土地だったのである。新天地にかすかな望みを抱いて移住してきた数千戸はたちまち食に困窮し、困った藩は函館(はこだて)に人をやり、デンマーク領事から糧米を購入するしか急場をしのぐ手立てなしと考えた。その大役を仰せつかったのが、斗南移住後に妻をもらい、この地の開発に生涯を捧げると誓って藩庁の官吏になっていた五郎の兄だった。

ところが仲介の貿易商が支払金を横領して逃亡したため領事は斗南藩を訴えることとなり、藩に累の及ぶことを恐れた五郎の兄は、おのれの仕業(しわざ)なりと罪を一身に引き受け、獄舎に繋がれることになってしまう。

不幸に不幸を重ね、ついには最後の働き手まで失った五郎の家には、年老いた父と、結婚したばかりで夫から引き離された兄嫁と、十二歳の五郎だけが残された。しかも翌春までの期限つきで借り受けた家は掘っ立て小屋と変わらぬあばら屋で、床に畳なく、障子に張るべき紙もなく、それらを購入する金さえなかったから、床にはわらを、骨だけの障子にはむしろを巻きつけて寒風をしのぎ、夜は囲炉裏(いろり)のそばに集まって、父も兄嫁も黙々と手習いをするだけの暮らしとなる。

そんな家族の食卓には白米などありうべくもなく、主食となったのは海岸に流れ着いたわかめや昆布（こんぶ）を干して砕いて粥（かゆ）にしたオシメ粥のみであり、この冬は凍死と餓死を避けるだけで精一杯といったありさまだった。

待望の春が来て、一家は借家を出て別の沢へ移った。一刻も早く開墾して冬に備えねば、ふたたび餓死寸前の危機に陥ると考えた一家は総出で畑仕事に精を出すも、百姓素人が耕した畑には、痩せ大根と小さな馬鈴薯（ばれいしょ）ができただけであった。

そうしてまた、恐るべき冬が来る。

家族の困窮を聞きつけた兄のひとりが東京からやって来て一家は四人に増えていたが、家は相変わらず障子にむしろをぶら下げたあばら屋で、四人は終日縄をなって暮らすほかにやるべきこともなかった。栄養失調でやつれ、髪は伸び放題、手足はかさかさに荒れ、すするのは昨年同様オシメ粥のみとなれば、まこと乞食（こじき）同然の生活である。

小さな囲炉裏は四畳の板敷きさえ満足に温めることができず、陸奥湾（むつわん）から吹く風が無情にむしろをあおり、さらさらと音を立てて粉雪が舞い込んだ。空腹は忍びがたく、母の温（ぬく）もりが懐かしく、すぐそこに死がちらついていた。それでも、縄をなった。誰もなにも語らず、語るべきこともなく、朝から晩までただ縄をなう。かじかむ手に力を入れ、生き残れ、生き残れ、と念力込めてひたすら縄をなう。

かかる境遇が、お家再興を許された恩典であろうか。これでは藩挙げての流罪にほかならないではないかと思うほどに、口惜しく、情けなく、熱涙でいくども頬を濡らした。

この恨みを忘れない。

この痛みを、忘れない。

会津の国辱そそぐ、その日まで。

その一念にすがりついて、五郎は飢餓と酷寒の地獄を生き延びた。青森県庁で給仕として働き、東京と名を変えた江戸にふたたび流れて下僕のような生活を送り、陸軍幼年学校に入学したことのすべては、食うため、生き残るためだった。肉体的な苦痛から逃れることが心の苦痛をもたらすとは、つゆ知らず。

薩長も会津もない。官軍も賊軍もない。これからの日本のために、大和魂を振り起こしてともに邁進せよ。

そう求められるたびに、心が削り取られるようだった。

忘れようと思って忘れられるものではない。呑み込もうと思って呑み込めるほど、小さくない。

やり場のない恨み、癒えない痛みだけを抱えた会津の遺臣にとって、日本人であることを当然のように要求する陸軍は、新生日本は、まるで生き地獄だった。

ここはいくさ場なるぞ。

会津の乞食藩士ども、下北に餓死して果てたるよと薩長の下郎どもに笑わるるぞ。会津の国辱そそぐまで、ここはいくさ場なるぞ。

その言葉が支えなのは、昔もいまも変わらなかった。そして明日からの戦いをいくさというなら、負けまじきいくさであることもまた、疑いない。薩長も会津も、日本人という民族意識さえここでは関係ないことだ。侍の時代も侍がいなくなった時代も、それが寸鉄を帯びる者の果たすべき責務なのだから。

手入れを終えて拳銃を腰にさしたとき、五郎の胸に残っていたのはただひとつ、軍人としての本分だけであった。

# 第三章　決壊と連合

## 一

六月十九日の夜から二十日にかけて、こんな風説が東交民巷に流れた。

西太后、董福祥の甘軍に命じていわく。各国人、明日北京を出立するに当たり、城外に出づれば速やかにこれを追撃し、討伐すべしと。

そして朝になった。北京からの立ち退きを通告された日である。五郎を含めてほとんどの者が徹夜だったので、みんな足元がおぼつかない様子だったが、出立準備はなんとか終えた。

九時には総理衙門へ全公使が押しかける予定だったから、今後の展開がどう転ぶにせよ、結果が出るまでしばらく時間がある。五郎はみなに仮眠を取っておくよう言い置き、七時ごろ西公使と一緒にイギリス公使館へ向かう。

衙門からの回答は来ておらず、訪問予定時刻の九時を過ぎてもなんの音沙汰もなかった。出ていけと言うから打ち合わせしたいと言っておるのに、無視するとはどういうつもりか。予定どおり全員で押しかけるべきだ。いや、それでは体面にかかわる。もう一度使者を送ってはどうだろうか。

そんな議論がだらだらと続き、十時を過ぎ、十一時になった。

五郎はこの不毛な話し合いを睡魔と必死に戦いながら聴いている。二十四時間勤務を超える虚ろな頭で考えるのは、西太后が董福祥に各国人の討伐を命じたという昨晩の噂だった。

出所不明の風聞に踊らされるほど馬鹿らしいこともないが、ありえない話でもないところがやっかいである。道中の義和団との遭遇だけでも面倒なのに、背後からの追撃にも備えねばならないとしたら、二千人のシーモア軍ですらたどり着けなかった行程はますます険しくなるだろう。

女と子供を隊列の中央に配し、前後を陸戦隊で固め、義勇兵は適宜の位置へ遊軍として置き、各国の行軍順序は、前衛部隊は、そういえば総指揮官はどうするのか。

公使たちとは別に、軍事専門家として考えねばならないこと、調整せねばならないことは山のようにあるというのに、頭がひとつにまとまらないと手足はいつまでも右へ左へ振り回される。どっちでもいいから早く決めてほしい、とうまい珈琲を飲みながら思っていると、ドイツ公使ケテラーが突然立ちあがって言い放った。わしが片をつけてくると。

彼もこの水掛け論にくたびれたのだろう。他の公使たちが止めるのも聞かず、右手に葉巻を、左手にぶ厚い書籍を携え、護衛もつけずに通訳とふたりで衙門へ行ってしまった。膠着(こうちゃく)した状況がこれで動くかもしれない、それにしても不用心だと思っているところに、いましがた一緒に出ていった通訳が血だらけで担ぎ込まれた。

「公使が撃たれた」

東交民巷を出た直後に狙撃されたと言うのだ。ドイツの海兵たちがすぐに現場に駆けつけたが、血のついた駕籠(かご)が一丁残されていただけで、ケテラー公使を発見することはできなかったという。だが杉山書記生のときと同じく、生存は絶望的と思われた。

あれほどまとまりきらなかった公使たちは、杉山書記生に続いてふたり目の犠牲者が出たことでたちまち意見を一致させた。退去取りやめ、籠城決定である。唯一北京退去に反対した公使の死が、奇(く)しくも彼の望みをかなえることになったのである。

籠城と決まれば、やるべきことはいくらでもある。五郎は腰を浮かせた。

「待て」

西公使が、ひとこと言うちょく、と袖をつかむ。

「これからはじまっ籠城戦は、小なりとはいえ諸国ん利害を同一とすっ連合作戦となっじゃろう。各国と足並みを合わすっことを基本とし、目立ちすぎんよう任を全うせい。出っ杭は必ず打たるっとじゃ。わが国ん方針として、こんこつ肝に銘じちょけ」

連合作戦——。

それは言葉も文化も信じる神すら違う人々が、ひとつの目的に向かってくつわを並べるということである。新国家建設以来、そんな異人種・異民族混合の国際作戦を経験した日本人などひとりもいなかった。

「最善を尽くします」

すべては手探りで進めるしかないと思いながら、勢いよく立ちあがった。

日本公使館に駆け戻ると、籠城に決したことを全員に告げ、女と子供はすぐにイギリス公使館へ退避、義勇隊はその支援、陸戦隊は警戒配置につくよう矢継ぎ早に命じた。出発と思っていたところの方針変更である。当然のことながら蜂の巣を突いたような騒ぎが起きた。

日本人一行が公使館を出発するころには、東交民巷を貫く大通りはすでに人と物でいっぱいにあふれかえっており、老人、女、子供、清人召使い、教民女学生、馬、ラバ、羊、牛、それに鞄や書籍や高価な食器などを満載した荷車が巨大なうねりを作っていた。流れの行き先は広々とした敷地を持つイギリス公使館だ。アメリカ隊は食料徴発部隊を大々的に編成し、近隣の民家や商店などに押し入り、小麦、米、缶詰、牛、豚、食えると見れば犬でも猫でも問答無用で漁(あさ)って回っている。五郎自身は騒然とする地区内を行ったり来たりしながら、各国との調整や全体指揮に奔走した。あまりに行き来が多いので痩せ馬を一頭、自分用に確保した。

イギリス公使館に向かって馬を飛ばしていると、日本人避難者から少し離れたところで泣いている女の子に目と耳がいった。その子の手を引く母親らしき女性は、背に大きな荷物を、胸に乳飲み子を抱えて四苦八苦している。父親と思しき男性は重たそうな荷車をひとりで引いていた。楢原書記官だ。とすれば、あれはご家族だろうか。

「手伝いましょう」

馬を降りて後ろから女の子をひょいと抱きかかえると、その子はびっくりして一瞬泣きやみ、次の瞬間には両手をばたばたさせて暴れはじめた。

「ああ、柴中佐」

楢原書記官は助けを遠慮しようとしたが、向かう先は同じだから、と答えて女の子を鞍(くら)に乗せた。さっきまで泣いていた女の子は、ぽくぽくと鳴るひづめの音が気に入ったか、やがてけらけらと笑い出す。

楢原書記官と夫人は頭を下げた。

「楢原さんにこんな小さなお子さんがふたりもおられたとは知りませんでした。異国での子育てはご苦労も多いことでしょう」

いいえ、そんなことはありませんと色白の妻女が言う。

楢原書記官の妻は元海軍大臣西郷従道（さいごうつぐみち）の娘である。つまり名士の娘をもらったことで楢原書記官は将来を約束されたとも言えるわけだが、籠城開始早々、深窓のご令嬢の顔には生気がない。気丈に振る舞うほかの婦人たちとて高貴な出自の女たちである。そこには格別の配慮が必要なのかもしれないが、だからといってなにができるだろうか、などと思いながら連れ立って進んでいると、二頭の獅子像が見えてきた。イギリス公使館の正門だ。

「着きましたよ」「ありがとうございました」「お嬢ちゃんまたね」

そう言って鞍から女の子を抱き下ろしたとき、遠くでなにかが破裂した。

五郎ははっとして顔をあげ、すかさず懐中時計を取り出した。十五時四十九分だった。

総理衙門より届けられた最後通牒（つうちょう）、北京退去期限まで残すところ十一分である。

音は東から、いや北からも、断続的に、やがて東交民巷全体を包囲するようにあっちでもこっちでもパチパチパチと鳴り渡っていく。

楢原夫妻はまだ気づいていないのか、これはなんだろうかと、ぼんやり空を見あげるばかり。

「楢原さん。ご家族をなかに入れたら、すぐに持ち場に戻ってください」

五郎はふたたび鞍上（あんじょう）の人となった。

楢原夫人が不安げなまなざしを投げかけたが、気持ちを軽くしてやるような気の利いた言葉もとっさには浮かばず、事情を察した楢原書記官が家族を急き立てるのを一瞥、一礼して馬を駆けさせた。

これは攻撃だ。しかも火器を持たない義和団ではなく、清国正規軍による攻撃が開始されたに違いなかった。

「すべての兵を配置につけました。敵は北です」

五郎が日本公使館裏手の陸戦隊本部に飛び込むと、待ってましたとばかりに安藤大尉が報告した。守田大尉と原大尉は現場に向かったらしく、残っていたのは安藤大尉とふたりの義勇兵だけだった。

相手はやはり義和団ではない。撃ってきたのは甘軍、すなわち正規兵であった。

われらを人質に取って列強との交渉材料にする気か、それとも戦勝の生贄にするつもりか。いずれにしても薄皮のような防衛線がひとたび破れれば、多数の婦女子を抱えた籠城側の運命は悲惨なものになるだろう。

そんなことを考えていると、「急報っ」と水兵が天幕内に駆け込んだ。オーストリア隊が自分たちの公使館を捨ててフランス公使館に逃げ込んだと言うのだ。

戦いははじまったばかりだというのに、いきなり戦線放棄とはなにごとであろうか。しかもオーストリア隊が後退すれば、日本隊の担任区域は東側ががら空きになってしまう。急ぎ確かめねばならなかった。

「そこのふたり、ついてきてくれ」

五郎は長槍を携えた義勇兵を引き連れ、フランス公使館に急いだ。徒手空拳を哀れに思って槍をこしらえさせたが、結局、鍛冶屋は四つの穂先を打ったところで夜逃げした。

公使館前に駆けつけると、オーストリアの水兵たちが建物の入口あたりで、荒い息を吐き、大粒の汗を滴らせながら、ところかまわず横臥(おうが)していた。その彼らを前に、フランスのダルシー大尉とオーストリアのトーマン中佐が激しく言い合っている。すぐ戻れ、いいや戻れるか、と立場のあるふたりの将校が、疲れ切った兵士たちの面前でつばを飛ばし合う光景は異様だった。どうやら、清国軍の攻撃を受けたトーマン中佐が、自隊の敵中孤立を恐れてフランス公使館にいち早く、かつ調整なく兵を退(さ)げ、その結果、フランス公使館背後に防備上の空白地帯ができてしまったことをダルシー大尉は怒っているようだ。

蜘蛛の巣のように路地裏に延びる小道には障害物が設置されず、通りを塞(ふさ)ぐ土嚢や木材のバリケードは南向きに作られている。たしかにこの陣地は、南からの攻撃のみを想定して作られており、北にあるオーストリア公使館方向からの攻撃に備えていなかった。

オーストリア隊が後退して困るのは日本隊も同じであり、一刻も早く元の位置に戻ってもらおうと駆けつけた五郎は、疲労の色濃いオーストリア兵を見て考えを変えた。

彼らはおそらく、ここ数日ろくに休んでいない。限界を超えた緊張はあるとき突然ぷつりと切れてしまうものだが、引き絞った弓を敵前でゆるめるのは度胸と経験がいる。オーストリア公使館は東交民巷の北端にぽつんと孤立していて、ベルギー公使館と並んで敵の脅威に近く、慣れない陸戦に引っ張り出されたトーマン中佐は兵士たちを休ませることができなかったのだろう。救援到着まで生き残るには、地域を犠牲にして時間を稼ぐことが重要であり、過早に空間を捨てるのはみずから寿命を縮めるに等しいが、包囲の恐怖を感じたトーマン中佐が退却したことを誰が責められるだろうか。

敵は地理に詳しく、われらの守るべき範囲は広い。堤防の決壊も蟻の一穴からである。それぞれの公使館を守ることに躍起になって、こちらの連携の間隙をぬって浸透してくるであろう敵に対し、あまりに相互の協力が不足していた。そちらのほうがはるかに問題であった。

「ふたりとも、この音が聞こえていますか」

五郎は割って入った。オーストリア公使館の方角から、ぶうぶうぶうっと低い調子で牛のうなり声のような音がしている。

「言い争いなどしているときではない。あれは敵の進撃ラッパです。すぐにでも守りを固めてください」

「だったら、あなたからもこの貴族さんに戻るよう言ってくれませんか。このままじゃ、俺たちの準備したことが無駄になる」

ダルシー大尉は青筋を浮かべて言うが、五郎は首を横に振ってあれを見ろ、と指さした。

ベルギー公使館のあるあたりで火の手があがっている。兵を持たないベルギー公使館の守りはオーストリア隊の任務であったから、もぬけの殻となった隙に燃やされたに違いなかった。

「敵はすでにあそこまで来ている。オーストリア公使館にいまから兵を戻すのは危険にすぎる。それよりも、フランス公使館まで攻め落とされないよう、ここの防備を急いで強化したほうがよい」

ダルシー大尉と議論する気はなかった。有無を言わさぬ調子で意見を押しつけ、返す刀で「それからフォン・トーマン!!」と声を張りあげた。

「なんだっ」

「オーストリア公使館を奪還するときは我々も手を貸しますから、いまはここの防衛強化に協力してください。時間がありません。了解していただけますか」

「奪還に協力？　こいつでか」

トーマン中佐は馬鹿にしたように義勇兵の槍を見あげた。ダルシー大尉は帽子を傾け、やれやれと頭をかく。

不承不承という感が否めなかったが、とにもかくにも、両名はこの場での論争に益のないことを認めたようである。日本の防衛線に大穴が開いてしまったことは、自分たちでなんとかするしかなさそうだった。

戦闘がはじまってから数時間、戦線は一挙に押し込まれた。ベルギー、オーストリア両公使館が焼け落ちるのと時を同じくして、御河橋上の哨所からイギリス隊が兵を退き、公使館に立て籠もってしまったからである。

東西両翼の守りが早々に引き下がったことで、粛親王府を含む南北に細長い日本隊の受け持ち地域が敵地に突出する形で取り残された。粛親王府横の小道に点々と設けた哨所を引き払い、日本隊も戦線を整理縮小するというのが、こうした場合の戦術上の常道である。が、王府の裏には日本公使館があり、敷地の西側を南北に走る御河を西に渡ればイギリス公使館も指呼の間である。そこは婦女子を避難させた最後の砦（とりで）でもあり、担任地域を放棄することが彼女らの危険を意味するなら、やるべきことはひとつしかない。五郎は守田大尉や水兵たちを伴って王府へ向かった。

正門大扉を乱暴に叩いて使用人を呼び出せば、粛親王は数日前に妻妾（さいしょう）や宦官たちを引き連れて宮城に退避し、ここには留守番が五人残っているだけだという。

「議論の余裕なし。押し通れ」

使用人たちを押し退け、どっと雪崩れ込んだ。邸内に入った五郎は、すぐさま偵察にかかる。

王府は高さ三m、厚さ九十cmの煉瓦と漆喰で作られた外壁によって外界と隔てられ、敷地内はさらに背の低い塀でいくつもの中庭に区分されている。瓦の大屋根を戴く家屋群が所狭しと林立し、樹林と池と丘に埋められた壮大な庭園が目を奪う。ここに立っていると、前哨で繰り広げられる銃撃戦も別世界の出来事のように感じてしまうほどだった。

だからこそ、やれると思った。退かずに踏みとどまるなら、大敵に囲まれても持ちこたえられる拠点が必要であり、風雅な外貌ながらすでに要塞のような固さと広さを持つ王府は、その拠点防衛にうってつけなのである。

問題は兵の数で、攻撃が予想される北と東だけに工事を限定したとして、陣地正面幅はざっと五百mにもなる。水兵、義勇兵合して六十人に満たない兵士たちを等間隔に配置していったら、ひとりの受け持ち範囲は九mである。といってもちゃんとした火器を携帯しているのは原大尉を除く陸戦隊の二十四人だけだから、彼らだけで第一線を支えるとなれば、いささかどころか歯抜けのスカスカ陣地もいいところだ。

「保護した教民たちん手ば借りてみてはどげんです？」

と、守田大尉が思いつく。

「彼らは首を縦に振るだろうか」

「ほかに策のあるとでしょうか？」

夕闇があたりを包み、銃撃の音が徐々に遠ざかっていく。

「いや、なさそうだ」

壮麗な王府をひっくり返そうと画策する狼藉者のかたわらで、使用人らがやめてくれと涙ながらに訴える。攻撃側はいったん休憩のようだが、こちらは今夜も休めそうになかった。

教民たちはイギリス公使館に保護された女学生を除き、王府正門から御河へと延びる八十m四方の路上で生活していた。彼らは強い陽射しを避けようと、木の下や壁際にむしろを敷いて暮らしているが、風呂に入れず、汚物は垂れ流し、気温は高く、病人も健常者も一緒くたという劣悪な衛生環境では、いまのところ悪疫の兆候がないとはいえ、チフスや赤痢(せきり)が蔓延(まんえん)するのは時間の問題と言うべきだった。

後事を守田大尉に託してひとりでやって来た五郎は、教民たちの取りまとめを任された義勇兵たちの元へ向かっている。任された、といっても本来教民の扱いは宣教師たちがやるべき事柄だが、彼らは時々現れては自分たちが属する公使館の作業などに教区教民を動員するだけで、そもそもここに何人いるのか、食料は、手当ては、衛生指導はといった管理業務は完全に宙に浮いていた。

北京中から逃げ込んだ教民の数は、いまや三千に迫る勢いであり、本来やるべき立場の者がやらないため、日本の守備地域内に住み着いてしまった彼らの指導なり統制なりは、自然、日本隊に押しつけられる格好になってしまったわけである。

その仕事を請け負うのは、言葉に通じた時事通信の記者や語学研修生で、元締めは外務省留学生の野口という男だった。五郎はその野口留学生と数人の日本人たちがなにごとか話し合っているのを見つけ、「お役目ご苦労様です」と言いながら近づいた。

声に応じて振り返った顔のなかに楢原書記官がいた。つば広の帽子を直しながら「どうしてここに」と言われたので、「楢原さんこそどうして」と聞き返す。

「わたしが来てもらったんです。教民たちとの接し方について、いろいろお知恵をお借りしようと」と、野口留学生が代わりに答える。清国事情の生き字引の呼び声高い男には、仕事の垣根を越えて相談ごとが持ち込まれるのだろう。

なにか喫緊で困っていることがあるかと訊くと、医薬品や生活物資の不足はもちろんのこと、特に食料が足らずに難儀している、と楢原書記官が説明した。野口留学生とちょうどその話をしていたと。

「日本公使館の備蓄分からいくらか供出しているはずですが」

「食料も無限にあるわけではないですし、我々が食べる分を気にかけながらとなると、そう大盤振る舞いというわけにも参りません。教民たちも手持ち分がわずかながらあるようですが、わたしはよその公使館にも協力を仰ぐべきだと思っていたところです」

「了解しました。その件についてはわたしから武官たちに話してみます」

「助かります」

日本隊の食料は、天津まで持っていこうとした煎り米と、各家庭から急ぎ持ち寄った野菜などを合わせた約二週間分である。ほかの公使館がいかほどの食料を備蓄しているかはわからないが、先の見通しが立たない状況で日本隊の食料庫をこれ以上開放するのはたしかに危うい。そもそも教民を助けたのはフランスなのだから、彼らからもっと出させるべきである。

「ところで楢原さん、わたしもお知恵を拝借したいことがあります」

教民たちを粛親王府要塞化のために使役することについて意見を求めると、楢原書記官は二度三度とうなずいた。

「それはちょうどよいお話と存じます。彼らは互いの不幸をひたすら嘆いてばかりで、そのうち集団恐慌でもきたすのではないかと案じておりました。適度な仕事を持つことは精神的にも良好な方向へ作用すると思います。また数は少ないながら、銃や刀を持つ者もいるようですから、その者たちの手を借りるのも警備上の益があるのではないでしょうか」

「募集の方策についてはなにか考えがありますか。彼らが無償で働くとは思えませんが、金銭を準備すべきでしょうか」

「金銭よりも食料を与えたほうが人は集まると思いますが、そこは持っていき方しだいかと思います。彼らも義和団には恨みがあるわけですから、報酬あるなしにかかわらず、やる気のある者は乗ってくるかもしれません」

「なるほど、では彼らの組織化について留意すべきことがあれば教えてください。わたしは野口さんのような、言葉がわかって事情にも通じている方を長にして、教民隊のようなものを作る気でおりますが」

　楢原書記官はしばらく考えてから指を二本立て、留意すべきことはふたつありますと言った。

「我々は彼らのことをキリスト教民とひとくくりに言っておりますが、じつはふたつの集団に分別できます。ひとつは旧教のカトリック、もうひとつは新教のプロテスタント信者たちです。このふたつはいがみ合ってけっして交わろうとしませんので、この区分に気をつけることがまず一点。次に、保護した教民のなかには貴族階級である八旗人の者たちも含まれています。そのなかから適当な人物を教民隊の分隊長として指名し、その下に健康な男子を組み入れるのがよいかもしれません。総指揮官は日本人だとしても、元から存在する階級構造をうまく活用したほうが機能すると思います」

「分隊長を任せる人物に心当たりでも？」

「わたくし個人にはありませんが、長老格の者たちとすでに顔見知りですから、事情を話して彼らに決めてもらいましょう」

「ありがたい」

楢原書記官に訊いて正解だった。

日清戦争の講和会議で通訳を務めたともいう楢原書記官は、やはり優秀な官僚だ。なにごとにもよく通暁しており、西公使の信頼が厚いのもうなずけると頼もしく感じていると、近くの教民たちが声をそろえて歌いはじめた。讃美歌だった。

「いつもこんな感じなんです」と、野口留学生が困ったように言う。

「敵に位置を悟られるからやめろと言い聞かせてもいっこうにやめてくれません。寄る辺のない人々が信仰を最後の拠り所とする気持ちも、わからなくはないのですが」

なにを歌っているかは理解できないが、夜空に散っていく大合唱は、なんとも物悲しい歌声だった。

「キリスト教国ではない日本が彼らの面倒を見ることになるなんて、まことに奇妙な縁だと思いませんか」

楢原書記官は黒い空を見あげて、そう口にした。まったく同感だった。

王府に戻ろうとした五郎のところに、全公使、全武官はイギリス公使館にすぐ集まってくれ、と連絡が来た。協議事項があるという。銃声が散発的に聞こえるものの、東交民巷には静けさが戻っている。まもなく六月二十日という長い一日が終わり、日付が変わろうとしている時分のことだった。

　イギリス公使館の大広間に入り、天井から吊り下げられたシャンデリアの明かりに思わず目を細めた。来るのが一番遅かったらしく、西公使を含む各国の公使や武官らはすでに着席しており、ダルシー大尉やトーマン中佐もいた。今日一日会うことのなかったアメリカやロシア人士官らの疲れた表情をうかがいながら、西公使に「日本隊異状なし」と告げ、後ろの椅子を引いて通訳官と一緒に並んで座った。

　疲れちょっな、と西公使が半身ひねって言った。いえ、そんなことはありません。きみん代わりはおらんのじゃっで無理すっな。ありがとうございます。

　そうやり取りして背もたれに体を預けたとたん、腰の抜けるような脱力感があった。血のめぐりが悪くなっているのか、夏だというのに足先が痺(しび)れるように冷たく、手に変な汗をかいていた。考えてみれば、昨日の朝起きてから何時間勤務しているのだろうか。四十、いや四十三時間？　計算しているそばから、疲労と眠気で吐き気がした。人の体は、いったい何時間眠らずに正常を保つことができるのだろう。そんなことを重い頭でぼんやり考えた。

　どうぞ、と清人召使いが珈琲を持ってきてくれた。幻を見ているわけではなさそうだと思い、どうもと言って受け取り、一気飲みする。すでにおなじみになった味ながら、安物にはない濃厚な風味である。

「お待たせした」

ふたりの従僕が両開きの扉をさっと開け、イギリス公使マクドナルドが真打ち登場といった感で姿を見せた。汗と泥と硝煙(しょうえん)にまみれた将校たちの前にイブニング・テールコートで着飾って現れるとは、この男はどういう神経の持ちぬしなのか。

「さて、多忙なみなさんに集まってもらったのはほかでもない。今日一日の戦いを経て、連合動作に不都合のあることは明白になったと思う。このままばらばらに戦っていては、とてもこの窮地を乗り切ることはできないだろう。よって早急に対策を練らねばならないと考え、集まっていただいた。ここまでよろしいかな」

マクドナルドはワックスでピンと固めた口ひげを横にしごきながら、列席者を見渡した。

公使たちにも序列があり、現在の主席は北京駐在がもっとも長いスペイン公使ということになっている。が、イギリス公使館にスペイン公使を含む各国公使たちと婦女子が避難していることから、マクドナルドの意向には誰であれ逆らいがたい空気である。発言する者のないことを確かめ、マクドナルドは「ひとつ提案がある」と続けた。

「わたしはかつて軍籍に身を置いたことがあり、スコットランド連隊の一大佐としてアフリカで実戦を経験したこともある。その経験に照らして考えてみたのだが、本日、開戦早々ふたつの公使館が焼かれたのは、厳正な指揮系統の不在ゆえ、つまり全体を取りまとめる総司令官がいなかったからだと思うのだ」

マクドナルドは葉巻に手を伸ばし、「だから、リーダーを決めようじゃないか」と言って火をつけた。吐き出した煙がふわっとトーマン中佐のほうに流れていく。

昼間、オーストリア隊がみずからの公使館のみならず、ベルギー公使館の守りをも放棄して、戦線の一角を危機にさらしたことは周知の事実。とはいえ、御河橋上の哨所からさっさと撤退して戦線縮小に一役買ったのはイギリスも同じであり、結果、両者の尻ぬぐいを日本隊は押しつけられたわけである。ひとことあってもよさそうなものだが、ふたりは知ってか知らでか、謝罪することも礼を述べることもなかった。

「マクドナルド公使んおっしゃっこと、まったく同感じゃな。公使は実戦経験もおありんじゃっで、こん際、ご自身で指揮を執ってみてはどげんやろうか」

西公使が発言し、通訳がフランス語に訳すと、フランス公使が真っ先に賛意を示した。イタリア、アメリカがこれに続く。

「他の方々のお考えは」

反対する者はない。根回し済みだったのかもしれない。

マクドナルドは「では」とネクタイの結び目に手を当てた。

「ご推薦に預かりましたので、微力ながら本職が総司令を務めることとします」

ぱらぱらと申しわけ程度の拍手が起こる。

「さっそくだが、防衛態勢を再整理しよう」

テーブルに東交民巷の地図が広げられた。

「まず、御河を境界として東交民巷をふたつに分け、それぞれ地区担任指揮官を任命したい。御河の西にあるイギリス、アメリカ、ロシアを一隊とし、東の日本、フランス、ドイツ、オーストリア、イタリアの五ヵ国をもう一隊とする。西部地区の指揮官はわたしが兼務しようと思う。東部地区を任せる者は……」

マクドナルドはトーマン中佐と五郎を交互に見やった。

「中佐が二名いるようだが、どちらが先任だ」

五郎はトーマン中佐に目で発言を促した。

「わが輩です」

トーマン中佐が立ちあがる。

「では決まりだな。さて、みなさん。体制も一新されたことであり、明日より気持ちを新たにして戦いに臨もうではないか。シーモア中将の救援軍もそのうち到着するはずだ」

久しぶりに聞く名だった。

最後の電文から二週間経つが、明日来るか、明後日来るかと、結局いつ来るか分からぬ待ち人を待ち続けるのも気が滅入るものである。城外に砲声を聞いたとか、電気光が南の空に見えたとか、手紙をつけた鳩が飛んでいたとか、真偽不明の噂話が続出しているのも、人々の期待がそれだけ切実という証左であろう。

だが現実的に考えれば、シーモア部隊はすでに進軍を断念したと見るべきで、頼みの綱は大沽砲台を占領したという列国軍である。といっても季節はまもなく雨季となり、泥濘化する街道は迅速な行軍の障害となり、これまたいつ来るかさっぱり分からない。

「柴、柴」

西公使の顔が近くて、はっとした。ウトウトしていたらしい。

「申しわけありません。聞き逃しました」

「しっかりせえ。今後にちて申し述べちょくこっがあっとじゃ」

会議は終わり、そちらこちらで立ち話がはじまっていた。

「本籠城におっけわが国ん基本方針は協調であっと、すでに伝えたな。明日からオーストリア将校ん指揮を受けっと決まったわけじゃっで、きみは彼をよう立て、さりとてわが国ん名誉を損なわんよう、うまっ立ち回っこと。それからイギリスとんいざこざは困っど。以上、了解か」

「は、他隊との協調に気を配ることはむろんのことですが、特にイギリスに気を遣えとは、なにかわけがあるのでしょうか」

「分からんか」

「分かりません」

西公使はあきれた、という顔をする。

「今後熾烈さを増す大陸でん分割競争において、わが国は有力な後援国を必要としちょっ。従うて、こん籠城戦で一等国イギリスん好意を買うことは国益にかなうて、思わんか」

「籠城戦の先を見据えて、ということでしょうか。しかしまずは生き残ることが先決と思うのですが」

「きみは情報将校であろう。もっと大局から物事を見っくせをつけっことじゃな」

それからの約十分、懇々と説教を受けた。杉山書記生の殺害を理由に利権獲得に動くこと、それもひとつの大局的判断である。だんだん感情が高ぶってきた西公使がそう口走ったことで、五郎は杉山書記生の死が本国にどう報告されたか初めて知った。

非難の色が顔に出たのだろう。機敏に察した西公使はカチンと来たか、一局面だけ見ておればよか者には分からんじゃ、そもそも高等政治とはじゃな。

説教はだらだらと延長された。

西公使とて、部下を殺され内心忸怩たるものはあるはずで、これが外交官としての仇の討ち方ということなのかもしれないが、釈然とはしなかった。

三十分も経っただろうか、ようやく解放されると、両肩にどっと疲れを感じた。しばらく椅子に座ったまま放心状態でいると、ポンポンと肩を叩かれる。

「Lieutenant Colonel, how's going?」

イギリスのストラウト大尉だった。彼はこちらが英語の通じる相手と知って、ふたりのときは英語を使う。

「カーネル・シバ、『How's going』は日本語でなんと言うのですか」

いきなりなんだろうと思いつつ、

「さて、日本語だったら『元気ですか？』、かな」と応じた。

ストラウト大尉は五郎の両肩に手を置き、コリをほぐすように指先を動かしながら、たどたどしい日本語で言った。

「シバサン、ゲンキデスカ？」


それから、這（は）うようにして陸戦隊本部へ戻った。仮眠を取っている者が天幕の隅で転がり、安藤大尉は床几（しょうぎ）椅子の上で腕を組み、足を机に投げ出して船を漕（こ）いでいる。交代で勤務できない将校のつらいところだが、開戦初日で早くも自分がぶっ倒れそうだった。

机に、湯飲みと水筒と開いたままの手帳があった。暗がりのなかで顔を近づけてみると、どうやら誰かの日記である。生き残ることができなければ、これはそのまま遺言になるのだろう。そこではたと、気がついた。

戦いが終われば、参謀本部に事件の経過について報告しなければならない。ということは、その日に備えて記録を取っておかねばならないということである。やることが次から次に増えていく。

雑嚢(ざつのう)から手帳とちびた鉛筆を取り出し、『六月二十日　籠城開始』と書き出して、なんとなしに顔をあげた。路地の両側に立つ壁がうっすらと白く光っていた。空には薄ぼんやりとした半月が静かに輝いている。もう夜明けが近いのだ。

やめた。

そう決めて地面に寝転がった。

あの月が丸くなるまで生きていられたら、書き出せばよい。

四十八時間を超える長い一日がようやく終わり、ぶくぶくと意識は沈んでいく。大砲でも撃ち込まれない限り、二時間は眠ろうと決意した。

## 二

立て籠もりから一日が経った。といっても横になってまだ二時間である。寝ぼけ眼(まなこ)をこすりながら外壁にこじ開けた銃眼から覗くと、五十m先で、せっせと瓦礫を積みあげている百人以上の兵士たちが見えた。

ときおり銃弾が鼻先をかすめ、砕けた漆喰が飛び散る。敵は攻撃準備中のようだった。

「彼らも早朝からご苦労なことだ」

五郎は煉瓦で銃眼の穴を塞ぐと、背後の守田大尉と安藤大尉に向かって言った。

「状況は確認した。こちらからは無駄弾を撃たず、引き続き警戒してくれ」

ふたりは「了解」とうなずく。

昨日からはじまった攻撃に対し、五郎は王府北地区を腹心の守田大尉に、東地区は海軍の原大尉に任せた。とはいえ水兵はたったの二十四人である。大根のかつらむきのような薄い防衛線ではとても攻撃の圧力に耐えきれないから、第二線、第三線に予備陣地を設けて奥行きを活かす、いわゆる薄皮を何枚も重ねた縦深防御によって兵力の不足を補うつもりだった。あとはそのための工事が追いつくかどうか、というところであり、その正否は教民たちの協力如何(いかん)にかかっていた。

昨夜試みた交渉はうまくまとまり、今朝から二百人ばかりが王府で働いている。保護者となった日本人への好意もあってのことか、彼らは暑いなか文句も言わず、壁に銃眼をうがち、木材、机、石を積んで胸壁を作り、地面を掘って安全な交通路を開き、布を裂いて土嚢を作るなど、ありとあらゆる雑役に従事してくれている。

現在のところ、攻撃は東のフランス公使館と西のイギリス公使館に集中しているが、敵は遠からず、この王府が両翼の守りを失い、敵陣に突き出した形で孤立していることに気づくだろう。あくまで第一線における戦闘任務は職業軍人たる水兵が受け持ち、義勇隊はその補佐をし、後方における各種支援を教民が行う。責任区分が示された王府の防備は急速に組織化されつつあるが、準備の余裕はあまりなさそうだった。

五郎は安藤大尉を連れ、敷地内のそちこちで工事に汗する教民たちの様子を見て回る。安藤大尉は時々立ち止まり、「穴はこうやって掘るんだ」「ほら、腰をもっと入れて」「水を飲みながらやるんだぞ」などと、覚えたての支那語と身振り手振りを交えて、彼らを励ましたり指導したりした。単語が適当に並ぶだけで文法もなにもあったものではないが、必通の信念とでも言うべきか、臆(おく)さずぶつかってなんとか意思疎通を図ってしまうあたりは、なんでも前向きな若者らしい突進力だった。

それにしても暑い。雨季が来たら来たで不都合なことも多いが、いまは抜けるような空が恨めしい。壁に立てかけた梯子(はしご)に登って全体を一望していた五郎は、そんなことを思いながらたすきにかけた水筒に手を伸ばす。と、なにかが光ったような気がして目を細め、水筒の代わりに双眼鏡を掲げる。安藤大尉が梯子の足元で「なにか見えますか」とこちらを見あげながら訊き、「さてね」と答えつつ、レンズの焦点を調整した。

宮城の玄関口、俗に前門と呼ばれる正陽門付近に動きがある。門を中心に、左右へ翼を広げる格好で城壁が延びているが、その城壁を走る通路で左右へ動く人影を認めた。彼らの持つ得物(えもの)が陽を受けてキラキラと物騒な輝きを放つ。清軍兵士だ。門の上は数階建ての高櫓(たかやぐら)であり、蜂の巣のごとき無数の窓がある。昔はそこから弓矢を射ていたのだろうが、いま見えるのは、窓から顔を出す黒い顔だけだった。

ああ、上を取られたと思った。

あそこから見下ろせば東交民巷は丸裸である。城壁の守備はアメリカ隊とドイツ隊が東西で折半しているが、前門寄りの担当はアメリカだった。ということは、通路上で両軍は睨み合う形になっているはず。アメリカ海兵隊のマイエルズ大尉はいまごろきっと、近いところから敵眼敵火にさらされて、じりじりしていることだろう。

血の気の多そうな古参大尉の胸中に思いを馳せつつ双眼鏡の視野を動かすと、高櫓の根本あたりで、城壁の端から外に向かって突き出す黒い筒っぽを見つけた。

一本、二本、三本……。

その正体に気づくのと、三本の筒が黒煙を吐き出すのと、轟音が耳に達したのはほとんど同時だった。

梯子から飛び降りた瞬間、黒煙が頭上でぱっと蜘蛛の巣のように広がり、屋根瓦や木立の葉っぱが吹き飛んだ。

教民たちが悲鳴をあげ、工具を放り出して転げるように逃げていく。

「物陰に隠れろ、砲撃だっ」

五郎は叫びながら大きな庭石の陰に飛び込んだ。壁から突き出す三門の砲身から砲弾が撃ち込まれたのだった。

地面に向かって鉛玉をばらまく空中炸裂型の砲弾は、時限信管つきの榴散弾である。

そいつを撃ち出したのはおそらく、清国軍が最近導入したというドイツ・クルップ製の七・五センチ砲、もしくは旧式の開花砲であろう。いずれにしても小銃しか持たない日本隊では反撃のしようもなく、せめてここに山砲の一門でもあればと、ほぞを噛む。

「中佐、柴中佐、この音っ」

窪地に伏せた安藤大尉が人指し指を空に向けながら、砲声に負けじと大声を張りあげていた。

早い調子のラッパがどこからか流れてくる。東部地区指揮官となったトーマン中佐から、「いざというときは、この音で」と連絡されたばかりの信号ラッパだった。

「ラッパ手はいるかっ」

血の気の引くような思いで声を出すと、物陰から手が挙がった。陸戦隊唯一のラッパ手である。

「すぐに退却ラッパを吹けっ。それから日本公使館にも急ぎ伝令を」

五郎自身、あわてていた。この尻を叩くようなせわしない音調は、防御地区の放棄とイギリス公使館への総退却を告げる、緊急信号なのであった。

イギリス公使館へ取るものも取りあえず引き揚げてみると、オーストリア隊とフランス隊はすでに撤収済みで、すぐにドイツ、イタリア隊も大汗をかきながら後ろに続いてきた。

五郎は水兵たちを屋外に待機させ、なにが起きたのか確かめようとひとり公使館内に入っていく。

避難民や家畜や荷物で一杯だったところに、さらに兵士たちまで抱え込んで身動きもままならない混雑ぶりだった。人混みのなかを必死に分け入っていくと、すぐに英語やフランス語での会話が右から左から耳に入ってきた。

「なんてことをしてくれたんだっ」

という、金切り声が奥のほうから聞こえた。

公使たちに取り巻かれているのはトーマン中佐だ。悲鳴のような声を発して狼狽(ろうばい)しているのはフランスのピション公使で、目を吊りあげてトーマン中佐を叱責しているのがイギリスのマクドナルド公使である。

どうやら一鶏鳴けば万鶏歌うというやつで、砲撃の混乱が発端となって、あれよあれよというまに全軍総退却になったらしい。マクドナルド公使は騒動を起こした張本人に向かって、「取り急ぎ五ヵ国の兵を率い、粛親王府の守りにつけ」とつばを飛ばしていた。

この騒ぎのあいだにフランス公使館が陥落していれば、王府を東の最終防衛線とするのはそれなりに至当な処置である。案内を頼まれた五郎は、引き揚げてきた日本の陸戦隊や各国部隊の先頭に立って、王府へ戻った。

こいつは化け物屋敷だ、というのが初めて王府を見た将校たちの第一声だった。続いて、こんなに広くては守る兵が足らぬ、武器が足らぬ、時間が足らぬ、足らぬ足らぬと、まったく気概が足らぬことこのうえない。

五郎は途中まで進んでいる工事の状況を伝え、王府の戦略的価値を強調し、できぬことはない、やらねばならぬのだと口を酸っぱくしてみたものの、そのうちそれぞれの公使から、戻ってこいと連絡が来る。

「わが公使館は無事とのこと。これにて失敬する」

ドイツのワーデン大尉が、まず抜けた。

「あっちに行けとかこっちへ行けとか、俺たちゃ犬かよ」

イタリアのパオリニー大尉もぶつくさ言いながら立ち去った。

彼らを引き留めないのか、ここの防衛は総司令官の命令だ、と五郎はトーマン中佐に詰め寄った。

「公使たちはそれぞれの公使館を守ることのほうが大事だと、改めて判断したのだろう。ならば我々に選択の余地はないと思うが」

あっさりあきらめてトーマン中佐もいなくなり、フランスのダルシー大尉が大きな体を小さくすくめてあとを追っていくと、王府にはふたたび日本隊のみが残された。

合意して総指揮権をマクドナルド公使に委ねたはずなのに、舌の根も乾かぬうちに手のひらが返されたのである。将校たちばかりか公使たちもまた一枚岩になりきれておらず、寄り合い連合のもろさが早くも露呈した感があった。

なぜ人は集まると、烏合の衆になってしまうのか。命令一下、右を向けと言われれば右を向き、左を向けと言われれば左を向く。どこの軍隊でも単純明快なことが、ここではことのほか難しい。それはなぜか。

強靭（きょうじん）な防御戦闘の根幹は、絆（きずな）であった。

攻撃を受けたとき、誰かがわが身可愛さに逃げ出すようなことがあれば、そこから防御陣は崩壊してしまう。背中を預け合った者がお互いの持ち場を守らずして、全方位から迫る敵を食い止められるわけもないのである。そのために必要なのは強い絆意識であった。背後を守っているのは他人にあらず、自分が退けば兄弟より繋がりの濃い戦友に累が及ぶ。そういう仲間意識が防御戦闘には絶対必要なのに、この東交民巷にはそれが致命的に欠落していた。

「これからどうしましょう」

一部始終を見ていた安藤大尉が捨てられた子犬のように情けない声を出した。守田大尉は隣で憤然（ふんぜん）と歯ぎしりし、原大尉は脱いだ帽子で顔を扇いでいる。

「どうもこうもない。みながやらぬと言うなら、われらだけでやり抜くまでだ」

任を投げない責任感を、困苦を前に一歩も退かない忍耐強さを、そしてなにが起ころうと仲間を見捨てない絆の確かさを、誰かがまず示すべきだと思った。

教民たちが寄ってきて、よくぞ戻ってくれた、見捨てられたと思った、もうだめだと覚悟した、などと口々に言い合った。

あわてふためくあまり、彼らのことを完全に失念していたことを恥じ入るばかりの、五郎であった。

三

五ヵ国による王府共同防衛構想が破綻（はたん）したあと、五郎はマクドナルド公使にことの顚末を告げた。総司令などと大げさに構えてみても、結局のところ、各国の自発的な協力がなければ兵士ひとりとて動かせない。マクドナルド公使はそう言って思うようにならない各国との調整に疲れをにじませた。まだ二日です。がんばりましょうと五郎は励まし、王府に戻る。文句を言いに行ったのにこれではあべこべであった。

ひと騒動経て元鞘に収まった王府では、それからもせっせと工事が続いている。自分たちの死生は王府防衛にかかっていると強く思うようになったか、教民たちは前にも増して協力的で、こちらも負けてはいられないと、五郎は気持ちを切り替えた。

人手の不足は知恵で補う。そのためには指揮官たる自分が、細大漏らさず王府の全状況を常に掌握しておき、できるだけ効率的に、できるだけ組織的に人を回していく。そこでまず、地図をこしらえた。方眼紙に描いた縮尺五千分の一の、王府全体図である。この手製地図を鞄に入るくらいの二つ折りの小図版に載せ、黒、緑、赤などの色鉛筆を落ちないようにひもで繋ぎ、だれそれが怪我をした、どこそこの工事が遅れているなど、大したこともそうでないことも、刻々と変転する状況を記入していくようにした。

開戦二日で、籠城連合はベルギー公使館とオーストリア公使館とイタリア公使館を失っていた。イタリア公使館は昨日の総退却騒ぎの過程で、もぬけの殻となった隙を突かれて火を放たれたのである。パオリニー大尉は手兵とともにイギリス公使館に総予備として留め置かれ、現在の東部方面激戦区はフランス公使館となっていた。

粛親王府に対する攻撃は、低調であった。日の出とともに撃ちはじめ、日暮れとともに引き揚げる。まるで決まった日課に基づいて銃撃しているような敵には、本気でここを取ってやろうという気概が感じられなかった。先日からはじまった砲撃も、初めは驚かされたが物陰に隠れていれば大した被害のないことが分かってしまうと、ただの嫌がらせにすぎなくなった。

今日も陽が暮れ、銃声が遠のく。

フランス公使館のほうでは戦死者が出ているようだが、粛親王府はなんとか一日を乗り切った。ほっと安堵のため息をついて日本公使館裏の陸戦隊本部に帰ると、はっぴ姿の義勇兵が血相を変えて飛び込んできた。安藤大尉が見回りに出ていったきり、いくら待っても戻ってこないという。問題は至るところから様々な角度でやって来るものである。

守田大尉や原大尉は前線に張りつきだから、すぐに動けるのは自分くらいだった。五郎は、本業は植木屋というその義勇兵と一緒に迷子の捜索に出ることにした。

粛親王府に行ったのか、それとも壁の外か。ちょっと見回ってくると言い残しただけで、子細は分からないということである。しばらく粛親王府内を探してみたものの、足取りはつかめなかった。外をひとりでうろついているなら軽率極まりない。粛親王府の東側は官署や民家が近い距離でひしめき合い、細い道が無数に入り組んでちょっとした迷宮のごとき様相を呈している。三十分探して見つからなかったので、さすがに不安になってきた。これは本格的に捜索隊を編成すべきか、と思いはじめたころ、曲がり角で不意に人影に出くわした。

「だれかっ」

腰に手をやって鋭く誰何した。

太陽は地平の向こうに落ち切っていたが、欠けた月が空にぽっかりと浮かび、足元を皓々と照らす。暗がりのなかで膝を折っている影はのそりと動き、「安藤です」と答えた。緊張を解いて近づき、心配したぞと声をかけようとして、足を止めた。安藤大尉のかたわらに人が横たわっていたからだ。

「道を間違え、わが警戒線に迷い込んだ粗忽な敵の一兵卒だと思います。出会い頭に斬り捨てました」

安藤大尉の手には抜き身の軍刀が握られたままだった。男から流れ出た血であろうか、大きな黒いしみが地面に広がっている。

片膝ついて男の懐を探ってみると、小銭の入った袋が出てきた。銃は持っていなかったが、格好からして董福祥の甘軍兵士であろう。

「仲間が来るかもしれない。移動しよう。長居は無用だ」

立ちあがりながら言うと、安藤大尉がぼーっとしたままであることに気づき、おい、と少し強めに促す。「すいません」と謝る声が震えているように聞こえたので、肩に手を置いた。安藤大尉は「すいません」と繰り返した。

「訓練どおりに体が勝手に動いたのですが、いまごろになって膝が笑ってしまって」

優しい男なのだ。それだけに軍人としてはつらいことも多いだろう。

「初陣のときは誰でもこんなものだぞ。気にすることはない」

日清戦争でも台湾遠征でも司令部勤務だったから、安藤大尉を慰める自分自身、これが初陣みたいなものであった。ただしそれを言ったところで、初めての戦闘におののく部下をいっそう不安にさせるだけである。ここはせいぜい百戦錬磨（ひゃくせんれんま）の統率者をよそおっておくが幸いと言うものだった。

刀の柄（つか）を握り締める指が外れずに苦労しているようなので、五郎は安藤大尉に手を貸した。一本、二本と指を無理やり引き剥がし、血をぬぐって鞘に収めてやろうとしたとき、月明かりに反射した剣先が欠けていることに気がついた。人骨を断ち割ってなお勢いあまらせ、壁か地面にでも叩きつけたのだろうか。こしらえは華奢（きゃしゃ）な西洋風とはいえ、刀身は頑丈な日本刀である。小柄な外見に似合わず大した馬鹿力だった。

あたりを油断なくうかがいながら帰路につき、陸戦隊本部の所在を示すランプがぽつんとおぼろげに見えたところで、「ひとつ言っておくが」と口を開く。

「次から単独行動は控えること。こうやってみなが心配するからな」

安藤大尉と親子ほども歳の離れた植木屋の男が、「そうですぜ隊長さん」と同意すると、軽率でしたと安藤大尉はうなだれた。

人の死は幼少からたくさん見てきた。けれども、誰かをこの手で殺したことはなかった。人を斬ったとき自分は平静でいられるだろうかと思いながら、五郎は初陣を済ませた青年を慰めた。

## 四

「お待たせしました」

支那人ボーイがたどたどしいフランス語とともに皿を食卓に置いた。

「うまそうだ。今日はライスカレーか。この肉は……」

モリソンはスプーンでひとすくい、こりこりと嚙みながら「犬ではないようだ」と冗談めかして言った。

モリソンは北京ホテルで昼食をとっているのである。東交民巷に暮らす西洋人にとって、北京ホテルのカフェはちょっとしたたまり場だった。窓が土嚢で塞がれ、ライフルを背負った義勇兵たちが客であることを除けば、仕切り屋の女将に急き立てられた支那人ボーイが忙しそうに立ち働く光景は、籠城のはじまる前と寸分変わらない。いざ籠城、と決まったときに北京ホテルは食料確保に努めたらしく、通路という通路に缶詰や小麦が収まった木箱が何十何百と積まれていた。おかげで、モリソンをはじめとする常連客らはこんな騒動の渦中にあっても以前と同じように、犬肉ではなく牛肉入りライスカレーで腹を満たすことができるのである。

人はみな食う。

男も女も、戦える者も足手まといも、白人も支那人もみな食わねばならない。

この籠城が何日続くか知れたものではないが、食料はすぐ問題の第一に挙がってくるだろう。アメリカ公使館は籠城初日に付近の民家や店などを漁りまくったらしく、モリソンもたびたび普段以上に豪勢な食卓に招かれているが、ひと月でもふた月でも耐えられるほどの蓄えがあるという噂である。もちろん蓄えの乏しい公使館もあるだろうが、どこも手持ち量を明かしたがらないから詳細は分からない。多くを持つと知られればたかられる。

少ないと分かれば足元を見られてしまう。全公使館からいったん保有食料を回収し、それから均等に再配分するというのがまっとうなやりようだろうが、お飾りのマクドナルドにそんな強制力はなく、寄せ集めの籠城者たちのあいだにはいまも利害のぶつかり合いがあり、共死共生の間柄とはほど遠い。そして厳然たる命の優先順位が暗黙のうちに存在する。

最上位に位置するのは公使たちで、最下位に位置するのは教民たち。東洋人より西洋人が上で、支那人よりも日本人が上。若者より年寄りが上で、兵士より民間人が上。だからこそ、イギリス公使館の奥に隠れている年長者たちをよそに若い義勇兵だけが酷使され、白人がライスカレーをたらふく食っている一方で、一杯の粥をめぐって争う物乞いのごとき教民たちがいる。

公使たちは集まれば互いをなじり合い、イギリス公使館に避難した者らは陰口ばかり。ロシア兵はぼんやりとバリケード線に立ち、壁上通路を守るアメリカ兵とドイツ兵は疑心暗鬼に陥り、フランス兵とオーストリア兵のあいだでは喧嘩が絶えず、公使館を燃やされたイタ公どもはやることがなくてぶらぶらしている。マクドナルドから仕事を丸投げされたストラウト大尉は気の毒なほどすり切れ、イギリス兵は不満たらたら、西洋人義勇兵はこの世のすべてを呪っていた。

モリソンは午前中一杯を使って、こうした実情をつぶさに取材してきたのだった。そして、すっかり疲れてしまった。守るべき地域はあまりに広く、どこもかしこも鍋をひっくり返したような大騒ぎだというのに、籠城軍の団結さえ見込めないとなれば、暗澹たる気持ちにもなろうというものである。しかし宣教師らに牛馬のごとく使役される教民たちが、山羊みたいな顔で黙々と従っているのを目撃したとき、白人に生まれついたことを心底神に感謝した。

自分たちの生死すらどうなるか分からないなかで救い出してやったのだから、労役をもって感謝に代えるのは当然と宣教師たちは言う。施し目当てに改宗したアヘン漬けのジャンキーどもは、いまや宗教権威の奴隷と成り下がったわけである。

指を鳴らして支那人ボーイを呼び、お代わりを頼んだ。

「あんなに秩序整然とした一角は見たことがない」

隣のテーブルで義勇兵が話している。どうやら粛親王府に入った日本隊のことを話題にしているらしい。短足の日本人中佐が見事な采配ぶりを見せ、粛親王府をすっかり要塞化してしまったのだとか。あのマヌケなサムライ野郎のことだろうか。

「まさかな」

モリソンは二皿目を腹に入れると珈琲を一気飲みし、チップをはずんで本日最後の取材場所、粛親王府に向かった。内部に入るのは、北京通を自認するモリソンにとっても初めてのことである。だからまず、イギリス公使館をしのぐ敷地の広大さに驚いた。次いでびっくりしたのは、そこで働く教民たちの組織だった動きだった。班長らしき教民に率いられた数人ずつのグループがそちこちで見受けられ、それぞれが地面を掘ったり、土を運んだり、土嚢を作ったり、煉瓦を積んだりといった作業を威勢のよいかけ声とともに行っている。その中心に、野外に机を広げて書類作りにいそしむ日本人書記官らの姿があった。そのうちのひとり、英語に通じる楢原書記官とは顔なじみだ。

「ミスター・ナラハラ」

「おや、ミスター・モリソン、グッド・アフタヌーン」

「あなたが教民たちの監督を？」

「ええ、大したことはしていませんけどね」

楢原書記官が作っていたのは教民たちのリスト、進捗状況表などであった。これらに基づいて仕事の割り振りを決めたり、遅れているところに人を回したり、作業全体を掌握しているのだという。一定時間に一定量の仕事をするようノルマを課せられた教民たちは、かくして組織的に陣地作りにいそしんでいるというわけだ。

かくも整然とした秩序は他の現場になかった。なるほど、日本人の組織作りのうまさには一目置かざるをえまいと感じた。

モリソンはさらに前線に足を延ばしてみる。

外界と敷地を隔てた高壁は、横の長さが千フィート（約三百m）はあるだろうか。数百フィート（数十m）の間隔でぽつんぽつんと哨所が設けられ、そこを三、四人が守っている。ときおり銃眼を塞ぐ煉瓦を動かして敵を狙撃し、数倍の激しさで撃ち返しがはじまると壁の根本でひたすら耐え、落ち着いたころに狙い澄ましてまた一発撃つ。

「なんだ、こりゃ」

彼らの不憫(ふびん)な戦いを眺めながら、そう口にせずにはいられなかった。守る範囲に対して、明らかに人手不足なのである。

槍を持っている義勇兵を見たとき、ふたたび同じことを口にした。なんだこりゃと。

死に無頓着(むとんちゃく)な東洋人らしさと言うべきだろうか。それとも心のうちを外に出すことを極端に嫌う日本人らしさなのか。人も武器も泣きたいくらい足りないのに、異常な勤勉さで働く兵士たちはどいつもこいつも滑稽なほど真剣で、まったく理解しがたいことに、この状態を当たり前のように受け止めているようだった。が、命の優先順位は負担の不平等にも繋がっていると改めて思わされた。

帰路、建物の外壁に寄り添うように張られた天幕屋根を見かけた。なかに数人いて、人が出たり入ったりしているから、日本隊の本営もしくは前方指揮所といったところなのだろう。そこに、あの短足の中佐がいた。報告を受けるたびに地図らしきものに書き込み、てきぱきとなにやら指示している。こうやって、やつは粛親王府を要塞に変えたのだろうか。しかも、たった三日で。

ときおり笑い声さえ聞こえる日本隊の本営には、この騒然とする東交民巷ではついぞ見られなくなった余裕のようなものさえあった。

「やればできるじゃないか、サムライ野郎」

この興味深い連中には継続取材が必要だと思いながら、モリソンは粛親王府をあとにした。

## 五

やむにやまれず立て籠もってから、三回目の朝を迎えた。頭上を飛ぶ砲弾にも慣れ、工事は進み、泣きわめいていた粛親王の家僕たちはどこかに消え、仕事の回りはじめた王府は堅牢（けんろう）な野戦要塞に様変わりした。

大通りの通行は城壁から狙撃される危険が増したので、御河の底を深く掘り、両脇に土を盛りあげ、イギリス公使館と粛親王府を安全に行き来できる道を造った。その道が完成するや否や、夜な夜な西公使が見回りに来るようになる。はじめは焼酎（しょうちゅう）、次にウォツカ、次にウィスキーと、公使秘蔵の酒類を惜しみなく差し入れする西公使は、通訳ひとりを除き、すべての官吏を義勇兵に差し出してイギリス公使館に避難してしまったため、「各国大使ん愚痴を聞っくれしかやっことがなって、暇じゃっど」とぶつぶつ言っていた。

この数日、敵は遠巻きに撃ってくるだけでいっこうに攻め寄せる気配がない。これならいけると踏んでいたところ、東門守備の原大尉から急ぎの連絡が来た。大規模攻撃の兆しがあるのだという。

駆けつけて壁の銃眼から壁外の様子をうかがうと、今日は本腰入れて攻める気なのか、路地の向こう側に赤や黄色のけばけばしい旗が無数に揺れ、ラッパや人声が細い回廊に満ちている。

「どのくらいいると思う？」

横の原大尉に訊いてみた。

「ざっと五百人」

「どうしてそう思う」

「旗の数です」

顔を銃眼から引っ込めてうなずいた。

「いい読みだ。きみは海軍将校にしておくにはもったいないな。ともあれ」

ともあれ、一度に攻めかかられてはとても対応できない数であることは間違いないようだ。である以上、このまま漫然と受けに回るより、こちらが先に動いて出鼻をくじいてしまうほうがよいかもしれない。狭い路地内で戦う限り、敵は数の力を活かすことができないはずである。五郎は決めた。

「打って出るぞ。イギリス公使館にも応援を頼もう」

安藤大尉も呼んで出撃準備をしていると、十四人のイギリス人義勇兵が馳せ参じた。ひとりふたりでもありがたいというのに、こんなに来てくれると百の味方を得たような心持ちである。なんでも、渋るマクドナルド公使を説き伏せて兵を送ってくれたのは、一緒に粛親王に会いに行ったストラウト大尉らしい。五郎は心のうちで金髪の大尉殿に感謝した。

英語を話せる者がいないため、自身でイギリス人義勇兵と六人の日本人水兵を率いることとし、安藤大尉には若干の兵をつけて陽動攻撃を命じた。雄々しく突撃ラッパとともに突っ込んでいく、なんてことは無謀すぎるので、東門からそろりそろりと出ていき、自分にも言い聞かせるつもりで「いいか、一撃離脱だぞ」と念押ししつつ安藤隊と別れた。

「ヒット・アンド・アウェイ、アンダスタンド？」

「Understood」

イギリス人たちは親指を立てて了解した。

東門から東に進むと、すぐに清国の官署街に突き当たる。そのなかで一番大きなのは税関業務を取り仕切る海関だ。海外との貿易窓口たるこの役所の長はロバート・ハートというイギリス人で、役人たちの半分も雇われたイギリス人だった。一国の役所が他国に運営されているというのもおかしな話だが、これも近代化の過渡期にある清国の複雑な事情を反映したものと言える。

海関の外壁に身を寄せてなかを覗くと、中庭に十数人の清国兵がわが物顔で居座っていた。外に放り出したソファーに座って煙草を吹かしたり、首飾りのようなものを身につけてげらげら笑っていたり、屋敷の窓ガラスに向けて適当に鉄砲をぶっ放したりと、やりたい放題である。邸内はめちゃくちゃに荒らされ、もはや見る影もない。

「Fuck!!」

イギリス人たちがいきなり発砲した。「あっ」とこちらが驚いているあいだに数人撃ち殺している。

あわてて水兵たちにも射撃を命じ、ものの二連射で清兵どもを物言わぬ骸（むくろ）へと変えた。と、建物の反対側で喊声が湧き起こり、激しい銃声とともに火の手があがる。裏に回った安藤大尉たちだろうか。中庭に現れた新手がこちらに向かって次々と銃弾を送り込んでくるので、退路を断たれる前に引き揚げることにした。一撃離脱と言えば聞こえはいいが、要は出たとこ勝負だった。

東門に飛び込んでひと息つくと、勝手に撃ちはじめたイギリス人たちに、「きみらのせいで危うい目にあった」と怒鳴りつけたいのをかろうじて抑え、やんわりと釘（くぎ）を刺した。するとそのうちのひとりが「我慢できなかったんです」と、申しわけなさそうに肩をすくめる。彼らは元々海関に勤務する外国人税務司で、自分たちの職場が荒らされているのを見て頭に来たのだという。

「気持ちは分かるよ」

とは言ったものの、やはり素人である。彼らとの連携には言葉の壁以上の隔たりを感じさせられた。

しばらく警戒態勢のままで待つと、安藤隊が帰ってきた。

「蒸し焼きになるかと思いました」

というのが安藤大尉の所感だった。敵は官署の建物に火を放ち、その炎によって安藤隊を焼き殺そうとしたものらしい。石油に浸した炬火（こか）を屋根や梢に投げ飛ばし、その猛火を掩護（えんご）物として兵を突進させて目的を達する。敵の炎を扱う手並みはまことに鮮やかでした、と安藤大尉は妙なところに感心していた。

「真夏の火攻めとはいただけないな。みんな無事なのか」

「服以外はなんとか」

安藤大尉の軍服はところどころ焦げて黒くなっている。

五郎は水をがぶ飲みして生き返っている水兵たちの髪の毛がちりちりになっているのを眺めながら、近代兵器と古風な火攻めを組み合わせる支那特有の戦法に、なんとも不思議なものを感じずにはおれなかった。

空には煙がただよい、外には敵の気配が濃厚で、気を抜くことはできそうもない。しかし敵は遠巻きにしているだけで攻めてこないので、ひとまず鋭気を削ぐことに成功したようだ。だが弾薬を思いのほか使ってしまったので、何度も使える手ではないとも思った。

そのとき、東門とは反対方向から羽根飾りを揺らしながらイタリアのパオリニー大尉が走ってきた。十人の部下を率いて現れたパオリニー大尉は、「出遅れちまったか」と黒い巻き毛に指を突っ込んでくしゃくしゃにする。

守るべき公使館を失ったイタリア隊二十八名は、籠城連合の大本営と化したイギリス公使館において髀肉(ひにく)の嘆をかこっており、陽気なラテン男もいまや、敗軍の将のひとりというわけだった。

「大尉、なにごとですか？」

「なにごとって、ここが危ないから行ってくれって、ストラウトの兄さんに頼まれたから来たんですけど、もしかして用済み？」

「いや、そういうことならありがたい。十名もの援軍を得ると、まるで大軍を得たような心強さを感じます。人手が足りず、怪我人さえ満足に休ませてやれないところでしたから」

まだ死者が出ていないとはいえ、手を切った、やけどを負った、頭を打ったなどという軽傷者は加速度的に増えていき、すり切れた軍服に血のにじむ布きれを巻きつけた日本の水兵たちは、開戦三日で早くもぼろ雑巾のごとしである。そんな状態になにを思ったか、パオリニー大尉はこんなことを言い出した。

「このあいだここに来たときは公使の命令で引き揚げましたけど、日本隊だけで守ることになったと聞き、あれからずっと気になってたんですよ。この化け物屋敷は一隊で守るにはあまりに広すぎる。一番人数の少ない部隊ならなおさらだってね」

「まあ、貧乏くじを引いたと思ってあきらめましたが」

「我々でよければ手を貸しましょうか」

五郎は首を傾げる。

「われらイタリア隊が粛親王府に留まってあなた方を支援する、と言っているんです」

「本当に？」

「本当です。嫌なら帰りますよ」

「いやいや、それは大変ありがたい申し出ではありますが、イギリス公使館から兵を抜くことをマクドナルド公使が許可するでしょうか」

「なんだ、そんなこと気にせんでください。あそこには戦えるのに戦わない男どもがわんさといるんです。ケツに火がつきゃ、やつらが銃を手に取りますよ。いやむしろ、火をつけてやりたいくらいだ」

「まさか」

「本当のことですよ。それにマクドナルドの参謀長はあなたびいきだ。話を持ち出せば、あとはとんとんと進むはずです」

「参謀長とは？」

「ストラウト大尉のことです。あっちへ兵を送ったり、こっちから引き抜いたりと、毎日調整に忙しそうでしたぜ」

突然、ぱぱんっと連射音がした。北門のほうからだ。すぐに北門守備の守田大尉から、「大規模攻撃の兆しあり」という報せが伝令によってもたらされた。敵は東と北から同時攻撃を仕掛けるつもりだったのだろうか。だが日本隊のほぼすべての兵士は東門に集まっており、壁向こうにはいまだ敵の動きがあるため、戦力を北に転用することはできない相談である。

「パオリニー大尉、来たばかりで申しわけありませんが、北門の支援をお願いできますか。わたしはここを動けそうにありません。案内は彼が」

北門から連絡を携えてきた水兵を紹介すると、パオリニー大尉は「ほいきた」と即座に承知し、部下の尻を蹴(け)っ飛ばすようにして走っていった。

その日の午後、パオリニー大尉の申し出はマクドナルド公使に受理され、イタリア隊二十八名は粛親王府に配置されることになった。五郎は敵の主侵攻が予期される王府北側をふたつの地域に分け、西北区画をパオリニー大尉に、東北を守田大尉に委ねることとし、東門は引き続き原大尉に任せた。

言葉の問題もあって、イタリア隊を日本隊に組み入れて運用することなく、地域を分け、責任を分け、ゆるい連帯を結びつつ歩調を合わせる方式を採用したわけである。本当は両隊の指揮を統一したほうが効率的なのだが、指揮に入れと要求すれば角が立つと分かっているので、やめておいた。

幸いなことに、防衛戦は固定的に戦う動きの少ない戦術方式であるため、持ち場を守れ、とだけ頼んでおけば、以後、複雑な調整が発生することはほとんどない。イタリア隊と隣同士になる守田大尉はめんどくさそうにしていたが、これで王府の防備は格段に強化されることになった。

とはいえこの日は、北に東に出撃し、壁を挟んで撃ち合い、地面を延々と掘り返し、砲撃にひたすら耐え、飯を食うどころか藪に隠れてクソをする暇もないありさまだった。夕刻になるまで敵の攻撃はいっこうにやまず、支援に来たイギリス人やイタリア人にも重傷者が出た。とどめは、火攻めである。イギリス公使館が火炎によって攻撃されたのだった。

おりからの北風に乗せて飛び火させることを狙ったものか、公使館と壁を接するように建っている清国の宮廷学芸機関『翰林院（かんりんいん）』に、敵は一斉に火を投じたのである。炎にもっとも近いのが日本人婦女子の避難していた敷地外縁部の建物だと知り、五郎はすべての義勇兵を派遣して消火活動に協力させた。

陽が完全に落ちていつものように攻撃がやみ、報告がてらイギリス公使館に行ってみると、翰林院の大火を消し止めた義勇隊の面々がちょうど引き揚げようとしているところだった。男だけでなく、女も子供も総動員して火消しリレーを数時間繰り広げたすえ、ようやく消火できたものらしい。桶、ポット、水差しなどが、井戸という井戸から翰林院の焼け跡まで点々と続き、蛟竜の彫刻で飾られた庭の泉に何百冊もの本が放り込まれていた。それを物惜しげに眺めていたのは東京帝大の服部先生である。

「すっかり焼けてしまったね」

五郎は黒焦げになった柱や崩れた壁を見ながら、服部先生の横に立つ。

「ええ、まったく惜しいことをしたものです」

服部先生は眼鏡を持ちあげ、片方しか見えない目をこちらに向けた。

「翰林院といえば支那十八省のオックスフォードとも謳われた歴史あるアカデミーです。ここには古代の賢人たちが残した諸研究の成果や莫大な規模の全集類が収められていたと聞きます。中華研究を志す学者の垂涎の的だった場所が、広大な書院の書架を埋めていたであろう労作の数々とともに灰燼に帰したかと思うと、まことに無念でなりません」

果て知らぬ書棚に並んだ何万冊もの文献、古びた版木、銅版本のほとんどは、猛火によって焼けるか消火水を浴びて無残な姿をさらしている。さらに足元には、それらを上回る無数の知的遺産が砂をかぶっていた。

「ロンドン・タイムズのモリソンさんにも手を貸してもらったのですが、炎のなかから救い出せたのはわずか数冊でした。これは、そのうちの一冊です」

服部先生が重そうに抱えた縦五十cm、横三十cmの堂々とした書物の表紙には『永楽大典』と書かれていた。絹表紙で美しく装丁されたこのぶ厚い本は、十五世紀、時の永楽帝の勅命を奉じて編纂されたという百科全書であり、最後の一組だった手書きの副本二万三千巻、一万一千冊に及ぶ民族の偉業は同じ民族の手によって灰と化してしまった。先生いわく、この価値は同じ重さの黄金に匹敵するという。

「あなたはタイムズのモリソン記者と個人的な知り合いなんですか？」

「ええ、まあ。彼は本当の意味で支那を知ろうとする数少ない西洋人なので、わたしと話が合いまして」

「会話は英語で？」

「はい。ぼくはこれでも帝大の助教授ですから」

煤で汚れた顔がくしゃっと潰れる。

記者だから知りたい、いや、知りたいから記者になったと言うべきか。どうにも好きになれない戦争屋のことはさておき、服部先生が英語を使いこなせるとは初耳だ。これまで外国人との調整はみずから行っていたが、あっちへ行ったりこっちへ行ったりしながら増大する一方の業務をさばくことが難しくなっていた。特に距離があるイギリス公使館とのやり取りに、英語に長けた連絡係が欲しいと思いはじめていたところだったのである。教養の観点からも、体力の面からも、服部先生ほどうってつけの人材はいないだろう。

どうやって切り出すかと思案しながら御河の川底に掘った通路を歩いていると、東の空が真っ赤に焼けているのが目に飛び込んできた。日本公使館があるあたりだった。

王府の正門から教民たちがおっとり刀で駆けていくのが見え、彼らを追うように義勇隊の面々とともに日本公使館に着いてみると、隣家が天を焦がす勢いで燃えていた。警戒線の隙間をぬって入り込まれたか、放火である。とにかく消し止めねば公使館の焼失は免れない。

「消火だ。全員で当たれ」

王府から送られた教民二百人と、イギリス公使館から戻ったばかりの義勇隊に命じてバケツリレーを開始した。それでも手にあまり、守田大尉から水兵若干名を増加してもらい、さらに近くのフランス隊やドイツ隊からも支援を得て、夜十二時ごろにようやく火災は鎮火した。

敵は火の扱いに長じてきている、と安藤大尉は言っていた。

はじめは旧弊な清軍ならではの古びた戦法だと馬鹿にする気持ちもなくはなかったが、使いこなせば安価ながら有効な攻撃手段であることを認めざるをえなかった。なにより、こうも連日火で攻められると、消火に当たる者たちの疲弊が恐ろしく激しい。

「よくやった。ご苦労さん。ゆっくり休め」

五郎は地面にひっくり返って池の鯉のように口をパクパクさせて休憩する人々に、空っぽの水筒をからから振りながら声をかけて回った。安藤大尉がふらふらしながらも、将校の意地を見せてかろうじて立っていた。

# 六

六月二十四日を迎えた。壁越しに銃火を交えるようになって四日である。シーモア軍は現れない。日本軍はもちろんやって来ない。その代わり、イギリス、フランス、ドイツ、オーストリアの兵士たちが、日に何度も危機に陥る王府に入れ替わり立ち替わり出入りするようになっていた。

はじめは日本隊の支援要請をいちいち吟味していたマクドナルド公使も、こちらが本当に必要なときしか助けを求めないことが分かってからは無条件で応じるようになり、王府に兵を回すよう求められることが多くなった各国部隊にしても、どうやら攻撃が王府に集中しはじめているようだと感じ取ったか、日本隊への協力を惜しまなくなった。

戦闘の焦点が王府に移ったので、五郎は日本隊の総司令部を日本公使館裏から王府正門近くに移転させ、すぐそばに包帯所を設けた。以来、王府の戦闘で傷ついた兵士がひっきりなしに包帯所へ担ぎ込まれ、重傷の者は応急処置ののち、イギリスとドイツの軍医と各国のご婦人方で組織する連合病院に移された。いまだ日本人に戦死者は出ていなかったが、激しさを増すばかりの王府における戦闘で、イタリア隊に一名、フランス隊に一名、教民隊に二名の死者を出している。助けを求めた者が生き延び、求めに応じてくれた者たちが先に死んだのである。申しわけないと思う一方で、いつか来るであろうその日を覚悟した。

今朝も計ったように日の出から攻撃を開始した敵は、少しは知恵をつけたか、高さが五mはあろうかという雲梯を使って壁を乗り越えようと試みた。そうはさせじと守田、パオリニー隊は壁を挟んで接近戦に及び、ついには銃器を棍棒のように振り回す格闘戦まで繰り広げたすえ、かろうじて撃退した。

が、今度は東門が危なくなる。こちらを引っ込め、あちらを突き出す。攻撃の時期と場所を選択することができる攻者と違い、相手の出方に振り回される防者のつらいところだった。数百人規模による攻撃の兆候が現れたというので、すぐに安藤大尉と猟銃などを持たせた義勇兵を送った。ここ数日、義勇兵だ教民だなどと杓子定規なことを言っている余裕もなくなってきたので、数は少ないながら、銃を持つ義勇兵と教民は水兵と同じように前線勤務につかせたのである。

東門の危機を知り、オーストリア、フランス、ドイツからそれぞれ十名の援軍が来た。安藤大尉は彼らを連れ、昨日のように門外に小出撃して敵の出鼻をくじき、銃弾に追われるように門内に逃げ戻る。持ち場を死守することに懸命の守田大尉や原大尉、それにパオリニー大尉と異なり、安藤大尉は責任地域を持たない。その代わり、義勇兵や各国の支援兵を率いて北へ東へと走り回ってほころびを繕い続けるのが、日本隊最年少将校のもっぱらの役割になっていた。それでもさすがに、連日の炎天下の戦闘で顔は日焼けなのか汚れなのか分からないほど黒ずみ、目は疲労と寝不足で真っ赤に充血し、小柄な体つきがさらにひと回りしぼんでしまったようである。五郎の元へ緊急の報せが届いたのは、その安藤大尉が命からがら東門に戻ってきた直後であった。

「敵はイギリス公使館の防壁を破って、いまにも突入しそうな気配を示している。幾人でもよい。すぐに支援を差し向けよ、とマクドナルド公使は言っている」

イギリス人伝令のあわてた様子から、イギリス公使館の危機が切迫した状況であると読み取り、戻ったばかりで昼飯も食っていない安藤大尉にわれながら酷だと思いつつ、「ドイツ、フランス兵は東門の守備に残し、オーストリア兵と水兵七名を連れてイギリス公使館に向かえ」と命じた。

ところが安藤大尉は逡巡もせず、「了解。続け」と後ろも見ずに駆け出そうとしたので、待て待て待て、と腕をつかんで強引に引き留めた。

「行く前にこれを食え」

日本公使館近くに開設した炊事所で炊き出された握り飯を指さし、「それからこれだ」と言って、安藤大尉の腰から右手でサーベルを引き抜いた。

「見ろ。きみのは刃先が大きく欠けている。すっかり忘れていたが、このあいだ清兵を斬りつけたときに傷めたんだ。公使館では乱戦になるかもしれんし、戦闘中に折れでもしたら命にかかわる。だから代わりにこれを持っていけ」

　五郎は自分のサーベルを左手で抜き、安藤大尉の鞘に無理やり押し込んだ。

「え、いや、そんなことをされては困ります」

　安藤大尉は一歩も二歩も後ろに下がったが、五郎は腕を離さなかった。

「折れて困るのはきみのほうだ。それとも、刀は武士の魂などと古臭いことを言う気じゃなかろうな。だが兵器工廠（こうしょう）で作られた工業刀に人の魂など宿りはせんぞ。ほら、得心がいったら遠慮せずに持っていけ。その代わり、きみのはわたしが使わせてもらう」

「しかし、それでは柴中佐が戦うとき折れることに」

「それこそ心配無用だ。わたしがこれで人を斬る日が来るとすれば、それはきみたち第一線を守る者がことごとく倒れたあとのことだろう。その際はきみの死体から遠慮なく取り返すから、懸念する必要はまったくない」

「それ、笑えませんよ」

　安藤大尉は握り飯を口いっぱいに頬張ると、では行ってきますと言いながら元気よく出発した。

＊

「すごい活躍だったぞ」

夜になって、イギリス公使館で起きた戦闘の模様を興奮気味に教えてくれたのはロンドン・タイムズの戦争屋モリソンだった。王府に出入りが多くなった外国人のなかで、彼はもっともその回数が多いひとりである。

「敷地に入り込んできたやつらは、そうだな、百人はくだらなかったと思う。そいつらを土嚢の後ろから銃撃していたイギリス人たちは、みんな震えあがっていた。そこへ飛び込んできたのが安藤大尉たちだったというわけだ」

モリソンは楢原書記官や服部先生を相手に、まるで講談師のようにまくし立てていた。偶然通りかかった五郎は耳だけ傾けていたのだが、すぐに気づかれ、「あんたも聞け」と無理やり輪に入れられた。

いつぞや、敷地内をハイエナのようにうろうろと嗅ぎ回るモリソンと親交がある楢原書記官にその人物を訊いたところ、

「うろついて目障りですか？　まあ、彼は記者ですからね。戦後に本の一冊でも書こうと思っているのでしょう。口が悪いのでお腹立ちのこともあるでしょうが、協力して損はな

いと思いますよ。根は悪い男ではないのですから」

という回答だった。

根は悪くない、というのが一番やっかいな手合いである。だが世界的に有名なタイムズ紙に下手なことを書かれてはたまらないので、当たり障りなくつき合うべきと心得た。

「壁の大穴からまず現れたのは、サーベルを振りあげる安藤大尉の小柄な姿だった。彼を先頭にした日本兵六、七人が、いままさに突撃しようと身構えていた清軍の横腹に銃剣を連ねて突っ込んでいき、体ごとぶつかるような勢いで敵兵を次々と倒していったんだ。いやあ、まったくすごいものを見たと思ったね。体のちっちゃな日本人がさ」

おっと、と言いながらモリソンは咳払い（せきばらい）する。

「ともかく、衆人環視下での肉弾戦だったから、いまや安藤大尉は一躍有名人だ。あの気むずかしいマクドナルドでさえ彼の勇気を称えていたのだからな。あの、人を褒めることのないマクドナルドがだぞ」

安藤大尉たちがイギリス公使館から戻ったのは、敵がちょうど王府北側の壁の根本に穴を開けようと工事を開始したころだった。お互い壁を隔てて向き合っていたから、死角が大きすぎて銃は使えない。しかしそんなものを開けられてはたまらないので、教民隊を総動員して煉瓦や石を頭上に投げ込めば、あちらも負けじと投げ返す。

そんなおりに戻ってきた安藤大尉は、すぐさまこの前近代的な投擲（とうてき）合戦に参入した。東門からの出撃、イギリス公使館での肉弾戦、果ては瓦礫の投げ合い。朝から三つの戦場でラバのごとく酷使された安藤大尉は、いまは白目をむいて死んだように眠っている。

五郎はモリソンの話を聞きながら、つい先日初めて人を斬ったと震えていた青年の急成長に、静かな感動を覚えていた。そして外国人から見れば子供と見間違うほど小さな安藤大尉の奮闘は、不運に嘆く諸外国人たちの心にも、どうやら同じような感動をもたらしたものらしい。

彼の示した勇気は、ある種の光であった。しかも五郎の疲れ切った心にさえこうして温かなものを感じさせるほど、確かな輝きとなって人々を照らしている。

その光の名はきっと、希望だと思った。

# 第四章　王城の守護神

## 一

水平線から立ち昇る黒煙が見えた。それは船が進むにつれて数と濃さを増し、抜けるような空に黒い雲の塊を作っている。やがて、煙の根本に無数の煙突がまっすぐ突き出す異様な光景が近づいてきた。蒸し風呂のような艦内から逃れて甲板に出ていた兵士たちの表情が、自然と引き締まる。あれらは大沽港沖合に集結した各国の軍艦であり、海上にただよう石炭臭はいくさの臭いである。いよいよ戦地入りなのだ。

「ぎょうさんおるな」

福島は舷側の手すりから身を乗り出した。

「集結した艦艇は三十隻を超えるそうです。まだまだ増えると思いますが」

由比少佐は双眼鏡を目に当てている。

福島臨時派遣隊を乗せた威海丸は、途中の門司で護衛艦と合流し、宇品出港から四日後の六月二十三日に大沽沖合に錨を下ろした。大沽港は天津を経て北京まで続く大河、白河の河口から数km河をさかのぼったところにある天津の外港である。河口から港までの狭い海域には色とりどりの旗を掲げる列国艦艇三十余隻が停泊しており、威海丸が投錨する場所を探すのにも苦労するような混雑ぶりであった。

福島は船が止まるとすぐにボートを下ろさせ、先に現地入りした東郷常備艦隊司令長官をその乗艦に訪ねた。そして包囲下に置かれた北京や天津のこと、行方知れずとなったシーモア部隊のこと、列国の方針やロシア軍の兵力、また先日の砲台占拠の一件などをこと細かに確認していった。

「天津は、ロシア陸軍を中心とした部隊によって一昨日解囲されたち聞く。だがそれ以外はさっぱりわからん」

東郷はこう答え、さらに「列国ん軍隊は共同連携などすっつもりがなかとか、かつがつ勝手に動いちょ。本国からは矢んごつ『状況送れ』ん電報が舞い込んどん、答えようがなってわしも困っちょっど」と続けた。

つまり先遣隊長が最初にやるべきことは、今後の方針を決定しうるだけの関係情報を収集することとなった。なにもかも、手探りで進めていかねばならぬということである。東郷はまた、別れ際にこうも言う。北京には西郷元海軍大臣のご息女がおられるゆえ、格別の考慮を頼みたいと。

最近まで海軍大臣だった西郷従道は、海軍建設の大功労者にしていまも隠然たる影響力を持つ維新の英雄だ。本人が娘のことを口にしたとは思えないが、おそらく上ばかり見て仕事をする官僚どもがそういうことを忖度して現場に圧力をかけたのだろう。福島は東郷から手土産の焼酎一本を渡されながら、海軍が事変の当初からいやに積極的に動いていた背景事情をそれとなく察した。

船に戻ると、福島は部隊を船上に残したまま、由比少佐ら少数の幕僚のみを伴って上陸を果たす。まずは部隊の揚陸地を探さねばならなかった。港の最寄り駅である塘沽駅周辺は列国兵で混み合っていたため、爾後の行動には便が悪いが、やむなく河口付近の砲台占領地近くに上陸地を選定、翌朝からの上陸開始を決める。列国兵との衝突を避ける配慮からだった。

次に問題となったのは軍夫の不足である。大量にある荷を素早く下ろすには人足が必要であり、臨時派遣隊も二百人程度を日本で雇用して伴っているが、そのほとんどは第二便、第三便に乗船しているため、まだ海の上である。そこで代わりに支那人の人足を雇おうと計画していたが、外国兵の、特にロシア兵の暴行によって港周辺の住民が逃げ出してしまい、住民を雇用しての兵站業務は早くも計画修正を強いられてしまう。

それにしても、日本軍が野蛮な軍隊であるとの印象を国際社会に持たれぬよう、厳格な規律維持を心がけていた福島にとって、支那人を虐殺する白人たちの姿は失望を通り越して衝撃的ですらあった。

翌二十四日、運搬具さえ手に入らないなかでの困難な揚陸作業がはじまる。そのあいだも、本国からは刻々と移り変わる国際情勢が停泊中の日本艦を経由して届けられた。

日本政府は事件の当初から列強の側に立った姿勢を表明し、とりわけイギリスの意向を気にしていた。そのイギリスから、連絡の途絶えたシーモア部隊と北京救済のため、さらなる増兵をする気のありやなしやと、問い合わせを受けたという。政府としては、列国との円満な関係を維持しながら大規模派兵を実施し、事態を主導的に解決に導くことができたなら、日本の東アジアにおける存在価値はいやが上にも高まり、今後の外交上極めて有利、と判断して、第五師団全体の動員を決定したとのこと。日本は派兵に当たり、出る杭が打たれることを過度に気にしていたが、イギリスの後押しを受けてその懸念は払拭（ふっしょく）されたということである。

「おい、由比。参謀本部は最大三個師団の出征を見込んで具体的検討に入ったともあるな。日本に残った連中はいまごろ大変な目に遭っているかもしれん。とんだ貧乏くじを引いたと思っておったが、貴様も俺も、じつは運がよいのかもしれんぞ」

福島は読み終えたばかりの電報を手に、列国の軍人と話し込む由比少佐に声をかけた。

しかし英語やフランス語を駆使しながら天津への移動について調整中の由比少佐は、「おい、聞こえとるか」と言われてもいっこうに気づかない。

塘沽駅から天津までの列車運行については、海軍同士の話し合いでつい先日から設けられた合同委員会によって統制されていた。単線の線路は義和団や清国軍にところどころ破壊され、まだ修理の途上だという。二十kmばかり乗ったらあとの三十kmは歩け、ということだった。

「部長、天津への汽車が手配できました。第一陣は明日の朝出発できます。ただ」

「ただ？」

「調整の齟齬があったようで、ロシア軍の移動予定とぶつかってしまいました。いまからでは再調整も難しく、あとは現場で話をしてくれと担当者は言っておりまして、自分としてはロシア軍に先に行ってもらうのがよいと思うのですが」

「やつらの出発は何時だ」

「乗車開始は九時だそうです」

「だったら、こちらはそれより先に乗ってしまえばよいではないか。よし、明日の上陸地出発は午前五時、乗車開始を六時半とする。これで問題なかろう」

「あの、部長、それではロシア軍に喧嘩を売る形に」

「列国は、日本が共同して事態に対処する限りにおいて、その大兵派遣を妨げず、と日本政府に回答したというぞ。つまり、現場部隊としては健全な手柄の取り合いに集中してよし、ということだ。従って列国軍隊の、ましてやロシア軍に後れを取るなど言語道断である」

「部長、政府が協調方針なのですから、現場部隊としても協調重視でいくべきかと」

「馬鹿を言え。露助のせいで迷惑を被っておるのはこちらのほうではないか。よって必ずややつらに先んじて乗車完了することを必要と認む。これを現場の臨機応変というのだ」

「あの、部長……」

「隊長と呼ばんか」

　建軍まもない日本軍にとって、外国軍は憧れの対象だった。長年にわたって追いつけ追い越せと目標にしてきた外国軍はしかし、とんだ野蛮人どもであった。期待を裏切られた福島は対抗意識をメラメラと燃やし、由比少佐は空を仰いで途方に暮れていた。

## 二

　砲声が日の出を告げるようになって五日目、紫禁城の上空を覆うように広くたなびく黒煙は、宮城の北西、西什庫にあるカトリックの大聖堂、通称北堂が、いまだ生き延びていることをかろうじて示していた。

　北堂には東交民巷と同じように数千の教民が逃げ込んでいるとのことで、教区の大司教に懇請されてフランスとイタリアが数十人の水兵を守備に遣わしている。戦闘開始以来完全に音信不通となってしまった彼らの安否は、いまやこうして砲声を通じて知るのみである。

五郎は指先で手入れのおろそかになった口ひげをひねりながら、城壁の上から東交民巷を見下ろした。

「ルーテナント・カーネル」

英語で呼ばれて目を向けると、ストラウト大尉の青い瞳とかち合った。

うなりをあげて頭上を飛んでいく砲弾に首をすくめた。まわりには同じように土嚢の後ろで姿勢を低くする将校たちがいる。八ヵ国の武官は城壁の上を走る幅二十mの通路の一隅で、青空会議の真っ最中であった。

「失礼、おっと」

「それでどうなんです。カーネルは、あの大砲の奪取は可能と思われますか」

ストラウト大尉が通路の奥を指さした。ここを受け持つアメリカ兵が塁壁と土嚢で作りあげた陣地の三十mくらい先に、清軍が作った瓦礫の掩護物が道を塞いでいた。さらに百mほど奥には正陽門の上部構造たる高櫓がそびえ、その根本で一門の野戦砲が不気味な砲口をこちらに向けている。

たかが一門とはいえ、火を噴くたびに積みあげた煉瓦や砂袋を吹き飛ばし、つぶての塊を盛大に浴びせるあの大砲は、右にも左にも逃げ場のない狭い通路上で敵と向かい合うアメリカ隊にしてみれば、大いなる毒づきのネタだった。加えて、砲身を左に向ければイギリス公使館をも射界に収めることができるので、深刻な事態になる前にあれを奪うことはできないだろうか、というマクドナルド公使の呼びかけに応じて、各隊将校らは現地に集まったのである。

「さて、不可能とは思いませんが、いささか」

敵弾が降り注ぐ通路をまっすぐ駆け抜けて砲に取りつき、元の位置まで引っ張ってくる。敵の失策に乗じるとか、夜陰に紛れて隠密に、とか、なにか策を弄さねば被る被害は甚大であろう。五郎は頭のなかで損害と成果を秤にかけ、結論を出しかね言いよどむ。

「あいつを奪うのに何人死ぬか分からんぞ。本当にやらねばならないことなのか」

フランスのダルシー大尉がずばりと言った。

「そもそも、言い出しっぺのマクドナルド公使がここにおらんとはどういうことか」

言いづらいことをあっさり指摘してくれたのは、オーストリアのトーマン中佐だ。ダルシー大尉はそうだそうだとうなずいている。オーストリア隊とフランス隊はいまやフランス公使館において同居人の間柄だが、存外、このふたりは似合いの組み合わせなのかもしれない。

「安全なところにいる者ほど好戦的になるというが、イギリス人は指揮官先頭という戦争の基本を知らんのか」

アメリカのマイエルズ大尉がそう言うと、「公使は体調不良なんです」とストラウト大尉が答え、「公使殿はベッドのなかで戦争中と見える」とドイツのワーデン大尉が辛辣にまとめる。赤毛の貴公子、ロシアのウルブレフスキー大尉は興味なさそうにやり取りを傍観し、イタリアのパオリニー大尉が「まあまあ」と取りなす。

こうやって武官が一堂に会するのは数日ぶりで、しばらく風呂に入ってない男たちの臭いも気になるが、それ以上に気がかりなのは敵の攻撃の不徹底さである。これまでに確認された十門ほどの大砲はすべて分散して運用され、少なくとも数千はいるであろう敵兵も、その多くは東交民巷を包囲するに留め、寄せ手の真剣味も東と西ではまるで違う。どこかに攻撃重点を設けて一点突破を図るような戦術の常道にも従わず、武器も兵力も上回るくせに彼らの攻撃は腰が据わっていない感がぬぐえなかった。

イギリス公使館から粛親王府、そしてフランス公使館に至る方面を激しく攻め立てるのは、掲げられる旗や兵士の格好から甘軍と知れている。ロシア公使館から南の城壁沿いにアメリカ、ドイツ隊と対峙しているのは、どうやら清軍全体の統括を任される栄禄直轄の武衛中軍のようだ。

指揮の統一がなされていないのだろうか。それとも、彼らのなかにも思惑の相違があるのだろうか。そのあたりにつけ入る隙があればよいのだが。

そんなことを考えているうちに、青空会議は散会となった。

大砲を奪いに行くか否かについては、危なすぎるのでやめよう、となった。日本人を除いてどの隊でもすでに人死にが出ていたから、口は出せども顔は出さない総指揮官に対して、いろいろ押しつけられて不満を募らせる現場指揮官たちは簡単には従おうとしないのである。あいだに挟まれたストラウト大尉の心労はいかばかりだろうかと、五郎は心配になってきた。

陸戦隊本部へ戻ってくると、顔に布切れをかけられた誰かが地面に横たわっていた。教民だろうかと寄ってみると、それは日本人だった。

「誰だ」

近くにいた者に尋ね、「中村(なかむら)さんです」と沈んだ声で答えたのは安藤大尉である。日本隊初の戦死者は、水兵隊からではなく安藤の義勇隊から出た。

壁の一角に木材を投げ込み、その陰で壁につるはしを振り下ろす敵と戦っているさなかに一弾を受けたものという。塞ぎようもないほど大きく開いた壁の穴はふたつもあり、名前すらよく知らなかった日本人が命を賭(と)して守ろうとした防衛線も、早晩突破されそうだ。

いつか来ると内心恐れていたその瞬間は、唐突に、あまりにもあっけない形で五郎の前に現れた。

三

「端王、東交民巷を攻めて幾日経つ」

慈禧の問いに、端郡王は額に汗して答えた。

「今日で五日とあいなります」

「さよう、おぬしが一日で落とせると言っておった東交民巷を攻め立てて、もう五日じゃ。あそこはもとより宮城の敷地ぞ。列国に土ひとつかみも渡さぬ、などと大言を吐いておきながらわが土地すら奪い返せぬとはいかなることか」

「面目しだいもございません。されど敵に妖術を使う者がおり、義和神団の法術が跳ね返されてしまうのです」

「いいわけは聞かぬ。なんとかせよ」

慈禧は端王をひと睨みすると下がらせ、部屋の外で待つ宦官頭を呼んだ。

「李蓮英（りれんえい）」

「これに」

「栄禄をこれへ」

「は」

李蓮英の足音が遠ざかった。慈禧にとって、胸のうちを明かせる臣は少ない。宦官頭の李はそのうちの数少ないひとりで、もうひとりが栄禄だった。

開戦からほどなく、慈禧は居宮を城内東北の寧寿宮(ねいじゅきゅう)に移していた。東交民巷や西什庫の北堂を攻撃する銃砲声が宮城の南側で連日騒がしいためである。しかし本当なら、こんなことは起こるはずではなかった。東交民巷の公使たちには退去の機会を与えたのだ。ところが洋人どもは勧告を無視したばかりか、宮城内で勝手に兵を動かして家を焼き、人々を殺して回ったという。

「やつがれにお任せあれ。一日で東交民巷を平らにならしてみせましょう」

端郡王の威勢のよい進言にうかと乗って、攻撃を許可したのが五日前。ドイツ公使を血祭りにあげたところまではよかったが、洋人どもの守りは存外堅く、東交民巷をいつまで経っても制圧できないどころか、北堂にさえ手を焼く始末。北上中のシーモア軍とは廊坊あたりで睨み合いが続き、いまも予断を許さない。天津はかろうじて保っているが、それとていつまでのことか。

不安は募り、大臣たちを召見する回数は日に日に増えていくが、適当な策はいまだない。

「栄中堂、参られました」

李蓮英に導かれて栄禄が入ってくる。

「蓮英、人払いを」

心得た李は部屋の外を一周して宮女や太監を遠ざけ、人払いが済んだ旨を奉じて出ていった。

「栄禄、どうしたらよい」

前置き抜きでずばり訊いた。

「皇太后は聖明であられます。やつがれの愚見など」

栄禄はいつもの涼しい顔で叩頭する。

「儀礼はよい。策があれば申せ」

栄禄は当初より、「戦えば亡国を招く。一刻も早く講和を結ぶべし」と主張していた。

「やつがれの考えはいまも変わりませぬ」

「講和か」

「はい、天津が失陥する前になんとしても」

「そちは口を開けば負ける負けると申すが、天津には馬玉崑がおり、聶士成がおる。義和団と力を合わせれば、よもや簡単に抜かれることはあるまい」

聶士成は武衛前軍を、馬玉崑は武衛左軍を率いる一手の将である。

「その義和団はとても戦力としてあてにできません。五日攻めて東交民巷どころか北堂さえ落とせないのがなによりの証拠です」

内心の不安を言い当てられ、思わず言い返したくなる。

「義和団が国に仇（あだ）なしていると申すのはおかしい。かつてのことならいざ知らず、いまでは義和団の頭目は端郡王に服属しておるはず」

「いいえ、端王は洋人憎しのあまり見逃しておいでですが、彼らは人民に対して狼藉を働くだけの乱民です。義和団が入城して以来、人心は大いに乱れ、街はすっかり荒廃してしまいました。董福祥の甘軍さえ熱に浮かれてわが命に服さず、もはややつがれとて護衛なしにはうろつけません。こんな連中に国の命運を委ねては、後日必ずや後悔をなさいます」

　慈禧はすでに悔悟の念に苛（さいな）まれつつあったが、いまさら討伐するわけにもいかない。京にのぼった義和団は二十万を超え、彼らの矛先がこちらに向いては清朝の滅亡を招きかねないからだ。

　なんとか彼らを手なずけつつ、戦乱収束の道を探らねばならなかった。

「そちの言い分はよくわかったが、ここはうまく乗り切らねばならぬ」

　慈禧は苦り切って言った。

「はい、そのためにもまず、東交民巷への攻撃をやめることからはじめるべきと。公使を殺してしまった以上、ドイツをなだめるのは簡単なことではないでしょうが、講和の手立てはまだあります」

「まことにできるか」

「できるできないではなく、まず老仏爺がお決めになることです。意あれば、おのずと道は開けます」

「そうかもしれぬ、蓮英」

慈禧は李蓮英に朱墨と机を持ってこさせ、外国使臣の保護を謳った勅令を一枚したため、「そちに任す」と栄禄に渡した。

「これで休戦の道が探れます」

栄禄が退出すると、ひとり残された。

開戦は誤りだったかもしれないが、いまさら講和を求めるのも誤りかもしれない。慈禧はいまだに揺れていた。

## 四

王府の正門を出て、教民たちの生活空間となった並木道を抜けると、御河の川縁に出る。そこから川底に降り、深く掘られた交通壕を通って対岸の岸をあがると、そこはイギリス公使館の巨大な正門前である。石造りの正門屋根部分には土嚢が幾層にも積みあげられ、常時数名の兵士が張りつき、入口には日よけを張ったバリケードが築かれ、なかからアメリカのコルト機関砲が睨みを利かす。日本風に言えば出丸、もしくは馬出。西洋風に言えば稜堡とでも形容すべきにわか造りのこの砦は、先日亡くなったイギリス人将校の名を取ってフォート・ホリデーと命名されていた。

五郎は警戒中のイギリス人たちに挨拶してから、公使館の敷地に入った。

川底を歩いていると一、二発の銃弾を浴びるのが常なのに、今日は静かなものである。石橋に引っかかっていた木片が河岸をのぼるときにちらと見えたが、あれが話に聞いたやつであろうか。そんなことを思いながら、歩を進める。

昨夕のことである。イギリス公使館北側の御河にかかる石橋に、白旗を掲げた一団が突然現れたのだ。

『勅令に基づき外国使臣を保護する。ただちに射撃を中止されたい。御河橋上にて照会書を交付する』

そういう文言を書きつけた木片を高くかざし、傘のような官帽と着物のような官服をきっちり着込んだ彼らは、どうやら停戦の使者らしかった。ところがどう応じたものかと公使たちが議論しているうちに、誰かが発砲。使者は木片を放り出して逃げてしまい、結局、申し出の中身をあらためることさえできずに物別れとなった。その書きつけは、いまも橋の中央の欄干に引っかかったままである。それから現在に至るまで、東交民巷は不気味な静寂に包まれているのだった。

門から入るとすぐ正面に、壁のない柱だけの建物、いわゆる東屋がある。そこは避難してきた北京ホテルの従業員が生活しており、すぐ近くにはアメリカの宣教師一行が預かる教会と、ベル・タワーと呼ばれる鐘撞き堂がある。ベル・タワーの前に設けられた掲示板には救援軍に関する最新情報が貼り出されていたが、いまのところ噂以上の情報はなにもない。ここから右に折れればマクドナルド公使がいる本館となるが、今日はそちらにも用はない。五郎はテニスコートのある左へ向かう。

それにしても、変われば変わるものである。目に入る建物の窓という窓、屋根という屋根はシーツやカーテンでぬわれた土嚢で固められ、壁という壁に開けられた銃眼からは、エンフィールドだモーゼルだといった様々な小銃のみならず、マキシムやノルデンフェルトなどの小口径機関砲、さらにはイタリアの一インチ砲までもが威圧的な姿を覗かせている。敷地内には砲撃に耐えられる退避壕まで掘られ、瓦屋根を赤い柱で支えた支那風建築と、ゴシックかバロックかよく分からない洋風の建築を取り混ぜたかつての瀟洒なイギリス公使館は、もはや跡形もない。

工事をはじめてからまだ一週間も経っていないはずのイギリス公使館が、こうも早々と要塞化を完了することができたのは、工事監督のアメリカ人宣教師が毎日のように粛親王府に出向いて教民たちを神の名の下に作業動員したからである。粛親王府やイギリス公使館においてだけでなく、城壁の上でも他の公使館でも、カトリックはそっち、プロテスタントはあっちという具合に教民たちは引っ張りだこであり、それだけに、あちらでひとり、こちらでふたりと、保護されたはずの人々は日々敵弾に傷ついていた。

近くに馬小屋があるからだろうか。獣臭さがだんだん強くなっていくのを感じながら、五郎は目的の建物の前で足を止めた。

そこは連合軍野戦病院として使用されている公文書保管室だった。中庭に放し飼いにされた山羊や羊に混じって、小さな子供たちが元気よく遊んでいる。微笑ましいような励まされるような気持ちで眺めていると、見知った女の子をそのなかに見つけた。柱の陰で子供たちを見守っているのは楢原書記官の細君だ。ああ、あれは娘さんだったか。

「こんにちは」

声をかけると楢原夫人はぺこりと頭を下げる。

「夫がお世話になっています」

「いいえ、お世話になっているのはこちらのほうです」

数日前よりやつれた感がある。慣れない生活で、前線に立つ夫の安否も気がかりなうえ、幼子の面倒まで見るとなれば、その心労はいかばかりだろうか。子を持つ親としては人ごとではないが、といって銃後の面倒まではとても手が回らない。なんとなく気がかりなものを感じながら、「ではまた」と軽く会釈して建物に入る。

むっとする臭いに思わず顔をしかめた。

人間の血と汗と獣の臭いが混じり合ったような、なんともたまらぬ悪臭である。通路には箱詰めされた食料が雑多に置かれ、その隙間に負傷者が横たわり、嘆きや悪態がいろんな言語でつぶやかれていた。

日本人に割り当てられた部屋では、担ぎ込まれた日本人負傷者が床に敷いた毛布の上で横になっていた。病院の運営はイギリス人とドイツ人の軍医に任されていたが、ふたりだけでは当然手が足りない。そこで志願した各国の婦人たちが看護に当たることになり、日本からは楢原書記官の細君や他のご婦人方、そして本願寺の留学僧、川上和尚が看護団に加わっていた。

「和尚」

怪我人に包帯を巻いていた坊主頭を呼んだ。

「ハロー、あ、こりゃどうも」

顔をあげた川上和尚は英語も話せるインテリ坊主だった。

「それが終わったら部屋の外にいいですか」

「はいはい、すぐに」

和尚は飄々と答え、手慣れた様子で包帯を巻いていく。

怪我を負った陸戦隊の兵士や義勇隊の面々に二言三言励ましの言葉を伝え、外で待つ。

なんとなしに別の部屋を覗いてみると、ちょうど手術が行われていた。机に広げられたシーツの上で、数人に押さえつけられた白人の大男が口に含んだ皮切れを噛み千切(ちぎ)らんばかりに歯を食いしばり、それでも体を切り刻まれる痛みに耐えかねて、身の毛もよだつようなうめき声を出しながら暴れている。

「お待たせしました」

和尚が出てきた。

「忙しいところ申しわけない」

「今日は暇なほうですよ。それで、拙僧にご用の向きとは」

五郎はあたりに人がいないことを確かめ、遺体の処置に困っていることを率直に告げた。

「遺体？　どなた様のです？」

「中村さんという義勇隊の方です」

「戦死ということですか」

「ええ、残念ながら。遺骸は昨夕から日本公使館に安置しているのですが、この暑さですから、火葬か土葬か、なんらかの処置をせねばなりません。あなたは坊様だ。こういうことはわたしなどよりよほど慣れているはずだと思いましてね」

和尚はいがぐり頭をぼりぼりとかく。

「火葬か土葬かは宗派がありますので、勝手に燃やして祟（たた）られては面倒ですから、あとで掘り起こす前提で仮埋葬しておくのがよろしいかと」

「どこに埋めるべきでしょうか」

「日本公使館の敷地内ということになるでしょうね」

五郎は「それはちょっと」と言ってあごに手を当てた。

「日本公使館が陥落して墓が敵の手に落ちてしまうのは困ります。あとで掘り起こすつもりならなおさらです。わたしはもっとも安全なイギリス公使館の敷地に埋葬させてもらうのがよいと思います。ちょうどこの裏が臨時の墓地になっているようですから」

親指を背後の壁に向けた。

「合理的なお考えですが、その合理性は通りませんよ」

和尚は哀しげに首を振る。

「我々が日本人だからですか」

「というより」

「黄色人種だから」

「いかにも」

そう言われてしまってはあきらめるしかない。

「さて、中佐殿は戦争でお忙しいでしょうから、あとは拙僧が葬儀やら埋葬やら、今後の段取りをまとめておきましょう」

和尚の快諾がせめてもの慰みだった。

用事を済ませて公使館を去る際、タイムズのモリソンに出くわした。

「よう、サムライ」

「グッド・モーニング」

「寝ぼけてるのか」

　相変わらずな男である。

「ところで、これからこいつらを粛親王府へ行かせるところだったんだが、ちょうどよいところで会ったな」

　モリソンは支那人の苦力(クーリー)をふたり連れている。苦力とはいわゆる召使いだが、彼らは肉体労働専門の下層市民という位置づけだ。上半身裸の見事な肉体を持った男たちは、何丁もの銃を背に担いでいた。

「こいつはな、贈り物だ。清軍から分捕ったオーストリア製マンリヘル銃八丁と銃弾少々。いまから持っていこうと思っていた。使ってくれ」

「贈り物とは、どういう意味ですか」

「どうもこうもない。きみらの義勇兵が包丁を振りあげて戦っていると知ってな。そこで敵から奪い取った武器を集めてきたというわけだが、なんだ、いらないのか」

「いえ、そういうわけでは」

　たしかに、義勇隊には刺身包丁を腰にたばさむ料理人がいる。これまで敵から銃を得たときは義勇隊に回してきたが、まだまだ足りない。というのも敵はなかなか巧妙で、攻撃を終えて引き揚げるときに仲間の死体を装備品もろともきちんと回収するのである。高飛車な言い方が鼻につくし、貸しを作るのも不本意ながら、ここはモリソンじるしの分捕り銃を受け取っておくこととした。

「では、ありがたくいただいておきます」

門を出て川底に降りる前に、石橋に引っかかったままの高札を見た。両軍の銃弾を浴びて哀れな姿をさらしているが、かろうじて原形を留めている。

「カーネル・シバ、きみは、敵がどうして休戦を持ちかけてきたと思う。木片には西太后が公使連中を保護するよう勅命を出したとあったが、いまさら手のひらを返す理由はなんだろうか」

モリソンが見送りがてら言った。

「そうせざるをえないきっかけがあったのでは」

「たとえば？」

「救援軍がすぐ近くまでやって来ている、とか」

「そう願いたいところだが、それはないな」

「でしょうね」

「だが大沽や天津あたりで、清廷側に休戦を検討させるほどなにか都合の悪いことが起きた可能性はある。きっといまごろ、今後の算段をどうつけるかで宮中は天と地がひっくり返ったような騒ぎになっているのだ」

さすが新聞記者、いい読みだと思った。

「そうかもしれませんが、楽観は禁物です。事情がどうあれ、いまのうちに守りを固めておくに越したことはありません」

「そのとおりだな」

モリソンと別れ、ふたりの苦力とともに川底の交通壕を通って対岸の岸辺にあがった。王府に戻ったら、いままで徒手空拳だった義勇隊に分捕り銃を配分し、これまで日本公使館に寝泊まりしていた義勇兵全員を前線に配置するつもりだった。そしてイタリア隊、守田隊、原隊のほかに、新たに安藤隊にも守備地域を割り当て、この貴重な休戦時間を活用して王府をさらに要塞化してやろうと思っていた。

河岸を離れるとき、もう一度橋のほうを眺めやる。欄干にぶら下がっているあの木片が落ちたら、戦闘が再開するような気がしてならなかった。

## 五

西太后から休戦の勅令を受け取った栄禄は、武衛中軍の一隊を率いて御河橋に向かった。

そこには列国の守備隊と河を挟んで向かい合う董福祥の甘軍がいて、「撃つのをやめよ。停戦である」と栄禄が声を嗄らしても銃を下ろすことなく、かえって「漢奸」などと罵る始末である。

「これは勅令ぞ」

の一喝で、鼻息の荒い連中はようやく矛を収めた。

栄禄は橋のたもとから交渉の邪魔になりそうな甘軍を遠ざけ、休戦を告げる高札を官吏の一団に掲げさせ、対岸目指して渡らせた。これが使者だと先方も気づいたらしく、やがて発砲はやむ。

ところが使者の一行がおっかなびっくりといった様子で橋の中ほどまで行ったとき、どちらの陣営の誰かは知らぬがふたたび撃つ者があった。元々腰砕けだった使者は銃声に驚いて高札を捨てて逃げ戻ってしまい、「もう一度行け」「ご勘弁を」と押し問答を繰り返していると、今度は対岸から橋を渡ってくる者がある。支那人と見えるその男も、同じように高札を掲げていた。

「休戦に応じる気か、なんと書いてある」

栄禄は色めき立つが、男は橋の真んなかあたりで勇気がしぼんでしまったようで、やはり木札を放り投げて逃げ帰ってしまった。結局、こちらの意図があちらに伝わったのかも、あちらがなにを伝えようとしたのかもよく分からないまま物別れとなった。だが、交渉に応じる用意が相手にあることだけは確認できた。

次の手を考えている栄禄のところに「交渉中止」の指示が来たのはまもなくのことである。西太后に呼ばれた栄禄は本日二回目の召見に臨んだ。

案内に立った李蓮英になにごとかと尋ねると、「よくは存じませぬが戦勝報告が届いたようです」と返答する。継戦か、休戦かと揺れていた西太后をその報せが継戦に傾けたのだという。入室を許されて部屋に入ると、西太后にぬかずく先客は端郡王だった。

「義和団が廊坊で大勝を得た。洋人一万人を殺したというぞ。よって講和はなしじゃ」と西太后は嬉しそうに言う。

合戦が廊坊で起きたのなら、相手はシーモア軍だ。だが一万人というのはどうにもおかしい。列国から通知されたのは二千人だったはず。

つい、栄禄は疑念を吐露した。

「義和団が勝利したとは、まことのことでしょうか」

とたんに西太后は不機嫌になる。

「太后陛下を嘘つき呼ばわりとは不敬にもほどがあるぞ」と端王。

誤情報に基づいて判断させることこそ不敬である。

栄禄は丸い腹を得意気に突き出す端郡王に亡国の影を見る思いだったが、西太后はそんな憂慮に構わず、「そちは今後、端王と協力して東交民巷に立て籠もる公使たちを殺すか捕らえるかせよ」と続ける。

東交民巷を攻めるのは砲数の少ない甘軍で、北堂を攻撃するのは槍や弓で戦う義和団である。装備も訓練も行き届いた栄禄直率の武衛中軍が手出しを控えていたからこそ、洋人たちは今日まで善戦できたのである。従ってその戦線投入は、彼らにとり死刑宣告に等しい。

「太后陛下、目下武衛中軍は宮城の警備についており、東交民巷の攻略に人手を割いては、皇上、皇后の御身を守護奉ることが困難となる恐れがあります。万が一のことがあれば、やつがれの罪は万死に値します。どうか、わが軍はこのまま留め置かれますよう」

「そちの勤王ぶりは見あげたものよ。だがこれは決めたことじゃ」

「老仏爺、しかしながら」

「復命せよ、栄禄」

西太后の眼が吊りあがり、こめかみに筋が浮く。

講和の道が閉ざされる。清朝は存亡の危機に立つぞ。

栄禄は内心ますます窮するが、本気で激したときの女帝は皇帝さえ玉座から引きずり下ろす。これ以上の抗命は無意味であり、危険だった。

うなだれて軍機処に戻ると、慶親王が茶を飲みながら待っていた。端王が総理衙門の筆頭になったことで影を薄くしているが、慶親王はいまも衙門大臣のひとりであり、志を同じくする開明派の王族だった。

「大学士栄禄、こっぴどくやられたようじゃな」

慶親王はつぶらな瞳を半月の形に細めて微笑んだ。

「王爺（ワンイエ）、聞いてください」

栄禄はぶつぶつといきさつを話した。

「東交民巷を攻めろと言われたか。では、攻めねばならんのう」

ほほっ、と慶親王は笑いながら茶をすする。

「簡単に言ってくださいますな。ドイツ公使を殺しただけでも後始末が大変だというのに、ほかの公使にまで害を及ぼしたら、列国の復讐（ふくしゅう）心でわが国は焼き尽くされてしまいます」

「では殺さねばよい」

「そうは申されましても」

「砲声が日々陛下のお耳に届いておれば、ひとまず文句は言われまいて」

「なるほど、その手がありましたか」

弾が東交民巷に落ちぬよう明後日の方向に向けて砲門を開いておけ、と慶親王は言うのである。甘軍の攻撃をやめさせることはできないが、彼らの保有する砲は旧式で、数が少ない。あとは洋人どもの踏ん張りしだいだろう。

「しかし王爺、武衛中軍が参戦しないとしても、それはただの延命です。なにか抜本的な解決策を講じぬことには、時をいくら稼いだところで意味などありませんよ」

「太后陛下にわれらの声は小さすぎて届かぬ」

「ええ、残念ながら」

「なれば総督たちの声をひとつに束ねて届けるまで」

「おお」

良案を得たと思った。

支那の大陸は十八の省に分かれ、政と軍の大権を与えられた総督たちがそれぞれの地方を独立的に治めている。開戦の詔勅によって軍費と兵力の差し出しを命じられた総督たちの反応は鈍く、彼らが戦争に乗り気でないことは明白である。義和団寄りの直隷総督などは別格としても、列強の脅威と直接対することになる東南各省から賛同者を募ることは比較的容易だろう。特に広東省（カントンしょう）と広西省（こうせいしょう）を任される両広（りょうこう）総督の李鴻章（りこうしょう）なら、勅令に逆らって列国と和を結びさえするかもしれない。

「さりとて、やり方を誤れば反逆のそしりを免れまい。機は、いまだ熟さずじゃ」

慶親王はそれ以上語らず、大事なことをはぐらかしたが、栄禄は道を見つけていた。

大敗が必要なのだ。西太后に再考を促すきっかけとなるほどの大敗が。

その機を逃さず総督たちの意見を突きつければ、西太后のみならず宮中全体が講和に傾く。そして、ロシアとの秘密軍事同盟や日本との講和をまとめた交渉上手の李鴻章を、列国との調停役として引っ張り出す。まず切り崩す相手はロシアである。満州の利権あたりで釣ればロシアは必ず乗ってくるだろうし、ロシアが口添えすればフランスやドイツも態度を変える。そうやって彼らをばらばらにしているうちに義和団討伐を成し遂げてしまえば、この大乱の戦火は北清地域に限定できるに違いない。

「王爺、今宵は飲みましょう」

「ほう、なにかの祝宴か」

「いいえ、鎮魂の宴です」

機はいまだ熟さないのである。

その日まで、もっともっと多くの流血が必要であった。

## 六

モリソンからもらった銃を配り、王府守備隊の再編を終え、新たな態勢が整ったころ、闇夜のなかで思い出したように銃弾が飛んできた。最初はいつもの嫌がらせかと思ったが、いつまで経っても射撃がやまず、むしろ時間経過に伴って激しさを増していった。宮中は攻撃再興でまとまったということだろう。木片が落ちるのを待つことなく、休戦は一日ともたずに終わったのである。

昼飯の時間と日没以降は攻めてこないというこれまでの定石を破り、攻撃はひと晩中続いて朝になった。明るくなってみると、昨日一日かけて家屋の屋上に積んでおいた土嚢の山は、すでに多くが崩れ去っていた。土嚢に使う袋は邸宅内の高価な反物や毛皮をぬい合わせて作ったものだったので、屋根から垂れ下がっている金襴緞子仕立ての防壁の成れの果ては、まったく場違いな感想ながら、見たことのない美しさだった。

初めてと言ってもよい敵の本腰を入れた攻撃は、午前九時を越えてもいっこうに終わる様子がなく、とうとう守田大尉の受け持ち正面が防衛限界に達した。敵は、先日投擲合戦をやらかした王府東北部の一角に建つ高壁に向かって、至近距離から大砲を連続して撃ち込み、その破損箇所につるはしや銃剣を振り下ろして大穴をこじ開けようとしているらしい。多勢に無勢、もってあと三十分だと伝令は報告した。

五郎は応援を連れてくるよう安藤大尉の元へ指示を送ると、自身は守田大尉の指揮所へ走った。

銃声の近づきを感じながら前線への道筋を走り抜け、霊殿の屋根で戦いの指揮を執っていた守田大尉の横に並び、「もうだめか」と尋ねると「もういけません」と返ってくる。

霊殿の屋根から二十mほど先の外壁を見下ろすと、陸戦隊の水兵たちが敵に煉瓦を投げつけたり、銃眼から撃ち下ろしたり、投げ込まれる炎の塊を消して回ったりと、広い範囲を少ない人数で守るべく奮闘していた。

「分かった。かねての手はずどおりにやってくれ」

「了解」

守田大尉は梯子を降り、壁で戦う水兵たちを、ひとり、またひとりと、敵に悟られぬように外壁から第二線陣地となっている内壁後ろに退がらせた。

王府のなかは内壁で小区画ごとに区切られているため、たとえ外壁に穴が開けられたとしても、どこから敵が侵入してくるのかあらかじめ見当がつくなら対策の取りようもあった。中庭にいったん敵を誘い入れ、侵入口を取り囲む障壁から不意に十字砲火を浴びせれば、それは戦国時代の城郭には必ず設けられていたという虎口、すなわち死の陥穽になるはずである。

守田大尉が最後の兵と一緒に霊殿に戻ってくるのと時を同じくして、安藤大尉が五、六人の義勇兵を連れて現れた。つば広の麦わら帽や鉢巻き姿の兵士たちは、みな一様に目を血走らせている。銃を配られ、前線配置を命じられたとたんの大戦闘である。義勇隊の面々は、老いも若きも震えあがっていることだろう。守田大尉がお前はあっち、お前はこっちと侵入予想地点を半包囲する形で水兵たちを配置につけ、最後に安藤大尉と「よう、頼むぞ」「お任せを」と短くやり取りし、準備よしとばかりにうなずいて屋根に伏せた。

「きみの持ち場だ。戦闘指揮は任せる」と五郎は念押しした。

「了解」

守田大尉は落ち着いていた。短気なところが玉にきずだが、腹の据わったいい将校なのである。

「作戦は伝えたとおりたい。敵ばいったんなかに誘い込んでから、機ば見て一斉に銃弾ば浴びせる。びびって勝手に撃つんやなかぞ。射撃はわれん号令に基づいて行え。聞こえたんかっ」

　守田大尉が左右に向かって大声を張りあげると、りょうかーい、りょうかーいと、内壁の後ろで待機する水兵たちが間延びした声で応じた。これが海軍式なのだ。改めて、彼らが銃を撃つ訓練をひととおり行っただけの海軍兵であることを思い出させられる。

　それにしても陸戦の素人がよくやっていると思う。アメリカ、イギリス、ドイツ、フランス、ロシア兵は海兵隊所属であり、オーストリア、イタリア、そして日本隊の水兵たちとは受けた訓練がまるで違う。日本海軍でも建軍当初は海兵隊が創設されたらしいが、そもそも海兵隊とは艦内の反乱防止と接舷した敵艦への斬り込み目的で生まれた組織なので、時代の趨勢(すうせい)に合わないという判断ですぐに廃止されたという。だが今回の件を経験してみると、陸軍のように腰の重たい組織でなく、現場にすぐ駆けつけられる緊急展開目的の軽装備部隊があってもよさそうな気がしてくる。

　外壁を眺めながらそんなことを考えていると、壁の漆喰がぼろっと崩れて、人の頭くらいの穴が開いた。守田大尉はその穴が徐々に広げられていく様子を黙って観察し、安藤大尉は目玉が落ちるんじゃないかと思うほど目を見開いて守田大尉を凝視している。

水兵のひとりがこじ開けたばかりの銃眼から銃を突き出そうとして、「まだはやか」と守田大尉に叱責された。

撃つのが早すぎれば、ひとり当たり五十発もない弾薬を無駄に消耗するだけである。しかし遅すぎれば、防ぎきれない大波となった敵兵がやわな防波堤を乗り越える。最小の危険で最大の成果を挙げる、その境目の判断は歩兵将校としての守田大尉の経験と勘に委ねられていた。

穴はたちまちにして人が通れるくらいの大きさになり、よく陽に焼けた青服の清軍兵士がひとり、中庭の様子をうかがってから、「大丈夫だ、来い」と後ろに向かってわめき散らす。

ひとり、ふたり、十人、二十人と、一穴から押し出された兵士たちは瞬く間に中庭を埋めていった。銃を持つ者、槍を握る者、旗持ち、盾持ち、そして最後に、長い長い雲梯を横に抱えた一隊が現れた。

すべて正規軍兵士だ。あれほど暴れまわっていた義和団はどこに行ってしまったのか。

「構えぇぇ」

守田大尉の号令が静寂のなかで尾を引くと、屋根から銃眼から建物の陰から、兵士たちが一斉に銃口を向けた。待ち伏せされたことを悟った清軍兵士らは一瞬たじろぎを見せるが、将校らしき身なりの男が吠えながら剣を抜くと、七、八十人に膨れあがった侵入部隊は喊声をあげて突っ込んできた。

「撃てぇ」

閃光と轟音と煙が同時に襲い、あたりはたちまち真っ白となる。

闇雲に撃ちながら銃弾の雨をくぐり抜けた敵兵が、霊殿の足元に火をつけ、壁に梯子を立てかける。水兵たちは梯子を登りかけていた敵兵士を撃ち下ろし、梯子の突端を屋根から蹴り飛ばして地面に倒す。

決着がつくのにそう時間はかからなかった。短くも激しい戦いが終わってみると、二十人以上の射殺体が庭一面に転がっていた。生き残った者は元来た穴からほうほうの体で逃げていく。大勝利であった。

敵が去り、銃声が遠のくと、残されたのは置き土産のごとき火災である。水兵たちは硝煙ただよう銃を手に、今度は消火作業に追われることとなった。

もはや手の施しようもないほど火が回ったころ、戦死一名の報告を受けた。

現場に赴くと、セーラー服を赤くした水兵がうつ伏せで倒れている。町野三等水兵という。

顔面を撃ち抜かれたか、ざくろのように割れてしまった無残な後頭部を見ながら、五郎はまたもや悔恨の念に駆られていた。兵士の顔と名前がようやく一致するのは、またしても、こうやって死に顔を目にしたときであると。

塞ぐことのできない穴、燃え盛る霊殿、破れた防衛線、失われた命。

軍艦愛宕から派遣されたわずか二十五名の陸戦隊は、ろくに話もせぬうちにひとり欠け、ふたり目の戦死者を出してしまった日本隊に勝利を喜ぶ者はおらず、この区画の放棄は避けられそうもないことだった。

## 七

敵の後退に乗じてあの砲を奪おう、とパオリニー大尉が申し出た。引き揚げたばかりの敵はたしかに混乱を極めているだろうし、かねてより一方的に撃たれることに対して耐えがたい思いをしていたところでもあったので、五郎はただちに同意。消火と守備にいくらか残し、イタリア兵二十人と、ちょうど応援に現れたフランス、オーストリア、イギリス、ロシア兵を合して都合五十人、まとめて率いて件の大砲を分捕ることとした。

そうはいっても、敵の退いた穴からそのまま追っかけるように飛び出しては、今度はこちらが待ちかまえた十字砲火の餌食になるだけである。そこで五郎は、原大尉の守る東（ひがし）阿司門（あじもん）から外壁沿いに迂回（うかい）して、北壁前方二百mの位置にある敵砲三門を目指すことに決めた。

そして、失敗した。

敵もさるもので、東路の端々に行く手を遮るように小陣地を構え、激しく射撃を加えてきたのである。負傷者が続出したため五郎は作戦を中止したが、パオリニー大尉は言い出しっぺの手前簡単には引っ込みがつかず、手兵二十人を従えて王府西側に回り、御河の方向から突進しようと試みる。しかし結果は変わらず、やはり強固な陣地線にぶつかって進めなかった。

「そういうしだいで、昨日の陣前出撃は失敗に終わったわけです」

五郎は顚末のあらましをマクドナルド公使に語った。大テーブルを挟んで足を組むマクドナルド公使の横に、アメリカの一等書記官とストラウト大尉が並ぶ。

「それで？」

公使はいつものようにピンと横に張った口ひげをしごく。

「それで、もう一度あの大砲奪取を試みたいと思ったところです」

「なぜ？」

「この調子で撃ちかけられては数日ともたないからです。特に、昨日のように近距離から飛んでくる砲弾にはほとほと手を焼いています。現在、壁に開いた大穴には亜鉛鉄板を当ててふたをしておりますが、こんなものがいつまでもつか」

「五十人でだめだったのだろ。だったら、何人あれば足りるのか」

「できるだけ多く、と申しあげても具体性を欠くでしょうから、日本隊から三十、他隊から五十、合計八十もあれば足りるかと」

「それは本当に必要なことなのか？　敵砲は城壁の上においてもアメリカやドイツ隊の脅威となっている。苦しいのはきみたちばかりではないのだぞ」

「おっしゃることはごもっともです。しかし自分は全体を見ることのできない一現場指揮官の立場からものを申しあげておりますので、大局的観点から公使がご判断された結果には、それが実施不可という結論であったとしても、当然従うつもりでおります」

マクドナルド公使はかたわらのストラウト大尉に「どう思う？」と訊いた。

「検討してもよいかと思います」

公使は「ほう」と言って足を組み替える。

「粛親王府に敵の攻撃が集中しているのはたしかにそのとおりですから、緊急性の観点から、城壁上の大砲よりも日本隊正面の問題解決にまず取り組むべきかもしれません。もちろん必要な兵力の都合がつかなければどうしようもありませんが」

「きみが賛成ならわが輩から言うことはなにもない。あとはふたりで作戦の詳細を詰めたまえ」

マクドナルド公使はアメリカの書記官とうなずき合うと、あとは任せたという具合に退出を促した。鶴のひと声で決まったことに感心しつつ、「大尉は公使に信頼されているんですね」と五郎が言えば、「面倒な仕事を押しつけられただけですよ」と、ストラウト大尉ははにかんだ。

ふたりは連合本部となっている大部屋に行き、ドイツやアメリカ隊の士官と打ち合わせ、それぞれの差し出し人数や明朝〇七〇〇の出撃などをてきぱきと決めていった。ストラウト大尉はそのあいだも、続々ともたらされる報告や相談ごとに耳を傾け、フランス人にもロシア人にも頼られっぱなしといった様子だった。

作戦の形を整えて王府に戻ると、その数時間後に急ぎの呼び出しを受けた。

ふたたびイギリス公使館にやって来た五郎を出迎えたストラウト大尉は、折り入って相談がある、と言いにくそうに告げ、敷地の西南角にある二階建ての建物屋上に案内した。そこから見える景色の半分は焼け焦げた廃墟だった。種々の店舗が並ぶ一角はモンゴル市場と呼ばれ、このあたりでは一番の繁華街だった場所だ。

「ほら、あそこです。あの赤い柱を見通したところ、見えますか？」

ストラウト大尉の示すところに、黒光りするふたつの砲身がかろうじて見える。相談を受けてばかりの彼が珍しく相談したいこととは、明日予定された大砲奪取作戦を中止したい、というものであった。その原因を作ったのが眼下に見えるあの二門だという。

「敵の砲撃がはじまったのは五時ごろでしょうか。最初は壁近くの厩舎を、次に外壁の根本に砲弾が集中しました。破壊口を作ろうとしたようです」

「王府のときと同じ手口ですな」

「はい。そうなっては大変ですから、他隊からも応援を得て、ようやく沈黙させたのです。しかし明日もこのような攻撃が続けばどうなるか」

「大尉の言いたいことはよく分かりました。イギリス公使館の防衛を優先させたいということですね。緊急性の観点から」

「申しわけない」

「いいえ、謝罪は無用です。最後の腹切り場が最初に陥落するようなことがあってはなりません。王府で運用するつもりだった兵力はあれを奪うことに使うべき……」

いきなりぐいっと肩を引かれた。屋上の警戒についていたイギリス兵だ。

「危ない。それ以上出るな」

その瞬間、すぐ近くの土嚢が弾けた。狙撃だった。

「サ、サンキュー」

その兵士はなにごともなかったように煙草を吸いながら、指二本でちょいっと敬礼する。階級は伍長(ごちょう)くらいだが、アングロ・サクソンのなんとも沈勇なことよ、と深く感じ入った。

ストラウト大尉と別れて公使館正門に向かうと、赤い縞模様の上着を着たロシアの海軍歩兵隊がやって来る。わきによけて道を譲ると、先任者らしき兵士がすれ違いざま、さっと敬礼した。いままで外国兵から敬礼されたことなどなかったので、突然のことにおじぎと敬礼が重なるぶざまな答礼をしてしまう。

遠くに仰ぎ見る城壁で、アメリカの国旗が風を受けてはためいていた。公使館入口に立つ長い旗竿の先では、大きなユニオン・ジャックがひるがえっている。

戦いの火蓋(ひぶた)が切られて、はや一週間。

王城の守護を日本人の責任として引き受けてみたものの、他国人の助けがなければ壁一枚とて守れないことを思い知る日々だった。しかし、助け、助けられを繰り返すうちに、籠城連合軍中にもまとまりらしきものができあがりつつある。その中心にはきっと、いつのまにか戦士の顔つきになった安藤大尉や、はじめの印象とはうって変わって優れた参謀ぶりを見せるストラウト大尉のような、危機に臨んで急成長を遂げた若者たちのがんばりがあるに違いない。

やるべきことも問題も山積みだが、こちらも負けていられないと思いながら、五郎は少しだけ軽くなった足取りでイギリス公使館をあとにした。

## 八

男の子かな、と安藤大尉は思った。

五、六歳くらいだろうか。見回りの途中で見かけたその子は、教民たちから距離を置いた一角にある大きな楡(にれ)の木の陰で、母親らしき支那人女性の腕にしがみついていた。ふたりがいた場所にも動かない母親にも不審なものを感じたので近づいてみると、髪の毛を短く刈った子供は人形を握り締めていた。子供は女の子だった。母親は、すでに息絶えていた。

この暑さである。女の肌は黒く変色し、すえた臭いさえただよいはじめている。けれども、女の子は母親が死んでいることに気づいていないらしく、寄ってくる蠅をなんとかしようと小さな手で懸命に払うのだ。

不憫に思って母親から引き剝がそうとすると、女の子は火がついたように泣き出してしまった。しかしほかに身寄りはなさそうだし、右も左も分からない小児をこのままにしてはおけないと思い、教民たちのほうへ無理やり引っ張っていった。誰か適当な者に委ねようと考えていたためだが、これが思いのほか難航した。

つたない語学力ゆえに理由は分からなかったが、死んだ母親は教民たちに嫌われており、誰も子供の面倒を引き受けてくれないのである。

「同じ支那人じゃないか。こんな小さな子をほっぽり出したら死んでしまうぞ」

と、覚えたばかりの言葉でなんとか意思疎通を図ろうとしてみたものの、通じたのか通じていないのか、誰も彼も渋い顔で首を横に振るばかりだった。すっかり弱り果てているところ、ちょうど柴中佐と守田大尉が通りがかり、これ幸いと泣きついた。

「人ん面倒ば見よう場合やなかろうもん。お人好しすぎるばい」と守田大尉はあきれて言い、「そこが安藤くんらしくていいじゃないか」と柴中佐は弁護してくれた。

さっそく柴中佐が腰をかがめて教民たちに話しかけると、さすがにみなの態度が違った。そして事情はすぐに知れた。

「その子の母親は体を売って食にありついていたらしい。つまり彼女は、汝姦淫するなかれ、というキリスト教の教えに違背したのだ。だから教民たちからつまはじきにされたのだろう」

「だからといって……」

「そうだな。だからといって、子供に親の罪を背負わせては可哀想だ。なんとかしよう」

どうするのかなと思っていると、柴中佐は近くの者に手当たりしだいに頼み込んで時間を無駄にするようなことはせず、教民のなかの八旗人、すなわち顔なじみの支那人貴族へ話を持っていった。

なかなか子供の引き取りを肯んじなかった恰幅のよい貴族様は、柴中佐が金を握らせたとたんに下品な笑顔を見せ、万事お任せあれと言って承諾した。

「教民のことを教民が面倒を見るのに、なぜ日本人が金を払わねばならないんですか」

女の子を託して引き揚げる途上、憤りが収まらず柴中佐のやり方を非難した。

「やっぱりお人好しばい、安藤ちゃんは」答えたのは守田大尉だった。

「自分が生きるか死ぬかっちゅうときなんやぞ。いくら柴中佐に頼まれたけんて言うたっちゃ、なんの見返りもなしに子供なんか預かるうもんか。それともなにか、きさんはおのれん食い扶持ば減らしてまであん子ん世話がでけるて、抜かすんか」

「まあ、そういうことだ」

　柴中佐はちょっと肩をすくめ、さも残念そうに言った。

「そういうことだ」ではどうにも納得できなかったので、一日に一回はその子の様子を見に行くことにした。

　時には朝飯として配給された二個の握り飯のうち、一個を差し入れたりもした。女の子を預かったのは人当たりのよさそうな老夫婦で、ひとまず安心と思っていた。そうして、三日が過ぎた。

「そん握り飯、どげんするんか」

　三日目の朝、握り飯を飯ごうのなかに入れるのを守田大尉に見とがめられた。

「一日二食じゃ昼に腹が空くんです。ですから昼飯に取っておこうと」

「嘘ばつくな。あん子供に持っていくつもりなんやろう。こげんことば続けよったら、きさんが先にぶっ倒るうとぞ」

　守田大尉は飯ごうを取りあげて凄んだ。

「安藤くん、きみは人として間違ったことはしていない。が……」

　それを見ていた柴中佐が、やんわりと、しかし冷たく言った。

「が、将校としては落第だ。守田くんの言うとおり、ただでさえ少ない食を割いてあの子の面倒を見続ければ、きみが先に参ってしまうだろう。そのとき、誰が義勇隊の指揮をするのだ。きみが体を張って守らねばならないのは、見ず知らずの女の子か、それとも八十余名の同胞か。きみはいったい、どこの国の軍人なのだ」

「自分が日本人で、あの子が日本人ではないから、手を引けということですか」

柴中佐は一瞬黙ってから、そのとおりだ、と絞り出すように言った。

「しかし、あの子は天涯孤独の身の上になってしまったんです。自分はそんなに簡単に人を捨てられません」

「安藤くん、わたしは教民たちを見捨てろ、と言っているわけではないのだ。我々はこれからも、できる範囲で教民たちを助けることに変わりはない。そして彼らも、できる範囲で我々を助けてくれるだろう。だがきみの場合は、その範囲を大きく逸脱しようとしている。それは分別ある将校の取るべき態度ではない。それともきみがあの子に肩入れするのは、なにか別の理由があるからなのか」

「いえ、そういうわけでは……」

言っていることが分かるから、それ以上言葉にならなかった。しかしなんとかしてやりたいという気持ちは、単純な同情から生まれたものではなかった。それは自分とあの子が同じだからである。幼いころに両親を亡くし、親戚をたらい回しにされたすえ、家から逃げ出すように陸軍へ入隊した身にとって、女の子の味わっているであろう孤独は他人ごとではなかった。

それにしても、柴中佐がこんな冷徹な一面を見せたことは意外だった。刃の欠けた軍刀では危険だからと、おのれのそれを譲ってくれるような情の深い人物の言葉とはとても思えない。

「もう行くな。これ以上はつらくなる」

だから、いつもの優しさを取り戻した柴中佐に肩を叩かれたとき、この人はきっと、自分と同じように他人に知られたくない過去があるのだろう、と思わざるをえなかった。人一倍つらそうに同胞を守れ、と口にする日本の軍人など、これまで見たことがなかったのだから。

## 九

「よく狙ってくれよ。弾は五発しかねえんだから」

パオリニー大尉がフランス語でささやくと、原大尉が日本語に直し、照準具を覗く水兵が薩摩なまりで了解とつぶやきながら、そっと引き金を引く。

ぽんっと音がして速射砲はわずかに身じろぎし、五十ｍくらい先で煙があがった。東阿司門を狙う敵の哨所のひとつである。

　原大尉が守る東阿司門は、陸戦隊本部に近い裏路地の途中にある。門のすぐ外は清国の官署や住宅がひしめき、細い道が四方八方に延びていて、どれだけの敵が隠れているかは知りようもない。

「悪くないぞ。けど、ちょい右だな。次いこう」とパオリニー大尉が言う。

「照準を右に動かし、次弾を装塡(そうてん)せよ」と原大尉が伝える。

「了解。照準を右に。次弾装塡」と水兵は復唱し、装塡手が手のひら大の砲弾を薬室に込める。五郎は防塁の後ろでその様子をまどろっこしく感じながら見ていた。

　東阿司門を撃ってくる敵の哨所は離れた家の屋根に作られていたため、原大尉は手出しができずに困っていた。そこで五郎は、籠城軍唯一の火砲、イタリア海軍が持ち込んだ三十七ミリ速射砲を貸してくれとパオリニー大尉に頼んだのである。といっても扱いに不慣れなので、操作員をひとりつけてくれるよう申し添えておいたところ、大砲を引きずって東阿司門に現れたのはパオリニー大尉その人であった。

「弾は、あと五、六十発しか残ってねえもんですから、一発一発大事に撃ってもらわないと」

　百二十発あった弾はすでに半分を割り、貸せるのはせいぜい五発という。今後も貸し出すかもしれないので、パオリニー大尉は日本人水兵に手ずから操作を教えておこうと思い立ったものらしい。こうして簡単な操作説明ののち、パオリニー大尉の射撃指揮の下、愛宕の側砲手が狙いをつけ、フランス語を解する原大尉が通訳を買って出た、というわけである。

そうこうしているうちに、二発目が火を吹いた。

「よし、命中。どんどんいけ」

「命中したようだぞ。狙いよし。続けて撃て」

「了解、続けて撃ちます」

三発が連続で叩き込まれると、遠くで轟く砲声以外、あたりは静かになった。

こいつがあと何門かあればな、とか、ドイツ製クルップ砲に比べれば豆鉄砲みたいなものだ、などと兵士たちが言いながら砲身を銃眼から引き抜き、砲車を押して門の内側に引き込む。

「丁寧にな。薬莢（やっきょう）は拾っておけ。なにかに使えるかもしれん」

五郎が短く指示してからパオリニー大尉に礼を言うと、「やっぱり豆鉄砲だわ。あいつには勝てねえや」と、陽気なはずの男にも疲れがにじむ。空を指す指は尾を引いて飛んでいく砲弾を追う。

ストラウト大尉が六月二十九日の朝に予定したモンゴル市場に対する大砲奪取作戦は、敵が大砲をどこかに移動させてしまったため空振りに終わっていた。行動を読まれたストラウト大尉は歯嚙みしながら兵を引き揚げたというが、その数時間後、今度はフランス公使館方面に砲弾が降ってくるようになった。

そこを守るフランス・オーストリア部隊は支え切れず、いっとき北京ホテルまで撤退。敵の隙を突いてフランス公使館の再占領に成功するころには、敵砲は王府東北に陣地変換して、またもや守田大尉とパオリニー大尉を苦しめるようになる。

大砲で壁を破壊し、周辺の建物に火を放つ。

砲弾と火炎が渾然一体となった攻撃に対して、消火、反撃、防壁作りと、この三つを同時並行で進めるには兵が足りず、守田大尉はさらに区画のひとつを放棄して一歩南に後退する。左隣のイタリア隊も守田隊が押されたことで、孤立せぬよう五十mばかり陣地線を下げざるをえなかった。

町野水兵が戦死してから三日経った七月一日にもなると、ここ数日集中攻撃を受けた王府東北部は完全に敵手に落ち、王府の四分の一は失われてしまう。

同じように城壁の上でも、ドイツ隊が連日の砲撃に耐えかねてとうとう陣を撤収し、背中合わせのアメリカ隊もやむなく壁を下った。しかし壁上通路が敵の勢力下に置かれるということは、イギリス公使館が砲撃の直接照準範囲に入るということである。そうと知ったマクドナルド公使は勝手に逃げ戻った両隊を怒鳴りつけ、ロシア兵の増援とともにふたたび壁を登らせた。間一髪、アメリカ隊は旧に復することができたが、ドイツ隊の陣を奪い返すことはついにかなわなかったという。

城壁の上でも下でも、神出鬼没の敵砲は籠城軍全体にとって恐るべき脅威となりつつあった。速射砲を持参したパオリニー大尉は、そのことで話があると言う。もう一度敵砲の捕獲に挑戦してみないかというのだ。

「わが国にはローマは一日にして成らず、ということわざがありましてね。一度でだめなら二度、二度でだめなら三度、何度でも挑戦してみようっちゅうわけでして」

パオリニー大尉はラテン系らしからぬ不屈の男であった。

「日本には、石の上にも三年ということわざがあります」と原大尉が横から言った。

「そいつはどういう意味で？」

「三年も座っていると冷たい石だって温かくなるから、辛抱すれば必ず成功する、という意味ですよ」

「そりゃまた、ずいぶんと辛抱強いことで」

それはそうと、これは王府だけの問題にあらず。籠城軍全体の益となる、という熱弁に、五郎もだんだんその気になってきた。パオリニー大尉の言うように、自分たちが挑戦したのは敵の後退に乗じるという、勢い任せの作戦が一度きり。しっかり準備したうえでなら、やってやれないことはないと。

炸裂音とともに地面が揺れ、吹き飛ばされた土くれが足元に落ちてきたとき、腹は決まった。

「やりますか」

ふたりはイタリア隊の本部に場所を移し、作戦を詳細に詰めていった。

「それで、大尉の考えは？」

「隊をふたつに分け、イタリア隊は西北から、日本隊は東北から、こんな風に二正面から同時に砲兵陣地を襲うというのはどうです？」と言いながらパオリニー大尉は机上の略図に鉛筆で線を引く。

「もちろん、前回使った出入口は使わない。マクドナルドのおやじから兵を貸りる件は、俺のほうから話をつけておきやしょう」

かねてより、この日あることを見越してか、パオリニー大尉は王府西寄りの壁の一ヵ所に秘密のトンネルを掘らせていたと言う。そこから出撃するのは初めてなので、一種の奇襲になるだろうと自信ありげだった。

小一時間ばかり話して決めるべきことを決め終えたころ、背後からの匂いに釣られて振り返ってみると、すぐそこでイタリア兵が珈琲豆をすりつぶしているではないか。

「戦場で珈琲とは、日本軍にはない風雅さですね」五郎は言った。

「カッフェ・ナポレターノです。わが故郷のナポリではバールや家庭で楽しむものですが、ご存じで？」

「いいえ」

「ではひとつ、ナポリの味をごちそうしましょう」

　パオリニー大尉がそう言うのでしばらく眺めていると、その兵士は挽き終えた豆を手のひら大の銀容器に入れて無数の穴が開いたふたで閉じ、それからひと回り大きな別の容器に熱湯を注ぎ、さきほどの小容器をそこに納め、さらにその上に同じ大きさの容器を載せた。言うなればポットをふたつ積み重ねたような滑稽な景況である。ここからどうするのだろうと思っていっそう注目していると、兵士は容器の取っ手を持ち、ひょいっと上下をひっくり返したのだ。

　上から下の容器に湯が落ちていく過程で粉を抽出する仕組みで、クックマというナポリ伝統の器具らしい。砂糖をどさっと入れられたひと口大のカップを渡されて口に含むと、珈琲自体はかなり濃いが、甘味も当然強いので、不思議にちょうどよい。

「あまり詳しくはないのですが、イギリス公使館で出された珈琲とはずいぶん違うような」

「そりゃそうですよ。あれはきっとサイフォンで淹れたやつでしょう。しかしあんなものはエレガンテなカッフェ・ナポレターノに比べれば、ただの泥水ですよ」

　思わず頬が緩んだ。

「ご存じかどうか知りませんが、北京ホテルで飲んだ珈琲もまた、イギリス風ともナポリ風とも違ったような気がします。大尉はあそこで飲んだことがおありですか」

「まさか。あんな馬の小便など、人の飲むものじゃありませんぜ」

ふたたび苦笑した。

彼らイタリア人にとって、珈琲は煙草と同じくらい大事な嗜好品なのだろう。それにしてもうらやましい限りだが、日本軍が戦地で珈琲を飲むほど西洋文化になじむ日は来るだろうか。いや、少なくとも自分の生きているうちにはなさそうだ。そんなことを思いながら日本隊司令部に戻った。

さっそく守田大尉と安藤大尉を呼び寄せて作戦を伝えていると、そこにイギリス人義勇兵がやって来た。「大砲を奪うから兵を貸せとパオリニー大尉が言っているが、貴官も同意のことか」とマクドナルド公使が言っているという。

五郎はいぶかしげに、合意のことゆえ兵を回してもらいたいと応じ、その兵士は「そのまま公使に伝えます」と述べ、立ち去った。

「パオリニー大尉ば危ぶんどーね、マクドナルド公使は」と守田大尉が言うと、「柴中佐が念押ししたから大丈夫ですよ」と安藤大尉が答える。

「パオリニー大尉には言うなよ。気分を害する」

ふたりはもちろんですと請け合った。

一時間もしないうちに、イギリス、フランス、オーストリアの兵士たち二十人以上が集まり、最後の打ち合わせのために日本隊本部を訪れたパオリニー大尉は、自信満々の様子である。

作戦は安全第一、危ないと思ったらすぐに兵を退く、それが基本方針だと全員に言い聞かせた。

やる前からそれじゃ意気もあがりませんぜ、とパオリニー大尉は仏頂面だ。

攻撃は午後三時を期して王府の東西から同時に開始。パオリニー大尉が各国支援要員を一手に指揮し、五郎が守田、安藤隊を率いることとした。原大尉は今回も総予備として留守番を命じ、作戦中止はトランペットの吹奏をもって示すと決め、解散した。

「大尉、安全第一ですよ」

別れ際、念を押した。

「やれやれ、うちのママンみたいだな」

パオリニー大尉は帽子の羽飾りを揺らして笑っていた。

イタリア隊から戦死二名、重傷七名。日本隊から戦死一名、重傷二名。けだし、籠城以来の大損害であった。

通用門から突出した日本隊は、門の出口を扇型に取り囲んでいた防壁群から集中砲火を浴び、西から壁沿いに進んだイタリア隊も、幾多の障害を乗り越える過程で次々と兵士を失い、両隊は総退却のラッパを吹いて元の線まで逃げ帰るしかなかったのである。

パオリニー大尉発案の作戦は失敗し、その発案者は二度と前線に立つことができないほどの傷を負って野戦病院へ搬送されたのだった。

十

六月二十六日、長らく行方不明だったシーモア軍が天津に帰ってきた。

汽車を捨てて白河沿いに徒歩で南下してきたのだという。つまり、義和団や清国軍の攻撃によって総員二千六十六名のうち、戦死六十五、負傷二百三十という大損害を受け、命からがら逃げ戻ってきたのである。この失敗によって、一個連隊程度で北京に向かうのは自殺行為だということが証明されたため、これから北上せねばならない各国部隊指揮官らにとっては、どの程度の兵力をもって再挑戦するかが悩みどころとなった。

そしてそのあたりのことは、大沽港の上陸地から天津入りした福島たちにとっても、急ぎ調べて素案にまとめ、本国政府に報告すべき喫緊の課題となっていた。

七月二日、福島は帰還したばかりのシーモア中将をその本営に訪ねる。

「やつらをただの暴徒と侮るなかれ。狂信者どもは一発二発食らったくらいでは倒れず、いまや正規軍と提携してその勢威は恐るべきものとなっている」

シーモア中将はおのれの見通しが甘かったことを率直に認め、未曽有の消耗戦に巻き込まれて命を落とした将兵らの冥福を祈った。

大沽に上陸を果たした各国の陸海軍部隊は、現時点において総計一万五千人くらいで、そのうち七千人が天津に入っている。二千人でだめなら幾人いれば足りるのか、と福島は核心に迫った。

「一万、二万程度の数では北京を突くにはとても足りない。清国軍の増援が天津に向かっているという未確認情報があり、ここの守備にも兵を割かねばならないことを考えると、全部で六、七万人の兵員が必要であろう」

そんなに集まるまで待っていては、北京の連中が死に絶えるかもしれない。福島がそう危惧を口にすると、

「うむ、これは未確認ながら、北京ではドイツ公使が殺され、公使館は三つを残して焼き払われたという話もある。急がねばならんという点についてはわれも同意見だ」

と、初耳情報をもたらす。

イギリス本国では香港駐屯の陸兵を回すだけでなく、インドからも一万人規模の部隊を増強することを決めた。きみも本国にさらなる増兵を掛け合ってくれ、とシーモア中将は別れ際に強く言い添えた。

人格者の中将は、惜しいことに海軍軍人である。陸戦経験のない将軍の見立てをどこまで信用してよいものか。日本公使館は残った三つのうちに入っているのだろうか。

頭のなかでぐるぐる考えながら、福島はロシア軍司令官のステッセル少将をその足で訪ねた。

ロシア軍の今後の方針はいかに。

単刀直入に尋ねると、わが軍はこれから天津市街地の掃討戦を行い、義和団のねぐらをひとつ残らず潰していくつもりだと、ステッセルは鼻息荒く答える。

外国人が多く住む天津租界は町の南側で、そこだけは暴動発生当初よりかろうじて確保していたものの、北側はまだ敵の手にあった。北京侵攻に当たって、天津は作戦根拠地となる要衝である。福島はステッセルに賛同の意を示すが、「ひとつひとつ潰していくのは時間がかかりすぎる。むしろ市内中心の天津城を一挙に叩くほうが政戦両略上好ましい。やるなら合同でやろう」と述べて、了解を得た。

ロシア軍はどのくらいの兵力を集結中か。

「現在五千。最大七千までなら増強できるが、これ以上は難しい。日本のほうはどうか」

上陸したのは三千。増援は未定であると伝えると、それでは足りぬ、とステッセルは暗に日本の増兵を促す。

日本政府はまわりの目を気にして大兵派遣に慎重だったというのに、いらぬ配慮だったのだろうか。なんだかあべこべになってきたなと思いながら、福島は臨時派遣隊の本営として間借りしている日本領事館に引き揚げた。

「おい、由比。帰ったぞ」

由比少佐は上司が帰ってきたことにも気づかず、相変わらずばたばたと部屋のなかを走り回っていた。日本人同士なら簡単に済むことが言葉の壁に阻まれてうまく進まず、英語やフランス語を話せる由比少佐に大小様々な調整が持ち込まれるからであり、ほかの数少ない幕僚たちも、状況送れ、すぐ送れ、詳しく送れと頻繁に催促してくる本国への報告業務に忙殺され、とても由比少佐を手助けできるような状況にないからである。

そうやって集中砲火を浴び続ける気の毒な由比少佐を他人ごとのように眺めつつ、福島は自分の机に足を投げ出した。

シーモア中将もステッセル少将も日本の増兵を望んだが、いざ具体的な数を挙げるとなるとなかなか難しい。多くを望めばそれだけ動員と輸送に時間を要することになり、八月に入って雨季になれば泥濘化した道で進軍はますます遅れ、北京に閉じ込められた邦人の保護というそもそもの目的を達成することがいっそう難しくなる。

多ければ多いほどよい、というわけでもなく、任務を達成するのに必要十分で、かつ可及的速やかに戦闘加入できる数を弾き出すには、ほとんど山勘に頼るしかないところだった。

「おい、由比」

「あ、部長、お戻りでしたか」

この男に「隊長」と呼ばせることは、もうあきらめた。

「商売繁盛のところすまんが、なんぞ新しい話はあるか？」

「はい、ふたつばかり、いや、三つあります」

「一番面倒くさそうなのはどれだ」

「海軍からの依頼ごとでしょうか」

「海軍から？　西郷大将の娘を早く助け出せ、とでもせっつかれたか」

「あれ、よくおわかりですね」

「おいおい、冗談のつもりだったんだがな」

「焼酎持参で頼みに来た担当者も言いにくそうでした。どうやら……」

「あちらも本省から、やいのやいのと言われておるのだろう。まったく、こちらとて好き好んで天津に留まっているわけではないというのに、肝っ玉の小さいやつが上におると現場は苦労させられる。それで、ほかのふたつは？」

「ひとつは清廷の内部分裂に関すること、もうひとつは第五師団の動員状況に関してです」

「内部分裂？　そちらから聞こう」

「はい、どうも西太后は六月下旬に宣戦の上諭とやらを発して挙国一致を訴えたようなのですが、地方の総督たちはこれに従わず、むしろ列国寄りの姿勢を示しているようなのです。両広と湖広の総督は南清の秩序維持にかかわる協定を列国と交わしたとのことで、他の総督たちも列国政府に対して、清国への宣戦布告を控えてくれ、朝廷を諫めるからしばらく待ってくれ、などと泣きついているようですし、どうも清は南北分裂の様相を呈しつつあるようです」

「鼻息が荒いのは西太后ひとりというわけか。そうなってくると、この騒動は北清地域に限定できるかもしれぬな」

騒ぎは清国事件としてはじまったが、事件と呼ぶには規模が大きく、さりとて両者に宣戦布告の交換がないので国際法のくくりでは戦争に区分することができず、地域が北清に限定されるなら、こいつは北清事変とでも呼ぶべきか、などと考えた。

「で、もうひとつのほうは？」

「はい、第五師団の動員は順調に進み、三日後の七月五日には全部隊の準備が完了するそうです」

「第五師団の派兵が決まったのか」

「いいえ、発出されたのは動員命令だけで、そちらのほうはまだ。とりあえず動員だけしておこうという判断かと」

「なんとも、わが国の政府ながら腹の据わらぬことよ」

「追加出兵の費用が工面できないのかもしれません」

「いや、日本ばかりが大きな負担を負うことに難色を示した閣僚でもおるのだろう。そうだな、そんなことを言い出しそうな財布のひもが固い超現実主義者といえば」

「伊藤閣下あたりでしょうか」

「だろうな、たぶん」

前首相にして元老の伊藤博文のことである。天皇とも近しい元老の声は内閣全員の声よりも大きくて重い。ここはひとつ、現場の苦境を伝えておくべきか。

「おい、由比。次の三点を本国に急ぎ打電せよ。ひとつ、北京でドイツ公使が殺されたこと。ひとつ、ロシアを含む現場の列国指揮官たちは日本の派兵を歓迎していること。ひとつ、臨時派遣隊に二個歩兵大隊と一個戦砲中隊の増援を求むこと。以上だ、すぐやれ」

「全部初耳なんですが、ドイツの公使が殺されたんですか？」

「そうらしい」

「どの指揮官もわが国の増強には反対しないと？」

「そういう感触だった」

「本国への増援要望は初めてですが、なぜ二個歩兵大隊と一個戦砲中隊なんです？」

「二個大隊と一個中隊で約二千二百人だから、わが派遣隊と合わせて五千五百人。これでロシア軍より少し多くなる」

「それが理由ですか?」

「列国軍のなかで存在感を示すためには、数の力がものをいうのだ。いいから早くやれ」

由比少佐を急かしていると、伝令が緊急報告を持ってきた。停車場付近の警備についていた一個中隊が義和団と交戦、撃退したものの死傷二十五人を数える損害を被ったという。

報告は、司令部一同を沈黙させた。

ひとりふたりを連れてくるのに大変な努力を払っているなかで、二十五人とは声を失うに十分すぎる数である。軍民合わせて千人の籠城者を百二十km先の北京から救い出すには、きっとそれ以上の犠牲を払うことになるだろう。

今夜は海軍差し入れの焼酎を飲もう、と思った。

支払うべき保険料は、本当に高くつきそうだった。

十一

一km四方の東交民巷に閉じ込められて二週間になる。七月五日の夜、埃っぽい地面をばたばたと叩くのは、北京では珍しい雨の音だった。

「雨季が近いんでしょうか」

安藤大尉が天幕の裾から外をうかがっていると、「まだ七月ぜ。雨季はもうちょっと先やろ」と守田大尉がおもしろくなさそうに言った。

「でも、この雨で敵の死骸やら家畜の糞が流れてくれれば、空気が少しは綺麗になるかもしれない」

原大尉が横から加わると、海軍さんはお気楽ばい、と守田大尉が棘のある言い方をする。道が悪くなって救援軍の足が鈍ることを気にしているようだ。

ちっとも友好的ではない三人の会話をぼんやり聞いていると、楢原書記官と中川軍医と服部先生が肩の雨粒を払いつつなかに入ってきた。小さなランプに照らされた小さな天幕に七人の男がそろう。陸戦隊本部改め、日本隊本営における定例会議である。

「よし、はじめよう。では人員現況から。軍医、お願いします」

五郎は中川軍医を促した。

「ええと」中川軍医は手帳を繰りながら書かれた数字を指で追う。

「現在イギリス公使館に入院中の者は十一名です。すでに三度負傷した者もおり、軽傷者は掌握しきれないほどおりますが、もっとも憂慮すべきは医薬品の不足です。イギリス公使館の備蓄を多少分けてもらっていますが、早晩底を突くのは確実といったところです」

「怪我しないように戦え、と命じるわけにもいきませんから、その点については処置なしですね」

王府の一角に包帯所を設けて負傷者の手当てに当たり続けた日本隊唯一の医者は、頬がすっかり痩けていた。代わりのいない身というのはつらいものである。

「次は食料だ。原くん、報告してくれ」

「はい、本日現在で、米はあと二週間分を残すのみです。副食物として若干の昆布とインゲン豆が一袋ありますが、日本隊の手持ちは七月二十日ころには尽きる見込みです」

「二週間って、そんだけとや？　放し飼いになっとう馬やラバがおるやんか。それで食い繋げばまだいけるやろう」

計算がおかしいと守田大尉が言う。

籠城開始時、東交民巷には百五十頭ほどの馬、ラバ、ロバがいた。まぐさの備蓄がなかったため、王府内の庭の一隅に放し飼いにされたそれらの獣類は、すぐに付近の草木を食べ尽くし、食物を求めて銃弾の飛び回る戦場を徘徊するようになった。一日に二、三頭は弾に当たって死んでいたので、日本隊はこれまで肉にだけは困らなかったのである。当初二週間分の食料しか手持ちのなかった日本隊が今日なお二週間分の食料を残すことができたのは、まさしく彼らのおかげと言えるだろう。

「死骸を勝手に食うことは厳禁となったんです。今後はすべて糧食委員会にて分配するとの達しが出ているんですよ。陸軍さんはそんなことも知らないんですか」

原大尉がさっきの仕返しじみた言い方をすると、

「糧食委員会？　なんや、それ」

　と、守田大尉は睨み返す。

「イギリス公使館にはいろんな委員会ができているんです。糧食委員会だけじゃなく、施設、衛生、燃料、それから総合委員会なんてのもある」

「ぐだぐだ言いよぅ暇があんなら、銃ば取って戦えや」

「わたしに言われても困りますねぇ。お門違いってものです」

　いまさら食い物が残っているとも思えないが、付近の民家を漁ってみるか。それでだめなら半減食にせねばならないな。

「次は弾薬だ。安藤くん」

　いろいろ考えてもすぐには良策が浮かばず、五郎は火花をちかちか飛ばすふたりをよそに議題を進めた。

「はい、全兵士の携行弾薬を確認したところ、今日の時点で、水兵ひとり当たり平均五十五発、義勇兵は二十発を残していると分かりました。義勇隊における銃の不足はまだ解消されていませんが、弾薬不足はもっと深刻です」

「花火はどうなった？」

　数日前に王府内で発見された花火用の火薬のことである。

「義勇隊に手慣れた職人さんがいまして、玉に導火線をつけ、なかにガラスや釘を入れておきました。都合二十二発、人呼んで〝爆裂玉〟。脅し程度にはなると思います」

爆裂玉と聞いて、面々から失笑が漏れる。

「敵を殺したときは銃器の確保に努めること。また、引き続き一発一殺の精神で節約を心がけてくれ。次は教民たちの状況ですが、楢原さん」

「よろしくないですね」

「よろしくない、とは」

「体調を壊す者が多く、チフスや赤痢が出てもおかしくない状況です。宣教師たちにも協力を願って指導に当たってはいますが、教民たち自身の防疫意識が低すぎて、なかなか思うようになりません」

「分かりました。わたしからも衛生委員会に注意喚起しておきます」

志願者を募って編成した四十人あまりの教民隊と残りの三千人近い教民たちは、これまで外務省留学生の野口という男に委ねていた。ところが先日、彼は工事監督中に流れ弾を受けて負傷し、いまは楢原書記官が代わりを務めている。なりゆきで王府の敷地内に教民たちをかくまうことになったが、誰が責任を持って面倒を見るかについては、いまだに曖昧なままだった。

「最後にわたしから、友軍の状況について」

五郎は手帳をめくった。

「先日負傷したパオリニー大尉はいまも意識不明の重体であり、現在、隊の指揮はイタリア公使館のカエタニ書記官という予備役少尉が執っている。フランス公使館方面は連日の激戦で兵の損失がうなぎ登りらしく、敷地の半分近くがすでに敵の手に落ちたらしい。城壁でがんばっているアメリカ隊だが、指揮官のマイエルズ大尉が負傷したようだ。残念ながら戦線復帰は難しいと聞いている。城壁から後退したドイツ隊はドイツ公使館において防衛線を張り、ロシア公使館は時々の攻撃を除けば概ね安泰という状況だな。イギリス公使館は知ってのとおり、内輪もめのほうが忙しいようだ」

最後は冗談である。

「明るか話題がひとつもなかな」

守田大尉がにこりともせず、ぼやく。

「明るい話題といえば、救援軍についてなにか情報はありますか、服部さん」

戦闘の激化に伴ってみずから各隊に赴く余裕がなくなったので、五郎は帝大助教授の服部の語学力を買い、数日前から専属の伝令になってもらっていた。砲煙弾雨のなか、イギリス公使館だけでなく遠くはロシア公使館までひとっ走りすることの多い服部先生は、いまや日本隊随一の情報通である。

「イギリス公使館に出入りするたびに掲示板を確認するようにしていますが、いやあ、どうも。南のほうから救援軍の砲声が聞こえたとか、敵は早晩撤退するつもりだとか、希望的観測の混じった流言ばかりで、役に立ちそうな情報はこれといってなにも」

服部先生はあっけらかんとしているが、そのほかの者は落胆する元気もない。

そのとき外でけたたましい銃声が轟き、ちらと時計を見る。いつものことだった。こちらに休息を与えないためか、毎夜決まった時刻に四方で激しい銃声があがるのだ。はじめこそ、すわ敵襲かと驚いたものの、こうも毎晩繰り返されれば嫌でも慣れるというものだった。

「じゃあ終わろうか。みな、持ち場に戻ってくれ。明日もがんばろう」

男たちは疲れた様子で雨のなかに散っていく。今夜の銃声は、しばらくやみそうになかった。

十二

「撃ち方(かた)やめ、やめれっ」

守田大尉が怒鳴りつけると、水兵や義勇兵や教民たちが銃眼に銃を突っ込んだまま撃つのをやめた。

「あればい。あん崩れた壁ん右端ばい」

五郎は言われるがまま、それを見た。狭い回廊を五十ｍほど行った先の崩れかけた壁からのぞいていたのは、たったいま撃ち負かされた清軍が置いていった七・五センチ砲だった。

「使うたびに出したり引っ込めたりするとが面倒になったんやろうくさ。残していくとはずぼらな連中ばってん、こりゃ、またとなか好機」

敵の過失に乗じてあれを奪いに行くべき、と守田大尉は言いたいのだ。

たしかに、パオリニー大尉が重傷を負うことになった五日前の大砲奪取作戦は、目標を探しながらの出撃だった。しかし今回の獲物は指呼の間であり、難事ながらも成功の見込みがあるかもしれない。

「安藤くんを呼んできてくれ。それと東阿司門の原くんのところからも可能な限り兵を引っ張ってくるように。ああ、それから、イギリス公使館へも人をやって援兵を頼んでみよう」

やるとですか、と守田大尉の目が輝き、やろう、と答える。

「だが前回の失敗もある。ここは総出撃をもって当たるぞ」

安藤大尉がすぐに腰の軍刀を押さえながら走ってきた。

「聞きました。獲物はどこですか」

「あれだ。きみはどう思う」

安藤大尉は目を細めたり双眼鏡で覗いたりしてから、「やれると思います」と力強く返答した。

「よし、決まりだ。三度目の正直、いや、パオリニー大尉ならローマは一日にして成らずって言うかな」

「では、パオリニー大尉の仇討ちってわけですね」

仇討ちとは古風なやつだと、五郎は笑う。

午前中一杯を準備に充て、可能な限りの態勢を整えて昼を迎えた。目標は依然として、その巨体を鈍く光らせている。

「注目、作戦を説明する」

五郎は整列した男たちの前に立ち、その顔ぶれを見渡した。すり切れたセーラー服の日本人水兵が十五名、猟銃やモーゼル銃を肩にかけた日英混成の義勇兵が二十五名、そして大砲を引っ張るための縄を担っているのが二十数名の教民たちである。

戦闘はすでに十六日間にわたる。

知った顔も知らない顔も、みな一様に目を赤く充血させていた。本当はもっと兵を集めたかったが、現在も各所で戦闘は続いており、時間をかけているうちに大砲が移動してしまっては元も子もない。もろもろの事情を考慮すると、このあたりが見極め時だと判断したのである。

「まず、本作戦の主役は安藤大尉率いる教民たちとなる。安藤隊が放棄された大砲の牽引を行うあいだ、日英の兵から成る守田隊がこれを掩護せよ。なお、イタリア隊が西北から、日本隊の一部が王府東門から陽動攻撃を行い、敵の耳目を引きつける予定である。陽動攻撃の開始はヒトサンマルマル、主力の突撃はその三分後、突撃発起はラッパの号音をもって示す。以上質問はあるか」

日本語、英語、支那語によって同じことを三度繰り返し、命令を徹底した。列中から質問が出てこないことを確認すると、両手を軍刀の柄頭に添え、鞘の先端で地面をこつんと打つ。

「よろしい、解散」

臨時編成の攻撃部隊は一斉に散っていき、バリケードや塹壕沿いに並んでいった。五郎はそのひとりひとりに声をかけて歩き、最後に、教民らにたどたどしい支那語で指示している安藤大尉に近づく。

こうやって、教民たちと話している安藤大尉を見かけることは普段から多かった。支那の文化風俗を学びたいという気持ちから意識的に交わりを結んでいる面もあるのだろうが、なに元々情け深い男なのである。不幸のどん底をさまよっている彼らを哀れに思うのか、なにかできることはないだろうかと知恵を絞り、せっせと足を運ぶのだ。だからこそ、めざましい勢いで言葉を学んでいくのだろう。それだけに、あの女の子のことを忘れろと叱責したときに見せた、安藤大尉の捨てられた子犬のような表情が忘れられなかった。

　あれから、数日経つ。

　さすがに差し入れはやめたようだが、昨日、気になって確認に行ってみると、女の子は生きていたものの憔悴(しょうすい)の程度がひどかった。手足は細くなっているのに腹だけ膨れているのは、水ばかり飲んでいるせいだった。幼少時に見慣れた、典型的な飢餓の症状だった。面倒を見ると言って女の子を引き取ったはずの老夫婦を責めるのはたやすいが、彼らとて飢えており、ほかにもぐったりした子供たちの可哀想な姿がそちこちで目についた。

　どの公使館でも食糧は自前調達が原則である。それは教民たちにしても同様で、逃げ出したときに持ち出した食べ物が尽きてしまうと、彼らは付近の民家を漁ったり、野良犬や野良猫を絞めたり、それでも足りずに草や葉っぱや木の幹すらかじるようになっていた。

　こういう過酷な状況において、真っ先に倒れるのは立場の弱い者である。宣教師から施される配給はわずかであり、そのわずかな配給さえ働ける者が優先されるとなれば、老人や子供が最初の犠牲者になるのは自明の理であった。だが三千人を数える教民に十分な食料を配りはじめては、自分たちの食い扶持があっという間に尽きてしまう。イギリス公使館やアメリカ公使館、人道的見地から彼らを救い出したフランス公使館でさえこれ以上の食料提供を拒んでいるのだから、日本公使館としても日本人の命を優先せねばならない厳しい現実があった。

と、そこまで分かっていながら、五郎は日本公使館に戻って煎り豆をひとつかみすると、ふたたび老夫婦の元に赴いたのだった。思わぬ差し入れに喜ぶ老夫婦に女の子のことをくれぐれもよろしく頼むと念押ししながら、ひとり苦笑した。

女の子は五郎の姿を目にしたとき、「タツ」とか細い声で言ったのだ。安藤大尉は辰五郎(たつごろう)というおのれの名を教えたのだろう。人の見分けができないほど弱り切った小さな命が助けを求めていると思うと、どうにも放っておけなかったのである。

ひとりだけ特別扱いするなど分別ある将校の判断ではないが、安藤大尉に将校失格と偉そうに言った自分も、簡単に情に流される同じ穴のむじなというわけだった。それにしても安藤大尉はどうしてあそこまで入れ込んだのだろうか。そこにはただのお人好しでは片づけられないなにかがある気がして、少し気になっていた。

「ひと月ふた月でそこまで話せるようになるなんて、なかなかのもんだ」

教民たちに命令を徹底中の安藤大尉に後ろから声をかけた。

「少しは上達したでしょうか?」振り向きざま、安藤大尉は言った。

「ああ、驚くべき上達ぶりだぞ。留学した甲斐(かい)があったというものだ」

「まあ、怪我の功名とでも言いますか」

「習うより慣れろ、だよ」

すべての準備が整ったことを見届けた五郎は、第一線から少し下がった防壁のひとつを自分の位置と定め、ポケットから懐中時計をおもむろに取り出した。内部のゼンマイがかちこちと音を立てるのが分かるほどの静けさのなか、メッキの剝がれたふたをそっと開ける。男たちの視線を感じた。

針は十三時を指していた。

西から東から、陽動攻撃の開始を告げる発砲音がこだました。守田大尉と安藤大尉が視線を交わし、軍刀をすらりと抜く。物陰に伏せた水兵たちは銃剣を銃口に取りつけ、信号兵はラッパを口に当てた。

長い三分間だと思いながら、汗ばむ手で時計のふたを閉じた。十三時三分だった。

「突撃ラッパ」

高らかな号音が狭い回廊に鳴り渡った。

「突っ込め」

「突撃」

守田大尉と安藤大尉の白刃が同時に振り下ろされた。

水兵と義勇兵たちが喊声をあげて走り、一歩遅れて安藤隊が後続する。

先頭兵士が瓦礫の山をひとつ越え、目標とする大砲まであと一歩というところまで来たとき、行く手に光が走った。

地面がひっくり返ったような集中砲火を浴びて、一帯はたちまち悲鳴と銃弾の地獄と化す。

待ち伏せか。

進撃の譜を吹奏し続けるラッパの横で、五郎は胸壁から乗り出した。

「どうした、なにをしている、立って進めっ」

安藤大尉が、銃声に負けじと教民たちに向かって叫んでいた。だが彼らはまるで平蜘蛛のように地面にへばりつき、鼓舞しようと叱咤しようと、一寸たりともそこから動きはしない。

それを見かねたのだろう。水兵二名が降り注ぐ銃弾をものともせずに飛び出し、大砲に取りついた。

守田大尉が兵たちに掩護射撃を命じると、安藤大尉が憤然と立ちあがり、切歯扼腕(せっしやくわん)、萎縮(いしゅく)して動かなくなった教民たちを見捨てて、ついに単身駆け出した。

「待て、焦るなっ」

という声が届くわけもなく、安藤大尉は大砲に向かって駆けていく。

刹那(せつな)、その小さな体がすとんと尻餅をついた。そして喉(のど)のあたりを押さえながら池の鯉のように口をパクパクと動かす。

撃たれた、と思った。

次の瞬間、銃火が大砲に集中した。火花や埃が盛大に飛び散り、砲架にしがみついていた水兵が地面に崩れ落ちる。続けて藍色の上衣に赤いズボンの清兵たちが、一斉に物陰から躍り出てきた。剣を手にした指揮官らしき男を先頭に、十人、二十人、三十人と、獰猛な顔つきの清兵たちが、逆撃するはいまぞとばかりに突っ込んでくる。

組み立てた歯車は逆さまに回っていた。いまや、作戦中止を決断すべき状況だった。

「退却ラッパを吹け、早く吹けっ」

そばで待機していたラッパ手が、あわてて息を吹き込んだ。

「後退せよ、退却だぞ」

「Fall back!」

「撤退（チユートゥエイ）」

日本語と英語と支那語が入り乱れ、負傷者を引きずりながらの退却戦がはじまる。敵は勢いを増して迫り、そこかしこで銃剣を交えての接戦が繰り広げられた。

距離を取らねば、このまま押し込まれる。

五郎は息を切らして逃げ戻ってきた男たちを回れ右させ、後退掩護のための射撃を命じた。

弾薬の消費を惜しんでいる場合ではなくなった。銃火の交換は激しさを増し、足元に薬莢の山がたちまち積みあがる。

「最後尾ばい」

守田大尉が近くに飛び込んできた。

ふたりの義勇兵に担がれた安藤大尉も一緒だった。

「すぐに包帯所へ」

安藤大尉の胸は血に染まり、顔面は蒼白だった。視界から遠ざかっていくあいだ、手首にひもで結びつけられた佐官用の軍刀が、ずっと揺れていた。

戦闘が落ち着いて包帯所に行くと、先ほどの出撃で傷ついた兵士たちが列を成して手当ての順番を待っていた。ある兵士などは膝に拳ほどの穴が開き、額から滝のような汗を流しているのにちっともわめかず、騒がず、ひたすら痛みをこらえている。

軟弾頭の小銃弾で撃たれた傷だった。

ニッケルでできた軟らかい弾頭は、体に飛び込んで骨に当たると先端が砕け、進入口の何倍もの大きさの穴を作って反対側に飛び出していく。近代科学の悪魔的所産のひとつであった。

中川軍医が看護兵とともに対応に追われているなかで、五郎は横たえられた小さな体の前に片膝をついた。

置き去られたあの大砲は、われらを釣り出す餌だったのかもしれないと、いまさらながら思った。イタリア隊は陽動の任を果たせなかったばかりか、甚大な損害を出して退却していたということも、あとで知った。だが、もっとほかにやりようがあったのではないかとあれこれ悔やんだところで、失われた者たちは帰ってこない。大敗北の結果は、なにも変わらない。

守田大尉が隣で鼻をすすった。

「焦りやがって。きさんはやはり将校失格ばい」

いつもぶっきらぼうに安藤大尉に接していた九州男児が、そう言ってむせび泣いている。

「援兵をイギリス公使館に差し出してくれと、マクドナルド公使よりの命令です」

服部先生が急ぎの伝言を持って現れた。イギリス公使館が攻撃を受けているらしい。五郎は「分かった」と答え、おのれの鞘から刃の欠けた尉官用の軍刀を抜いて元の持ちぬしの鞘に収めると、安藤大尉の手から佐官用の刀を取り戻す。

こいつは約束どおり返してもらうぞ、と心で詫(わ)びながら。

志を立てて大陸に渡ってきた、有為の若者の死を悼むわずかばかりの時間とて、満足には得られない。せめて手向けなりを、と見渡してみても、一朶(いちだ)の花さえ咲いていていない。

五郎は力なく立ちあがり、去りがたい気持ちで遺骸を見下ろした。彼は立派な将校だった。常に立派であろうとした将校だった。そして、人としては自分よりはるかによくできた男であった。

胸に浮かぶのはそういう感傷と後悔ばかりで、王城の守護神となった安藤大尉のためにひとつぶの涙さえ流してやれないことが、情けなく、哀しかった。

# 第五章　孤軍の繋ぎ目

## 一

福島の求めた二千人規模の増援は、電報を打った翌日の七月三日には政府に了承され、手際のよいことに四日には宇品を輸送船が出港し、十一日ごろには現地入りする手はずが整ったと連絡があった。

増援との合流によって福島臨時派遣隊は五千人を超える混成旅団級の部隊になり、福島のもくろんだとおり、有象無象の列国軍を相手に意見を通しやすい『数の力』を手に入れるめどがついた。が、ことは二個大隊程度の増派に留まらず、七月六日には第五師団全体、すなわち二万人規模の派遣が決まったと、一日遅れで現場に伝えられた。

「おい、由比」

福島は机に足を投げ出したまま由比少佐を呼ぶ。大増援部隊の受け入れ準備がはじまった福島隊の本営では、多忙を極める由比少佐が握り飯をかじりながらありとあらゆる業務に追われていた。

「呼びましたか」

「こういうことになったのは俺のせいだと思っているだろ」

「もちろんです、部長」

「はっきり言ってくれる。だが真実は違うぞ。俺の増援要望など、政府の背中を押した小石のひとつにすぎん」

「では、なにが師団の派遣に踏み切らせたのでしょう。この不景気に予算確保だって大変でしょうに」

国内経済は長らく停滞していた。事変に伴う対清輸出の減少がこれに追い討ちをかけ、師団出兵となればさらなる金融引き締めは必至である。このままでは日本は倒産すると危機感を煽（あお）る報道さえあり、本国からも「糧秣（りょうまつ）の現地購入は控えて追送でまかなえ」と厳しく達せられていた。それほどまでに予算は苦しく、一個師団どころか数個師団も欲しいと思っていた福島でさえ、実際に要望したのは二個大隊止まりなのである。

「俺が思うにな、苦しい予算環境にもかかわらず大兵派遣に踏み切った理由のひとつは、イギリスやロシアから増兵を望まれたからであろう」

「政府首脳陣は列国の顔色を気にしていましたからね」

「しかし真の理由は、勢力均衡のために違いない」

「と、言いますと」

「どこまで出しておけば日本が主導性を保ったまま事態解決の立役者となれるか、ということがこの判断の根底にあるのだ。他国はどんどん兵を増やしているからな。とりあえず一個師団くらいは出しておかねば、発言力を失うと踏んだのであろう」

「それって、部長が増援を要望したのと同じ理由じゃないですか」

「俺は財布の中身を心配して二個大隊の要望に留めたんだ。だが政府の連中は先行きにビクついておるのだろう。まあ、金のことは金庫番に任せて、現場としては増兵を歓迎しておこうじゃないか」

由比少佐は仕事の増えることを歓迎していない様子である。

「ところで、貴様は大本営参謀として今後の展開をどう読む。師団を派遣したら参謀本部の考えるべきことはもう終わりだろうか」

由比少佐は「そうですね」と言いながら握り飯をかじる。

「自分が担当者なら、さらに三個師団、つまり全部で四個師団の派遣を検討しておきます」

「おう、そりゃ豪気(ごうぎ)だな。詳しく聞こう」

「第五師団と列国の増派軍を合わせると、八月半ばには全体で七万くらいになるはずです。

沿岸部の総督たちが西太后に従わず、このまま静観を決め込むなら、清廷の動かせる正規軍は推定十万から十五万。我々が単純に北京を攻め落とすだけなら、七万の兵力でも可能と判断します」

「同意する」

「しかし問題は、西太后をはじめとする清国政府が西の西安(せいあん)あたりに避難した場合です。彼らを追っていって降伏文書に署名させることももちろん必要ですが、戦後のことを睨むと、日本主導で北京を含む直隷省全体を軍事占領しておくことが望ましいと思います。こうなりますと、とても一個師団では足りませんので、三個が出征、一個は国内待機という態勢を取っておくべきだと、自分なら考えます」

言い終わると、由比少佐は手についた飯粒をペロッとなめた。

「さすが士官学校首席卒業、よくもまあそうやってポンポンと。しかしそうなると、わが国の経済破綻は必至だぞ」

「清から戦争賠償金をふんだくってやることで埋め合わせします」

「おお、日清戦争の賠償金として二億両も払わせたばかりだというのに、貴様は西太后のケツの毛までむしる気と見える。それに、だ。そんな大規模部隊の動員と展開には八月一杯はかかってしまう。北京に取り残された同胞たちの状況がさっぱり分からんから断定的なことは言えぬが、彼らがそこまで生き延びられるかどうかは、多分に怪しいぞ」

「本作戦は単純な人命救助にあらず。わが国が東アジアの覇権を握る端緒とすべき戦いである、とは桂大臣のお言葉です」

「政府の思惑も分からんではないが、同じ日本人が百二十km先で助けを求めておるのだ。現場にいる者としてはなんとかしてやりたいと思うのが、人情というやつだろ。ま、海軍さんの顔も立ててやらんといかんしな」

「西郷大将のご息女のことですか？」

「おう、もらった酒がずいぶんとうまかった。その分の返礼は必要だ」

東郷長官から手渡され、そののちも海軍差し入れとして三日に一度は届くようになった薩摩産の焼酎、すなわち無言の圧力のことである。

「それにしても、イギリスのみならずロシアまでわが国を頼ってくるとは、いささか意外ではあったな。みな、ほかのことで手一杯なのだろうが」

「アフリカでの戦争も続いているようですしね」

イギリスは南アフリカで起きたボーア戦争に去年からかかりっきりだった。

「まあ、それもあろうが、この騒動が清国全体に飛び火したら、イギリスにとって守らねばならないのは北京ではなく、資本の集中する上海だ。ロシアにとって北京より満州のほうが大事であるように、列国が北京を目指すのは、本当に大事な地方に火の粉が降ってこないようにするための延焼防止、つまりは初期消火といったところなのだから、北京で使う兵力を最小限にしておきたいと考えるのは当然だな。もちろん、自国の公使を殺されたドイツの皇帝(カイザー)は怒り狂っているだろうし、イギリスの朝野は沸き返っているだろう。だが実際の戦略立案に携わっている者たちは、そういう騒音とは関係なく、冷徹に自国の利益を追求する計画を練っているはずだ。まさしく貴様のようにな」

「つまりそいつらは、日本をこき使うだけ使って、美味(おい)しいところだけは持っていこう、と汚いことを考えているわけですか。わたしがそんな連中と同類だなんて、なんだか自分が血も涙もない冷血漢のように思えてきました」

「戦略立案者かくあるべし、と俺は褒めているつもりなんだが」

北京に向かって進撃するには、ここ天津を完全に安全化して作戦拠点とせねばならない。その前提事項を共有しておきながら、意志も動きも統一されていない連合軍は、緩慢な砲撃や市街での小戦闘を繰り返して増援をぼけっと待つばかりで、七月七日になっても天津城には指先さえ触れていない。そんな怠惰な日々を送るなかでも、第五師団長から預かった大切な兵士がひとりふたりと倒れていくのである。早く北京へ進軍したい現場の者たちの突きあげがあり、派遣隊の怠慢をなじる新聞各社があり、単独突出を戒める政府もあり、足を引っ張る列国軍がいる。向いている方向の違う者たちの間に立って調整と交渉と情報収集に明け暮れる福島の酒量は、気前のいい海軍の差し入れもあって夜ごと増える一方だった。

明日、念願の二個大隊と戦砲中隊が天津にやって来る。守兵一万人と予想された天津城の攻略準備はかろうじて整い、師団の出征に伴って師団長たる山口中将も近いうちに現場進出するだろう。師団に吸収合併されてしまう臨時派遣隊とその隊長は、そこでお役御免になるというわけだ。

ゆえに福島は、派遣隊を任された者の意地として、師団長が到着するまでに天津城の攻略を終え、北京侵攻の拠点を確保しておきたいともくろんでいた。薩摩の焼酎もよいが、やけ酒を飲みながら椅子を蹴っ飛ばして憂さ晴らしする日々にもいささか飽いてきたところである。他国軍がついてこぬなら、日本軍だけでやる気構えであった。

## 二

今日来るか、明日来るかと、救援軍を待ちわびて戦うこと、十七日を数える。

このころになると、寄せ手にも攻撃の手順のようなものができあがっていた。大砲による壁の破壊からはじまり、その破壊口から長竿に火の塊をぶら下げた数人が侵入して周辺家屋に火を放ち、手桶の石油をぶちまけて火勢を助ける。炎が三mの壁を越えるほど盛大に燃え広がるのを見届けると、鬨の声をあげつつ退いていく。あとは炎が勝手に敵を焼いてくれる、というわけである。

火つけのさなかに飛び出せば待ってましたとばかりに集中射撃を受けるので、敵が退くのを待って消火せねばならないが、時は盛夏である。王府の片隅にある井戸まで長い長い列を作っての手桶リレーによる消火活動は大変な苦痛を伴った。特に延焼物の多い守田隊の正面では、この支那流攻城法が猛威を振るい、毎日削り取られるようにして地域を失った。

籠城十七日目を数えた七月七日、当初張りついていた北壁から数百mも後退した守田隊のすぐ後ろには、王府の正門が迫っていた。腹と背中がくっつく日も近いということである。

戦死した安藤大尉の埋葬は、王府でのこうした攻防戦の小休止を狙って行われた。亡骸は日本公使館の裏手に埋めるというので、五郎は殺人的に忙しい戦闘指揮の合間をぬって葬儀に参列することにした。そこにはいつもふらりと現れる西公使や手空きの義勇兵なども並び、本願寺の川上和尚が朗々（ろうろう）と経を唱えるなかで、地面に掘られた穴にそろそろと棺桶が下ろされ、沈鬱な表情の人々がひとり、またひとりと土をかぶせていった。戦死者取り扱いにかかわることは川上和尚に任せっきりだったが、日本人の葬式に出るのはこれで最後にしたいものだと思いながら、五郎は五人目の戦死者となった安藤大尉のために土をすくった。

葬儀が終わって人々が散っても、立ち去りがたい思いでしばらく墓を見ていると、大尉のことは残念でした、と楢原書記官が声をかける。

「ええ、まことに惜しい若者を亡くしました。まるで希望の灯火が消えたようです」

つい、弱音を吐いた。

「ではその灯火、もう一度点灯してみませんか」

楢原書記官の顔をしげしげと見返す。

「安藤さんがいなくなって、義勇隊は守田大尉預かりとなりましたが、このところぼやく者が多いのです」

「ぼやく？　守田大尉が無理難題でも申しておりますか」

「いいえ、そういうことではなくて、安藤大尉が亡くなられてから義勇隊のみながことあるごとに、安藤さんがいたら、安藤さんがいたらと、口ぐせのように言うようになったのです。それほど慕われていた御仁だったということなのでしょうが、希望の潰えは義勇隊において深刻なのです」

「士気が落ちているわけですね」

「さようです。そこで、希望の灯火を再点灯する一計を案じました。よければ聞いていただけますか」

「うかがいましょう」

「人を不安にさせる最大の原因、それは情報の不足です。壁の外でなにが起きているのか、助けは来るのか来ないのか、そうした情報を手に入れて人心の安定に寄与しよう、と考えております」

「壁外の偵察でしたら許可できませんよ。人を遣るのは危険にすぎます」

「日本人ならそうでしょうが、支那人ならどうですか」

「もしや教民を？」

「ええ、すでに候補者の選定も済んでおりますから、許可さえいただければすぐにでも」

ふぅむ、と腕を組んだ。

水兵とともに銃を持って歩哨に立ち、消火に走り、負傷者を運び、穴を掘り、煉瓦を投げ合う。王府防衛戦において、教民たちはもはや欠くべからざる柱のひとつとなっている。それだけに敵弾を受けて倒れる者は多いが、なけなしの医薬品は日本人優先だから、重傷を負っても満足な手当てだってしてやれない。このうえの危険を強要するのは気が引けた。

そんな気持ちを察してか、「無理強いはしておりません。候補者は全員志願者です。もちろん報償つきで」と楢原書記官は言い添える。

「なるほど、報償目当てですか」

腑に落ちた五郎は壁外偵察を行うことを決め、腕っ節に自信があるという教民の若者を銃撃戦のただなかにそっと送り出した。

「外に出てみますと、たくさんの兵士たちが東交民巷を囲んでおりました」

陽もとっぷりと暮れたころ、男は一日千秋の思いで待ち焦がれた情報を持って本営に戻ってきた。

「どうも正陽門付近におるのが栄禄将軍の武衛中軍で、王府からフランス公使館あたりに駐屯しているのが董福祥将軍の甘軍のようです」

五郎と楢原書記官はひとことも聞き漏らすまいと顔を寄せて続きを促す。

「囲みを抜けて紫禁城のほうへ行ってみたんですが、街上での物売りが平常どおり行われていたんでびっくりしちまいました。なんでも西太后様はじめ、おえらい方々はみな宮中で常のごとくお暮らしなんだとか。あ、それと北堂のほうはまだがんばっておるようです。北に行けば行くほど兵士が増えていくもんですから、さすがにおっかなくなってそばには寄りませんでしたが、銃の音も砲の音も、たしかに北堂あたりから絶え間なく聞こえておりましたので」

フランス・イタリア兵と教民三千人がいるはずの市内北部の大聖堂、北堂は、これまで遠くから聞こえてくる砲声によってその無事を推し量るしかなかった。このことを関係者に通報してやれば喜ぶだろう。

「それで肝心なことは分かったのか。援軍についてだ。すぐ近くなのか？」

「へえ、それがさっぱりで」

「さっぱり？」

「兵士たちが噂でもしておるのでは、と耳をそばだててみましたがなんにもございません。天津まで行ってみねば救援が来ているかどうか分からぬのでは？」

「むぅ」

待ち望んでいた結果とはいささか異なるが、市内の探索が可能なら、市外に出ることも可能かもしれない。そして男の言うように、天津との連絡だって。

「本当にいただけるので？」

謝礼を渡そうとすると男がおどおどして受け取らないので、約束したとおりだ、と無理やり握らせた。

「それとも食料のほうがよかったか。だが存分にとはいかないぞ」

「いいえ、そういうわけでは」

男はもじもじしてまだ去らない。言いたいことがあるなら言ってみろと訊くと、本当にもらえると思っていなかった、報酬をくれるのはあんたたちだけだ、いつでも声をかけてくれ、と告げてようやく出ていった。

「よほど宣教師たちにこき使われていると見える。まあ、様々な雑役をやらせているという点では、我々も変わりはないでしょうが」と自嘲気味に言うと、「違いますよ」と楢原書記官が毅然と反駁した。

「わたしたちも彼らにいろいろ頼んでいますが、きちんと報酬を払ってのことです」

「報酬と言ったたって、働きのよい者に粥一杯を恵んでやるのがせいぜいじゃないですか」

「たしかにわずかばかりの報酬ですが、そういう気持ちは相手に伝わるものです。そうでなければ危険な仕事など引き受けてくれませんよ。たとえ報酬を約束していたとしても」

「そんなものですかね」

「そんなものです」と楢原書記官は意外そうに応じた。

「もしや中佐殿、あなたは情報将校なのに情報運用の要諦を心得ておられないのでしょうか」

「さて、要諦とは」

「情に報いると書いて、情報です。教民たちはかけてもらった情けに報いようと、あれこれ手を貸してくれているのかもしれません。避難先の確保に尽力してくれた、ある中佐殿のお情けに」

「こいつは参ったな」

と言いながら内心では感心していた。

「しかし楢原さんはこんな非常事でも常に端然としておられる。平常、机にかじりついているだけの官僚とはとても思えませんよ」

「いまどきの官僚は、身のこなしの軽さも求められるのです」

いたずらを成功させた童（わらべ）のようなはにかみに、勇気づけられる思いだった。

三

天津へ向けて密使第一号を送り出したのは七月八日のことである。

それから五郎は、楢原書記官と協力してほとんど毎日のように教民を壁の外に出すようになった。東交民巷をがっちり取り巻く敵の包囲網を抜けさせるため、教民を物売りや僧侶に変装させたり、時には女さえも使って、暗夜に御河の底を伝って水門を通らせ、アメリカ隊の城壁から縄で吊り下げたりして、敵の重囲を突破させた。文書は暗号化して紙縒（こよ）りに書き、靴底や衣服の裏にぬい込み、傘の柄に押し込んだこともある。そうやってあらん限りの知恵を絞り、一通でよい、一通でよいから届いてくれという悲痛な願いを込めて、天津との連絡を試み続けた。

七月も半ばに近づくと、どこの哨所や塹壕を覗いてみても、瓦が頭に落ちても気づかずに眠りこけている者や、銃眼に顔を突っ込んだまま意識を失っている者がごろごろ出てくるようになった。愛宕の水兵と義勇兵を合わせて五十人以上いた日本隊で、銃を取りうる者はすでに二十七人に半減し、その者たちでさえ、慢性的なマラリア熱や下痢で弱り切っている。この半病人たちを激しくなる一方の戦いに使い回しているのだから、肩を叩いて励ましても、髪を逆立てて怒鳴りつけても、返ってくる反応は日に日に鈍くなるばかりだった。

なんとか兵士たちに一日の休みを都合できないだろうか、と考えてみたものの、そのためには王府の警備を誰かに肩代わりしてもらわねばならない。そんな都合のいい話を了承する者などいるだろうか、なにか見返りを準備すべきだろうかと考えながら、五郎はストラウト大尉と相談すべく、良案のないままイギリス公使館に足を向けた。

作戦室にはすでに先客がいた。逼迫（ひっぱく）する食糧事情にもかかわらず、相変わらず二の腕がたくましいフランスのダルシー大尉だった。

「カピテン・ダルシー、いや、ルテナン・デ・ベッソウだったか」

海兵隊は陸軍所属か海軍所属かで階級の呼び方が違う。ロシアは陸軍式だったが、フランスはたしか海軍式だったはず。そんなことを思っていると、「どっちでもいいですよ」とダルシー大尉がどうにも暗い。オーストリアのトーマン中佐が砲弾の破片に当たって戦死したというのだ。

「知りませんでした。一艦の艦長ともあろう方が陸の上で亡くなられるとは、なんとも、ご無念でしょうに」

戦闘初期はいろいろ騒動を起こしてくれた人物だが、こうして死んでしまうと、悪く言う気も起きない。

「それで、コロネール・シバのご用件は」とストラウト大尉がだいぶ上達したフランス語で席を勧めた。

「ええ、いろいろあるのですが」

ふたりとはしばらくぶりの再会だったので、まずは近況の情報交換をすることにした。

ダルシー大尉の語るところによると、フランス公使館正面の敵は地下にトンネルを掘りはじめているらしい。捕らえた敵兵を尋問しているものの、その場所はまだ特定できていないとのことである。地下から侵入しようとする敵を止めるためには、こちらからもトンネルを掘って地下で一戦交えねばならないが、土工具と人手の不足からうまくいっていないという。攻めるほうも守るほうも、まるで戦国時代の攻城戦といった趣だった。

五郎のほうからは、教民を外にやって情報を取ったところ、東交民巷の東を攻めるのが董福祥の甘軍であり、西を攻撃するのが栄禄の軍であると判明したこと、また北堂の近況についてもふたりに情報提供した。

「北堂のほうは希望が持てそうですね。関係者に伝えておきます。しかし前者のほうはどう認識すべきでしょうか。そのつまり、東交民巷の東と西で敵の司令官が違うということについて」

ストラウト大尉が首を傾げると、「簡単なことだ」とダルシー大尉が言う。

「攻撃の足並みがそろっていないのはそいつが原因なんだろう。俺も攻め方に偏りがあると思っていたんだが、そいつを聞いて得心した。やつらには指揮の統一と戦力集中って概念がまるでないようだ」

「ダルシー大尉、あなたもそれを感じていましたか」

五郎が言うと、ダルシー大尉はうなずいた。

敵は東で激しく攻め、西では遠くからの銃砲撃に留めている。単純に訓練不足、やる気の不足と捉えることもできようが、それが故意に行われているとしたらどうだろうか。すなわち開明派と言われる栄禄はこの戦いに乗り気でなく、鼻息が荒いのは外人嫌いの董福祥のみという可能性が生まれてくる。宮中にも主戦派ばかりでなく非戦派がいるというのは一抹の希望と言えるが、一介の家来が総司令たる西太后の命令を無視して手抜き攻撃をするなど、日本軍なら銃殺刑にも当たる大罪である。それとももしや、足並みを乱しているのは栄禄ではなく、董福祥のほうなのだろうか。

「それともうひとつ、こちらはお願いごとなんですが」

五郎は本日の本題、部下兵士たちを一日休ませたいという件について、おずおずとストラウト大尉に向かって打ち明けた。

「いいですよ、手配しましょう」

ストラウト大尉はあっさり請け負った。

「大尉、わたしは全体を見ているわけではないのですから、公平な視点で判断してください。無理なお願いというのはよくよく分かっておりますので」

「わたしは公平に判断したつもりです。でもこういうときは、うちが一番大変なんだって顔で主張すべきですよ」

ストラウト大尉が「ほら、あんな風に」と目をやった。作戦室の入口でイギリス将校のひとりに詰め寄っていたのは、こちらも久方ぶりのドイツ・ワーデン大尉だった。数が足りない、もっと回してくれ、と聞こえるが、なにかお困りのご様子だ。

「教民たちを貸してくれって、このところ毎日言いに来るんです。人手不足で陣地工事ができずに苦労していると。教民の扱いは宣教師たちに一任していることですから、彼らと相談して規則のようなものを作ろうとしてはみたんですが、どうにもうまくいかず」

フランスやイタリアから来ている旧教の宣教師は旧教の教民を、新教を奉じるイギリスとアメリカの宣教師は新教の教民を、毎日集めて自分のところで使役している。ドイツ人宣教師がいないドイツ隊が教民集めに苦労していたため、ストラウト大尉が問題解決に乗り出してみたものの、すぐに旧教と新教の相容れない宗派の壁に突き当たってしまったという。そういえば、僧服を着たひげもじゃと背広の紳士が、よこせ、いやよこさぬと、なにやら言い争うのを王府において目撃したことがあるが、あれは教民たちを取り合っていたのか。

「ストラウト大尉、それはあなたもお困りでしょう。ワーデン大尉、ちょっと」

思うところあって、ワーデン大尉を呼んだ。

「話を聞きました。人手不足でお困りとのこと。なんでしたら、わたしから教民たちに人足差し出しの件、口添えしても構いません」

ワーデン大尉は「異教徒の口添えに効果があるのか」といぶかしげだ。宗教は関係ないと説明すると、神と教会の力を借りずにどうやって彼らを使役できるのか、とますます困惑している。

「使役というより助けてもらっているのが実態です。それに働きに応じて金銭や食料を渡すこともありますが、両者を結びつけているのは、情け、です」

「ナサケ？　それはどういう宗教だ」

説明には手間取りそうである。ここは楢原書記官に頼むとしよう。

「まあ、そのあたりのことはわが隊の事情通から話をさせます。あとでそちらの本部に送りますから、詳しくはそのとき」

ワーデン大尉は「期待せずに待つ」と言い残して、作戦室を出ていった。

「助けてもらっておいて、なんだありゃ。貴族ってやつはどいつもこいつも」

ダルシー大尉がその背に向かって毒づく。

「ドイツ皇帝は筋金入りの差別主義者ですからね。ワーデン伯爵様がそうであってもおかしくはない」とストラウト大尉が続ける。

ワーデン大尉が貴族とは知らなかったが、そういえばフォン・トーマンも貴族だった。日本嫌いの亡きドイツ公使も「世界は金髪のものだ」と言ってはばからない皇帝の思想を共有する貴族様だったのだろうか。

「だがあの伯爵様は、耳だけはすこぶるいい」

フランス公使館正面の敵が穴を掘っていることに気づいたのは、あのワーデン大尉だったという。さっきのように教民を回してくれとフランス公使館に頼みに来ていたワーデン大尉は、そこにずっといる者たちが気づかなかったくらい小さな音が地下からしていることをさらりと指摘した。フランス隊が総出で音の出所を探ったところ、敵との境界線に立つ壁の根本あたりで、たしかに地面を掘るような音と振動を感知したのだとか。人にはいろいろと特技があるものだ。

「そういうわけで、あの犬並みに感覚の鋭い伯爵様にはちょっとした借りがあるわけです。ちなみに俺はこれといった技能もない平民出ですからね、それじゃ」

ダルシー大尉は部屋をあとにした。

「ストラウト大尉は金髪ですね」

五郎が黄金色の豊かな髪をしげしげと眺めると、ストラウト大尉は「それがなにか？」と英語で言いながらまゆをひそめた。

「いいえ、ではこちらも失礼するとします」

立ちかけると袖が引かれた。こちらの用が済んでいません。呼びに行かせようと思っていたところだったので、ちょうどよかったと。

「じつは砲兵将校であるカーネル・シバに見ていただきたいものがあります」

中庭の隅にある半分崩れかけた馬小屋に引っ張られていくと、なかで数人のイギリス兵が、太さ二十cm、長さ一・五m程度の青銅の筒を囲んでいた。

「これは砲身ですね」

「ええ、モンゴル市場のジャンク・ショップで見つけたものを引きずってきました。現在修復を試みているところです」

「青銅製で、しかも前装砲とはずいぶん古めかしい」

「刻印に一八六〇年製造とありました。フランス製のようです」

「しかし砲架も車輪もない。それに弾も」

「イタリア隊が持ってきた速射砲の予備車輪を適当な木材に取りつけて砲架を作ろうと思っています。弾は敵が撃ち込んできた円弾をそのまま撃ち返してやるつもりです」

「装薬はどうするつもりですか」

「ロシア隊からもらいます」

「ほう」

「彼らは入京するとき、第一派で砲弾を、第二派で砲本体を運ぶ予定だったらしいのですた」

が、結局第二派が来なかったため、千発もの砲弾が倉庫の置物になっていると聞きまし

「初耳です」

「人に言えぬ失策ですから。わたしもウルブレフスキー大尉から教えてもらったばかりです」

五郎はしばらくふむふむとひとりうなずき、「なるほど、うまくいきそうな気がしますね」と太鼓判を押した。

「専門家にそう言っていただけると安堵しますが、ひとつ問題があるのです」

「なんでしょう」

「火がつけられないのです」

「火がつかない？　それは問題ですな」

「ええ、これは点火口に火縄を突っ込んで砲口内の火薬を爆発させる仕組みになっていますが、その火縄に代わるようなものがなくて困っているんです」

「では紙縒りなど使ってみてはいかがでしょうか」

「コヨリ？」

「和紙をひねって縄状にしたものです。日本では紙細工などによく使われるのですが、火縄代わりにはちょうどよいかもしれません。隊の者に見本を作らせますよ」

ストラウト大尉は目を輝かせ、あなたがいてくれてよかった、これでめどが立ちました、完成の暁にはぜひ、カーネルに試射をお願いしたいなどと言いながら手を握った。

「それは光栄なことですが、それにしても、フランス製の砲身にイタリアの車輪を使い、ロシアの火薬に日本の紙縒りで火をつけ、修復作業をイギリスが行うとなれば、砲手はアメリカ人、装塡手はドイツ人、射撃指揮はオーストリア人に任せて、列国砲（インテルナショナール）などと呼んでみてはいかがでしょう」

「インテルナショナールですか、こいつはいい」

寄せ集めの部品で繫ぎ合わされた一門の大砲は、まさに我々自身を象徴しているようだ。しかしストラウト大尉をその繫ぎ目に得たことが、インテルナショナールのごとき籠城軍にとって最大の幸運だったと言えるだろう。

よく働く金髪の大尉殿は、世界の支配にも差別主義にも、とんと興味がなさそうであった。

四

七月十三日、天津城攻略作戦がはじまった。

天津市街の北西地域は、一辺の長さが一・六㎞、高さ六ｍ、厚さ五ｍの壁に囲まれており、その壁の内側にあってさらに堅牢な城壁で守られているのが天津城である。外国租界は市街地の南東方向に一kmにわたって広がっていたが、城内からひっきりなしに飛んでくる砲弾によって連日少なくない死傷者を生んでいた。

この戦略拠点に対して、日本、イギリス、アメリカ、フランス、イタリア、オーストリアは南から、ロシアとドイツは東から同時に攻めるというのが作戦であった。が、総司令官のいない連合軍は円滑な連携を欠き、どの軍も市壁の外に広がる湿地帯に足を取られているところを城壁から射撃され、無為に被害を増やしていくばかりだった。

戦いは日付をまたぎ、深夜に至っても激しく続く。

ぶ厚い城門は砲撃くらいでは破れず、爆薬で吹っ飛ばそうとしても、導火線に点火してその場を離れると火をつけたばかりの導火線を切断され、何度試みてもうまくいかない。そこである日本人兵士が機転を利かせ、導火線の短い爆薬を城門に仕掛けた。門は見事に破壊されたが、その兵士は爆発に巻き込まれて命を落とす。

列国軍が門から雪崩れ込むと、城内に残っていたのは市民だけで、正規軍の姿はすでに消えていた。

福島の提案を容れた列国軍が北門と西門を攻めなかったため、敵は早々に抵抗をあきらめて退散したのである。わざと逃げ道を開いておき、窮鼠猫を噛むところまで追い詰めないようにするための一策、すなわち孫子の兵法で言うところの『囲師必闕』だった。

血に酔った兵士たちは人家に押し入り、財をかすめ、火を放ち、男は殺して女は犯す。福島は乱暴狼藉の限りを尽くす列国軍の凶行に顔をしかめつつ入城、あとで全兵士の荷物検査を行えと由比少佐に命じた。

「こんなときに荷物検査ですか」

「こんなときだからだ。わが軍のなかにもこの隙にちょろまかしているやつがきっとおる。鮮血を流して得たる名声も、落ちるときは一朝にして落ちるもの。日本軍の国際デビュー戦にケチがついてはたまらんからな」

戦闘中、ロシア軍は銃剣突撃を行えず、アメリカ軍は遮蔽物に隠れて前進せず、イギリス軍は日本軍の後ろに回ろうとした。難所は人に譲り、戦闘が終わればわれ先にと蛮行に狂う。維新以来追いつけ追い越せと手本にしてきた列国軍隊に対する畏怖と尊敬の念は、もはや微塵もない。

だが一方で、他山の石にせねばとも思うのである。日本を発つときから自軍の軍紀・風紀の維持には心を砕いていたが、それでも、将校や憲兵の目の届かないところで夜盗のごとき振る舞いに及ぶ兵士は少なくない。日本から連れてきた軍夫の素行は輪をかけてひどく、神戸でイギリス軍に雇用された者たちも同様で、軍律のなんたるかを知らない彼らに手を焼いたイギリス軍から懇願され、日本の評判を落とす行為は厳に慎め、といくたび注意したか知れなかった。

だが、とにもかくにも城は落ちたのだ。

第五師団主力の到着前には北京侵攻の足掛かりを確保しておきたいという福島のもくろみは、列国軍の尻を叩きに叩いたすえにかろうじて達成されたわけである。

「隊長、こちらへ来てください」

将校がひとり、声を潜めて福島を呼んだ。蔵のひとつで大変なものを見つけたという。

略奪に精を出している列国の将兵を尻目にその蔵に入ると、何十箱という木箱が積みあげられていた。中身は銀塊、すなわち馬蹄銀(ばていぎん)というやつだった。

「ここは金蔵か。全部でどのくらいある」

報告に来た将校によると、全部で二十三箱、清の通貨で七万両くらいになるとのことである。

「よくやった。他国軍に取られんよう、見張りを立てておけ。頃合いを見て司令部に運び込む」

敵国金品の差し押さえは国際法に則(のっと)った行為、すなわち早い者勝ちである。今後も敵拠点を落とした場合は速やかに確保しておき、予算不足に苦しむ大蔵省のやつらを喜ばせてやろう、などと胸算用しているところに、由比少佐が寺内参謀次長の現地視察について報せに来た。

「禿げおやじがここに来る？　なぜ？」

「電文には列国指揮官たちと協議するためとありますが、詳細は不明です」

「なにをいまさら」

師団の派遣が決定されて一段落ついたこの時期に、わざわざ参謀本部のナンバー・ツーが現地にやって来る理由が物見遊山であろうはずもない。となれば政府の密命を受けてのことか。

「おい、由比。貴様の言っていたことがまことになったやもしれぬぞ」

「自分がなにを言いましたっけ」

「さらなる大兵派遣だ。全部で四個師団出すことを今後検討すべきと、貴様は言ったではないか。もう忘れたのか」

「計画は悲観的に、実行は楽観的にというのが参謀の心得ですから。手広く深く、使われないかもしれない計画をこつこつと……」

「その計画が陽の目を見る日が来るかもしれぬ、と俺は言っている。四個師団出すか出さぬか、禿げおやじはそのあたりのことを見極めるつもりなのだろう」

「北京侵攻に一個師団出すだけでは足りないと、政府は判断したってことですか?」

由比少佐の目玉が落ちそうだ。

「さて、俺は第五師団だけでいけると思うが、それはあくまで軍事的な観点からの判断だ。政府はもっと別の角度から、たとえば、兵を出すなら列国中の最大勢力でなければならぬ、派兵しておきながら列国に対して存在感を発揮できぬでは政治的に意味がない、と、そんなことを考えておるのやもしれん。まさにお前が想定したとおりにな」

「軍事的な可能性と政治的な必要性の感触取り、それが寺内次長差遣の真の理由ですか。しかし、もし増兵と決せられた場合は侵攻開始がますます遅く……」

「おう、ゆえにうまいことおやじを納得させねばならぬ。まったく、次から次にいろいろ起きてくれる。まこと現場指揮官ってやつは気苦労が絶えないな」

福島は箱から銀塊をひとつ取り出しながら、今朝受け取った手紙の中身に思いをめぐらせた。それは支那人の密使に託された柴中佐からの密書だった。

この手紙によって北京の現況が初めて明らかになったが、「このままでは早晩皆殺しになるだろう。一刻も早い救援を乞う」という結びの言葉に、関係者は時間の猶予の少ないことを再認識したのである。

もし禿げおやじが一個師団では足りぬと判断したら、追加師団が到着するまでのあいだに籠城者たちの命運は尽きてしまう。ゆえに、多少の無理には目をつぶってやれると認めさせねばならなかった。

戦死百七人、負傷二百八十五人、天津城攻略において列国軍隊が出した被害の半分以上を、日本隊が単独で受け持った。ふがいない列国兵どもと一緒に戦う以上、支払う保険料はこれからも増え続けるだろう。

しかし福島は返書にこう書いたのである。

早ければ七月下旬にも助けに行くから、それまでがんばれと。

手にした銀塊はずしりと重たかった。だが男子の約束は、それ以上に重たいと知っていた。

## 五

「風邪ですね」

中川軍医はこともなげに言った。

「本当ですか? 腹も下しているんですよ。熱もあるようだし、赤痢や熱病ではなく、本当にただの風邪だと?」

五郎は腹をさすり、額に手を当てる。昨晩から何度便所に立ったか分からず、頭も蒸されたようにほてっている。この真夏にただの風邪とはとうてい信じがたいことだった。

「疲労がたまっているのでしょう。こういうときはしっかりと栄養を取って安静にしておくことです」

「たっぷり食べてゆっくり休めと言われても、どちらも無理な相談です」

「ではせめて、衛生に気をつけなさい」

中川軍医は本営そばにある古井戸を指さして、あれで体を洗えと言う。

「隊員たちの見本たるべきあなたがそんな汚いなりでは示しがつきません。すぐにおやりなさい」

「すぐと言われても、人目もありますし、陽が落ちてからではいけませんか」

中川軍医は「それはだめ」と冷たくかぶりを振る。

「人目があるからよいのです。あなたには活模範（かつもはん）となっていただきます。はい、次どうぞ」

五郎の後ろには兵士が続いていた。次の患者である。

中川軍医と陸戦隊の看護兵によるふたりだけの日本隊医療班は、籠城以来、続々と押し寄せる負傷者の手当てや教民の衛生指導などで、猫の手も借りたいほど多忙な日々を送っていた。風邪患者の面倒など、二の次三の次というわけである。

風邪引きが行水とはな、とぶつぶつ言いながら井戸端に行き、ふんどし一丁になってくみあげた水を頭からかぶった。金属が焼けるほど暑いのに、地下水は震えるほど冷たい。かえって風邪が悪化するような気がしたが、たわしで体をこすっているとおもしろいように垢（あか）が落ちていく。たしかに汚いな、手首のあたりがひと回り細くなったか、くそ、あいつらこっち見て笑っているぞ。手ぬぐいでふきあげるころには体がほかほかと温まっていた。

ああ、さっぱりした。そのうち風呂でも沸かしてみんなを入れてやるか。骨を鳴らしながら背筋を伸ばす。

フランス公使館の方角で、煙がくすぶっていた。

ドイツ公使館のあるあたりで、ときおり銃声がする。

しかし全体としては、三日前の七月十五日に起きた激戦が嘘のような静けさだった。

東交民巷の東部戦線をあわや瓦解させかけたその激戦とは、フランス公使館の地下に仕掛けられた地雷火の爆発からはじまった。ドイツのワーデン大尉が猟犬並みの聴覚(ちょうかく)で感知した地下トンネルは、本当に実在したのである。爆発のとき建物内にいた者はほとんど生き埋めとなり、うちふたりは肉片すら見つけられなかったという。建物崩壊と大火災の発生によって、フランス隊は第二防衛線である北京ホテルまで後退を余儀なくされ、時を同じくしてドイツ公使館にも斬り込みがかけられた。

フランス公使館が落ちれば、ドイツ公使館が占拠されれば、粛親王府は全方位からの攻撃を受けることとなる。普段は他隊から支援を受けてばかりの日本隊も、このときは抜けるだけの人間を応援に回した。

「じゃあ、行ってきます。なにかあったら呼んでください」

五郎は服部先生に本営の留守番を頼み、イギリス公使館に向かった。全公使、全武官参加の会議が久しぶりに開かれるからだった。ついでに、入院中の負傷者を見舞うつもりである。

日本人の病室に近づくと、どこから持ってきたものか、水兵のひとりがアコーディオンを陽気に奏でていた。こういうときでも明るさを失わないのは彼個人、それとも日本人の性分なのだろうか。

ひとりひとりに「ゆっくり休め」と声をかけていくと、「早く戻って戦いたい」「休んでいるのが申しわけない」とみなが言う。七度目の入院となった剛の者もおれば、二度と立つことができないほどの重傷者もいる。励ますつもりがかえって励まされるような心持ちになりながら、最後に、昨日新たな患者となった楢原書記官の様子をうかがった。

教民の工事を監督しているときに、砲弾の破片を足に受けたのである。本人は大したことないと言っているが、夫人と愛娘が心配そうに寄り添っていた。

次に、別棟のイタリア・パオリニー大尉、アメリカ・マイエルズ大尉を見舞う。ふたりとも意識を取り戻して順調に回復していたが、大事なときに役立てないことを悔しがっていた。

会議開始十五分前に広間に入ると、壁際に腰かけるダルシー大尉の大柄な体が目についた。向こうもすぐ気づき、親指をぐっと上に突き出す。

「コロネール・シバ、先日は助かりました」

「いえ、こちらこそいつも世話になっています。そんなことより、フランス公使館を奪い返すことに成功したとか。さすがですな」

「つま先でかろうじて引っかかっている程度ですがね」

ダルシー大尉は膝をぱちんと叩き、いててと顔をしかめる。

先日の爆破騒ぎのおり、フランス公使館から一時撤退したフランス隊だったが、敵の追及がないことを知って、ふたたび旧の位置に復していた。公使館を爆破したまではよかったものの、吹っ飛ばした側にかえって犠牲が多かったらしい。敵の練度不足に助けられた格好だが、フランス隊はいまも苦しい戦いを続けている。爆発で飛んできた石で足を折ったダルシー大尉が戦場に留まらざるをえないのがなによりの証拠である。すでに将校のひとりを戦死させ、もうひとりを北堂に送っていたフランス隊に、もはや指揮官の代わりが務まる将校はいないのだ。

「お、旦那」

部屋に入ってきたワーデン大尉を見つけ、ダルシー大尉が片手をあげる。ワーデン大尉のほうは片方のまゆをぴくっと持ちあげただけだった。

「伯爵様は愛想がない」とダルシー大尉はこぼした。

「そう見くびったものでもない」と五郎は言った。

東部地区が危機を迎えたとき、西部地区からはイギリス兵やロシア兵が次々と、いつものごとく粛親王府に駆けつけた。だが五郎は、「いま危ないのはここじゃない」「きみたちはフランス公使館へ」「そこの者たちはドイツ公使館へ」と、王府の正門に集合した各国兵を二ヵ所へ振り向けた。

　それからしばらくして、ドイツ兵が荷車を押して王府にやって来た。荷は小銃三十丁と弾薬で、敵から奪い取ったばかりという。ワーデン大尉は増援を得たのをこれ幸いと、ドイツ公使館の敷地の一角を占拠しかけていた敵に対して逆撃をかけ、一帯を再占領したのだった。敵は通常、武器を取られないように死体を必ず持ち帰るものだが、このときは三十の死体を残して逃げ散った。これはその際に得た分捕り銃というわけである。おかげで、日本隊はついに全員が銃を持つに至り、伯爵様は無口で無愛想ながら、貴族らしい返礼をするものだと、五郎はそのとき思ったのだった。

「お集まりですな」

　マクドナルド公使がいつものように颯爽（さっそう）と議場に入ってきた。続く各国公使はまるで鞄持ちである。われらの西公使は、いつのまにか席に着いている。

「さて、久方ぶりの開催となったわけだが、議題はこれだ」

　マクドナルド公使は紅色の紙を掲げた。

「昨日天津へチャイニーズ・クリスチャンの密使を出したところ、この者、城を出る前に捕らえられ、栄禄の陣中で尋問されてから、今朝、この手紙とともに戻ってきた。差出人は慶親王とあるが、十中八九、栄禄からの手紙だろう」

教民を使って天津と連絡しようとしていたのは、自分たちだけではなかったようだ。

「では手紙を読むぞ。『久しく動静をつまびらかにせず懸念していたところ、昨日たまたま教民を捕らえ、各公使の健在なることを知り大いに喜んでいるところである。先日、御河橋上に公使を保護する旨を掲げたが、そちらからは音沙汰なく、翌日に至り銃射をもって答えとされたのは、はなはだ遺憾なことである。各国の援軍が途中で義和団に撃退されたため、先日、北京総引き揚げを各公使に要求したところであるが、天津までの安全を保障できるような状況ではないので、引き揚げなかったのはむしろ幸いであった。そこでこの際、武器を所有する者たちは公使館にとどめ、公使以下諸員は総理衙門に来られてはいかがであろうか。十分な保護を与え、かつ引き揚げに関してとくと商議したい』と、こんなところだ。あとで掲示板に貼っておこう。さて、そこでだ」

「ありえませぬぞ、衙門に行くなど、ケテラー公使の二の舞がオチですぞっ」

金切り声で遮ったのはフランスのピション公使だった。

「まあまあ」とイタリア公使が隣からなだめ、「この恩着せがましい物言いはなんだ」とアメリカ公使が憤る。

「支那政府んなかにも平和主義が多少は生まれちょるんじゃありもはんか。こんこつは援軍が近うまで来ちょっ兆しと見っべきかもしれもはんぞ」

西公使が通訳を介して言った。

「回答期限は明日までとある。ムッシュー・西の言うように、政府内になにがしかの変化が起きた可能性はあるが、なんと返答するかはいますぐ決めねばならん」

「のらりくらりと引き延ばせばよいではないか」

ふんぞり返って葉巻を吸っているのはロシア公使ド・ギールスだ。

「使者の往復を求め、提案を受け入れるがごとく、受け入れざるがごとく、毎日文書をやり取りして時日を稼ぐこと。外交の基本だぞ」

ロシア公使の意見に、オランダ公使やベルギー公使が賛同の意を示す。相変わらず、イギリスとロシアのあいだには見えない火花が散っていた。

「カーネル・シバ」

隣の空いた席にストラウト大尉が座って耳打ちする。

「先日、兵士たちに休養を与えたいので、王府の警備を一時的に替わってほしいと言っていましたよね。明日ではいかがですか」

「本当ですか。よく調整がつきましたね」

「ほかの隊には話していません。イギリス隊だけでやりくりしました。明日午前七時から午後七時まで、十六名をそちらに差し出すつもりです。明後日は十四名を予定しますが、これでOKですか」

「OKどころか、まこと至れり尽くせりで、お礼の言葉もありません。しかしながら、よくマクドナルド公使がこんなわがままを許してくれましたね」

「政治判断ですよ」

「政治判断？」

「ええ、わが国は現在ボーア戦争で忙しいので、ロシアの南下を牽制するだけの軍事力をこちらに回すことができません。従って、我々と同じようにロシアの南進に脅威を覚え、かつ優秀な軍事力を持っている極東の国と関係を作っておきたい、ということです。タイムズのモリソン氏などは日英同盟を本気で提唱しておりますが、マクドナルド公使としても、同盟候補国である日本に恩を売っておくのが得策だと、政治的な観点から判断したわけです」

「日英の同盟って、公使がそんな突拍子もないことを言ったのですか」

「いいえ、わたしが公使にそう言ったのです」

「なんとも、あなたはまるで政治家だ」

五郎があきれると、ストラウト大尉はくすりと笑う。

「それで、明日の交代時にはわたしも王府へ行こうと思っています。これまで業務に忙殺されていて、恥ずかしながら開戦以来一度も行ったことがありませんので。それとモリソン氏も同行を望んでいるのですが、構いませんか」

「それはもちろん、大歓迎です」

暑さと、飢えと、病と怪我と。毎日血みどろの戦いを繰り広げ、体も心もすり切れっぱなしの隊員たちに休みを与えることができるのは、ひとえにこの、善意に満ちた異国の戦友のおかげである。

「回答する内容は概ね固まったようなので、会議をそろそろ終わりたい。文面はわが輩のほうで起案し、みなさんに回覧する」

マクドナルド公使が全体に呼びかけた。公使館退去は勝手に決められないので、本国に電文を取り次いでほしい、と回答することを公使たちは合意した。北京の電信施設はことごとく壊れているから、最寄りの電信所まで馬が走り、回答が来るのに数日かかり、という具合に時間を稼いでいるうちに救援が来るという算段である。

「それと注意喚起をひとつ」とマクドナルド公使は続けた。

「先日、教民女学生を収容している建物に何者かが忍び込むという破廉恥（はれんち）な事案があった。幸い侵入者は女学生らに引っ掻かれて撃退されたというが、わが公使館敷地内でこのようなことは看過しがたい。各国とも、再発防止に留意されたい。では解散願う」

マクドナルド公使とド・ギールス公使の視線が空中で冷たくぶつかり、病気がちだというスペイン公使は「セ・シ・ボン」と大仰にうなずいた。

「何者、とは誰のことですか」

こんな公使同士の鞘当てに現場が巻き込まれてはたまらないと思いながら、ストラウト大尉に訊く。

「巡回中のロシア兵という話です。犯人は特定されなかったようですが、責任者はロシア公使からこっぴどく譴責(けんせき)されたとか」

「責任者って、それはウルブレフスキー大尉のことですか」

「ええ、彼には監督責任がありますから」

ウルブレフスキー大尉の赤毛は会議室のどこにも見当たらなかった。面目を潰されて醜く歪(ゆが)む、彼の端整な横顔が目に浮かぶようだった。

## 六

当初日本公使館の裏にあった日本隊の本営は、戦闘の推移に従って場所を変え続け、いまは南山と名づけた人工庭園の小丘にあった。そこから四方八方に延びているのは深さ二mの塹壕である。王府では前線だろうが後方だろうが、フランス公使館を狙った弾や、アメリカ公使館を目がけて放たれた砲弾が流れ弾となって日本隊兵士を傷つけることが多かった。頻繁に使う経路沿いに壕を掘っておかねば、ちょっとした勤務交代さえ命懸けなのである。

「まあそういうわけですから、西から撃った弾と東から撃った弾が王府上空で相当数交差していると思われます。もしかすると清軍同士の撃ち合いすら起きているかもしれません。今日はずいぶんと静かですが、前線にいるとき以外も跳弾や流れ弾には注意してください」

朝七時、五郎はストラウト大尉、モリソン記者、そして十六人のイギリス兵と御河の交通壕を抜けたところで落ち合い、王府での戦闘の模様を簡単に説明した。

話しているあいだも、ぱちん、ぱちんとなにかが弾けるような音がしているが、これは近くを跳ね回る銃弾である。首をすくめて話を聞く兵士たちは、散弾や破裂弾で穴だらけの壁を見あげては声を失い、面影を留めないほどほじくり返された庭園に息を呑んでいた。

今日はまず、水兵・義勇兵合わせて十四名が休養の恩恵に与る。残り半分は明日の予定である。

イギリス兵たちに必要なことを申し送り、ふらふらしながら目の前を通り過ぎていく十四名の日本人たちを、ストラウト大尉が険しい顔つきで見送った。洗濯好きの水兵たちが着た切り雀になって二十六日である。破れた軍服は繕われることなく、包帯代わりに巻きつけたぼろ切れや乾いた血のりで、白かったはずのセーラー服もいまや真っ黒だ。食事は数日前から半減食となり、ほぼ全員が腹を下し、肉が削げ落ちて頬骨が浮く土気色の顔には生気が欠けていた。元々てんでばらばらな格好をしていた義勇兵たちが、かえって統一感のある見た目になってしまったのは皮肉と言うほかない。

五郎はストラウト大尉とモリソンと一緒に日本隊の守備地域をひととおり回ったあと、イタリア隊の守る区画へ向かう。

イタリア隊の受け持つ王府西北部は、内壁に区切られた小区画が連続する東北地域と違って、大きな人工庭園が中心を占めている。従ってイタリア隊の陣地は、地面に掘った壕や庭石や池を活用した、まさに野戦陣地の見本市のごとき様相を呈しており、その本部は北山と命名された土盛りの中腹に掘られていた。

北山に向かいながらそれらを見ていると、塹壕から銃だけ出して当てずっぽうな撃ち方をしている兵士たちがいる。威嚇のつもりかもしれないが、あれでは弾の無駄使いだ。パオリニー大尉から指揮を引き継いだカエタニ少尉は兵士らを指導しないのだろうか、と思っていると、そのカエタニ少尉が塹壕の隅っこで、ナイフでチーズを削り取っては口に入れている。本職はイタリア公使館の官吏である予備役少尉殿は、倦怠(けんたい)と無気力で表情を濁らせていた。

「粛親王府がこうまでひどいありさまだったとは知りませんでした」とストラウト大尉が言った。

「日本人はタフだな」とモリソンは言う。

「こんなに淡々と戦争ができるなんて、正直タフさを通り越してクレージーと言うべきかもしれん」

「ミスター・モリソン、カーネル・シバに失礼ですよ」とストラウト大尉がたしなめる。

「そうか？　俺は間違ったことを言ってないと思うぞ。そうそう、このあいだ手術を受ける日本人を見たんだが、そいつはメスで体を刻まれているときでさえ、うめき声ひとつ立てなかったんだ。俺はさ、東洋人は感覚器官が白人に比べて未発達なんじゃなかろうかと、そのとき本気で思ったよ。そして今日、その思いをいっそう強くした。やっぱり、日本人は戦争に向いた民族なんだろう」

　そこまで言ったモリソンはこちらを見て、「それとも」と続け、「それとも、日本人たちを率いる〝アイヅのサムライ〟が、戦争に向いていると言うべきだろうか」と、にやにやしながら口にする。

　カチンと来るやつだ。こいつはどこでそんなことを聞きつけたのか。

と思っていると、失礼男は機先を制してさっと場を離れ、「敵はどうだ？　困っていることは？　日本人と一緒に戦うことについてどう思う？」などと、イタリア隊の兵士たちから記事ネタを得ようと矢継ぎ早に質問をぶつけていく。

「悪い人じゃないんですけどね」

　ストラウト大尉が苦笑いする。

「けれど、わが国にああいう人ばかりいると思ってもらっては困りますよ」

「ええ、分かっています。あなたのような紳士こそ、イングランド人の典型だと思っていますよ」

「カーネル、わたしはイギリス人ですが、イングランド人ではありません」

声音に棘があったので、過ちに気づく。

イギリス北部のスコットランドは南部のイングランドと長らく争ったすえ、ほとんど併合されるような形で同じ女王を戴くひとつの国家になった苦い歴史がある。駐英武官時代に知ったことだが、いまでもスコットランド人とイングランド人は仲が悪い。そういえばストラウト大尉はスコットランド生まれ、と初対面のとき言っていた。

「ところでさっきミスター・モリソンが言っていた、アイヅのサムライ、とはなんのことですか」

質問に特段の含みはないようだ。

「会津というのはかつて日本にあった小国の名で、侍というのは、西洋で言うところの騎士もしくは貴族のようなものでしょうか。どこで知ったか、あの記者さんはわたしの出自をご存じのようだ」

「へえ、カーネル・シバは貴族なんですか。じゃあアイヅとは、カーネルのご領地ということでしょうか」

「まさか。わたしの家は会津を治める領主に仕えていた、いわば小役人にすぎません。それに、会津にしても侍にしても、すでに滅びた国であり滅びた階級です。いまさら過去を振り返ってみたところで……」

「わたしはカーネルのことを日本人だと思っていましたが、違うのでしょうか？」

一瞬、返すべき答えを見失う。

「日本で革命があったというのは知っていますが、詳しいことはなにも存じませんので、もしもわたしが、スコットランド人をイングランド人と呼ぶがごとき過ちを犯していたのなら謝ります。あ、スコットランドとイングランドの関係というやつはですね」

こちらが知らぬと思って、ストラウト大尉はイギリスの歴史を早口で語りはじめた。

日本人だと思っていた。違うのか。

会津人であることと日本人であることが、いまだに自分のなかで同一でないと知った。

「大尉はスコットランド生まれということですが」

「ええ」

「でもあなたは同時にイギリス人でもある。スコットランド人であることとイギリス人であることは、あなたのなかで矛盾しないのですか」

「祖父の世代にはそういうわだかまりもあったようですが、わたしは生まれたときからスコットランド人であり、イギリス人です。しかも精鋭中の精鋭、王室に忠誠を誓ったロイヤル・マリーンです。矛盾などあったら女王陛下のために戦えませんよ」

「そのとおりですね。詮なきことを尋ねました」

モリソンの声がする。おーいサムライ、そろそろ帰ろうぜー、と丘の頂上から呼んでいる。ふと、いま砲弾があそこに落ちれば、と物騒なことを考えた。

「なにか話は聞けましたか」

ふたたび連れ立って歩き出してから取材の収穫を尋ねてみた。

「楽しい話も楽しくない話も、いろいろと。ただひとつはっきりしたのは、イタリア人はやっぱり戦争が下手で、日本人がうまいってことだな」

俺はこれでも褒めているつもりだと、モリソンはつけ足す。

「日本軍には貧村の次男坊や三男坊といった食い詰め者が多いですから、戦争がうまいと言うより、耐え忍ぶことに慣れているだけだと思います。まあ、お褒めはありがたく頂戴しておきますがね」

そう答えながら、斗南での酷寒と飢餓地獄に比べればまだましだと思っている自分がいる。平時飽食する軍隊は勝てない、とはよく言ったものである。

「戦争のうまい下手はさておき」

ストラウト大尉が一歩離れたところから加わる。

「わたしもはっきり感じていることがひとつあります」

五郎は歩きながら耳だけ傾けた。

「それは、もしわたしが極東の古びた都まで足を延ばしていなければ、スコットランドしか知らない田舎者がアメリカ人やフランス人やイタリア人とよしみを結ぶことなど絶対なかっただろう、ということです。この不思議な巡り合わせは東洋の神秘というやつかもしれません」

「大尉、東洋ではそういう偶然の出会いのことを、ご縁がある、と申すのです」

「ゴエン？　では、スコットランド生まれのロイヤル・マリーンとアイヅのサムライは、ゴエンがあったというわけですね」

うまいことを言うなと思って振り返るのと、ストラウト大尉がなにかにつまずいたように前に倒れ込むのはほぼ同時だった。

受け止める形になった五郎の耳に聞き慣れた音が届き、ストラウト大尉の太腿(ふともも)あたりから勢いよく鮮血が噴出した。

「撃たれたぞっ」

モリソンが叫んだ。

「あそこへっ」と叫び返し、物陰までふたりで引きずっていく。

弾は抜けていたが、骨が飛び出ていた。重傷だ。ふたりのイタリア兵を遠くに認め、手を貸してくれ、と言いながら手を振った。だが彼らは危ないから隠れていろと言い返すばかりで、いつまで経っても来てくれない。

「止血をお願いします。わたしは軍医と担架を」

みるみる蒼白になっていくストラウト大尉をモリソンに預け、包帯所に駆け込み、中川軍医を現場に送り、次いで教民数人に担架を担がせてあとを追う。戻ってみるとモリソンまで倒れており、中川軍医はひとりでふたりの患者を相手に苦戦中だった。

担架にストラウト大尉を乗せ、モリソンを背負い、イギリス公使館に駆けていった。左袖の焦げた穴に気づいたのは、手術室に消えるふたりを見送ってからのことであった。

その日の夜、ストラウト大尉は息を引き取った。太腿を貫いた銃弾が動脈を切り裂き、手の施しようがなかったという。失血死だった。

銃弾は常に王府にいるわが身を避け、皮肉にも今日初めて訪れた者の命を奪ったのである。だがモリソンは、生き延びた。

翌朝、イギリス兵十四人がきっかり七時にやって来て、日本兵十二人と交代していった。指揮官の死にもかかわらず、彼らロイヤル・マリーンズは粛々と約束を履行した。

九時を過ぎたころ、思い出したように飛んでいた鉄砲玉が不意に鳴りを潜め、東交民巷全体から音が消える。それからすぐ、原大尉が清国兵五人を本営に連行した。彼らは東門に無防備に近づき、壁から顔を出して西瓜（すいか）を買わぬかと商売をはじめたらしい。その場に支那語を巧みに話す者がいなかったので、ここに連れてきたということである。五郎は守田大尉を呼び、手分けして支那語による聞き取りを試みた。

「先日のことですけんど、いくさはやめっちゅうお達しがあったで、こうして王府の見物に来たっちゅうわけでして」

「いくさはやめ？」

「へえ、なんでも天津で外国軍と大いくさがあったっちゅうことで、こっちが大負けしたそうですから、それでいくさはやめっちゅうことらしく」

「きみたちは栄禄将軍の部隊だな。停戦したのはきみらだけか、それとも清軍全体か」

「お達しは宮中から全軍へのものでして。ただ栄禄閣下はしきりに和平を願うも、董福祥閣下はこれを肯ぜずと申す者もありまして、よくわかんねえです。われらの軍も死ぬ者、逃げる者が多く、弾も残り少ねえで、おいらも夕方には隊に戻らねばなんねえが、このまま故郷へ帰るつもりです」

「それで小遣い稼ぎというわけか」

「まあ、そんなところで」

　守田大尉の相手する兵士が、殺してくれとか助けてくれとか、泣きながら支離滅裂なことを叫んでいる。はてさてどうしたものかと困っていると、服部先生がイギリス公使館からメモを持ってきた。

「むやみに発砲するなと書いてある。白旗を掲げた清軍将校がイギリス公使館に来て、我々がさっき聞いたことと同じことを告げたようだ。すなわち天津で戦いがあり、外国軍が勝利して、宮中は休戦ということでまとまったらしい。フランス公使館やドイツ公使館でも、清兵たちが近寄ってきて似たり寄ったりのことを話しているともあるな」

本営内にいた水兵たちが、助かったとか、もうだめだと思っていたなどと、歓喜に湧く。

「まあ、そうあわてるな。相手が相手でもある。これがわれらを油断させようという策略だったらぬか喜びになるぞ。むしろいまのうちに陣地の補強を急ぎ、備えをいっそう固めておけ。それと食料を売りつける者がいると言っていたな。試しに購入してみろ。少しは糊口(ここう)をしのぐ足しになるかもしれん。わたしはイギリス公使館に行って詳細を確かめてくる」

公使館に行ってみると、マクドナルド公使を囲んで公使たちが額をつき合わせて話し込んでいた。眉間(みけん)にしわを寄せる西公使には話しかけづらい。ドイツのワーデン大尉とロシアのウルブレフスキー大尉が立ち話をしていたので、「休戦と聞きましたが」と、そっと探りを入れる。いつものごとく無表情のワーデン大尉は、そうらしいな、と目だけで返す。

「休戦といっても、一時休戦にすぎないかもしれませんよ」とウルブレフスキー大尉が補足した。

「ドイツ公使館の前にも清国兵が集まっているとか」

うむ、とワーデン大尉は首を縦に振る。

「ロシア公使館のほうはいかがですか」

いつもどおり静かです、とウルブレフスキー大尉は静かに微笑む。

武官団が初会合を開いたのは一ヵ月も前のことだが、マイエルズ大尉とパオリニー大尉は病院送り、トーマン中佐とストラウト大尉は戦死してしまい、このぶっきらぼうなドイツ人と端整なロシア人は、いまや数少ない顔なじみである。

しかしどうやら休戦は本当のことらしいし、公使たちはどうするかこうするかと果てのない論争に明け暮れているので、五郎は見舞いがてらイギリス人病棟に行ってみることにした。

イタリア人病棟であろうがアメリカ人病棟であろうがどこも大して変わりはないが、イギリス人の病棟も収容しきれない負傷者が廊下にまであふれている。足をなにかの布きれでぐるっと巻かれたモリソンも、そうしたあぶれ者のひとりだった。

「命拾いしましたね、ミスター・モリソン」

柱の陰で横になっていたモリソンに声をかけた。

「おお、きみこそ大丈夫だったのか」

首だけ起こしてモリソンが答える。

「ええ、ご覧のとおり」

鉄砲玉が貫通した左袖の穴を示すと、「大した強運だな」と感心された。

モリソンは足の肉をえぐられたが、ひと月も休めば歩けるようになるとのこと。長話するような親しい間柄でもないので、容態を確認した五郎はお大事に、と言い置いて去ろうとする。そのときモリソンが言う。

「ストラウトくんはそこの部屋だ。埋葬の前に会ってやってくれ」

その部屋は窓を塞いだ暗室だった。

入口に立つと、わずかに差し込む明かりが横になったふたつの人体をぼんやり照らす。どちらも大ぶりのイギリス国旗によって、額から足まですっぽりと覆われていた。

五郎は奥にある遺骸の横に膝をつき、そっとめくる。金髪が揺れ、ストラウト大尉の穏やかな顔が現れた。眠っているようにしか見えないが、息はしていない。

もう一日休戦が早ければ、彼の運命はまた違うものになっていただろう。

胸で組まれた白い手に黄色い手を重ね、異国の地で没した戦友の冥福を祈った。その指に光る銀のリングを、とても直視できなかった。

# 第六章　解囲に向けて

## 一

　七月十八日午前十一時、寺内参謀次長が最新鋭の快速巡洋艦で大沽沖に着いた。

　天津、塘沽間の鉄道はまだ修復途上だったので、福島は船を仕立てて白河を下り、寺内次長をその乗艦まで迎えに行く。

「次長、遠路ご苦労様です」

「ん」

　艦内の将校食堂で昼飯を食べていた寺内次長は、先のとんがった禿げ頭を規則的に動かしながら、海軍ご自慢のライスカレーを黙々と頰張っていた。

「次長、今後の予定ですが、今日はお疲れでしょうから揚陸地付近の民家に一泊していただき、天津の視察は明日以降ということで……」

「天津市内の残敵掃討がうまくいっていないようだな」

寺内次長は手を休めることなく、挨拶も労い(ねぎら)も抜きで本題に入ってきた。この切れ者のとんがり禿げは、無駄なことがとにかく嫌いである。

「次長、ご心配なく。一軒一軒あらためていくのに少々時間を要しているだけで、掃討はまもなく終わります」

「敵は強いか」

「いいえ。相手は火器を持たない素人か、訓練も装備も不十分な旧式軍ですから、大したことはありません」

「何人必要か?」

来た。

北京に行くのに何人いればこと足りるか、という問いである。答えを誤れば籠城者たちの命運が尽きてしまう。それにしても本当に無駄がない。

「後方守備に五千を残し、二万あれば十分と」

「根拠を訊こう」

「天津から北京のあいだに駐屯する清国正規軍は、偵察の結果、四、五万と判明しております。これにほぼ同数の暴徒が味方しているようですが、近代兵器を持たない彼らは物の数に入りません。正規軍にしてもまともな訓練を受けている部隊は少なく、先日天津城を落としたことで、ドイツ式の訓練を受けた武衛前軍と左軍が散りぢりとなりましたから、北京侵攻の障害となりそうなものといえば、この熱暑と雨季の到来による道の泥濘化ぐらいです。よって、二万で可能と申しあげました」

「つまり現有兵力で足りるというわけか」

寺内次長はかちゃかちゃやっていたスプーンを止め、初めてこちらに目をやった。なにを考えているか分からない気まずい沈黙が続き、やがてまた食事に戻る。

「さっき、シーモア中将に会って話を聞いてきた」

寺内次長は水を一気飲みすると、給仕の兵にカレーのお代わりを頼む。シーモア中将は沖合の船に戻っていたはず。挨拶にでも行ったのだろうか。到着したばかりというのに精力的なことである。

「シーモア中将はおのれの遠征が失敗した原因を、近代兵器を過信し、たかが暴徒と敵を侮ったことにあると言っておったわ。その彼がな、北京侵攻に少なくとも四万はいると言っている。これはロシア軍も同じらしいぞ。そんななかで日本だけが二万で十分と言っていることを、シーモア中将は驚きと猜疑（さいぎ）の目で見ていると、わしは感じた」

わきに冷たい汗がにじむ。

「ふくしまぁ」

急にヤクザの三下（さんした）みたいな口調に変わった。

「次の遠征はな、日本主導でやらねばならぬのだ。よって、やるとなればシーモア部隊のようなぶざまな失敗は許されぬ。貴様のその根拠がただのはったりでないかどうか、これからとくとあらためさせてもらうぞ」

看板に偽りあり、とでも言いたげである。だがようやく列国軍が動きはじめたというのに、ここに来て身内に足を引っ張られてはたまらなかった。福島は内心嘆息しながら、二杯目のライスカレーを手にした寺内次長の禿げ頭を見下ろした。

日本の国際的地位向上と人命救助というふたつのことを意識しながらも、現場は籠城者たちの救助に重きを置き、本国政府は国益のことを最優先に考えている。しかしこの任務は時間との戦いであり、北京に着いたとき救うべき相手が誰も残っていなかったでは、笑えぬ笑い話となろう。

軸足のまるで違う両者のすり合わせは、想定以上に手こずりそうだった。

## 二

「購入できたのは鶏卵、野菜、果物です。たいそうふっかけられましたが」

原大尉の足元には、ついさっき東門で清兵から買い求めたという食料品が置かれていた。五郎が「どれ」と言いながらバリケード越しに門前の街路を覗いてみると、十ｍほど先で同じように壁から頭を出す男と目が合った。不意の遭遇にそいつはあわてて首を引っ込めたが、しばらくして、ふたたびぬうっと首を伸ばしてこちらをうかがう。

「朝からずっとあんな調子です」と原大尉が言う。

「ここは平和路線だな。購買係を決めてどんどん買わせてくれ」

昨日まで撃ち合っていた敵に平然と物を売りつける。食糧不足に苦しむ側としてはありがたいことだが、彼らの変節ぶりにはあきれるばかりである。

東門の状況を見届けると、次に教民たちの様子を見に行った。

教民たちの居住場所としていた王府正門前は流れ弾が飛んでくることが多く、いまはスペイン公使館裏手の詹事府（せんじふ）にその場所を移している。籠城からまもなくひと月が経とうとしているが、足を運ぶたびに彼らの生活状況は悲惨さを増す一方で、どこでもここでも排泄をするから臭いもひどいし疫病が流行りかねない危険な状態であり、加えて食糧事情は輪をかけて絶望的であった。日本隊でさえ一週間前から半減食にしたことでかろうじて延命しているような状況なのだから、教民たちに餓死者が出たり、食料をめぐって喧嘩が起きたり、このままでは大きな暴動が起きかねないと危惧したところで、施してやれる余分な食料などどこにもないのである。人道の観点から彼らを救ったはずが、かえって人道に背く事態を招きかねないとなれば、引き続き残るか、それとも危険を覚悟で外に出るか、彼らに選ばせる日は近いということだ。

とはいえ包囲が続けば、遅かれ早かれ、黄色人種だろうが白人だろうが、たどる運命は教民たちと同じである。

結局、彼らを哀れむ以外に当面できることはなにもないと知って、五郎は教民たちに背を向けて王府北部の守田大尉のところへ向かった。あの女の子のところへは、行かなかった。

「守田くん、なにか見えるか」

守田大尉が屋根に登ってなにかを望見しているようなので、下から尋ねた。

「いろいろ」

安藤大尉亡きあと義勇隊をも預かり、全戦力の三分の二を動かして最激戦区を守り続けた九州男児は、最近とみに口数が少ない。

竹梯子に足をかけ、隣に行ってみると、なるほど一見に値する景観だった。

敵と味方の中間地帯には、清兵の死体、撃ち殺された馬やラバなどがそのまま放置されて腐臭を放ち、仲間の死骸を食らう野犬がそこにもここにも群れている。砲弾痕も生々しい焼け落ちた家屋、ひん曲がった銃、無数の薬莢が転がるさまは、昨日まで繰り広げられた激戦の名残であった。

のびのびと戦場を見渡すことなど昨日までは考えられなかったが、こうして見てみると、なんともすごい様相である。北から押され続けた日本隊にはもはや後ろがないが、取られた地域を取り返そうと陣外に出撃していれば、幾重にも取り巻くように張りめぐらされたバリケード線によって粉砕されていただろう、と思わせる背筋の寒い重防御だった。

「あれが敵か。みな、いい面構えだ」

五十mも離れていない敵の堡塁（ほうるい）のそばに、清軍の兵士たちがずらっと並んでいる。黄色の刺繍（ししゅう）に紺碧（こんぺき）のズボンは董福祥の砲兵隊で、赤と黒の軍服は騎兵隊。栄禄麾下（きか）の北京野戦隊や満州八旗兵、諸省の徴募兵までいるが、そろって獰猛な顔つきである。

「義和団んやつらはおらんなあ」

守田大尉が煙草に火をつけながら言った。

そういえばそうだ。義和団との戦いからはじまった籠城戦は、こちらの知らないうちに主敵が交代していたらしい。別の方面を任されているのだろうか。

「中佐、柴中佐」

原大尉が梯子を登ってきた。支那人をひとり伴っている。

二週間以上前の暗夜、御河の水門をくぐらせて密かに送り出した教民のひとりだった。これまで各国の送り出した密使は数十人を数えるが、だれひとりとして戻った者はおらず、初帰還者の手には天津の日本領事と、福島安正という名の陸軍少将の手紙が握らされていた。

福島？

聞き覚えのある名だった。ずいぶん昔に長崎で一杯やった情報畑の先輩士官である。しかし胸に描く人物はそのとき大尉だったから、もし同一人物なら異例の速度で昇進したということになる。

そんなことを考えながら手紙を開いた。

手紙には、シーモア提督の救援部隊は敵の抵抗に遭って天津に退却したこと、しかし北京に残る人々を救おうと、ロシア、イギリス、フランス、アメリカ、そして福島少将を長とする日本の先遣部隊を合した一万三千が天津で集結を終え、まもなく広島の第五師団主力も到着する予定とある。七月二十日には天津を発ち、下旬には大挙して北京へ押し寄せるべく協議中ゆえ、それまでもうひとがんばりせよ、と励ましの言葉で締めくくられていた。二十日といえばつまり、二日後である。籠城以降初めて得た朗報だった。

すぐにでも返書をしたためねば、いや、まずはみんなに教えてやろうと顔をあげると、壁外の光景に見入っていた原大尉に守田大尉がなにか言っている。

「海軍さんにはきつか眺めやろう」

「そうでもないですよ」

「陸にあがった河童が無理すんなや」

「守田さんはなまりがひどくて、なにを言っているか時々分かりませんね」

「なんや、きさん。くらぁすぞ」

まったく、首の皮一枚で繫がった感だった。

## 三

揚げた鶏肉、煮込んだ野菜、コンソメスープなどがジャスミンやキンモクセイの花びらで飾られて強い芳香を放っている。肌によいとされるキクラゲ、ライチ、クルミ、増血作用のあるナツメまでそろえた皿の数々は、本日の夕食、満漢全席である。

慈禧は気になった数皿から少量つまみ、ほとんどの料理には手をつけない。残りはあとで宦官や宮女たちに下げ渡され、次いで場外の屋台に並び、最後は貧しい者たちに施される。いつもとなにひとつ変わらぬ豪勢な食事に箸をつけながら、変わり果てた城外の様子に、開戦からの苦渋に満ちた一ヵ月に、慈禧は思いを馳せている。

列強とのいくさにおいて頼みの綱とした義和団は想像を超えて凶暴化し、町を焼き、財貨を奪い、宣教師や教民のみならず、この機に日頃の意趣返しを図ろうと地方の官吏や隣人をも殺戮（さつりく）していた。彼らは二毛人の捜索名目で不敬にも紫禁城に乗り込んでやりたい放題のことさえした。もはや盗賊となんら変わらぬ傍若無人（ぼうじゃくぶじん）ぶりだが、いったん広がった民族の炎をひとりで消火しようにも、火勢はあまりに大きい。

五日前の七月十四日、そんな情勢下に天津城は失陥した。

聶士成は敗死、馬玉崑は敗退、多くの将兵を失った。次は北京だと、誰もが思う。この悲報を受けるや、慶親王と栄禄が上奏文の束を持って進殿した。すべて、戦争に反対する地方総督たちの上奏文である。戦闘の即時停止と講和を訴える声は以前に増して高まりを見せ、東南各省は勝手に列国軍と停戦協定を結びはじめたという。

総督たちの裏切りに逆上した慈禧に向かって慶親王は進言する。このまま黙認したほうがいいと。

天津を落とした列国軍の勢いは侮りがたく、このままでは北京を攻められる日も近い。しかしその場合でも、この争乱が義和団と佞臣どもによって勝手に引き起こされたことだとしてしまえば、とかげの尻尾を切るだけで皇太后の戦争責任は不問に付される。そのためにも公使館攻撃を即刻取りやめ、各省の現地休戦を黙認し、のちの逃げ道を残しておくべきと言うのだ。

今後は和戦両用でいくべき、と栄禄も言う。

敗れはしたが、馬玉崑が率いる武衛左軍は健在であり、地方から義勇兵を率いて上京した李秉衡（りへいこう）のごとき勤王の者たちも役に立つ。やっかい者の義和団とて、多少の足止めくらいにはなるだろう。そうやって時を稼ぐあいだに和を結ぶ道を模索する。まず味方に引き入れるべきはロシアで、その交渉役は彼の国につてがあって洋務に長けた李鴻章以外にありえない、と栄禄は熱弁を振るった。

ここで名の挙がった李秉衡とは、山東地方を治める地方官時代にドイツ人宣教師の殺害事件を引き起こした男だ。元々大陸への進出機会をうかがっていたであろうドイツは、事件の賠償として膠州湾の租借権と李の罷免を要求し、軍事力の行使さえちらつかせた砲艦外交に逆らえなかった光緒帝は条件をすべて受け入れた。大刀会という宗教結社がやらかした事件の煽りを食って左遷された李は以降、外人嫌いの端郡王や董福祥にさえ一目置かれる筋金入りの排外主義者となったのである。

その李秉衡が慈禧に謁見を許されたとき、述べたことがある。

洋人どもは海戦に強いかもしれないが陸戦には疎い。奥地に引き込めば通州（つうしゅう）あたりで必ず撃滅できるだろうと。

忌々しいことである。

口先ばかり威勢がよくて頼りにならない端郡王や董福祥、それみたことかと賢（さか）しげに振る舞う慶親王や栄禄が忌々しい。なによりそんな彼らに振り回され、それでも彼らを頼らねばならぬわが身はもっと忌々しい。そんななかで、かつての仕打ちにもかかわらず忠勤に励む李秉衡のなんとあっぱれなことか。

「で、そちたちはなにを言いに参ったか」

急ぎの相談があると言って乗り込んできた慶親王と栄禄が、叩頭したまま声のかかるのを待っていた。夕食のはじまる前からそうしていたから、かれこれ三十分にもなろうか。

「東交民巷のことです」と慶親王が応じた。

「まだなにかあるのか。やめろやめろと言うから、攻撃はやめさせたぞ」

「はい、洋人どもは陛下の天恩に感激していることでしょう。つきましては、もうひとつ仁慈の得を体してみてはいかがでしょうか」

「なんの話か」

「籠城中の公使どもが食に難儀しているようなのです。そこで野菜や果物などを下賜されてはどうかと」

「そちは洋人の食事に気を遣い、余の食事を邪魔して恥じるところがないと見える」

「恐れ入ります」

そう言いながら、慶親王には恐れ入った様子もない。とんだ狸(たぬき)である。

「されど、やつらに飢え死にされては困る。これ以上公使が死ねば講和も難しくなろう」

慶親王は顔をあげ、大きくうなずいた。

「まさにそこです。あとひとりでも公使を殺せば怒り狂った列強の報復を招くだけで、交渉の機会は完全に失われます。罪人でさえ獄中では腹一杯食べさせてやるのですから、のちのちの批判を避けるためにも、ここは温情の深さを示しておくべきかと」

「わかった。よきに計らえ」

「太后陛下は聖明であられます」

ぬかずく慶親王と入れ替わりに栄禄が頭をあげる。

「やつがれからも、申しあげたいことがみっつございます」

「申せ」

「ひとつ、李秉衡は明日、兵三千を率いて出陣いたします。天津から退いた軍勢と通州で合流させ、連合軍の上京を彼の地にて阻止させるつもりです」

「たったの三千か」

「天津引き揚げの兵が集結を終えれば二万を超えます」

「敗残兵などあてになるものか」

各省の勤王軍を指揮下に入れた李秉衡はいまや、栄禄補佐役にして武衛軍の副将である。その副将が決戦に赴くというのに、三千ばかりの兵しかつけてやれないとは。

慈禧は苛立ち（いらだ）を隠そうともせず、次を促す。

「ふたつ目は李鴻章の上京、謁見についてです」

「速やかに上京せよと電報を打ったのであろう。いまさらなにが問題か」

「李鴻章が上京を渋っているようなのです」

「なにゆえじゃ」

「老齢ゆえ上京してもお役に立てぬと申しておりますが、やつがれの見るところ、火中の栗を拾う見返りを望んでいるように思われます」

「臣下の分際でぶしつけな」

「そうは申されますが、これまでのことを思えば厚遇をもって迎えてやるほうが得策です」

李鴻章は、三十六年前に決着を見た太平天国の乱の鎮圧において大功を立て、北洋大臣を兼ねて直隷省の総督という要職を長年務めあげた、いわば出世街道を歩んでいた傑物である。その栄光に陰りが見えたのは、甲午のいくさ、別名、日清戦争が起きた五年前にさかのぼる。

朝鮮の帰属権をめぐって日本との武力対立が現実問題になったとき、李鴻章は陸と海の備えが不十分であることを知りながら報告を怠り、光緒帝が実情を知らずに戦端を開いたことで大敗のきっかけを作った。そのとき壊滅したアジア最強の北洋艦隊と近代装備の淮軍の再建はいまも果たされず、責任を問われて失脚した李鴻章は現在、一介の地方総督に身をやつしている。

だが栄禄いわく、真実を告げると怒り出す光緒帝相手では、保身のために戦備の不足を上奏しなかったとて責められるものではない。講和条約において、朝鮮、台湾、遼東半島の割譲を認めたことが彼ひとりの責任とされるのはあまりに忍びない。よしんばその責任を認めたとしても、彼が北洋大臣として、また洋務の第一人者として、長きにわたり大清帝国を支えてきたことに変わりはない。ここは北洋大臣兼直隷省総督という役目をふたたび彼に与え、朝廷の至意を示したうえで奮励を求めるべきだと、栄禄はいつもの長広舌を振るった。

「そこまで言うなら好きにせよ」

栄禄は慶親王と見交わし、得たりとうなずいた。

「ありがとうございます。もう一度電報を打ち、聖恩に必ず報わせます」

「三つ目を申せ」

弁の立つ男が珍しく、返答に躊躇(ちゅうちょ)する。

「三つ目は、まことに申しあげにくきことながら、離京についてでございます」

「離京」

つい、そのまま返した。

「備えは怠りませんが、いくさに万全はありえません。列国軍に必ず勝てるという見込みがなく、講和が成るか成らぬかわからぬ以上、両宮の離京はいまから考えておかねばならぬことです」

つまり、皇帝と皇太后が北京を捨てて遠くへ逃げるということだ。四十年前にもイギリス・フランス連合軍に追い立てられ、亡夫咸豊帝とともに二百五十kmも離れた熱河(ねっか)に避難した。帰京かなわず急逝した夫の恨み、そのときの国政の混乱、踏みにじられた体面、それらが一度に蘇る。

「なおさらいかん」

急激な欧化政策を掲げて幽閉の憂き目に遭った光緒帝に列国は同情的だ。皇帝だけ北京に留まっては列国が傀儡政権を打ち立てる恐れがあり、避難するなら必ず皇帝を同道せねばならない。

「万が一に備えてのことです。そのおりにはせめて太后陛下だけでも」

「離京はせぬ」

「念のため、車馬二百台を準備中です」

「離京はならぬぞ」


「李蓮英」

「ここに」

慈禧は宦官頭の李蓮英を手招くと、金の大皿に載った焼き鴨を箸で突く。

「御膳房に伝えおけ。焼きすぎて固い。係は鞭打ち三回と」

「承りました」

李蓮英はひょろ長い体をふたつに折って退出する。

「お前たちも下がれ。余は疲れた」

慶親王と栄禄を犬のように追い払い、茶を飲みはじめる。人の乳が入っているため美味ではないが、医師いわく、長寿と肌の潤いをもたらすという。

鴨と同じで、焼きすぎたのかもしれないと思った。

排外の炎でわが身を焼きすぎて、道を誤ったのかもしれないと。

## 四

休戦に入ってから七日目の七月二十四日、大八車(だいはちぐるま)四台分の西瓜(すいか)、まくわうり、茄子(なす)などの生鮮食料が西太后からの陣中見舞いとして届けられた。かたや、天津まで保護してやるからさっさと出ていけという文書も総理衙門から同時に届く。政府内部における意見の不統一は毎度のことながら、やることが相変わらず支離滅裂である。とはいえ食べ物に罪はなく、不足がちな生鮮食料は各国の傷病者、女や子供たちに優先的に配られる。

「楢原さんの具合はどうですか」

五郎は川上和尚に訊いた。

「手術はうまくいったんですがねえ。そのあとがよろしくない」

和尚はごま塩をふりかけたような頭をぼりぼりかいた。

休戦となってから、五郎は毎日のように病院通いを続けている。足を怪我した楢原書記官の調子がよくないというのだ。

砲弾の破裂に巻き込まれてかかとを負傷した楢原書記官は、七月十一日に連合病院に入院して以降、ドイツの軍医によって都合四回の外科手術を受けた。骨に食い込んでいた最後の破片が完全に抜き去られたのは一昨日のことだが、昨晩から容態が急変した。

衰弱し、あごが外れたようになって口もまともには利けない楢原書記官のそばには、夫人と乳飲み子と幼女が寄り添っている。見るのもつらいが、朗報はみずから伝えてやりたいと思い足を運んだのだった。

「楢原さん、天津に援軍が集結中だと報せがありました。密使のおかげですよ」

楢原書記官は苦しげにうなずいただけである。五郎は続けた。

「これまで何人の密使を送ったか覚えていますか？　二十八人ですよ。しかし、そのうち戻ってきたのはたった一通です。まったく難儀なことでした」

楢原書記官の娘さんがみずみずしい西瓜を頰張る音だけが静かに響く。

「ああ、それから、先日おもしろい男と話をしましてね。休戦以来、わが胸壁の下に集まってくる敵の兵士たちは引きも切らぬといったところですが、そのうちのひとりにえらく金をせびるものがありまして。ものは試しに、報酬は望みに任せるから天津まで手紙を持っていかぬかと声をかけたのです。その男、ずいぶんと念を押しておりましたが、ついにわたしの手紙を受け取って立ち去りました。これまで密使といえば教民の有志者を募っていましたが、敵の兵士に託したのは初めてです。この試みがうまくいってくれるとよいのですが」

「助けはいつになったら」

楢原夫人が誰に訊くともなしに訊く。楢原書記官が目だけでやめなさいと告げている。答えるべきか答えざるべきかと、五郎は迷う。

手紙にあったとおり七月二十日に天津を出発しているなら、普通の行軍で一週間の行程である。しかし敵を排除しつつ、雨になればたちまちぬかるむ道を、炎天にさらされての難航路となれば、早くて七月末、遅ければ八月半ばくらいにずれ込むことを覚悟する必要があるだろう。しかしながらこの華奢なご夫人にとって、過酷な籠城生活はすでに一ヵ月を超えている。その重圧にふたりの幼子の世話と夫の看病が加わり、疲労の色はますます濃い。それだけに残酷な予測を告げるのは大いにためらわれた。

必死になって西瓜にかぶりつくおかっぱ頭をくしゃりとなで、五郎は結局なにも言わず部屋を出た。

外に出てみると、なにがあったのか教会の前に人が集まっている。ちょうど掲示板があるあたりだ。そのうちの二、三人と目が合うなり、たちまち取り囲まれた。

「救援が来ると聞いたぞ」

「いつだ」

「今度こそ間違いないのか」

「先頭はイギリスか」

さっき貼り出した福島少将の手紙の翻訳文のことである。

「いやロシアだ」

英語やフランス語やロシア語がいっぺんに降ってきた。なんのことかと思えば、さっき貼り出した福島少将の手紙の翻訳文のことである。

「みなさん落ち着いてください。自分が知っているのはそこに書いてあることだけです。それ以上のことを訊かれても困ります」

「あと一週間もすればこの籠城も終わりということですな」

喜色満面のピション・フランス公使が顔を突き出す。

「知りませんし、分かりませんが、あと一週間というのはちょっと楽観的にすぎます。これは私見ですが、救援到着は遅ければ八月半ばまで食い込む可能性があると思っています」

「なんですとっ」

公使は羽をむしられたニワトリみたいな声を出した。

「そんなわけはないぞ。この道程表を見てみろ」

道程表とは面妖な、と思いつつピション公使が開いた紙を覗く。

七月二十日、天津発

七月二十一日、唐家湾着

七月二十三日、北倉着

誰が作ったか、そんな調子で連合軍の行軍予定が列車の時刻表のように書かれている。

「公使、戦争は汽車のようにきっちりかっちりとは進みませぬ。ましてやここは汽車ですら正確には動かぬ土地なのです。どこのどなたがこんなものを書いたかは存じませんが、いま少し現実的に……」

「それはわしが書いたのだっ」

ピション公使は怒気も露わに立ち去り、さっきまで目をキラキラさせていた人々も口汚く罵りながら散っていく。常に最悪に備える軍人的発想は、常に最良を望む人々の気持ちを逆なでするものらしい。しかし昨日よりもはっきりとした形で希望が現れたのである。くよくよ考えても仕方がないと割り切って、持ち場に戻った。

夜に至り、楢原書記官の容態急変を聞く。

病床に走ると、沈鬱な面持ちの人々が集まるなか、楢原夫人は夫の胸に顔を埋め、幼い娘はなにが起きたか分からないといった様子でぽかんと口を開けていた。

弓反りになって、苦しみながら死んでいったという。破傷風だった。

## 五

寺内次長は天津に入ってから、通信、兵站の状況などをつぶさに確認して回り、各国指揮官たちの話を訊いていくことに時間を費やした。

敵の数は思ったほどでもなさそうだ、天津城はあっけなく陥落した、列国が動くときはわれらも動く、といったことが彼らの口から語られる。

天津入りから二日後の七月二十一日、北京籠城中のイギリス公使マクドナルドから書簡が届けられた。先の手紙と同じように、一刻も早く救援をという切羽詰まった要請だったが、寺内次長はそれらに接しても腹中を明かさず、禿げおやじの存念は皆目分からなかった。

明日はロシア太平洋艦隊司令長官アレクセーエフ中将と会談に及ぶという日の夜、ロシア軍の参謀が困った顔をして福島の元へやって来た。

日本軍は早期出発を望んでいるようだが、ロシア軍は早急な前進を望まない。炎暑と雨季を避け、九月に入ってからのほうがよい、というアレクセーエフ中将の意向を伝えに来たものだった。

ロシアは元々清国寄りである。今後のことを考えると清国政府が瓦解するような事態を望まず、この機会に恩を売っておくほうが好都合と判断したのだろう、と福島は裏を読む。それにロシアの資本が集中する満州にも義和団暴動が広がっているから、そちらの対処が優先に違いない。しかし、この情報をアレクセーエフとの会談を控えた寺内次長には、あえて伝えなかった。

に告げた。

翌日、会談を終えて戻ってきた寺内次長は「アレクセーエフはやる気だぞ」と開口一番

アレクセーエフ中将は北京への前進が急務であることを認識しており、他国軍を置いていってでも日露両軍で向かおうじゃないか、とまで言ったらしい。参謀経由で聞かされた話と正反対である。つまり本音と建前を使い分けたのだ。

「そうですか、日露両軍で。仮想敵国と共同作戦とは愉快なことですな」

「こんな事件でもなければ実現せぬことよ。よい機会だからその実力をよく見ておけ。ちなみにアレクセーエフは、ロシア側で具体的な侵攻計画を立てるゆえ、会議は日本主催で頼むと言っておった。今後は計画の完成を待ち、細部を山口師団長とよく詰めよ」

「次長、では？」

「うむ、一個師団以上の派遣は必要ないと認めよう。八月初旬に天津北部の楊村(ようそん)を占拠、兵站拠点を築き、中旬から北京へ向かい、下旬までに攻略を完了せよ。貴様の言う二万人での侵攻はやや威勢がよすぎる感があるゆえ、使用兵力は三万程度とする。まずこれで間違いあるまい」

「ありがとうございます」

「感謝されるいわれはないぞ。急ぐ理由があり、達成できる見込みがあり、なおかつわが軍が列国派遣軍中もっとも多く、主導性を発揮できると判断したからだ。それに福島よ、

貴様は知らぬだろうが、イギリス政府は日本政府に対し、さらに二万人の兵を出すことが可能かどうかと問い合わせてきておるのだ。金の工面がつかぬなら百万ポンドまで出す、とそこまで言ってな。よほど世論にせっつかれているらしい」

「百万ポンドとはたいそう太っ腹な申し出ですが、政府は受けるつもりですか」

「まさか。喉から手が出るほど欲しいとは思いながら、自国の政策決定に他国の資金援助が影響したとあっては、独立国たる矜持が失われる。よって丁重に断った」

「武士は食わねど高楊枝(たかようじ)というやつですか」

「そういうことだ。つまり財政的にも苦しい政府としては、できることなら師団の追加派遣などしたくないというのが本音でな。第五師団だけでも日本の存在感を十分示しうる状況であることが判明したから、あとは貴様に任そうと思う。よって福島派遣隊は本日をもって解散、第五師団の指揮下に入れ。貴様は師団長の特別幕僚として、対外事務の一切を仕切るように。以上了解か」

「は、承りました」

まじめな顔でうなずきながら、頭には別のことがよぎっている。

アレクセーエフ中将は本心では進撃を望んでいないにもかかわらず、体面上、寺内次長に本心を告げなかった。ということは、彼の言葉を鵜呑(うの)みにしてロシア軍に計画立案を委ねたところで、そんなものはいつまで経ってもできあがりはしないということである。参謀次長の内諾を得て北京解放は大きな一歩を踏み出したが、教えるべきことを教えずに状況判断させたわけだから、あとでばれたときに結果を出しておかねば処分確実だ。要するに、終わりよければなんとやら。今後は正しい道を選んだか否かということ以上に、選んだ道を正解にする努力が求められるわけである。

すぐさま第五師団長と相談して独自計画の検討に入ろう、と決めた。

それからの数日間、寺内次長はインドから派遣されてきたイギリスの新司令官ガスリー中将、フランスのフレイ少将、ドイツ、アメリカなどの指揮官たちと会談を重ね、連合軍の早期出撃に意欲的な回答をもらった。そこにふたたび、アレクセーエフ中将の参謀がやって来る。アレクセーエフ本人は状況が悪化しつつある満州に出発してしまったという。

「司令長官は、雨季を避け、増援あるまで動くべからずという命令を残された。日本は進軍に積極的なようだが今後どうするつもりか」

「とぼけたことを抜かすな。貴様の司令官と寺内次長が合意したように、準備ができしだい前進するに決まっておろうが」

福島は相手の胸中を知りながら平然とうそぶいた。

「そちらこそなにをおっしゃる。司令長官の本意は両将官の会談前にお伝えしたはずだ」

「司令長官の本意とやらはたしかに聞いた。だが、我々は上官の命令に従って動く軍人である。ロシア軍ではどうか知らぬが、わが日本軍では、トップ会談の決定を現場が勝手にひっくり返してよいという法はないのだ。よって、われら日本軍は指揮系統上の命令に基づき、準備が整ったら前進を開始する」

上官の二枚舌の報いを受ける格好になった参謀を哀れに思いながらも、福島は決然と言い切った。そしてこれらのやり取りもやはり、寺内次長には内密にした。参謀同士のいざこざを、いちいち上にあげるまでもないと判断した、とばれたときのいいわけを考えながら。

寺内次長が帰国の途につくとき、福島は戦費の足しにしてくれと言い添え、天津城攻略の際に手に入れた馬蹄銀をそっくり持ち帰ってもらうことにした。

「よい手土産ができた。伊藤閣下が喜ぶだろう」

桟橋に足をかけた寺内次長は、ここに来て初めて笑顔を見せた。

「福島、最後にわしから述べておくが」

「分かっております。イギリスには恩を売り、ロシアとは協調し、列国と足並みをそろえることを心がけます」

「うむ、せっかくまとまった連合作戦案だ。現場のもめごとでふいにされては困る。よいか、国際協調第一だぞ。かまえて、日本だけが突出することのなきように」

そう言い置いて、寺内次長は船上の人となった。

「隊長、ついに次長に本当のことを伝えませんでしたね」

一緒に見送った由比少佐がぼそっと言う。

「次長の思考環境を整えた、と言え」

「きっと、ロシアはあれこれ理由をつけて前進を渋るでしょうね」

「だったら置いていくまでのことよ」

「突出するなと言われたばかりですのに」

「ドイツの兵制に倣ったわが軍は、作戦進展の速度を重視するがゆえに現場の独断専行を奨励する。これはその精神に則った、まさに現場の判断というやつだ。それからな、由比」

「はい」

「俺を初めて隊長と呼んでくれて嬉しいが、俺はもはや隊長ではない。今日からは部長と呼べ」

「あ、そうでした」

　今朝早く、柴中佐から二通目の手紙が買収された敵の兵士によって届けられた。「張（ちょう）」とぶっきらぼうに名乗った兵士が持参した手紙には、『十七日以来休戦状態となったが、弾薬は各自二十五発を残すのみ。食料はあと一週間ももちそうにない』とあった。敵に手紙を託すほど、籠城者たちは追い詰められている。短い密書からはそうした切実さが伝わってくるが、連合軍の天津出発は予定より遅れていた。報酬を受け取ろうとしない変わり者に渡した返書には、その旨を心苦しい思いで記載しておいた。

禿げおやじはもめずに仲よくやれと言ったが、そういうわけにもいくまいな。

福島は寺内次長の頭の輝きを遠くに眺めながら、これからやらねばならない大喧嘩の段取りをつけていた。

## 六

休戦以来、イギリス公使館には毎日のように総理衙門から使者が訪れ、邪魔になるであろうから教民を東交民巷の外に出してみてはどうか、天津への引き揚げ日はいつと決まったか等々、一見友好的、されど白々しいやり取りが続いていた。

清兵たちが日々王府を訪れ、卵や野菜を売りつける状況も変わらず続いている。そのなかには生鮮食料どころか、ついには清の内部情報を売る者さえ現れるようになった。

ある日、そうした節操のない密告者たちによって朗報がもたらされる。

北上を開始した外国軍が天津の北四十kmの楊村で清国軍に勝利し、さらに北上を続けて天津と北京の中間点、河西務(ホーシーウー)に到達したというのである。

待ちに待った救援軍の勝報に籠城一同は沸き返るが、清軍が山西(さんせい)から五千人の増援を呼び寄せて新たな攻撃を準備中ということや、敵の大将の栄禄が更迭されて李秉衡に代えられたという噂も籠城側の知るところとなった。

開明派の栄禄を退け、排外主義者として知られた男を総司令官に就任させた西太后の思惑は明らかである。休戦の終わりが近いということだ。

救援軍と清軍が一進一退の攻防戦を演じているという定例報告のごとき密告に一喜一憂していると、去る七月二十二日に買収して手紙を預けた敵兵が、福島少将の返書を持参して帰ってきた。八月二日のことである。

「東門にふらっと現れ、柴中佐に会わせろと言い放ったのです」

日本隊本営に清軍兵士を連れてきた原大尉がそう言いながら手紙を渡す。目を閉じて地蔵のようになっている男から少し離れたところで書面を開き、暗号表と照らし合わせて解読していく。日付は一週間前とある。

「大沽での揚陸作業に手間取り、鉄道が使用できず、舟が不足して白河を使った兵站輸送に支障があるため、各国軍はいまだ天津を出発できずにおる……」

「出発できずにおる？　え？」

読みあげていると、原大尉の声が裏返った。

「待て、まだ続きがある。一方で、昨二十五日、貴官の密書に接し、北京の危急を掌握したので、現在列国軍と北進開始の時期繰り延べを協議中である。両三日のうちには前進を開始し、通州を経て……」

五郎はそれ以上読むのをやめた。

「くそ、なんてことだ。我々は一杯食わされたぞ」

これまでの密告はすべて偽りということだった。密告者どもはこちらをよほどの馬鹿者と見たのか、さもありえそうな情報をでっちあげ、まんまと小遣い稼ぎに成功したというわけである。

「おい、きみは本当に天津まで赴いて福島閣下から手紙を受け取ったのだな」

尋ねると、その兵士は目を開いて「しかり」と短く答えた。

「天津はどんな様子だった。教えてくれ」

男は無言のままである。

「街道はどういう状況だ。義和団はいたか。清軍は」

男は聞いているのかいないのか、悠然と構えたまま微動だにしない。ここに来て味方を裏切ることに良心の呵責(かしゃく)でも覚えたのだろうか。それともこいつも性根の腐った嘘つきか。

「言いたくないなら無理強いはすまい。だが報酬の百両は約束どおり渡そう。それとこれは特別報酬の五十両、合わせて百五十両だ。持っていけ」

「金はいらぬ」

男は紙幣の束を一瞥しただけで、興味なさそうにつぶやいた。

「おかしなことを言うやつだ。金が欲しくて仕事を受けたくせに」

「俺はもう兵隊を辞める。天津の親元へ帰り、畑でも耕して暮らすことにした。ついてはもう一度手紙を持っていってやる」

「ほう、それはありがたい話だ。少し待て」

さらさらと鉛筆を走らせ、暗号文をしたためる。

「さあ、できたぞ。それから天津の日本領事館で報酬を受け取れるよう証文を書いてやるから、そのまま待っていろ」

男はまたも「金はいらぬ」と告げた。

「本当におかしなやつだな。だったらなぜこんな危険な役目を請け負う」

「天津でおやじに会ってこの件を話したところ、敵から金などもらうものではない。兵隊など辞めて家に帰ってこいと諭されたので、そうするだけだ」

「ならばなぜ北京に戻ってきた。そのまま天津におればよかったではないか」

「手紙を持ち帰ると約束したゆえ。もはや長話は無用」

男は手紙をつかむと立ちあがった。

「待て待て、せめて氏名を残していけ」

男は肩越しに、「張」とだけ名乗って足早に立ち去った。

そののち、五郎はイギリス公使館に赴き、福島少将から受け取った手紙のこと、そしてこれまで密告者から教えられていた援軍の行動が、すべて偽りであることを諸公使たちの前で明らかにした。

「よくも騙してくれたな」

「どう責任を取ってくれる」

公使たちは怒りの矛先を五郎に向け、籠城者一同に期待を抱かせておきながら奈落の底に突き落としたとして、処罰を求める声さえあった。

五郎は密告者からの情報を報告するとき、支那人の申すことゆえ内容はまゆにつばをつけて聞け、と常に申し添えておいたが、そんないいわけを許さないほど公使たちの怒りは大きかった。

そのときフランスのピション公使が流れに一石を投じる。福島少将の手紙こそ偽りだと言ったのである。

「これはきっと敵の策略に違いない。偽の情報によってわれらを落胆させ、降伏開城に導かんとする敵の奸計であろう。いや危ういところであった。みなさん、これは敵の罠です。うかと乗せられてはなりませんぞ」

日本陸軍の暗号を使用して書かれた手紙が偽書であろうはずもないが、話題の切り替えは助け船だった。

「ことの真偽を明らかにする手立てがひとつある」

密告者どもを捕まえて絞りあげたらよい、とマクドナルド公使が意見を述べ、なるほどそれはよい、と同調する者が出てくるなかで、「そんは、いけもはんな」と西公使が反論した。

「どちらが本当かは分かりもはんが、手紙が本物やったら密告者どもん嘘を見抜いたことを知られてはまじぃ。籠城側と救援軍んあいだで連絡しおうちょっことを悟られんよう、これからもなに食わん顔でつき合うしかなかと、オイは思う」

「ピション公使の言うように手紙が偽物だったらどうするのか」

「放っちょけばよかだけんこっじゃ。それこそピション公使ん申すごとっ、敵ん奸計にうかと乗せられてなりもはんぞ」

「道理だな」

マクドナルド公使は西公使の言い分に深くうなずき、ほかの公使たちもそれ以上の追及は行わなかった。部屋の隅で、足に包帯を巻いたモリソンがなにごとかを手帳に書き込んでいる。籠城中の不協和音とでも題して、記事を書く気なのだろう。

会議終了後、五郎は西公使に「暗号を使用した手紙が偽物であるはずがない」と存念を伝える。

「分かっちょっ」

「お分かりでしたら、なぜそうと会議でおっしゃってくださらなかったのですか」

「手紙が本物で、まものう天津を出発すっつもりじゃちゅう福島少将ん考えが真実じゃとしてん、いくさちゅうやつは思うたごつは進まんもんじゃ。今日来っ、明日来っと期待させて結局来んな、落胆した籠城者たちは今度こそ開城に傾きかねんど」

大した深謀遠慮と感心した。

「なるほど、そこまでは気が回りませんでした。では、今後手紙を受け取った場合はまず公使にご報告して、全員に開示すべきか否か、ご判断を仰ぐようにいたします」

「そいが賢明じゃ」

西公使は持ってけ、と言って焼酎瓶を渡す。公使秘蔵酒もついに尽き、これが最後の差し入れだという。

胸にしっかり瓶を抱えて御河を渡っていると、反対側から原大尉がやって来る。

「密告者がまた来ました」

「なんと言っていた」

「外国軍が大敗して、天津まで戻ったとか」

「よくもぬけぬけと。もう帰したのか」

「ええ、いつものように三十ドル渡して帰らせました。入り用なら銃と弾薬も販売できると言っております」

やつらはなんでも売るのだな、と騙された怒りを忘れてあきれ果てた。

「いくらだ」

「モーゼル銃一丁につき百ドル、弾薬百発つきとのこと」

「買った」

「そうおっしゃると思いまして、五丁買うから少し割り引けと申しておきました。今夜持ってくるそうです」

敵兵の節操のなさに驚き、原大尉の柔軟さに目を見張る。

どこからか、のんきな物売りの声とともにうどんの匂いが流れてきた。飢餓に悩む籠城者たちにとっては、砲撃以上にこたえる攻撃であった。

## 七

後事を託して寺内参謀次長が帰国すると、福島は日本からやって来た第五師団長、山口中将と諮(はか)りながら北京侵攻計画を詰めはじめた。

「鉄道を使って」

「だめだ」

「船で白河を遡上(そじょう)して」

「だめだ」

第五師団の参謀たちは連日検討を重ねた。

破壊された鉄道を修理しながら北京を目指すシーモア流のやり方は失敗したばかりであり、糧秣輸送や負傷者後送などで補助的に船を使うことは可能でも、全軍を運べるほどの数はそろわない。よって、すべての行程を徒歩で行くことを計画の基本に据えた。

こうした検討の動力源となったのは福島である。福島臨時派遣隊は第五師団に吸収合併され、福島自身は対外事務専任の特別幕僚となったわけだが、師団参謀長より階級が上であることから、実態としては第五師団ナンバー・ツーの高級幕僚としてあらゆる事柄に首を突っ込むことを許されたからだった。

福島からだめ出しを連発された第五師団参謀たちは不満を募らせ、板挟みとなった由比少佐はすり切れていくばかりだったが、とにもかくにも独自案を完成させた日本軍は七月三十日、天津北方地帯に偵察を出す。

翌三十一日に北京攻略計画の策定を目的とした列国指揮官会議が開催される運びとなったため、事前に最新の敵情をつかんでおこうとしたのである。が、この偵察部隊が敵と本格的な戦闘に突入し、十分な偵察を果たせぬまま後退したため、会議延期を要望して再偵察を計画した。

また、満州に行ってしまったアレクセーエフ中将の代わりとして新司令官リネウィッチ中将が着任、ロシア軍も独自に偵察を行うと通告してきたことで、指揮官会議は八月三日にずれ込み、出発時期がずるずると後ろに延びていく。

こういった状況に焦れたのはアメリカとイギリスだった。「早くせねば北京の公使たちが殺されてしまう」「ロシア軍などに構わず米英日のみにて前進すべし」「われらがそうした姿勢を示せばロシアも必ずついてくるだろう」と彼らは肩を並べて申し込んできた。

予定の遅れを自覚していた福島は、単独突出に二の足を踏んでいた山口中将を説得し、三ヵ国の参謀をひとところに集めて三国連携作戦を練りはじめる。そこにロシアの参謀長が現れ、こう主張した。

「リネウィッチ中将は一介の師団長より格上の軍団長である。よって三日に予定される会議は、ロシア軍主催で行うべきだ」

「馬鹿を言え」

聞くなり、福島は声を荒らげて机を叩いた。

「貴様のところのアレクセーエフ長官とうちの寺内次長が取り決めたとおり、会議は日本主催で行う。それに中将としては山口師団長のほうが古参だぞ。リネウィッチ軍団長は山口師団長より年上かもしれんが、最近中将になったばかりではないか」

互いに主導権を譲るものかと唾を飛ばし合っていると、隣で聞いていた山口中将がまあまあと割って入り、そこまで言うならリネウィッチ中将にお任せいたそう、と話を受けてしまった。

長州奇兵隊に属して維新を戦い抜き、その後もありとあらゆるいくさに参加してきた山口中将は戦将中の戦将などと呼ばれる軍神だが、いざ会ってみると前評判とは裏腹に、置物のように物静かな線の細い男だった。その山口中将が、ロシアの参謀長が出ていったあとに言う。わしは目立たぬほうがよいのよと。

「目立つのがお嫌いですか？」

「そういうことではない。わしが出征に当たり、桂陸相から秘密訓令を受けていることは話したかな」

「ええ。なにごとも列国との連合動作を基本とし、単独で動くことを慎み、特にロシアとの協調に留意すべきこと、であったかと」

「その訓令には、わしが連合軍の総帥になることを禁ず、ということも含まれておってな」

「なんと」

いまのところ、列国指揮官中の最先任者は山口中将である。しかし総司令官を立てて連合軍の指揮を一本化するという話は出ていないし、それぞれの思惑で動いている各国が指揮権を手放すはずもなく、白人が黄色人種の下に入ることを肯んじるわけもない。桂陸相は清国から受ける怨嗟の矢面に立たないよう、列国から猜疑をかけられないようにと手を打ったつもりなのだろうが、対外配慮も度がすぎるというものである。

「ロシア軍に会議主催を譲る理由は分かりました。命とあらば致し方ありませんが、このままロシア人どもになにもかも持っていかれてはおもしろくないので、われらは名を捨てて実を取る方式でいきたいと思います」

「きみに任せる」

そういうやり取りを経て、八月三日の指揮官会議を迎える。

会議冒頭、ロシア軍と日本軍が行った偵察の結果が報告され、天津の北四、五kmには清国正規軍一万五千がいるということが明らかにされた。

山口中将は続けて発案する。

「北京は現在休戦状態のようだが、いつまた攻撃が再開するか知れたものではない。籠城者たちの糧食が尽きる恐れもあり、時間が経てば経つほど敵の守りも堅くなろう。どこの隊も準備は完璧ではないと思うが、いまは即刻前進すべき局面と考える」

第五師団自体まだ全兵力の集結は終わっておらず、列国増派軍も多くは海上移動中であったが、山口中将の主張に異を唱える者はなく、翌々日の五日に全軍挙げて進撃することが決定した。

「作戦について確認する」

福島は立ちあがり、英語とフランス語とドイツ語とロシア語でしゃべる。

「日本、イギリス、アメリカは白河の右岸を、ロシア、ドイツ、フランス、イタリア、オーストリアは左岸を北上し、天津北四㎞の唐家湾、そこからさらに北三㎞の北倉を押さえ、状況が許せばもっと進んで楊村を占領する。これが作戦目標と実施の要領と認識したが、誤りないか」

会議場に詰めかけた列国の将校たちから異論はあがらない。福島はひととおり見渡してから、それでは不十分だと結論づけた。

「唐家湾や北倉という地域を確保したところで、そこにいる敵を逃してしまっては、今後の進軍の障害となる。ゆえに、敵野戦軍をここで完全撃破してしまうべきである。そのためには、右岸を進む部隊も左岸を進む部隊も、敵に当たればその翼、そして背後へと旋回して退路を断つよう部隊を運動させねばならない。すなわち翼側包囲である。そのこと、作戦実施要領に加えておくべきと思うが、諸将の存念やいかに」

議場に並ぶ金髪や青い瞳や色とりどりの勲章が落ち着かない様子で左右に動く。

フィリピンから到着したばかりのアメリカ軍チャフィー少将、インドからやって来たイギリス軍ガスリー中将、数日前に旅順から着任したロシアのリネウィッチ中将など、自国の植民地から急遽引っ張り出された白人どもは、どいつもこいつも見栄っ張りなだけで大した計画など持ち合わせないのである。詳細に偵察し、練りに練った福島プランを卓越した語学力を駆使してまくし立てられれば、筋道立てて反論できる者などいようはずもない。

かくて、提案は満場一致で受け入れられ、各隊はその日のうちに両岸の前進開始位置に移動、日本とロシアをそれぞれの先頭部隊として川沿いに行進縦隊で並んでいった。

天津守備に七千を残し、作戦に参加可能な兵力を根こそぎかき集めた連合軍の編成は、日本軍が八千八百二十、ロシア軍が三千七百五十、イギリス軍二千五百、アメリカ軍千九百、フランス軍八百、ドイツ軍二百四、オーストリア軍六十、イタリア軍四十、合計一万八千七十四名、砲八十五門となる。寺内次長は三万人で行けと言ったが、これもまた現場の判断というやつである。

こうしてついに、いよいよ、そしてようやく、北京解放に向けた第二次遠征は発動されたのだった。柴中佐から「あと一週間しかもたない」という手紙を受け取ってから、すでに二週間が経っていた。

## 八

午前零時を過ぎ、八月五日になった。

「時間だ」

福島は懐中時計のふたをそっと閉じた。振り返ると、かすかな月明かりのなかで山口師団長がうむ、とうなずいているのがおぼろげに見える。

夕方降った雨で地面はぬかるみ、道の両脇に高々と背を伸ばした高粱（コウリヤン）畑が視界を妨げ、前を行く兵士の背嚢(はいのう)と銃剣の鈍い輝きがわずかに進路を示す。馬にはハミを噛ませ、装具の立てる音にすら気を使う無言の軍勢は、そんな暗夜に攻撃前進を開始した。

日没後とはいえ真夏である。

日中の四十度を超える酷暑がいくぶん和らいだところで、肩に食い込む重たい装備、蚊や南京虫の襲撃、そして敵との遭遇に緊張しながらの夜間行進は、兵士たちの体力をみるみる削っていく。

行進発起から二時間あまり、前衛部隊が唐家湾手前で敵の防衛線に接触した。

敵は塹壕に身を潜めて激しく応戦するため、遮蔽物の少ない狭隘(きょうあい)な道を進む日本隊は暗がりのなかで刻々と被害を増やしていくばかり。

黎明(れいめい)に至り、射撃陣地の占領を終えた戦砲中隊が砲撃をはじめ、これに敵砲も応じて砲兵同士の撃ち合いが続く。

福島は伝令を呼びつけ、後方のイギリス軍司令部へ行って騎馬隊と砲兵部隊の支援を要請してこいと命じる。日本軍の引っ張ってきた三十六門とイギリス軍の十五門で、穴に隠れた敵の頭上に砲弾の雨を降らせ、その隙に歩兵と騎兵部隊を突貫させようというのだ。

遠くの地平に光る砲弾の爆発光をじりじりしながら眺めていると、さっきの伝令が息せき切って戻ってくる。イギリス軍は夜明けを待って行動するつもりなので、支援はそののちに行う、として司令官ガスリー中将は福島の緊急要請を受けつけなかったという。

「あやつはなにをやっとるんだ」

英語を話せる由比少佐はイギリス軍司令部に連絡将校として配置しておいた。ガスリー中将を説得するのは彼の仕事である。

「もう一度行け。山口中将直々の依頼であるとしてな」

振り返ると、山口中将は「きみに任せる」とばかりに微笑んだ。いつのまにか夜は白み、顔に刻まれたしわの一本一本がはっきり見えるほど明るくなっていた。

数時間経ち、唐家湾での戦闘は午前九時ごろ収束した。

結局イギリス軍の騎馬隊はぬかるんだ道に足を取られて戦闘に間に合わず、遅まきながらはるか後方から砲撃に参加したイギリス軍の砲弾は、進撃中の日本軍を直撃してしまう。対岸のロシア軍は濡れた道路で進撃が遅れ、目標付近に着いたのは敵が陣を引き払ったあとだった。

敵の多くを取り逃がして包囲殲滅（せんめつ）作戦は完全な失敗に終わったが、日本軍の先遣部隊はそのまま足を延ばして北倉一帯を単独占領することに成功する。

日本以外の列国軍はイギリス軍に戦死一名が出たことを除きほぼ無傷であり、アメリカ、フランスなどは発砲する機会さえ得られず、元々数の少なかったドイツ、イタリア、オーストリア軍は一日にして遠征をあきらめ、この日のうちに天津に戻っていった。

遠征一発目の戦いにおいて手柄を独り占めした格好の日本軍は、砲弾九百発と小銃弾十万発を射耗したほか、戦死五十、負傷二百五十という大きな被害を被った。ふがいない列国軍に対する失望は一兵卒のあいだにも広まり、記録や電文に非難めいたことを残さぬよう福島みずから注意して回らねばならないほどだった。

夕刻、早くも五ヵ国に減った列国軍は占領した北倉に集結して宿営態勢に入り、指揮官たちはロシア軍の司令部に集まって翌日の作戦を協議する。

卓越した語学力を買われて会議の司会役を務めるようになった福島が司会席に立つと、「日本軍の行動が速すぎる」と列国の将校たちは初戦における日本軍の独走をなじり、「マヌケめ、お前らが遅すぎるのだ」と福島は口汚く罵り返す。

怒号の飛び交う荒れた会議が終わると、福島はすぐそばにあった椅子を思いっ切り蹴飛ばした。万難排してようやく出陣に漕ぎ着けてみれば、今度は頼りがいのない友軍に足を引っ張られて北京解放の困難さが一段跳ねあがってしまったのである。だが戦いとは、いいわけを許さない結果がすべての厳しい世界であった。ゆえに籠城者たちの救出に失敗すれば、その責任は派遣軍の首縄を引っ張り続けた政府ではなく、まさしくトカゲの尻尾を切るように現場の者たちに負わされるのは間違いない。

腹立ち紛れにふたたび椅子を蹴倒したとき、イギリス軍の連絡将校を務める由比少佐がこそこそと逃げていくのを見つけ、後ろから憤然とつかみかかった。

「おい、今朝のあれはどういうことだ」

「ど、どういうことだと申されましても」

「ガスリーの手綱（たづな）を引いておくのは貴様の役目であろう。支援するどころか味方に砲弾を落とすとはなにごとか」

「は、初の連合作戦ですから、意思疎通がいろいろと」

「二度のいいわけは聞かぬぞ。明日はうまくやってみせい」

「も、もちろんです」

翌朝、日本軍は出遅れた。

列国部隊が会議で決めた出発時刻を守らず、われ先にと楊村めがけて殺到したからである。抜け駆けに気づいた福島はあわてて一個旅団を続行させたものの、日本軍主力が北倉から二十km先の楊村に到達したとき、戦闘はすでに終わっていた。

夕刻になって福島らが村に入ると、家という家が燃えて黒煙が立ちのぼり、掘り返した陣地や放棄された大砲が転がる戦場跡地で、イギリス軍にくっついていたはずの由比少佐を見つけて首を締めあげた。

「今朝の騒ぎはどういうことだ」

「ど、どういうことだと申されましても」

「いいわけは聞かぬと申しておいたぞ。吐け」

どうも最初に約束破りをしたのはロシア軍とフランス軍で、それを見つけたイギリス軍とアメリカ軍が負けるものかとあとを追ったというのが真相らしかった。

雲ひとつない炎天下、先を争うように二十㎞の強行軍を果たした列国軍は日射病で多くの兵士を失い、しまいには相討ちさえ起こしながら楊村の敵を駆逐したとのことである。とはいえ敵の戦死体は五十に満たず、清国軍がみずからの意思で退いたがゆえの勝利であることは疑う余地がない。

味方を出し抜いてまで手柄を挙げようとする姿勢は、初日に戦果を独り占めされた意趣返しであろうか。列国指揮官の頭のなかに、協力とか連携とか連合作戦などというお題目がそもそもないのなら、こちらもそれ相応に対処するまでである。売られた喧嘩は買うのが福島の信条であった。

「山口閣下、明日から大隊級の支隊を先駆けさせましょう」

由比少佐を放り出してそう言うと、「どういうことかな」と山口中将は仏の顔で応じる。

「主力出発前に支隊を出しておけば、他隊に先んじて宿営地や鹵獲品などを確保することができます。また、今後日本主導で作戦を行うための既成事実作りに資することにもなるでしょう」

「ほう、しかし列国が認めるだろうか」

「やつらには敵情偵察とでも言っておけばよいのです」

「なるほど、福島くんは列国と喧嘩する気なんだね」

「とんでもありません。功名争いと言ってください」

山口中将の了解を取りつけた福島は、翌七日の午前九時、先遣支隊を出発させた。その直後の午前十時から指揮官会議がはじまる。

戦闘と酷暑によって兵の疲労がひどいので、しばらく現在地で休養すべきではないか、というリネウィッチ中将の提案を協議するためであった。

「進軍停止には同意いたしかねる」

福島は声の調子を一段下げて重々しく述べた。

会議の報せ自体は昨晩のうちに届いていたので、これになんと答えるかは山口中将と相談済みである。

「日本が同意できないとは、意外なことですな」

ところがリネウィッチ中将は平然と言い返す。

「アレクセーエフ長官とそちらの寺内参謀次長とのあいだでは、ここ楊村に兵站拠点を築き、三万人規模で北京攻略を目指すとの合意があったように思うが、もうお忘れか」

たしかにそのとおりだが、ロシアの意見を容れてのらりくらりとしているうちに、自国の利益を図ろうとする各国の野心が露わになって進撃がますます停滞しては困るのだ。

福島は舌を振るって論陣を張った。

「その合意は承知している。しかし両将は敵に万全の備えがあるという前提で話し合いを行ったのだ。敵が腰砕けとなって後退を重ねていることからも分かるように、向こうは大沽砲台と天津城を落とされた動揺からいまだ立ち直っておらず、敵に備えあり、という合意の前提事項が崩れたことはもはや明らかであろう。ここは時間を置かず、この勢いのまま速攻をもって北京に迫るべしというのが山口閣下の意見である」

イギリスのガスリー中将とアメリカのチャフィー少将は賛意を示すが、リネウィッチ中将は引き下がらず、今度は兵站上の問題を突く。

日本軍の携帯した口糧は残り七日分であり、はるか後方を前進中の輜重部隊を捨て置いて進撃を続ければ、北京手前の通州あたりで食料切れを起こすのは自明の理である。派兵の資金繰りに頭を悩ませる本国からも「食料品は現地購入を控え、追送によってまかなえ」と指示されていたから、行く先々で買い集めることもできない。

ロシア軍にしてもほかの軍にしても事情は同じであり、楊村の兵站基地化を待って進撃を再開すべきとする意見は、至極まっとうな安全策であった。

「なれば申しあげる」

が、ここで折れるわけにはいかないのである。

「沿道は豊熟の季節であり、今後の進路上には河西務、馬頭、通州などの大集落がある。よってそれらの地方を占領した際に糧食を確保しうる望みは極めて高い。危険は承知ながら、ここで前進を止めれば敵の守りは堅くなり、北京救済の可能性は日に日に低くなる。もしロシアがどうしても進まぬと言うなら、日英米仏軍のみにても進む所存」

福島が敵地に糧を求めてでも前進を強行すべきだと一気に言い切ると、

「みなさんが進まれたとしても、うちは兵站部隊が来るまでここに留まる」

と、フランスのフレイ少将が横から水をさす。

「では、日英米の三ヵ国のみにて進むということで、よろしいかっ」

福島は噛みつくような勢いでリネウィッチ中将に決心を迫った。

「まあまあ、そのへんで」

山口中将がなだめに入り、「こちらが苦しいときはあちらさんも苦しいのですから、ここはひとつ、一緒に我慢比べといきませんか」とリネウィッチ中将に向かって日本語で語りはじめた。柔らかな口調が鎮静効果を発揮したものか、リネウィッチ中将がそれ以上騒ぐこともなく、フランスを残した日英米露の四ヵ国は十二km先の南蔡村(なんさいそん)目指して明朝前進再開と決まった。

議題は行進順序に移る。

「明日の行進順についてだが、わが軍はすでに大隊規模の偵察部隊を前方に出していることから、隊列の先頭は日本が務めたいと思う」

福島が仕込んだ一手を披露すると、「なんだそれは」「聞いてないぞ」「先頭を一国の特権とする気か」と、たちまちロシア側から非難の嵐が起きた。

「きみたちはそう言うが、はるか先を進む偵察部隊にいまさら戻ってこいと言うわけにもいくまい。そうなると主力の先頭を請け負う部隊は日本の偵察隊と連絡を取り合いながら前進することになるわけで、要するに日本人同士のほうが意思疎通は容易であろう。それともなにか？　ロシア軍のなかにも日本語を話し、日本軍の編成・装備・戦術に通暁する日本通がおるとでも言うつもりなのか。もしそうなら先頭を譲ってやらんでもないぞ」

既成事実を盾にした強引な持っていき方にロシアの将校たちは立ちあがって反発する。

リネウィッチ中将は青筋を浮かべながらも彼らを押さえ、「なれば、日英露の共同騎兵部隊を本隊の前衛として使うことを提案する。その指揮官にはイギリス軍がよかろう」と、日本軍が先頭を行くことを認めたうえで対案を述べた。

「共同部隊は構わぬが、日本の騎兵部隊長は大佐である。ほかより階級上位なのは明らかゆえ、指揮官はやはり日本人とすべきである」

日露の対決にならないよう配慮された折衷案さえ、福島は一蹴した。

「ではその指揮官を隔日交代にしてはどうか」

不穏な空気を読んだイギリスのガスリー中将が福島に譲歩を迫る。

「いいや、戦闘中に部隊指揮官を隔日交代にしては混乱を招く。やはり指揮は日本人で統一すべきだ」

会議が終わると、イギリス人とアメリカ人の口からはため息が、ロシア人の口からは聞こえよがしの悪態が漏れてくる。

「福島くんはやり手だね」

日本隊の本営に戻ると、山口中将が笑いながら肩を叩いた。

「強引すぎたでしょうか」

「いやいや、人に先んじねば手柄は挙げられぬ。それに、このままでは日本軍が独走するかもしれぬと思わせることもできたであろうから、彼らの尻をひっぱたくことにもなったはず。どうせ彼らとはこの事変限りのつき合いなのだ。人の死なない喧嘩なら、わしは大いにやるべしと思っておるよ」

懐中時計を取り出して時間を見ると午後四時だった。

そろそろ午前中に出した支隊が南蔡村に到達する時刻である。いまは食料探しや宿営地の縄張りに大忙しの頃合いだろうか。

時計のふたを閉じて福島は思う。

明日の快適な寝床が確保された代わりに、相互理解に基づく多国間連合は儚(はかな)き夢に終わったなと。

# 九

散発的な銃声が聞こえる、なんとなく騒がしい朝だった。五郎はずずっと粥をかき込み、箸を置く。三十秒で終わってしまうような副食物のない簡素な朝飯である。

建物の外壁を背にして日よけの覆いを斜めに吊っただけの日本隊本営は、誰が言いはじめたか大本営などとあだ名されてはいるものの、砂埃をかぶった机ひとつが中央にでんとあるだけの閑散とした総司令部だった。

「これで終わりか」

「はい、それで終わりです」

糧食係は哀しそうに相槌を打つ。八月八日の朝、とうとう日本隊の食料が底を突いたのである。

敵から買い入れたり、半減食をさらに半分に減らしたり、東交民巷内の民家という民家を家捜しして米や豆や小麦などをわずかばかり手に入れることはあったが、どう創意工夫したところで一週間分の食料で一ヵ月食い繋ぐのは人間の知恵と胃袋の限界を超えていた。

明日以降はイギリス公使館から配給を受ける手はずとなっているが、それとていつまでもつものか。空腹を抱えた教民たちは日々数十人単位で東交民巷を去っていき、最前線で水兵とともに戦ってきた教民隊の若者たちですら、指導者の多くが倒れて働きが悪くなっていた。

各国部隊の平均損耗は三十四%を超え、死傷者の合計は百七十人にのぼり、軽傷者の数はとても掌握しきれないという。なかでも日本隊は七十六%という異常に高い負傷率を叩き出していたが、それは入退院を繰り返す兵士が多いことの証左であり、つまり人員の激しい使い回しによるものである。

いつまで続くか定かではないこの休戦期間にあって、敵が着々と準備を進めているのも気にかかる。

一昨日、イギリス公使館の東にあるモンゴル市場の家屋内から、敵の坑道のひとつが見つかったのである。またしてもドイツのワーデン大尉が鋭敏な聴覚を発揮して振動を感知、出撃したロイヤル・マリーンズが穴を掘っていた清兵をことごとく追っ払ってことなきを得たが、向こうも戦闘再開の日に備えているということだった。

一匹見つければ百匹いると思わねばならないゴキブリと同じで、イギリス公使館やフランス公使館だけでなく、王府に向かって掘り進められている坑道も存在すると見るべきであり、いざその日来たれば、フランス公使館を吹っ飛ばした戦法をここでもそこでも再現しようという魂胆なのだろう。

さりとて、総出で探索させるにしても、対抗壕を掘るにしても、動かぬ教民と疲弊し切った水兵たちではどうすることもできず、幼少時に斗南で味わって以来の空腹に苦しむなかで、落日は旦夕に迫るの感があった。

「また出て行っとうですね」

本営から外に出たところで、守田大尉と出くわした。今日も、教民たちが食料を求めて東交民巷から退去するという。

「何人だ」

「ちゃんと数えとらんばってんが、百人くらいですばい」

連れ立って詹事府近くへ行くと、ちょうど彼らが出発するところだった。こうした光景はここ数日の見慣れた光景になっている。教民たちを外に出すことについては総理衙門と話がついているが、それがあてにならない保証であることは教民たち自身がよく分かっていた。それでも外に出ることを望む者が後を絶たないのは、ゆるやかで確実な死よりも、万にひとつの生に賭けたいがためである。

彼らの悄然とした姿を見送っていると、見知った顔を見つけた。ずいぶん前に女の子を託した老夫婦であったが、その子はいなかった。

「きみたち、待ちたまえ」

小走りで列に追いつくと、夫のほうの手をつかんだ。

「あの子はどうした。一緒に連れていかないのか」

五郎を認めた男ははっと息を呑み、許してくださいとわななきながら言い、妻のほうはおろおろするばかりで言葉を発することさえできない。ふたりは逃れるように列に戻ると、そそくさと通りの先へ消えていった。老夫婦のただならぬ様子に虚を衝かれた五郎は、やがて思い出したように事態を察知した。

急ぎ足で居残った教民たちがたむろする詹事府へと向かい、しばらく訪れることのなかった一角を覗いてみると、木々の燃えかすやむしろを敷いた跡など、人が生活していた痕跡のほかに、壁近くで小さな土盛りを見つけた。老夫婦と女の子が定位置とした場所だった。

五郎は盛りあがった土くれのそばに片膝をつき、視線を落とす。そこにあったのは人形だった。あの子が小さな手で握り締めていた人形であった。

「あん子ん墓ですやろうか」

守田大尉が後ろから土の小山を見下ろしていた。

「残念ながら、そのようだ」

「安藤んやつが哀しみますね」

「あの世で詫びてもらうよりあるまい」

女の子はおそらく餓死したのだろう。そしてこうなることを、自分はどこかで予想していた。ここに来るのを避けたのは、救ってやれない現実を見たくなかっただけだった。

あたりを見渡せば、埋められることもなく放置された遺骸がちらほら目についた。腐っていたり、野犬に食われていたりと見るに堪えない死体が多く、なかには子供の、それも乳児の死体さえある。一日に十人以上の死者が出ているという教民たちのうち、ここ最近では敵弾に倒れる者より飢えて死ぬ者のほうが多いという。だが白人たちにも、日本人にも、餓死者はいない。それがいつまで続くかは定かではないのだが。

翌九日の朝、「よく見ておけっ」という大声で静寂が破られた。

銃眼からそっとうかがうと、後ろ手に縛りあげられた数十人の清軍兵士が壁向こうに一列に並べられ、抜き身の青竜刀をさげる半裸の男が側に立ち、その横で身なりからして将校らしき男が、「こやつらは貴様らに食料を売りつけていた不届き者だ。ゆえにこれより罰を加える。よおく見ておけっ」とこちらに向かって怒鳴っていたのである。

守田大尉も原大尉も、水兵や義勇兵もみんなが目を皿のようにして並び見ているその先で、哀れな罪人の首がひとつ切り落とされた。

子供がいるんだ、親の世話をしなきゃならん、出来心だった、などと涙声で命乞いする者たちに向かって容赦なく青竜刀が振り下ろされていく。

凄惨な光景に釘づけになっていると、服部先生が後ろから走ってきた。天津のイギリス領事から密使がやって来たという。

ついに救援軍は北進を開始し、八月五日には清軍の拠点である北倉を奪取。予定では九日に河西務、十日に馬頭、十三日か十四日には北京へ入城するとのことである。

「イギリス公使館の様子はどうだった」

「ええ、それはもう。躍りあがる者や泣き出す者やらで大騒ぎでした」

「福島少将ん手紙は疑うとったくせに、イギリス領事ん手紙は疑わんとか」と、守田大尉が吐き捨てる。

「しかし、われらの面前で裏切り者を処刑しているということは、敵は綱紀を粛正してもう一戦やらかす気なのかもしれません」と原大尉がすかさず言う。

「やけん、なんや」

「だから、あの処刑こそが救援軍の迫っている証拠かもしれないと言っているんです。彼らはきっと、救援軍の接近を知って焦りはじめているんだと思います」

　最後の首が悲鳴とともに飛んだ。

「原くんの言うとおりだな。敵は決着をつける気なんだ。彼らにとっても戦いの終わりが近いということなのだろう」

　五郎はそう言って、すっかり頬が痩けてしまったふたりに向かって配置につくよう命じた。

　壁が破れるのが先か、救援軍の到着が先か、それとも食が尽きて飢え死にするのが先なのか。結末がどうあれ、この籠城はまもなく終わりを迎えるだろう。

東交民巷に立て籠もって、五十日が経っていた。

# 第七章　籠城の果てに

## 一

日本隊を先頭に楊村を出発した連合軍は、敵の微弱な抵抗を排しつつ、予定どおりの行程を消化していった。

といってもその行軍は、死者が出るほどの陽射しに耐えながら、沿道の半熟トウモロコシをもぎったり、付近の人家を漁ったりして飢えをしのぐような難行軍であった。また井戸探しなどで単独になった兵士が惨殺されることが繰り返されたため、兵士たちは村民を殺すことを躊躇しなくなり、食い物を調達するついでに金品財貨を奪うことが日常化すると、もはや軍紀も風紀もあったものではなくなっていく。

八月十二日、五ヵ国連合軍はこうした荒んだ行軍の果てに経路上最後の敵拠点、通州城を落とすことに成功する。

北京まではあと二十五km、一日、二日の行程を残すのみとなり、通州城内に入った列国軍はもう一度会議を開いて北京攻略要領を最終検討することとした。

この勢いのまま一挙に北京を攻めるべき、というのが日本側の意見で、全軍に一日の休憩を与えるべき、というのがロシア側の意見だった。いつもならここで掩護射撃があるのだが、この熱暑で多くの脱落者を出していたイギリス軍やアメリカ軍も、ようやく一部が追いついたばかりのフランス軍にしても、このときばかりは後続を待つ必要からロシア案に賛成する。

「では明日一日の休養について日本も同意するが、無為に時を費やすことには反対である」

形勢不利と見た福島は一歩譲歩するが、条件をつけた。

「明朝、わが日本軍は一個旅団の支隊を十kmほど進ませて敵情偵察させる。各国も明後日までに同一線上に集結し、十分の偵察を済ませたうえでふたたび指揮官会議を開き、そこで最後の打ち合わせをするということでどうだろうか」

「異議なし」

「それで構わぬ」

各国は提案に同意し、明日を休養、明後日十四日に内城の東門前に一線に並んで布陣、合議ののち、明々後日（しあさって）の十五日を攻撃開始日と決めて散会した。本営に戻った福島は、明日出発する支隊に同行したいと山口中将に述べる。

「戦場を先に見ておきたいということかね」

「は、とりあえず東門の前に各国一線に並んで布陣することとなりましたが、そのまま東門を破って内城に躍り込むか、それとも外城のほうから回っていくべきか、現地をよく見て判断したいと思います」

「たしか駐在武官から来た手紙には、外城から入り、外城と内城の城壁下を抜ける河の水門を通れば東交民巷に至るのは簡単である、と書いておったな。その者の名をなんといったか」

「柴です。柴五郎陸軍中佐。我慢強さにかけては定評のある会津人です」

「会津？　ほほう、懐かしい響きだの。若かりしころ、会津若松に攻め入ったときのことを思い出すわ」

「ええ、彼は籠城戦で名を馳せた会津の血を引く男ですから、北京でもうまくやってくれていると信じたいところです」

「まこと、あのとき城に立て籠もった会津の者たちにはずいぶんと手を焼いたからのう。それにしても、かつては敵味方に別れて殺し合った者同士が、いまはこうやって協力し合う。いやはや、なんとも痛快なことじゃないか」

「同感です」

「ではその会津人に二度目の敗戦を味わわせぬよう、一刻も早く助け出してやらねばな」

「まったくもって同感です」

山口中将は維新勝ち組の長州出身である。その末席にかろうじて連なった松本藩出身の福島は、白亜の城が燃えていた日の光景をちらと思い出している。

「部長、どうして北京を前に進撃を止めるんですか」

由比少佐が日本隊の宿舎にひょっこり現れた。

「アメリカやフランスのみならず、イギリスまでもがロシアの味方をしたからだ」

「なぜです」

「連絡将校の貴様が俺に訊いてどうする。そんなことだから他国軍に出し抜かれるのだ。次はことが起きる前に必ず通報せよ」

多国間の意思疎通は相変わらず難しいが、日本人同士だって心を通わすのは簡単ではない。

泥臭さに欠ける由比少佐もまた、長州生まれの勝ち組だった。

＊

次の日の夜明け、日本軍主力に先駆けて、一個砲兵大隊を増強した真鍋少将率いる第九旅団が福島とともに北京目指して出発する。

午前十時に定福庄という小さな村に着いた第九旅団が天幕を張って露営の準備をしていると、今日は休むと言っていたロシア軍がなんの連絡もなく側に現れ、アメリカ軍やイギリス軍までもが近くに布陣し、フランス軍はそれらを追い越してさらに進んでいく。

列国軍は先日の取り決めにもかかわらず、休日返上で主力部隊を押し出したのである。気づいてみれば通州に主力を留めたのは日本軍のみとなっていた。

真鍋少将は顔色を変えて「なにごとか確かめに行きましょう」とあわてるが、問い質すまでもないと福島はやめさせる。

日本軍が兵を進めた以上、自分たちも進まぬわけにいくかという、手柄を独り占めされた北倉戦以来の競争意識の表れなのだろう。そこで福島は、友軍を難詰する代わりに通州に残っている山口中将に早馬を飛ばし、「約束は反故になった。我々も念のため師団全部を前進させるべき」と意見具申する。

「前方の状況に変化がない限り、予定どおり明朝四時に出発する」

状況が変化したのに返事はこうだった。

これまでずっと日本軍は目立ちっぱなしであったから、ここは大目に見てやろうじゃないか、ということだろうか。だが抜け駆けされてはたまらないので、特に怪しいロシア軍には監視をつけておくことにした。

友軍同士の疑心暗鬼も極まれりといったところであるものの、この事変によって日本がなにを成し遂げようとしているかを考えるとき、東交民巷一番乗りの栄誉を他国に譲るわけにはいかないのである。

イギリス軍の行動に関してまたしても情報を取り損なった由比少佐が連絡将校の適性に欠けることは確定だが、明日の指揮官会議が荒れることもまた確定であった。

## 二

竹竿を手にした水兵が粛親王府の正門に梯子をかけて登っていく。

明日、明後日にも入城するであろう救援軍を迎えるに当たって、日本の国旗を目立つところに掲げておけ、と西公使が命じたのである。五郎は高い木や建物のてっぺんには小旗を結ばせ、一番大ぶりな旗は大本営と呼ぶのがいささかはばかられる日本隊本営の横に突き立てた。

門上にひるがえった日章旗を見ながら、よくぞここまで戦い抜いたものだと思う。

昨日城壁に登って足元を見たとき、そこには怪我を負った清軍の兵士たちが陸続と正陽門へ向かうなんともみじめな光景があった。彼らは戦闘に敗れて引き揚げてきた敗残の将兵で、それはつまり救援が手の届くところまで来ている証(あかし)である。しかし来る来ると言っていた兵士たちは、結局来なかったシーモア軍の例もあり、籠城のさらに長引くことも考えておかねばならないが、イギリス公使館の備蓄さえ、あと一週間で底を突く。そのときは飢えて死ぬか、いちかばちかの北京脱出しか残らない。

突然、どんっと腹に響く大音響とともに地面が揺れた。

ぱちぱちっとなにかがはぜるような乾いた音が続き、イギリス公使館のあたりで黒煙があがる。

一ヵ月あまりも沈黙していた大砲が火を噴いたのである。すぐに粛親王府にも砲弾が降ってくるようになり、この日に備えて準備した防壁が砲撃の嵐のなかで瓦解していった。

一時間経ち、昼を過ぎ、夕方になって降り出した雨が烈風を伴う豪雨となっても攻撃はいっこうにやむ気配を見せず、幾千と放たれた弾丸は銃眼から飛び込んで替えのない兵士たちを傷つけ、崩れた壁からは次々と敵兵が躍り込み、撃退するたびに貴重な弾薬が消費されていく。

夜のとばりが降り切ってあたりが完全に闇に包まれると、雨のなかでも燃え続ける家屋、ときおり光る稲妻、四方八方に瞬くライフルの発火光が照明代わりとなった。炎に照らし出された無数の人影が、悲鳴や怒号の混じり合う暗闇のなかで火花を散らして戦い、壁を叩く雨音は激しく、祈り続ける教民たちの歌声が粛親王府に満ちていた。

本営にイタリア隊の伝令が駆け込んできたのは午後九時を回ったころだった。陣地の一角が突破されそうだという。

今夜の攻撃は異常、このまま踏みとどまれば全滅する、イギリス公使館へ兵を退くべき、他隊もすでに引き揚げたに違いない。

イタリア隊の伝令はフランス語とイタリア語をごちゃ混ぜにしながらそうわめき立て、言いたいことを言い終えるとあたふたと持ち場に戻っていった。

五郎はひっきりなしにもたらされる緊急報告が本営内に飛び交うなかで、籠城当初に起きたオーストリア隊の無断後退に端を発した雪崩のごとき全面潰走を想起する。

いま、日本隊がわが身可愛さに逃げ出すようなこととなれば、がら空きとなった背後を襲われる恐怖から各国部隊もあとに続くだろう。全正面にわたって敵の本格攻撃を受けている真っ最中にそんなことが起きたら、かろうじて濁流を防ぎ続けた堤防が一挙に崩壊してしまい、最後の腹切り場であるイギリス公使館だってどうなるか分かったものではない。国は違えど、一ヵ月以上もともに戦った戦友たちをここに来て裏切れるわけがないのだ。

そんなことを考えていると、ぶおんっと、巨大な風鳴りのような音が空から降ってきた。東から西に向かって間断なく頭上を飛んでいく怪音に驚いた義勇兵たちが、敵の新兵器かと騒ぎ立てて真っ黒な空を見あげている。

水兵たちは気づいた。五郎もまた勘づいた。これは清軍の豆大砲ではなく、大口径砲弾の飛び来る音だった。

「援軍が来たぞっ」

どこからともなく歓声があがる。

待ちに待った救援軍がどこかの城門に砲撃を加えているに違いない。王府を包囲する敵がシャーシャーと、砲声に負けじと突撃の奇声を発す。

もう弾が尽きそうだと、原大尉が息せき切って現れた。

最後の壁が破れそうだと、守田大尉も駆けてくる。

連日の暑さゆえ、ふたりは軍服を脱いで腰に拳銃だけの身軽な格好である。ほかの者たちも上は襦袢（じゅばん）だけという者が多い。

ここまでなのか。あとひと息だというのに、ここで終わりなのか。

だがそのときを覚悟すべきなのかもしれないと思うにつけ、むしろ覚悟が固まった。たとえ王城の石壁が抜かれようと、その際はわれら自身が人壁になるまでのことよと。

「守田くん、原くん、気の毒だがきみらには最後までつき合ってもらうぞ。軍人が民間人のあとで死ぬわけにはいかないからな」

「もちろんです」原大尉は迷うことなく言った。

「死に場所が海やなくて残念やったな」守田大尉は原大尉をひじで小突いた。

五郎はうなずくと、軍帽を深くかぶり、上着のボタンを一番上まで締めて立ちあがる。腰に吊った軍刀の重みに、亡き安藤大尉の加護を感じた。

くはためいた。

稲光のなかでふたりの注目が集まったとき、至近弾を受けて本営すぐ横の日の丸が大きくはためいた。

「ただちに兵士全員の服装を整えさせろ。醜い屍など残しては日本人の名折れになる。いいか、今夜ひと晩、必ずここを守り切るぞ」

わがいくさも、いよいよ大詰めであった。

三

なにかの物音でわれに返ったとき、福島は椅子の上でうつらうつらと船を漕いでいた。時計を見ると夜の十一時である。

疲れていたのだろう。明日の会議で討議すべきことをまとめているうちに眠ってしまったらしい。一杯やって目を覚まそうと一升瓶に手を伸ばしたとき、遠くに砲声を聴いた。

天幕の裾をめくって外に出てみると、雨である。

しばらく耳を澄ませていると、寝静まった宿営地に降り注ぐ驟雨のなかにパチパチっという音がときおり混じっていた。北京市街の方角だ。

福島は上着を引っかけ、第九旅団司令部として接収した農家に向かった。

司令部内では騎兵将校が偵察結果を真鍋旅団長に報告しているところだった。砲声の出所は北京東門付近、ロシア軍の一部隊が偵察攻撃を行っている模様とのことである。

「福島少将、ちょうどよいところに」と真鍋旅団長が声をかける。

「話は立ち聞きしました。露助の勇み足かと勘繰ったんですが、問題なさそうですな」

「ええ、そのようです。それと山口閣下からこれが届きました。確認願えますか」

師団主力到着までのあいだ、もしも北京に入る必要を認める事態が生起した場合は、臨機の処置を取れ、という文面だった。

「意味を図りかねているのですが、師団長の真意はなんだと思われますか」

「真意もなにも言葉のとおりでしょう。なにかあったら旅団長に任す、それだけですよ。真鍋少将は山口閣下の信頼が厚いようですな」

そう答えたが、山口中将も不安なのかもしれないと思った。後ろに残ると決めたものの、列国軍は全部前に出ているのだから。

すっかり眠気が覚めてしまったので、窓の外を眺めながら時間を潰す。

小川が流れるような音を立てて降る雨はやむことなく、ごろ、ごろ、という雷鳴がたまに轟く。

濡れながらおのれの天幕に戻るのもおっくうである。福島はここで仮眠を取ることに決め、火の側に座って腕を組んだ。

どのくらい経っただろうか。ふと目を開けると、旅団司令部の参謀たちがあたふたと走り回っている。午前二時五十分だった。

「なにごとだ」

目をこすりながら近くの者に訊くと、その答えを得るより先に、連続する砲声で屋根が揺れた。さっきからこんな調子だという。ただの偵察攻撃だと聞いていたが、相手の力量を測るためにひと当てするだけの偵察活動で、こんなに長々と交戦が続くのはおかしい。ロシア軍本隊はまだ後方にいるといっても、なにやら不気味である。

部隊を前に出すべきかもしれぬと福島が意見を述べると、明日の会議を待たずに動いて問題ないかと真鍋旅団長は心配した。

「たとえ一部とはいえロシア軍は動いたのですから、漫然と軍議の時間を待って先を越されては一大事です。山口師団長の言葉どおり、臨機の処置を取れる位置まで部隊を進めておくべきかと」

「現場の判断というやつですな」

「いかにも、現場の判断です」

真鍋少将は旅団全部に緊急集合を命じた。

真夜中の雨中である。半分眠りこけていた第九旅団の宿営地は蜂の巣を突いたような大騒ぎとなり、前進準備を終えるや雨の降りしきる真っ暗闇に踏み出した。

なにが起きているか定かではないが、とりあえず目指すべきは北京内城の市門のひとつ、朝陽門である。地平の先に北京の城壁が威容を見せたのは背後がかすかに明らむ六時ごろ。おぼろげに城門の形が現れてきたとき、ロシア軍の騎兵将校が泥水を跳ね飛ばして追いついた。ロシア語で福島少将はいるか、と名指しである。

「俺だ」

馬足を止めず、ぶっきらぼうに鞍上から訊き返す。そのロシア騎兵は言う。

「わが軍の一隊が昨夜から東便門を攻撃中なのだが、敵の反撃を受けて損害を出し、門に張りついたまま動けなくなり困っている。ロシア軍主力は当該部隊を救出するため東便門に向かうゆえ、日本軍は敵の攻撃を分散させるためにも、ただちに朝陽門を攻めてもらいたい」

「一斉攻撃は明日の予定だったはず。なぜそういうことになった」

「これは偵察部隊の独断によってはじまったこと。リネウィッチ中将はご存じないことである」

「イギリス軍やアメリカ軍とは調整済みか」

「もはや他国の動きに構っている場合ではない。支援するや否やただちに返答されたし」

むっとしながら真鍋旅団長と相談した。そして要求をすべて呑み、一個大隊を東便門の支援に回し、主力は朝陽門を攻めると回答する。

最終目標を前に寄せ集めの連合軍はついに瓦解したのである。だがなし崩し的な無計画攻撃になってしまった以上、誰が一番乗りを果たすかということ以外考えるべきことなどなにもない。

福島は山口中将に速やかに前進すべき旨の伝令を送り、旅団は朝陽門めがけて速度をあげた。十時には師団主力も追いつき、朝陽門に対して全砲門を開く。ロシア軍は左隣の東便門を攻撃中だが、イギリス軍、アメリカ軍、フランス軍がどこでなにをしているかはさっぱり分からない。

三十六門の山砲を並べて撃ちかけること数時間。千発近くの命中弾を受けても朝陽門はびくともしなかった。さすがは清国の首都を守る城壁である。攻城砲でも持ってこなければ埒が明(あ)かないと見て、天津城攻略でも功を奏した爆薬で吹っ飛ばすやり方に変えた。が、城壁からの銃撃が厳しく、損害ばかり増えてなかなか近づけず、これは日暮れを待つほかなかろうと語らっているところに、緊急報告が来た。

アメリカ軍がロシア軍と協力して東便門を開いたというのである。しかもその左隣の門である広渠(こうきょ)門をイギリス軍が開き、すでに外城内に雪崩れ込んだという。

「してやられたっ」

福島はのけ反った。

イギリス軍は外城と内城を隔てた城壁を貫いて流れる御河の水門を目指して、現在驀進(ばくしん)

中だとのこと。柴中佐の手紙でも、その水門を抜ける道がもっとも容易に東交民巷にたどり着けるとあったから、彼らも同じ情報を持っていたに違いない。

そこに由比少佐が馬を飛ばして現れ、「部長、イギリス軍がっ」と叫ぶ。

福島は砲声に負けぬ声で怒鳴りつけた。

「遅い！」

白人どもと肩を並べて戦うなど、二度と御免であった。

## 四

洋鬼が攻めてきた、とわめきながら端郡王が進殿した。

兵士たちは略奪と放火に精を出すだけで戦おうとせず、通州の防衛線はもろくも破れ、義軍を率いて決戦に臨んだ李秉衡は「大恩を謝す」と言い残して自害したという。

端王は額を床に打ちつけ、「頭にターバンを巻いた黒人部隊が前門に向かっている。東便門を攻めるのはロシア軍だ。すべては義和団に国運を預けたやつがれの落ち度である」と嘆くばかり。

講和の切り札とした李鴻章は体調不良を理由に再三の上京要請に応じず、董福祥は東交民巷の洋人どもを皆殺しにしてやると息巻くが、和平の道が絶たれて守兵もいないとなれば、城壁のすぐ外に列国軍が迫ったいま、北京陥落は避けられぬ現実となった。

聞いたことのない大きな砲声が夜のとばりを切り裂くころ、準備した車二百両が敗残兵にすべて奪われたことを知った慈禧は紫禁城に留まることを選んだ。だが栄禄は「都を捨てて西安に向かえ」と額に汗して翻意を促す。

「余は天下の中心におらねばならぬ。もしも余が都を去れば、外は民心に、内は国政に多大な影響があろう」

「いいえ、それは違います。どこであろうと太后陛下のおられる場所が天下の中心なのです。御身さえご無事なら都が失われても帝国の将来は揺らぎません」

「余に生き恥さらせと申すか」

「後日のためです」

栄禄は語気を強め、慈禧はため息をつく。

「頑固なやつめ。だが馬車はないのであろう。徒歩で逃げ切れるとは思えぬぞ」

「数台ならなんとかなります。やつがれが手配りして参りますゆえ、急ぎお支度を。夜明けまでに発たねば脱出できなくなるでしょう」

数台なら。

そう言い置いて、栄禄は飛ぶような勢いで出ていった。

数台しかないのなら、連れて行く者と残す者を決めねばならないということである。不在間に傀儡政権が立っては困るから光緒帝は残せない。同じ理由で、帝位継承者である端郡王の息子も伴う必要があるだろう。留守番を任せても野心を抱きそうにないのは慶親王だけであり、補佐に栄禄をつければ万全だ。ここ数日で売国の疑いがある高官はことごとく処刑しておいたから、処理すべき懸念はあとひとつである。

「蓮英」

「これに」

影のように控える李蓮英がひょろりと進み出る。

「珍妃をこれへ」

よく研がれた刃物のような李蓮英の顔つきに影がさしたのはほんの一瞬だった。すぐに抜け目ない忠臣の表情に戻ると、光緒帝最愛の寵妃(ちょうひ)を幽閉先から引っ立てた。

「珍妃、外でいくさが起きていることは知っているな」

「毎日砲声を聞かされればいやでも知りえてしまいますわ」

慈禧の前に現れた珍妃は、長い幽閉生活でかつての美貌を損なってはいたが、持ち前の負けん気はいささかも衰えることなく、膝をつくどころか虚勢を張っている。

「まもなく敵は城内に乱入する。そこで余は光緒帝を伴って京を離れることとした」

「皇后様の離京はお止めしませんが、皇帝陛下は都にお残りになるべきです」

慈禧は背もたれに体を預けて籐椅子をきしませながら、「そちがなにを考えているか手に取るように分かるぞ」と言った。

「余のいない隙に愚かな息子を焚きつけて玉座を取り返す気なのだろうが、光緒帝が余とともに西安へ下向するのは決まったことじゃ。だが珍妃、そちは連れていかぬし、残してもいかぬ。この意味は分かるな」

珍妃の顔に当惑が浮かび、それはやがて恐怖に置き換わる。

「こんなことは皇帝陛下がお認めになりませぬ。こんな無体なことは」

自刃を命じられたと知って後じさりする珍妃の細い肩を、屈強な宦官が押さえつけた。

「おやおや、さっきまでの威勢はどこへ行ったのか。だが皇帝の側室が洋人どもに辱めを受けるようなことがあってはならぬのじゃ。おのれでできぬとあらば、手を貸してやるまでのこと」

慈禧が目配せすると、心得た宦官たちは必死に命乞いをする珍妃を宮殿裏の井戸まで引っ張っていき、頭から逆さまに投げ込んだ。大きな水音が立って、井戸の底に悲鳴が消え、すべての懸念はつつがなく処理された。

夜明けの少し前、栄禄がラバに引かせた騾車を四台手に入れて戻ってきた。

「敵が外城に入りました。もはや一刻の猶予もなりません」

「どこから抜ける」

「東華門から行きます。避難民であふれ返っておりますが、そのなかに紛れてしまえばかえって安全です」

底の高い花盆底靴からぺちゃんこの靴に履き替え、髪型も服装も漢人風に改めた慈禧は、みすぼらしい騾車に取るものも取りあえず乗り込んだ。同道する女官や宦官はみな徒歩である。両脇を支えられて連れてこられた光緒帝やその他の王族がめいめい押し込まれると、この国で最高位を極めた貴人の一行は千km先の西安を目指して紫禁城をあとにした。

人々の流れに乗って東華門を抜けると、栄禄は一隊を率いて別方向へ進んでいく。おとりとなって外国軍を引きつけるという。光緒帝はここにいない誰かを捜していつまでも落ち着かず、黄色い大地の彼方(かなた)には朝日が昇っていた。

慈禧は振り返り、いつ戻れるかわからない、もう戻れないかもしれない大清帝国の都を太陽の輝きとともに目に焼きつける。

西太后慈禧にとって、二度目の都落ちだった。

## 五

雨水がたまって膝まで浸(つ)かる塹壕のなかで、兵士がひとり、歯の根も合わぬほどがたがた震えている。夏とはいえひと晩中雨に打たれれば、顔は白く、手はふやけ、眠たいのに眠れなくて吐き気すらするものだ。濡れた大地が日光で温められ、死臭や火薬や汗の混じり合うすえた臭いが湯気となりただよっていた。

「出てきたまえ。大丈夫か」

五郎が煙草をくわえさせてやると、兵士の目に生気が戻ってくる。カエタニ少尉だった。

二十四時間以上続いた銃声が、午前十時を過ぎたあたりから急に衰えた。日付は変わって八月十四日である。

五郎はイタリア隊の無事を確認すると、守田大尉がいる前方指揮所に向かう。

ずっとそうしていたのだろうか。頭に白たすきを巻きつけて仁王立ちとなっていた守田大尉を見届け、さらに前線へと足を延ばす。銃眼のひとつに身を寄せ、しばらく外の様子をうかがってみるが、昨晩の大騒ぎが信じられないような静けさだった。

思い切って壁の上に立つと、すぐに原大尉が「危ない」「撃たれる」と足元にやってきた。しかし壁の外に人の気配はない。

「そこの木に誰か登ってみてくれ。どうやら誰もいないようだ」

ひときわ高い杉の木を指し示す。ひとりの水兵がするすると猿のようにてっぺんまで登っていくと、やはり人っ子ひとり見当たらないようである。

「二、三人、一緒に来い。近くの様子を探ってみるぞ」

壁の穴からそろりそろりと這い出し、建物の壁面に沿って一列で進み、用心深く敵のバリケード線に近づく。昨日まで林立していた毒々しい色合いの軍旗はどこにもない。積みあげられた土嚢に体を隠してそっと敵陣を見渡すと、アンペラで編んだむしろが所狭しと敷かれ、そのうちのひとつで鍋が火にかけられたまま放置されている。雑然とした宿営の痕跡のただなかで、痩せ馬が一頭、哀しげにいなないていた。

後ろを振り返ると、原大尉と守田大尉が壁から蛇のように首だけ伸ばしている。大丈夫だ、と手を振って彼らを呼び寄せた。

「どうやら敵さん相当あわてたらしい。食いかけの飯まで残していくとはな」

馬の手綱を握って首をひとなでしてやった。敵の将校が乗馬としていたものだろう。王府にいた馬は自分のも含めてことごとく籠城者の胃袋に収まっていたため、この痩せ馬は戦利品としていただいておくことにした。

「守田くん、偵察隊を編成してもっと詳しく探らせてみてくれ。わたしは御河の水門に行ってくる。原くん、手旗信号手を借りるよ」

「では、やはり」

守田大尉と原大尉の声がそろい、気持ち悪そうに互いを見交わす。

「ああ、こいつはまず間違いあるまい。あっ、食べんほうがよいぞ。なにが入っているか知れたものではないからな」

鍋に手を出そうとしていた義勇兵を制して鞍にまたがり、かっかとひづめを鳴らしながら馬首をめぐらせる。

石橋までの短い騎行を終えて欄干に手綱を結び、御河沿いの景色を眺めやると、カラスについばまれた骸骨、腐肉を漁っていた野良犬の死骸、錆びついた刀や破損した銃器、投げ出された家具などが目につく。雨季に入れば滔々と水が流れる御河は昨日の雨によってぬかるみと化していたが、泥で隠し切れないそうした激戦の爪痕が、点々とあたりに散ばっていた。生き物の気配はなく、凄まじい戦いの日々が千年の歴史を越える古都を廃墟に変えてしまったかのようである。

もったいないことをしたものだと思いながら水門のほうへ目を戻す。

その水門は御河の川底を城壁にぶつかるまで進んだところにあって、壁の根本をくりぬいて作られた大穴だ。いくたびも密使を送り出したこの水門は、籠城者にとっては外部との唯一の連絡路であり、外からなかに入ろうとする味方にとってはもっとも手近な侵入路となる。張とかいう風変わりな男に託した福島少将宛ての密書には抜け道の存在を記載しておいたので、救援はここから来ると五郎は見ていた。信号兵を伴ったのはその誘導のためである。

しばらく信号兵とふたりで橋に立っていると、大通りから数人従えて走ってくる者がある。ロシアのウルブレフスキー大尉だった。

「大尉、無事でなにより」

「コロネール・シバ、あなたこそ」

「大尉も救援軍が水門から入ってくると見当をつけましたか」

「ええ、先頭はロシアでしょうが」

「まさか。日本ですよ」

「いいえ、ロシアです。賭けてもいい」

「そこまで言うなら」

水門の暗がりのなかから槍をひっさげた騎馬が出てきたのは、ふたりがウォツカと日本酒をそれぞれ賭けに差し出すことを決めてからのことである。

どちらの国が先頭かと目をこらしていると、どうやら水門をくぐり抜けてくるのは一騎や二騎ではない。油断なくあたりを警戒しながら進むのは一個中隊規模の騎馬隊、しかもそろえたように頭にターバンを巻き、陽に焼けた顔は真っ黒である。

「まずい」

とっさに橋の陰に伏せた。格好から見て、あれは剽悍をもって鳴る董福祥の馬隊であった。

各隊は敵の攻撃が終わったものと油断し切っており、このまま突っ込まれでもしたら一大事である。ウルブレフスキー大尉はみなに報せねばと言いつつ後じさり、連れてきた信号兵はあわてふためいている。

「ちょっと待て」

水路を抜けた騎兵のひとりが、旗竿に巻きつけていた赤い軍旗をほどいて高々と掲げ持つ。白や青で縁取られた格子状のストライプが、風を受けてゆるやかにたなびいた。

「どうやら賭けは引き分けのようだ」

「ええ、そのようです」

ふたりは苦笑しながら立ちあがって膝の泥をポンポンと払い落とす。

旗に描かれていたのはユニオン・ジャック、すなわち救援一番乗りはイギリス領インドから派遣されたベンガル人部隊のようだった。

明けない夜はないと信じて待つこと、五十五日目であった。

六

昼から夜にかけて、列国部隊は続々と北京に入城してきた。日本軍とロシア軍は敵の頑強な抵抗に難渋しつつ、陽もとっぷりと暮れたころになってようやく東交民巷に着く。第五師団主力に先駆けて前衛部隊とともに日本公使館に現れたのは福島少将だった。

「久しいな」

「はるばる北京くんだりまで、ご苦労様です」

「うむ、大いに苦労したぞ」

公使館員たちが万歳三唱で部隊を出迎えるなか、五郎は福島少将と握手を交わす。

「さて、さっそくだが貴様にはいろいろとやってもらわねばならぬ。負傷者の手当て、食料の配布、市内の掃討、治安の回復など、地理不案内なわれらには貴様の助言が不可欠だ」

「承知しています。ここ数日がもろもろの正念場となりましょう」

「まさに。ところで、西郷元海軍大臣のご息女がおられると聞いたが、ご無事であろうな」

「ええ、ご主人のほうは残念ながら助けられませんでしたが、ご夫人とお子さんたちはご無事です。それがなにか？」

「いや、ならばよい。話を進めよう」

ふたりは明日からの行動を打ち合わせるため、参謀たちとともに公使館の一室に陣取った。

「まず、急ぎ救わねばならぬ場所が東交民巷のほかにもうひとつあります」

五郎は机に地図を広げ、市北部の北堂を指した。五十五日間、結局一度も連絡を取ることができなかったが、北堂にはいまも兵士数十人と教民数千人が取り残されているはずだった。

「おう、人道優先の方針は聞こえがよい。この件はうまく取りはからおう。して、本丸は」

「紫禁城のことですか」

「そうではない。紫禁城の各門も早々に押さえねばならぬが、他国に先を越されてはまずいものがいろいろとあろう。まずはそっちを話せ」

「あ、そちらですか」

福島の意を了解した五郎は、清国大蔵省の大金庫や、二万石を備蓄する米倉、それに兵器庫、政府要人の邸宅など、接収すべき重要施設を次々と地図へ描き込んだ。

「閣下、念のために申しますが、これら施設の接収は法に則った形で行い、個人の略奪はお許しならぬほうがよろしいかと」

会津落城のおりも、戦勝軍による蛮行が城下で繰り広げられたものである。

「分かっておる。参謀本部からも、政府のお偉方からも、くれぐれも日本の名誉を汚すようなことはしてくれるなと、きつく言い含められておるわ。敵国金品等の差し押さえは、あくまで国際法に認められた範疇(はんちゅう)において、すべての行為は正式な軍命令に基づき行わせるつもりである」

「それを聞き安堵しました」

「わが国にとってこのような連合作戦は本邦はじまって以来のことであるからな。なにごとも慎重に慎重にと、おい、貴様目がぴょこぴょこと泳いでおるぞ」

時計を見ると夜の十二時に近い。気合いを入れようと頰をぱんと叩いた。

「貴様、眠っておらんのだろう。起こしてやるから、一、二時間横になれ」

ふたたび頰を叩くがまぶたはますます重く、足元がふわふわする。考えてみれば昨日の朝から連続四十時間超の勤務である。

「申しわけありません。お言葉に甘えます」

這うようにして部屋を出ると、廊下の突き当たりにある武官執務室を目指した。

ランプ片手に半分傾いた扉を無理にこじ開けると、室内はまるで台風が通り過ぎたような惨状だった。壁には大穴があり、砲弾が直撃したのだと悟る。

片づけが大変だと思いながら割れた窓から通りを見ると、数人の日本兵が公使館前で焚き火を囲んでいた。方言からして広島の兵隊だろう。そのままぼんやり眺めていると、誰かが歌声も高らかに焚き火の側に寄ってきた。

背にライフルを投げかけ、大きなずだ袋を引きずるようにしてよたよたと歩いているのはフランス兵、しかも相当の酔っぱらいである。

男は袋の中身をがちゃんがちゃんといわせながら右へ左へよろめき、なにかにつまずいたか、とうとう地面にひっくり返ってしまう。しばらく不思議そうに見ていた日本兵たちは動かなくなった男におっかなびっくりといった感じで歩み寄り、キラキラと光るなにかを地面から拾いあげた。

「銀塊だ」

そう言い交わすのが聞こえた。

いわゆる、馬蹄銀というやつである。見ていると、ひとりの兵士が袋の口から漏れ出た銀塊を上着のなかへひょいと入れ、とたんにもうひとりの兵士がそいつの頭をぶん殴った。殴られたほうは渋々といった具合に懐へ入れた銀塊を袋に詰めてやる。

やがて目を覚ましたフランス兵は、さっきよりもいっそう陽気な歌声を街路にこだまさせながら、千鳥足で闇のなかへと消えていった。泥棒兵の後ろ姿をいつまでも見送る日本兵たちの背中が、なにやら寂しそうだった。

市内ではもう略奪がはじまっている。明日から忙しくなりそうだ。

顚末の一部始終を見終えた五郎は、そのへんを無造作に蹴り飛ばして寝床を作り、腰から拳銃と軍刀を外して放り投げた。弾倉には一発を残すのみで、刀身はきしんでいた。ごろんと横になると、ようやく生き残ったという実感が湧いてくる。

窓から見える空には欠けた月があった。月の丸くなるときまで生き延びることができるだろうかと危ぶんだあの日から、いくたび死線を越えただろうか。

軍艦愛宕から派遣された原大尉以下の海軍陸戦隊は近々母艦へ帰投することとなろうが、二十五名のうち、怪我を負っていない者はわずか五名である。負傷数度に及ぶ猛者もいれば、足を撃たれてなお塹壕に座ったまま戦い抜いた者さえいる。不慣れな陸上戦闘に従事し、ありとあらゆる危険に直面していたというのに常に元気よく、アコーディオンなど鳴らしてみじめなそぶりをこれっぽっちも見せなかった。まったく海軍に置いておくのが惜しいくらいの大した水兵たちだった。

義勇兵たちもまたすごい。彼らはそもそも軍事訓練など受けたこともない商人、学者、役人などの素人集団であり、毎日四時間程度しか眠れず、日に二度の食事すら不足がちだったというのに、職業軍人と変わらぬ任務をこなしながら最後までひとりの病人も出さない頑健さであった。

しかしその一方で、帰らぬ者たちもいる。

陸戦隊所属の鎌田萬二郎二等水兵、河内三吉二等水兵、町野兵右衛門三等水兵、磯貝桑蔵三等水兵、高田佐太郎三等水兵。

義勇隊所属の中村秀次郎、児島正一郎、楢原陳政、安藤辰五郎陸軍大尉。そして、名もなき教民たち。

手足となって戦う彼らの献身があって、いろんな人たちの協力があって、北京に取り残された日本人は、五郎は、五十五日を生き残った。

そんなことを思っていると、暗がりから突然いびきがした。

びっくりして跳ね起きると、がらくたの隙間で毛布をひっかぶっていたのはむさ苦しいひげ面の守田大尉だった。

彼もまた、本来ならとっくに参謀本部で勤務していたはずの運命を義和団騒ぎによって狂わされた運の悪い、しかし文句をぶつぶつ言いながらもよく支えてくれた九州男児にして、海軍さんとは最後まで馬が合わない腹心の補佐役であった。

## 七

解放から一夜が明けた。

早朝、五郎は福島少将と一緒に城外に野営中の第五師団司令部へ赴き、山口中将から歩兵二個大隊と砲兵一個中隊を貸し与えられ、午前中一杯を使って紫禁城四門のうち三つを確保した。最後のひとつはアメリカ隊が占領したことで紫禁城の完全封鎖はたちまち完了する。

捕虜にした門番の言うところによると、西太后をはじめとする宮中の要人は二時間前に城門を抜けて地方へ落ち延びたという。僅差で清国の最高権力者を取り逃がしたものの、日本軍は五郎の誘導によって市内の重要施設をことごとく接収し、北堂の救出にも成功した。

午後、ロシア公使館で第一回列国会議が開催された。

会議参加者は救援軍各指揮官、各国公使、籠城戦を戦い抜いた各隊先任士官である。その冒頭で、籠城軍司令官であったマクドナルド公使から東交民巷での五十五日にわたる戦いの模様について報告がなされた。

杉山書記生とドイツ公使の殺害を契機にはじまった戦いは、情報の欠如、兵力の不足、貧弱な武器、乏しい弾薬、医薬品の欠乏、そして日に日に減っていく食料を気にしながらの、地を這うかのごとき綱渡りの連続であった。

「正確な数は不明ながら、敵は三万か四万はいたものと思われ、わがほうで死傷した者は二百十余名を数えます。そのほとんどが警備に当たった五百名足らずの水兵と義勇兵たちでありました」

五郎はマクドナルド公使の言葉を聞きながら、まとまりのなかった男たちとの小さき連合作戦を思い出していた。

フランスのダルシー大尉は足の負傷にもかかわらず最後まで前線を離れなかった。二度も敵の坑道を突き止めたのは鋭敏な聴覚をもったワーデン伯爵様のお手柄である。王府から一番遠いロシア公使館からよく援兵をよこしてくれたのは赤毛の貴公子ウルブレフスキー大尉だった。イタリアのパオリニー大尉が助力を申し出てくれたおかげで王府の防衛は全うされ、マイエルズ大尉のよく鍛えたアメリカ海兵隊はドイツ隊が後退したあとも単独で城壁を守り抜き、鼻持ちならないオーストリア貴族のフォン・トーマンもいまや懐かしく、奇縁を結んだロイヤル・マリーンズのストラウト大尉とはもう少し話してみたかった。

生き残った戦友、生き残れなかった戦友、彼らとともに戦い抜いた日々は一生の語りぐさだ。

そうやって振り返っているうちにマクドナルド公使の報告は終わり、議題は北京の占領行政に関する事項に移っていた。

いざ議論がはじまると、どこの国の指揮官も、もっとも多くの分捕り品を得られそうな地区を占領しようとして譲らず、よこせ、いやよこさぬと、利害のぶつかり合いは滑稽なほど深刻で、この調子でよくも北京までやって来られたものだとあきれてしまった。

会議後、明日からそれぞれの任務に復帰するダルシー大尉やワーデン大尉と別れの挨拶を交わしていると、ウルブレフスキー大尉が手を差し出して「ともに戦えて光栄でした」と微笑んだ。

こちらこそ、と言って五郎が手を握ると、「わが国が貴国と戦うときは、ぜひあなたと戦いたいものだ」とウルブレフスキー大尉はいつもと変わらぬ穏やかな調子で続ける。

別離の言葉としてはずいぶん物騒だが、両国の将来を思うとき、それはあながち的はずれな予想でもない。

「大尉、お忘れのようだがわたしは陸軍所属で、あなたは海軍だ。残念ながら、われらが戦場で再会することはありませんよ」

そう言いながら手に力を込めると、ウルブレフスキー大尉は心底残念そうに、しかし憑っき物が落ちたような顔つきで破顔した。

＊

会議の行われたロシア公使館から日本公使館に戻るには、狙撃の危険からしばらく足が遠のいていた公使館前の大通りを歩いていくこととなるが、戦闘終了から一日で、東交民巷一番の大通りは活気を取り戻しつつあった。

道路を封鎖していたバリケードはいつのまにか撤去され、略奪品を満載して意気揚々と引き揚げてくる荷馬車の列は途切れることがなく、コサック騎兵の一団があわただしく馬を飛ばし、教民の婦人から髪飾りや装飾品をむしり取ろうとしているインド兵がいるかと思えば、制止せんと拳銃を引き抜くイギリス将校がいる。が、その士官とて背に膨れあがった袋を二つも三つもぶら下げているというありさまで、なにやらここは一夜にして泥棒市場へ変貌したかのようであった。

大通りから蜘蛛の巣のように枝分かれしていく小道は家々が無秩序に入り組む住宅地域に繋がるが、足を止めてしばらく見ていると、こちらの様子をうかがっているらしい幾多の顔が見え隠れする。入城した外国軍の報復を恐れつつ、ひっそりと息を潜めて嵐の過ぎ去るのを待つ生き残りの市民たちであった。

その街路にたったひとり、戸口の柱に貼りついた赤紙の断片を剝がそうとゴシゴシこすっている老人がいる。その老人は見られていると気づくや、いたずらがばれた童のように黒ずんだ歯を見せてぎごちなく笑う。五郎は帽子のつばをちょっと持ちあげて会釈すると、ふたたび歩を進めた。

あの消えかかっていたダイヤモンド形の赤紙は、そこに住む家人すべてが拳匪（けんぴ）の教義に帰依していることを示す宣誓の貼り紙であった。義和団はわずか数週間の占領によって主義主張を人々に強制することに成功したようだが、一夜明ければ、同じ柱にイギリス、フランス、日本の国旗などが掲げられ、人々は追従（ついしょう）の笑みを新たな支配者に向けるのである。支那だろうが会津だろうが、いくさに敗れるとはこういうことなのだ。

今日から軍事警察衙門長官及び列国警察会議委員を務めることになっている五郎の肩には、日本軍占領区の治安回復、民政の安定、すなわちあの老人らの今後の生活が、重くのしかかっている。山積する仕事をひとつひとつ頭のなかで整理しながらとぼとぼと歩いていると、なにかの匂いに釣られてふと顔をあげた。出所は北京ホテルだった。

まさかと一瞬思ったが、この香ばしい感じはパンである。

フランス隊の最終防衛線であったホテルには数え切れないほどの砲弾が命中して蜂の巣のように穴だらけで、破壊の痕跡も生々しい外観はまったくの廃墟と化している。誘われるように内部を覗くと、ひっくり返った机や椅子が散乱するロビー横のカフェに、焼きたてのパンと沸かしたての珈琲の匂いが充満していた。

「探したぞ、サムライ」

そういう呼び方をするのは……。

「ミスター・モリソン、足はもういいんですか」

ロンドン・タイムズのモリソンが支那人に担がせた駕籠でやって来る。

「このとおり、なんとか歩けるようにはなった」

モリソンは駕籠から降りて足を引きずってみせた。

「それより相談したいことがあって探していたんだが、北京ホテルの前で出くわすとはちょうどよい。そこで珈琲でも飲みながら話さないか」

「いや、それはちょっと」

「怪我人に立ち話させる気か。さあ、入った入った」

さっさと店に入ってしまったモリソンは、通り沿いの見晴らしのよい席に勝手に座ってしまう。そこは白人限定の席だったはず。カウンターに立つ恰幅のよいご婦人と目が合い、また邪険に扱われるのかと身構えた。着任日、東洋人はあっちに行けと言ったあの婦人である。ところが彼女はそこに座れ、とばかりにあごをしゃくる。

「モリソンの旦那、あんたが営業再開後の最初の客とはね」

ご婦人はまだ埃も綺麗には拭き取られていないテーブルの上に音を立てて珈琲カップと

砂糖を置いた。

「注文は不要だ。ここはなじみでね」

モリソンが気取って言う。

「今日はお連れさんが一緒なのかい」

「ああ、籠城戦の英雄さ」

「知ってるよ」

婦人は――パオリニー大尉が馬の小便と形容したあの――珈琲を注ぎ、パンを置く。モリソンはその後ろ姿を追いながら言った。

「あの女将はな、多くの従業員が避難して休業状態になったあともここに残り、毎日焼きたてパンをイギリス公使館に運んでくれたんだ。彼女が猟銃を手に弾よけの亜鉛鉄板を貼りつけた馬車を走らせるさまは、なんとも頼もしい限りだったよ」

「女だてらに商魂たくましいことだ」

「カスタマー・ファースト」

「なんです?」

「顧客第一、彼女の口ぐせだよ」

「なるほど」

知らないところで、知らない人たちが、様々な形で籠城の日々を戦い抜いたのだといまさらながらに知る。

「それで、お話とは」

「おう、それだ。じつはな、きみにインタビューを申し込みたいのだ」

「なんですか、藪から棒に」

「まあ聞け。俺は足を負傷して以来、北京籠城戦の全貌について記事をまとめているところなのだが、昨日入城したイギリスの士官に訊いたところ、本国はこの籠城戦に関するニュースに相当飢えているというのだ。われらが外の情報を欲したように、外の人間もここでなにが起きたか知りたがっているらしい」

「あなたの記事が売れる下地はすでに存在するわけだ」

「まさにそのとおりだが、だらだらとなんの切り口もなく書いただけでは、世界中に配信されるトップニュースとはならない。そこでぴりっと辛みの効いたスパイスが必要となる」

「はぁ、スパイス」

「そう、スパイスだ。うまくいけばイギリスと日本との同盟を早期に実現する後押しにもなるだろう」

「同盟、同盟って、最近よく聞く話ですが、一等国のイギリスが日本と対等な関係で同盟を結ぶなんて、とうてい信じられませんね」

「別に突拍子な話でもあるまい。支那におけるイギリスの権益はロシアに侵されつつあるが、イギリスは世界中で戦争をやっていて、とても極東にまで手が回らない。今回だって南アフリカで先住民相手に戦争なんぞやってなければ、もっと早く来られたはずだ。だからイギリスは極東のある国と手を結ぶ必要がある。ロシアの南下に対抗せねばならないと感じつつも、一国ではロシアに敵しえないとほぞを嚙む、すなわち日本と」

「敵の敵は味方というわけですか。そういえばストラウト大尉からも同じことを聞いた覚えがあります」

「まあ、そういうことだ。モスコバイトとの戦争はきみらに任せ、われらは七つの海を支配する。これは俺のかねてよりの持論なんだが、いかんせん日本という国はイギリスにとってあまりにも未知すぎる。そこで、この籠城戦のことをニュースに仕立て、国際デビューを飾った日本の優秀な軍事力をイギリスの世論に、とりわけ知識層に認知させる」

彼が戦争屋と呼ばれる由縁を、ここに来てようやく理解した。

「あなたの野望はよく分かりましたが、いまの話とインタビューになんのかかわりが」

「きみはアイヅの出と聞いた」

「ええ、誰から聞いたか知りませんけれど」

「俺は革命後の日本に滞在したこともあってね、それなりに事情通だよ。革命のことも、逆賊の遺臣たちがなめたであろう辛酸についても」

「質問の回答になっていませんよ」

「ではもっとはっきり言おう。記事ってやつはな、ある種の物語なんだ。売れるネタには人の怒りを誘ったり、驚かせたり、感動させたりする物語が必ず含まれている。だから俺の記事にもそういう要素が必要で、北京籠城戦という物語の主人公に仕立てあげたいと狙いをつけたのがすなわち」

「わたしですか」

「そう、きみだ。時代が変わってきみを含むアイヅのサムライたちはいろいろとひどい目に遭ったんだろう？　日本に虐げられてきた男が日本の英雄として世界に名を轟かす、こいつは痛快な立身物語、愉快な逆転劇だぞ。だから、この機にきみをさげすんだやつらを見返して、アイヅの国辱をそそいでやろうじゃないか。わが記事によってだな」

　逆賊とか、国辱とか、英語で聞いていても気持ちがざわつく。言葉のひとつひとつが亡き父の言い分にそっくりなのだ。

「ミスター・モリソン、あなたはなにか勘違いをしておられるようだが、わたしは出自を理由にさげすまれたことなど一度もありませんよ」

「そんなわけがあるか」

「それにわたしは日本人です。日本人が日本に復讐するだなんて、変な話じゃありませんか」

「建前など聞きたくない。俺は心のありようのことを話している。それともなにか、きみはすでに故郷を捨て、身も心も日本に染まってしまったとでも言うつもりか。占領された側の住人が、占領した側の住人と同じアイデンティティを持つだなんて、常識としてとうてい受け入れがたい」

「スコットランド人のストラウト大尉は、王室に忠誠を誓ったロイヤル・マリーンでしたが」

「スコットランドはイングランドと同君連合だ。階層は横並びであって、片方が上で片方が下というわけではない」

「それこそ建前ですね。わたしもイギリスに駐在したことがありまして、それなりに事情通ですよ」

モリソンは頬をぴくぴくさせ、珈琲を一気にあおって言った。

「よぉし、わかった。そこまで言うなら、アイヅ人だろうがニホン人だろうが、もうどっちでもいい。どうせイギリス人にその違いは分からんのだ。記事は俺が好きなように書かせてもらう」

どっちでもよい、などと言われてカチンと来る。

しかしそのカチンはどこから来るものか。

陶器の入れ物から角砂糖をつまみ出してカップに入れると、すっかり冷えてしまった珈琲に砂糖は溶けず、スプーンを手にがつがつと突いて崩していく。

どっちでもよい、どっちでもよい――。

そうやっていくたびも突き入れるうちに、ようやく砂糖は砕けて珈琲と混ざり合う。スプーンを皿に置き、カップを持ちあげ口に含むと、いつもと変わらぬ味になにやら教えられた気がした。

互いを認めつつ、されどほどよく互いを主張する。砂糖の甘みが珈琲の旨みを引き出す共生の関係は、そうやって初めて生み出されるのだと。

「ミスター・モリソン」

ブラック珈琲を不機嫌そうにがぶ飲みするモリソンを見ながら、五郎は言った。

「あなたは珈琲に砂糖を入れないのですか？」

「砂糖？　紳士はブラックと決まっている」

苦笑するよりなかった。

## 八

熱くて血なまぐさい北清の夏が終わり、やがて年が変わって新しい世紀の春を迎えた。

義和団事件、または北清事変などと呼ばれる騒動は北京解放から七ヵ月経ってひとまず収束に向かいつつあるが、完全な決着にはほど遠い状況だった。

公使たちを解放して北京全体に軍政を布いた連合軍は、それからの数ヵ月、西太后から全権を委任された李鴻章と講話談判を繰り返してきたが、年収八千万両の清国に九億両の巨額賠償を突きつけたことから議論はいまも平行線をたどっている。そして講和交渉が遅々として進まないかたわらで、ひと足もふた足も遅れてやって来たドイツ軍の大部隊が直隷省全体の掃討作戦を大規模に繰り広げ、自国の公使を殺された復讐心も手伝ってか、義和団にかかわっていようがいまいがお構いなしに村落を焼き尽くしていった。

治安担当者として民生の安定に奔走してきた五郎が転任命令を受け取ったのは、そうした世情不安の続く三月のことだった。中佐としては異例の人事ながら、参謀本部第四部長として補職されることが決まったためである。北京に赴任してからまもなく一年になろうとしていた。

「部長となれば俺と同格だ。事変における活躍が評価されたためであろうが、破格の大出世だな。いや、めでたいめでたい」

連合軍司令部の先任参謀として引き続き辣腕を発揮していた福島少将は、多忙のなかで壮行会を催してくれるほどの喜びようだった。しかし書類仕事が死ぬほど性に合わないと自覚する者にとっては、いささか複雑な心持ちである。

三月十九日の離任日、春とは思えない猛暑のなかで見送りに集まったのは日本公使館関係者だけでなく、支那人や外国人の姿も多かった。だが、あの五十五日の苦楽をともにした戦友たちはほとんどいない。原大尉をはじめとする陸戦隊の兵士たちはもちろんのこと、西公使は枢密顧問官として、守田大尉は参謀本部幕僚としてすでに帰国を果たしており、ともに戦った各国の武官たちもそれぞれの母艦に戻っている。イギリス公使のマクドナルドはなんと駐日公使を命じられて東京へ行ってしまった。

けれども、モリソンは北京に残った。

「あばよ、サムライ」

見送りの人々のなかからモリソンが手を差し出した。

「新聞、読みましたよ。存外控えめでしたね」汗ばむ手を握り返しながら五郎は言った。

「きみが嫌だ嫌だと言うからだ」

「参謀本部の許可もなく、勝手に取材など受けられないと言ったまでです」

籠城中モリソンがせっせとまとめていた記事のことである。籠城の内幕を記したその記事は、解放からほどなくしてロンドン・タイムズの一面に掲載され、イギリス本国ではことのほか好評を博したらしい。ずいぶん経ってから目を通してみると、そこには日本隊の活躍を賞賛する言葉が並び、ほかの国のことは毒舌たっぷりでこき下ろされていた。五郎個人のことは、名前の紹介だけだった。

売れる記事には物語が必要だ、と熱弁を振るっていたモリソンには、会津人の痛快な立身物語より国際色豊かな喜劇のほうが性に合っていたのだろう。

みなとの挨拶が済むと、五郎は馬車に乗って駅へ向かった。

義和団にさんざん破壊された線路は列国の資本で修復を終え、駅舎も新しくなっている。大勢の外国人が駅の内にも外にもあふれているなかで切符売り場に並ぶと、予定の便は二時間ばかり遅れているという。今日は汽車で大沽港まで行き、明朝日本海軍の臨時定期船に便乗して宇品を目指す。そこからふたたび汽車を乗り継ぎ、東京に着くのは順調にいって七日後である。まあ急ぐ旅ではないので、一日二日遅れたところで大したことではない。救援軍を待ち続けたあの日々を思えば、二時間の遅延などなんということがあろう。

とはいえどうやって時間を潰そうかと考えながら駅舎の外に出てみると、ちっぽけな屋台を見つけた。駅周辺での物売りは連合軍によって禁止されていることを知らないのだろうか。どうせ暇なのだし、教えてやるついでになにか食べていこうと思って近づくと、なにやら懐かしい匂いがした。

「いらっしゃいまし」

「ここは焼き餅屋か」

「へい、今日から営業再開で」

「ではひとつもらおう」

「まいど、日本の旦那」

日本の旦那、と愛想よく言ったねじり鉢巻きの亭主に見覚えがあった。着任の日、守田大尉を待っているときに無頼のやからにからまれたあの屋台だった。だが亭主のほうはこちらを覚えていない様子である。

「おい、おやじ」

「へい」

「うまいぞ、これ」

「へへ、こりゃどうも」

太陽と鉄板にじりじり焼かれながら、しばらく世間話に興じた。屋台の亭主は義和団が暴れまわっているあいだ、田舎に引っ込んで畑を耕していたという。

「だが騒動は完全に終わったわけではない。まだまだこのあたりは物騒ゆえ、城外で商売を再開するのは時期尚早だと思うが」

「まあ、おっしゃるとおりかもしれませんが、あっしは土くれ相手にしているより、餅を焼いているほうが性に合っているようでしてね、へへ」

人通りの多い駅前は商売に好都合なのかもしれないが、このまま続ければ官憲にしょっぴかれるのは目に見えている。五郎は駅での物売りが禁じられていることを伝え、営業場所を城内に移すことを勧めた。

「そいつはご親切にどうも。しかしどこで店を開けばよいのでしょうか。城内は城内で、外国人による乱暴狼藉が絶えないとも聞きますが」

連合軍が北京に乗り込んできたときは、たしかにそういうことが多かった。三日間に限り、略奪自由と布告した軍さえある。日本の行政区域となった市北部は比較的早く治安を回復することができたものの、当の支那人たちからすれば、どこの国の兵士であっても同じ洋鬼ということだろう。治安改善に努力してきた担当者としては残念なことながら、根深く植えつけてしまった悪印象をぬぐい去ることは容易でない。

「Hey, you」

後ろからなまりの強い英語が聞こえ、同時に屋台の柱が荒っぽく叩かれた。振り返ると茶色の軍服を着た兵隊がふたり、ギラつく太陽を背に突っ立っている。ひとりは痩せたノッポ、ひとりはよく肥えたひげ面の伍長で、このひげ面が何度も柱を叩きながら、われらはイギリス陸軍だ、営業許可をもらっているのか、と鼻につく英語でまくし立てるのだ。当然亭主には意味が伝わっていないのだが、ひげ面のほうはいっこうに構うことなく語気を強め、亭主はわけが分からないのでおろおろするばかりだった。

親切心から通訳してやろうと口を開きかけたとき、ひげ男はさらに権威を笠にきた物言いで、いますぐ立ち退かないなら払うものを払え、と袖の下を要求したのである。

五郎は開きかけた口を憤然とつぐんだ。

こういう虎の威を借る手合いが無頼を積み重ね、洋人憎しの国民感情を醸成してしまったのだろう。ついこのあいだまでその煽りを食らっていた者としては、反省のないイギリス人の態度はどうにも腹に据えかねた。亡きストラウト大尉のように気立てのいい男がいるかと思えば、かくも性根の腐ったやからもいる。善人がいれば悪人もいる。洋の東西を問わず、どこの国でも事情は同じということだ。

「Corporal」

ドスを利かせた声で階級を呼ぶと、ひげ伍長は人がいることに初めて気づいたかのように目をむいた。

「Tell me your name and belonged Corps. I'll report to the Headquarters what you have done」

「What? Who the hell are you?」

「I am Lieutenant Colonel Shiba, Imperial Japanese legation attaché」

真っ黒に日焼けして軽装とくれば、こちらのことを支那人の客だと勘違いしていてもおかしくない。ところが五郎が身分を明かし、貴様の言動を司令部に報告するから所属と氏名を名乗れ、とイギリス英語で詰め寄ると、これはまずいと思ったのだろう。ひげの伍長はごにょごにょ言いながら、きまり悪そうに退散していった。

「おい、おやじ」

「へ、へい」

「もうひとつもらおう」

「へい」

おやじが焼くあいだ、金品をせびられそうになったことを教えてやった。

「いやあ、危ういところだったんですねえ。ありがとうございました」

「だが次は助けてやれんぞ。それを焼き終わったら、すぐに城内へ移動しろ。可能なら内城の、それもできるだけ北側がよい」

「へえ、そうします。ところでなんと言ってやつらを追っ払ったんです?」

「わたしはなにもしていない。向こうが国威の象徴たるユニオン・ジャックをえらそうに振りかざしていたので、こちらも日本の旗を掲げ返しただけだ」

「はあ、旗ですか。あっしは難しいことはよく分かりませんが」

「日本の旗はこのところ急に株をあげたからな。ロシア人が相手なら喧嘩になっていたかもしれんが、イギリス人相手には鎮静効果があるようだ」

「へえぇ、旦那のお国の旗にはそんな御利益があるんですかい。いったいどんな旗なんです?」

「ふむ、旗の中央に太陽をかたどった赤い印があってな」

五郎は身を乗り出し、「ちょうどこんな具合にまん丸のやつだ」と焼き餅を指さしながら言った。

「お天道さまですかい。こりゃ縁起がいいや」

「さて、そうとばかりも言えまい。太陽はときに、人に害をもたらすほど激しく輝くことがあるからな。日照り続きの北清ならなおさら、さんさんと照りつける太陽を恨みがましく見あげることも多かろう」

「旦那、あれこれ考えたってしようがないですぜ。お天道さまってのは、そもそも人の身にはままならないもんでさ。へい、おまちどうさんです」

人の身にはままならない、なるほどそのとおりかもしれない。

達観したおやじの言葉とともに焼きたての餅を受け取り、反対の手で時計のふたを開けた。つい長居しすぎたが、そろそろ駅に戻らねばならない時刻だった。

「ごちそうさん。商売繁盛を祈るよ」

「へい、旦那もお達者で」

二円置いて腰をあげ、餅をくわえたまま空を見あげると、さっきまで忌々しく燃え盛っていた太陽が、ほんの少しばかり遠慮がちに輝いていた。

# 主要参考文献

『ある明治人の記録　会津人柴五郎の遺書』　石光真人編著　中公新書　一九七一年
『北京籠城日記』　守田利遠　石風社　二〇〇三年
『北京籠城・北京籠城日記　付 北京籠城回顧録』　柴 五郎・服部宇之吉著　大山 梓編　平凡社　東洋文庫53　一九六五年
『守城の人　明治人柴五郎大将の生涯』　村上兵衛　光人社NF文庫　二〇〇二年
『北清事変と日本軍』　斎藤聖二　芙蓉書房出版　二〇〇六年
『西太后秘録　近代中国の創始者　上・下』　ユン・チアン　川副智子訳　講談社　二〇一五年
『北京燃ゆ　義和団事変とモリソン』　ウッドハウス暎子　東洋経済新報社　一九八九年
『日露戦争を演出した男 モリソン　上・下』　ウッドハウス暎子　東洋経済新報社　一九八八年
『歴史街道　2010年5月号　柴五郎と北京籠城』
『北京籠城　上・下』　ウィール　清見陸郎訳　生活社　一九四三年
『北京最後の日』　ピエール・ロチ　船岡末利訳　東海大学出版会　一九八九年
『Peking 1900 : The Boxer Rebellion(Campaign)』Peter Harrington　OSPREY PUBLISHING
『Imperial Chinese Armies 1840-1911』Philip S. Jowett　OSPREY PUBLISHING

# 解説

内田 剛

「これは凄い小説に巡りあってしまった。」読後、真っ先に感じたのはシンプルな驚きだ。読み終えての充足感がとにかく尋常ではなかった。なんと骨太で重厚な物語なのだろう。見事だ。約四六〇ページのボリュームがありながら冒頭からラスト一行に至るまでまったく隙がない。活き活きとした筆づかいで圧巻のリーダビリティがある。新たな時代を切り開く熱気、明日も分からぬ戦場の空気、大陸の土地の匂い、スリリングな国際交流……知られざる歴史の闇に光を当てるだけでなく、まさに今この時代にも通用するメッセージが響いている。混沌としてまったく先が見えないこの世に『静かなる太陽』が生まれ落ちてきたことに大いなる意味を感じてしまう。時代が必要としているのはこういう作品なのだ。

物語は主に北清事変（義和団事件）にフォーカスされている。学生時代に教科書で誰もが習うはずのこの事件であるが、その内実を知る日本人はいったいどれくらい存在するであろうか。『静かなる太陽』は新たな発見に満ちており、僕自身あまりの無知さにショックを受けた。日本をはじめとする列強一一カ国の公使館（総勢たったの五〇〇名足らず）が数万人の敵に取り囲まれて、なんと五五日間にも及ぶ籠城戦が繰り広げられていたとは正直、言葉を失った。明治維新からわずか三〇年。鎖国や攘夷の空気も色濃く残っているであろうタイミングにまったく前例がない事案に直面する。近代国家としてまだ未熟だった日本の軍事・外交の最前線で、身を挺した先人たちの奮闘ぶりが切々と身に迫り来るのだ。だが、こうした知られざる歴史の積み重ねが地層となって今の時代を形成しているのである。その重要さを歴史の中に生きている僕らはもっと意識しなければならないだろう。

主人公は「在清国日本公使館付陸軍駐在武官」という正式な肩書きを持つ陸軍中佐・柴五郎だ。模範的軍人として知られる柴五郎といえば日本の近現代史に興味のある方ならば本書の主要参考文献にも記載がある『ある明治人の記録　会津人柴五郎の遺書』（石光真人編著）を思い浮かべるであろう。一九七一年の初版から約五〇年の長きにわたって読み継がれている中公新書の超ロングセラーだ。会津藩士の子に生まれ、会津落城の際に祖母、母、姉妹を自刃によって失うという苦難に満ちた少年期の貴重な記録は、涙なくしては通読することができない。本書『静かなる太陽』のサブテキストとして最良であり、併せて読めば感動がいっそう引き立つことは間違いない。

読みどころは数多あるが極めて重要なのは、分断と融合というまったく真逆の要素が縦糸と横糸となって物語全体を絶妙に結びつけている点だ。長引くコロナ禍においてソーシャルディスタンスが新たな日常のスタンダードとなった。人と人との距離だけでなく世の中のあらゆる隔たり、溝は深まるばかりだ。経済的な格差もますます広がり、世界中において民族間の争いもまた激しさを増している。分断というキーワードはより加速しながらいっそうの切実さを伴って我々の生活にも大きな影を落としている。北京という都市が外城と内城のふたつの区画に分かれていることが分断の象徴でもあるが、この物語から明確に伝わる分断は時代と地域だ。時代にもまたふたつの軸がある。ひとつは日本史の視点での江戸から明治への転機。革命ともいえるいわずと知れた社会体制の大変革期である。もうひとつは一九世紀から二〇世紀へとまたぐ世界的な節目である。一八九四年日清戦争から一九〇四年日露戦争にかけて大きな時代の転換点にあったことは、その前後の歴史的事象をみてもよく分かるだろう。

地域としての分断の象徴は江戸時代の「藩」である。高度な情報化社会である現代においては日本はひとつの国家として内外から認識されているが、それでもいまだに旧国名、つまり地元「藩」に対する愛着心は根強く残っている。柴五郎にとっても自分は日本人である以上に会津人であった。しかも祖国である会津は歴史上の皮肉な巡りあわせによって「天子に弓引く、朝敵」の汚名を着せられて、明治新政府の中では煮え湯を飲まされてきた。薩長(さっちょう)連合軍によって蹂躙(じゅうりん)された愛すべき故郷。亡国の呪いは生涯消え去ることはなかったであろう。敗れし者としての怨念にも似た反骨心と「会津士魂」というサムライの心意気がその後の生きる糧(かて)となったのかもしれない。理不尽(りふじん)な運命に翻弄(ほんろう)されながら決して諦めることなく、語学力に長けた国際人として自らの努力で未来を切り開き、歴史にその名を刻んだ生き様に大いなる憧憬の念が生じるのである。

融合もまた物語を読み解く鍵となる。会津とサムライの世。生々しいふたつの滅びを体験した「破れし」者が、同胞である日本人コミュニティにおいて、本来は復讐すべき相手でもあるいわゆる勝ち組たちとの調和をしなければならない。未曽有の非常事態下で秩序を保ち人心を掌握することも生き延びるために必要な融合だ。しかし新生日本における真の大和魂(やまとだましい)とは何なのか。同じ錦(にしき)の御旗(みはた)に集った仲間とはいえ実に複雑な想いが駆け巡ったことであろう。仲間同士で殺し合い、憎しみ合うことの虚しさや無意味さをもっともよく知った男が柴五郎その人なのかもしれない。

さらに死と隣りあわせでしかもノウハウなどまったく存在しない環境の中で、国際的な協調にも果敢に挑んだことも特筆すべき事柄だ。ゲリラ集団のような義和団に囲まれて、敵味方も明確でない混迷の時代の中国・清の都、北京(ペキン)においてそれぞれの利権で動く多国籍軍。まさにそこは「国際政治の縮図」があった。武器を携えた烏合の衆をひとつにまとめる以上に困難なミッションはこの世に存在しないだろう。民族、言葉、思想、宗教の異なる集団をいかに同じ方向に向かわせるのか。この物語で描かれた命懸けの実戦体験は現代が抱えている国際問題の解決にも通じるものがあるだろう。自らを卑下(ひげ)することなく、真っ当なことを理路整然と主張し、公平なジャッジをするために相手の言葉を深く理解する。価値観のまったく異なった世界を繋ぐヒントがここにあるように思えるのだ。

　作中にしばしば登場する「ここはいくさ場なるぞ」というフレーズは柴五郎の父が遺した言葉である。どんなに困窮しても会津の国辱（こくじょく）をそそぐまで、決して弱音を吐かずに常に戦場にいる心持ちで耐え忍ばなければならないという厳しい教えである。これが言霊となって柴五郎の魂に刻みこまれ、過酷な異国の地で暴徒たちとの闘いにも活かされたのである。本邦初の国際連合作戦である北清事件を乗り切り、国家の危機を救ったのは亡国・会津の魂であったという事実はもっと喧伝されてよいことだろう。日本人のアイデンティティそのものや既存の歴史認識についても考えさせられることが多々あり、この国の文化を学ぶテキストとして使われてもよいだろう。

　名場面に差しこまれた美麗なイラストも時代を的確に想像でき、物語世界にしっかりと没入できるムードをかき立てるが、作品全体に充満する躍動感、高揚感、臨場感、緊迫感は並々ならぬものがある。城塞都市・北京の姿や登場人物たちの心理描写だけでなく場面描写も真に迫っており、相当な時間と労力をかけて取材されたであろうことがうかがえる。史実に基づいたこの物語に説得力を与えているのは巻末の参考文献たちだけではない。ロンドン・タイムスの特派員モリソンのようなジャーナリストの第三者的な視点である。客観的な見方が加わることによってよりいっそう戦地の状況がリアルに伝わってくる。沈着冷静な行動によって世界の賞賛を勝ちとった柴五郎の活躍も浮き彫りになるのだ。敵味方だけではなく、こうした率直な人物評価からも生身の肉声が聞こえてくる。物語の随所から巧みに仕込まれたテクニックにもぜひ注目してもらいたい。

ここで著者の霧島兵庫についても触れておこう。一九七五年生まれ。北海道出身。二〇一四年『英雄伝フリードリヒ』で第二〇回歴史群像大賞優秀賞受賞。二〇一五年『甲州赤鬼伝』でデビューし、その後『信長を生んだ男』を刊行し戦国時代の合戦と武将を続けて描き、『フラウの戦争論』では一転して舞台を一九世紀のヨーロッパに移して古典的名著クラウゼヴィッツ『戦争論』誕生の舞台裏を小説化した。決して作品数が多いわけではないが、雄弁でスケールの大きな書き手であるという印象が強い。『静かなる太陽』における味わい同様にまさに「戦場（いくさば）」を得意とする作家であるといえよう。とはいえ戦いは何も戦場だけで起きているわけではない。我々は生きている限り常に何かと戦い続けているのだ。日本の文壇にこうした「戦い」をテーマに書き続け、この世に挑んでいる物書きがいることに心強い思いを持つのは僕だけではないだろう。新作が心から待たれる作家のひとりである。

血湧き肉躍る第一級のエンターテインメントであり今この時代にも大いに役立つ「学び」をたたえた本書は、令和という新たな時代だからこそ読むべき価値がある。単行本発売（二〇二〇年三月）からわずか約一年半で文庫化（通例は約三年）された理由は、カジュアルな形態にしてより早く少しでも多くの読者に読まれるべき作品であるからだろう。

会津人の悲哀を十字架として背負い、世界を舞台として国のために粉骨砕身する柴五郎の姿はあまりにも眩しい。生きるか死ぬかの戦場で見せつけた瞬時の判断力と決断力には目を見張るものがある。まさしく時代をリードする政治家にこそ読んでほしい物語であるが、混迷する今の時代にも柴五郎のような大人物が現れて太陽のようにあまねく人々を照らし、この国を覆いつくす深い闇を晴らせてくれることを願ってやまない。

（うちだ・たけし　ブックジャーナリスト）

二〇二〇年三月　中央公論新社　刊

挿絵　Kyle von Gilly
地図　瀬戸内デザイン

中公文庫


静（しず）かなる太陽（たいよう）

2021年12月25日　初版発行

著　者　霧島兵庫（きりしまひょうご）

発行者　松田陽三

発行所　中央公論新社

〒100-8152　東京都千代田区大手町1-7-1
電話　販売 03-5299-1730　編集 03-5299-1890
URL http://www.chuko.co.jp/

ＤＴＰ　嵐下英治
印　刷　大日本印刷
製　本　大日本印刷




Published by CHUOKORON-SHINSHA, INC.
Printed in Japan　ISBN978-4-12-207152-0 C1193

# 中公文庫既刊より

あ-59-4
一路（上）
浅田次郎
父の死により江戸から国元に帰参した小野寺一路は、参勤道中御供頭のお役目を仰せつかる。家伝の行軍録を唯一の手がかりに、いざ江戸見参の道中へ！
206100-2

あ-59-5
一路（下）
浅田次郎
蒔坂左京大夫一行の前に、中山道の難所、御家乗っ取りの企てなど難題が降りかかる。果たして、行列は期日通りに江戸へ到着できるのか――。〈解説〉檀　ふみ
206101-9

あ-59-6
浅田次郎と歩く中山道　『一路』の舞台をたずねて
浅田次郎
中山道の古き良き街道風景や旅籠の情緒、豊かな食文化などを時代小説『一路』の世界とともに紹介します。いざ、浅田次郎を唸らせた中山道の旅へ！
206138-5

あ-59-7
新装版　お腹召しませ
浅田次郎
幕末期、変革の波に翻弄される武士の悲哀を描く傑作時代短編集。書き下ろしエッセイを特別収録。司馬遼太郎賞・中央公論文芸賞受賞作。〈解説〉橋本五郎
206916-9

あ-59-8
新装版　五郎治殿御始末
浅田次郎
武士という職業が消えた明治維新期、行き場を失った老武士が下した、己の身の始末とは。表題作ほか全六篇に書き下ろしエッセイを収録。〈解説〉磯田道史
207054-7

い-132-1
走狗
伊東潤
西郷隆盛と大久保利通に見いだされ、幕末の表舞台に躍り出た川路利良。警察組織を作り上げ、大警視まで上り詰めた男が見た維新の光と闇。〈解説〉榎木孝明
206830-8

い-132-2
叛鬼
伊東潤
早雲、道三よりも早く下剋上を成し、戦国時代の扉を開いた男・長尾景春。悪名に塗れながらも、叛逆を続けた武士の正義とは？〈巻末対談〉本郷和人×伊東潤
207108-7

各書目の下段の数字はISBNコードです。978-4-12が省略してあります。

し-6-27
韃靼疾風録（上）
司馬遼太郎
九州平戸島に漂着した韃靼公主を送って、謎多いその故国に赴く平戸武士桂庄助の前途に待ちかまえていたものは。東アジアの海陸に展開される雄大なロマン。
201771-9

し-6-28
韃靼疾風録（下）
司馬遼太郎
文明が衰退した明とそれに挑戦する女真との間に激しい攻防戦が始まった。韃靼公主アビアと平戸武士桂庄助を軸にした壮大な歴史ロマン。大佛次郎賞受賞作。
201772-6

し-6-29
微光のなかの宇宙 私の美術観
司馬遼太郎
密教美術、空海、八大山人、ゴッホ、須田国太郎、八木一夫、三岸節子、須田剋太——独自の世界形成に至る軌跡とその魅力を綴った珠玉の美術随想集。
201850-1

し-6-30
言い触らし団右衛門
司馬遼太郎
自己の能力を売りこむにはPRが大切と、売名に専念した塙団右衛門の悲喜こもごもの物語ほか、戦国豪傑を独自に描いた短篇集。〈解説〉加藤秀俊
201986-7

し-6-31
豊臣家の人々
司馬遼太郎
北ノ政所、淀殿など秀吉をめぐる多彩な人間像と栄華のあとを、研ぎすまされた史眼と躍動する筆でとらえた面白さ無類の歴史小説。〈解説〉山崎正和
202005-4

し-6-32
空海の風景（上）
司馬遼太郎
平安の巨人空海の思想と生涯、その時代風景を照射し、日本が生んだ人類普遍の天才の実像に迫る。構想十余年、司馬文学の記念碑的大作。芸術院恩賜賞受賞。
202076-4

し-6-33
空海の風景（下）
司馬遼太郎
大陸文明と日本文明の結びつきを達成した空海は哲学宗教文学教育、医療施薬、土木灌漑建築と八面六臂の活躍を続ける。その死の秘密もふくめ描く完結篇。
202077-1

し-6-36
風塵抄（ふうじんしょう）
司馬遼太郎
一九八六年から九一年まで、身近な話題とともに土地問題、解体したソ連の問題等、激しく動く現代世界と人間を省察。世間ばなしの中に「恒心」を語る珠玉随想集。
202111-2

各書目の下段の数字はISBNコードです。978－4－12が省略してあります。

し-6-37
花の館（やかた）・鬼灯（ほおずき）
司馬遼太郎
応仁の乱前夜、欲望と怨念にもだえつつ救済を求めて彷徨する人たち。足利将軍義政を軸に、この世の正義とは何かを問う「花の館」など野心的戯曲二篇。
202154-9

し-6-38
ひとびとの跫音（あしおと）（上）
司馬遼太郎
正岡子規の詩心と情趣を受け継いだひとびとの豊饒にして清々しい人生を深い共感と愛惜をこめて刻む、司馬文学の核心をなす画期的長篇。読売文学賞受賞。
202242-3

し-6-39
ひとびとの跫音（下）
司馬遼太郎
正岡家の養子忠三郎ら、人生の達人といった風韻をもつひとびとの境涯を描く。「人間が生まれて死んでゆくという情趣」を織りなす名作。〈解説〉桶谷秀昭
202243-0

し-6-40
一夜官女
司馬遼太郎
「私のつきあっている歴史の精霊たちのなかでもいちばん気サクな連中に出てもらった」（「あとがき」より）。愛らしく豪気な戦国の男女が躍動する傑作集。
202311-6

し-6-41
ある運命について
司馬遼太郎
広瀬武夫、長沖一、藤田大佐や北条早雲、高田屋嘉兵衛——人間を愛してやまない著者がその足跡を歴史の中から掘り起こす随筆集。
202440-3

し-6-43
新選組血風録
司馬遼太郎
前髪の惣三郎、沖田総司、富山弥兵衛……幕末の大動乱期、剣に生き剣に死んでいった新選組隊士一人一人の哀歓を浮彫りにする。〈解説〉綱淵謙錠
202576-9

し-6-44
古往今来
司馬遼太郎
著者居住の地からはじまり、薩摩坊津や土佐檮原などのつやのある風土と人びと——「古」と「今」を自在に往来して、よき人に接しえた至福を伝える。
202618-6

し-6-45
長安から北京へ
司馬遼太郎
万暦帝の地下宮殿で、延安往還、洛陽の穴、北京の人々……。一九七五年、文化大革命直後の中国を訪ね、その巨大な過去と現在を見すえて文明の将来を思索。
202639-1

し-6-51
十六の話
司馬遼太郎
二十一世紀に生きる人びとに愛と思いをこめて遺す「歴史から学んだ人間の生き方の基本的なことども」。井筒俊彦氏との対談「二十世紀末の闇と光」を収録。
202775-6

し-6-53
司馬遼太郎の跫音（あしおと）
司馬遼太郎 他
司馬遼太郎——「裸眼で」読み、書き、思索した作家。人々をかぎりなく豊かにしてくれた、巨大で時空を超える、その作品世界を初めて歴史的に位置づける。
203032-9

し-6-55
花咲ける上方武士道
司馬遼太郎
風雲急を告げる幕末、公家密偵使・少将高野則近の東海道東下り。大坂侍・百済ノ門兵衛と伊賀忍者を従えて、恋と冒険の傑作長篇。〈解説〉出久根達郎
203324-5

し-6-56
風塵抄（二）
司馬遼太郎
一九九一年から九六年二月十二日付まで、現代社会を鋭く省察。二一世紀への痛切な思いと人びとの在りようを訴える。「司馬さんの手紙」（福島靖夫）併載。
203570-6

と-26-26
早雲の軍配者（上）
富樫倫太郎
北条早雲に見出された風間小太郎。軍配者となるべく送り込まれた足利学校では、互いを認め合う友に出会い——。新時代の戦国青春エンターテインメント！
205874-3

と-26-27
早雲の軍配者（下）
富樫倫太郎
互いを認め合う小太郎と勘助、冬之助は、いつか敵味方にわかれて戦おうと誓い合う。扇谷上杉軍へ攻め込む北条軍に同行する小太郎が、戦場で出会うのは——。
205875-0

と-26-28
信玄の軍配者（上）
富樫倫太郎
駿河国で囚われの身となったまま齢四十を超えた山本勘助。焦燥ばかりを募らせていた折、武田信虎による実子暗殺計画に荷担させられることとなり——。
205902-3

と-26-29
信玄の軍配者（下）
富樫倫太郎
武田晴信に仕え始めた山本勘助は、武田軍を常勝軍団へと導いていく。戦場で相見えようと誓い合った友たちとの再会を経て、「あの男」がいよいよ歴史の表舞台へ！
205903-0

各書目の下段の数字はISBNコードです。978－4－12が省略してあります。

み-36-13
新装版 奇貨居くべし（一） 春風篇
宮城谷昌光
秦の始皇帝の父ともいわれる呂不韋。一商人から宰相にまでのぼりつめた波瀾の生涯を描く。十五歳の少年・不韋は、父の命により旅に出ることになるが……。
206981-7

み-36-14
新装版 奇貨居くべし（二） 火雲篇
宮城谷昌光
藺相如と共に、趙の宝玉「和氏の璧」を大国・秦の手から守り抜いた呂不韋。乱世に翻弄されながらも、荀子、孟嘗君らの薫陶を受け成長する姿を描く。
206993-0

み-36-15
新装版 奇貨居くべし（三） 黄河篇
宮城谷昌光
斉と魏の謀略により薛は滅びた。孟嘗君らが作り上げた理想郷・慈光苑に暮らす人々を救い出した呂不韋は、商人として立つことを考え始めるが……。
207008-0

み-36-16
新装版 奇貨居くべし（四） 飛翔篇
宮城谷昌光
あれは奇貨かもしれない――。秦王の信を得た范雎の台頭から生じた政変に乗じ、呂不韋は、趙で人質生活を送る安国君の公子・異人を擁立しようとするが。
207023-3

み-36-17
新装版 奇貨居くべし（五） 天命篇
宮城谷昌光
民意が反映される理想の王朝の確立を目指して呂不韋は奔走するが、即位したばかりの子楚・荘襄王の思わぬ訃報がもたらされ……。完結篇。〈解説〉平尾隆弘
207036-3

み-36-10
歴史を応用する力
宮城谷昌光
中国歴史小説の第一人者が、光武帝や、劉邦ら中国史上名高い人物の生涯をたどりつつ、ビジネスや人間関係における考え方のヒントを語る。文庫オリジナル。
206717-2

み-36-18
孟嘗君と戦国時代
宮城谷昌光
智慧と誠実さを以て輝ける存在であった孟嘗君を通して、波瀾の時代、古代中国・戦国時代を読み解く。書き下ろしエッセイ「回想のなかの孟嘗君」を付す。
207037-0

み-36-19
窓辺の風 宮城谷昌光 文学と半生
宮城谷昌光
中国歴史小説の大家はなぜ中国古代に魅せられたのか。文学修業の日々とデビューまでの道のりを描く。書き下ろしエッセイ「私見 孔子と『論語』」を付す。
207050-9